Âmes Sœurs

Witch Games

SHANA LYÈS

ÂMES SŒURS
WITCH GAMES

ROMAN

HARPERCOLLINS FRANCE
83-85, boulevard Vincent-Auriol, 75646 PARIS CEDEX 13.

www.harlequin.fr

ISBN 978-2-2804-8664-4 — ISSN 2271-0256

À mon mari, mon « paradis »,
qui veille sur moi jour après jour,
À notre « Petit Soleil »,
qui verra le jour peu de temps après la sortie de ce roman,
À mon papa,
pour sa vibrante passion footballistique et sa sensibilité,
Et à ma grand-mère,
pour son amour inconditionnel, depuis toujours.

« Qu'est-ce que j'irais faire au paradis
Quand tu t'endors près de moi ? »
Paradis, Orelsan

Prologue

SEDNA
Samedi 8 février 2020

— Alors ? demandé-je, la voix brisée par l'émotion.

— Aucune nouvelle. Trente minutes de retard…, me répond Freïa tout en écartant les lourdes tentures blanches pour jeter un œil par la fenêtre.

La rouquine est angoissée elle aussi, alors que ce matin elle s'est montrée enchantée en découvrant les flocons de neige que nous vaut la saison hivernale. Elle ne me dit rien, mais je devine son état d'esprit à son aura, qui passe par toutes les couleurs de l'arc-en-ciel, sans parler de sa posture renfrognée : elle se ronge les ongles et tremble de nervosité.

Normalement, je devrais ressentir la même chose. Voire pire.

Pourtant, je suis d'un calme troublant.

Sûrement parce que j'ai foi en l'Univers et que je ne me départis jamais de ma confiance.

Ce qui doit arriver arrivera… Que ce soit ce que je désire ou non. Il y a forcément un plan cosmique qui a été établi pour moi. *Pour nous*, songé-je, en me recueillant pour penser à mes anges gardiens.

Je me lève et observe une dernière fois mon reflet dans l'immense miroir à moulures dorées qui orne l'un des murs de la pièce. Mon voile est parfaitement fixé sur ma tiare en cristaux translucides, il retombe en cascade sur mes longues boucles brunes, un trait parfait d'eye-liner noir souligne mes faux cils, mon teint métissé est rehaussé par l'*highlighter* doré que ma témoin a posé sur mes pommettes saillantes, et ma robe...

Ma robe est sublime. Plus belle que toutes celles dont je n'ai jamais pu rêver.

Alors qu'elle est si simple.

Pas de tulle, pas de dentelle, pas de froufrous... Une longue robe blanche en soie parfaitement ajustée et au décolleté plongeant, au dos nu, sans compter la traîne évasée. Ce que certains nomment « robe sirène » est à mes yeux la « robe idéale pour une silhouette en huit ». Elle marque ma taille fine et met en valeur mes hanches rondes ainsi que mes cuisses musclées. Entre mes mains s'épanouit un magnifique bouquet de roses blanches mêlées à quelques fleurs séchées, de l'eucalyptus et des pampas. Mes ongles sont peints en *nude* et de petits diamants brillent sur mes lobes, scintillant autant que celui que je porte à l'annulaire gauche.

Je peux me l'avouer : je suis magnifique. Resplendissante. Divine.

Pourtant, à mes yeux tremblent des larmes naissantes.

Tandis que mes bras retombent doucement de part et d'autre de mon corps.

Dans le pire des cas, cette tenue n'immortalisera pas l'un des plus beaux jours de ma vie, mais peut-être bien la plus belle rupture de ma vie.

Je me pince pour vérifier, une fois de plus, que je ne rêve pas. J'attends quelqu'un qui n'a jamais été en retard de toute sa vie, à aucun de nos rendez-vous. Puis je tourne le regard vers la vieille horloge d'époque qui décore la pièce.

Trente-sept minutes de retard.

Qui aurait cru que cette âme qui m'était promise depuis toujours me planterait devant l'autel ? pensé-je en ravalant mes larmes.

La vie reprend ses droits d'une drôle de manière…

— Sedna ? Freïa ? On peut entrer ? s'écrie la voix de mon père, derrière la porte de notre chambre d'hôtel.

— Non, papa…

— Pas encore, parrain…

Mais le lourd battant de bois s'ouvre dans un grand fracas.

Des éclairs l'enveloppent tandis que de la fumée s'échappe de la serrure en fer forgé. Un sortilège… Et cela ne peut être l'œuvre que d'une seule personne.

Ma mère. Ou plutôt Kali, la tornade du Coven.

Son aura torturée entre dans la pièce. Je dois me faire violence pour ne pas fondre en larmes en découvrant son regard où se mêlent l'incompréhension, la colère et… une once de tristesse. Elle est tellement submergée par ses émotions que sa robe s'en trouve toute froissée et son afro complètement décoiffé. Alors que, généralement, elle est toujours tirée à quatre épingles.

— On y va ! s'écrie-t-elle avec force.

Je veux répondre, mais ma voix se perd au fond de ma gorge.

— Mais… elle est là ? Enfin ? s'enquiert Freïa en laissant retomber les rideaux entre lesquels elle scrutait l'extérieur.

— Et lui ? finis-je par demander alors que ma mère saisit ma main avec fermeté.

— Il nous reste cinq minutes. Sinon, le mariage sera annulé ! déclare-t-elle en plantant ses iris noisette dans les miens.

— Mais...

Elle se fige soudain sur place lorsqu'elle est secouée par cette information – et la vision qui l'accompagne – dont je souhaitais tant lui faire part, depuis quelques jours. Elle chancelle un instant, avant de se retourner vers moi, pleine de douceur. Elle pose délicatement une main sur ma joue, l'autre sur mon ventre. Ses yeux s'humidifient de joie.

— Oh... Par toutes les déesses... Sedna, tu es...

— Il faut qu'on y aille ! s'écrie Freïa en saisissant sa marraine par l'épaule. C'est une urgence urgente. Le carrosse de la mariée est enfin là !

Chapitre 1

Permanence

Samedi 11 février 2017

Allongée sur le grand lit aux draps violets, je fixe obstinément le plafond, comme si toutes les réponses à mes questions allaient se dessiner sur la surface blanche. Par instants, mes yeux se perdent et divaguent vers l'abat-jour décoré de fleurs multicolores qui m'éblouit, car j'espère secrètement que mes anges gardiens m'enverront des signes par la lumière qui filtre à travers lui. Mais il semble qu'ils aient décidé de rester muets aujourd'hui.

Sans y penser, je fais glisser les doigts le long de la colonne vertébrale d'Artémis. Je sens sa peau nue frémir à chaque effleurement, mais également son souffle s'apaiser et devenir plus profond. De temps en temps, elle se redresse pour m'offrir un baiser sur la nuque ou passer la main dans mes cheveux. Tandis qu'un peu plus loin, dans sa chambre, de l'encens à la sauge blanche se consume à côté d'une enceinte Bluetooth qui diffuse une musique apaisante : des notes de bol tibétain, de carillon et de piano se mêlent.

C'est notre petit rituel à toutes les deux.

Nous accorder du temps ensemble, loin de tout, dans les bras l'une de l'autre. Nous essayons de le faire aussi souvent que possible. Nous offrir ces petits moments à deux, en fin de journée, nous permet d'apaiser toutes les tensions que créent nos plannings hypra-chargés et nos obligations sociales. Et puis, de temps à autre, même lors de nos jours de congé, sans raison, comme aujourd'hui, nous nous accordons un instant suspendu hors du temps.

Simplement pour nous rappeler que nous nous aimons et que nous sommes là l'une pour l'autre.

Parfois, nous discutons de tout et de rien, d'autres fois, nous demeurons silencieuses, comme en ce moment. *Et ça fait un bien fou !* pensé-je en me lovant tout contre ma compagne. Tellement de bien, d'être simplement ici, dans le moment présent, de s'aimer et de tisser entre nous des liens sans passer obligatoirement par le sexe… Je pourrais me damner pour que le temps se suspende maintenant, et pour finir le reste de mes jours dans cette sérénité apaisée.

— Tu es merveilleuse, murmure mon amoureuse avant de déposer un baiser au coin de mes lèvres.

Ses mots me tirent de ma rêverie.

Je me tourne vers elle et lui adresse un sourire séducteur. J'aime plus que tout voir ses yeux pétiller lorsqu'ils se posent sur moi ; à croire que je les fais briller quel que soit ce qu'elle vit, et même lorsque c'est la pire des épreuves. Je n'ai jamais connu pareille alchimie avec un autre être humain. C'est la raison pour laquelle je souhaite tant officialiser notre relation et crier au monde entier que j'aime cette femme. Qu'elle n'est pas uniquement une amie, mais qu'elle est également mon amante, mon adorée, ma belle – qu'elle peut porter tous les noms qui signifient qu'elle occupe, dans mon cœur, une place si spéciale. J'aimerais lui tenir la main en toute liberté dans la rue, sans craindre le regard de nos camarades de classe, des membres de sa famille, de nos sœurcières... Bref, j'aimerais éviter toutes ces moqueries ou ces représailles qui émergent lorsque deux femmes avouent publiquement leur amour.

Le XXIe siècle n'a malheureusement rien changé dans ce domaine, songé-je tristement.

Ce sont d'abord mes yeux, puis ce sont mes doigts qui parcourent le visage d'Artémis. Je m'attarde sur sa bouche pleine, rosée, qui appelle la délicatesse, puis je remonte vers ses pommettes que je pince doucement. Je ne peux m'empêcher de sourire davantage en observant sa peau tamarin rougir à ce geste. Ensuite, d'un index léger, je dessine un cœur pour remonter jusqu'à son arcade sourcilière, où une petite cicatrice rappelle un malheureux accident, survenu alors qu'elle essayait de concocter sa première potion, à l'âge de quatre ans. Puis, je redescends vers son oreille pour repousser une de ses longues mèches de cheveux noirs et épais.

— Je t'adore, déclaré-je en souriant.

Puis je l'embrasse avec passion.

Je laisse un instant ma langue flâner sur ses lèvres avant de m'écarter délicatement d'elle pour croiser son regard sombre.

— Tu es vraiment obligée d'y aller ? Reste avec moi ! quémande-t-elle en me serrant un peu plus fort dans ses bras.

— Oui, tu sais bien...

— Mais...

— Artie. On en a déjà parlé plein de fois, soupiré-je en haussant les épaules. C'est important. Je dois rendre le premier chapitre de mon mémoire pour faire valider mon sujet au plus vite... Et jusqu'à présent, mes profs ne sont pas très cléments. Ils désapprouvent tous mon sujet d'étude. Enfin, tous, sauf ma promotrice. Encore heureux...

— Hum... Tu es sûre que ta promotrice n'a pas de vue sur toi ?

— N'importe quoi. Toutes les femmes de la terre ne sont pas lesbiennes !

— Pas encore. Mais je suis sûre que tu es capable de toutes les faire changer d'avis, lâche mon amoureuse en passant une main dans mes boucles désordonnées. Tu es si belle que toutes les déesses doivent te jalouser, là-haut.

Je lève les yeux au ciel en entendant ce compliment, car je me sais à mille lieues de le mériter, en ce moment. En effet, mon visage démaquillé dévoile ma peau grasse par endroits, sèche et déshydratée à d'autres ; je me sens le ventre gonflé et mes cheveux sont en bataille comme jamais. Que ce soit physiquement ou moralement, je suis une loque, aujourd'hui.

Bien loin de mon charisme habituel, charisme dont je suis par ailleurs bien consciente.

Il faut dire que j'ai travaillé sur mon physique pendant des années. Tout ça pour passer de l'intello boutonneuse – qui se faisait harceler par les mecs à l'école – à la meuf qu'on juge « bonne » et qui n'a rien à envier à Beyoncé. Bien évidemment, c'est depuis que j'ai fait mon coming out auprès de mes parents et de ma meilleure amie Freïa que les garçons daignent enfin s'intéresser à moi.

Hélas, ils ont raté leur chance.

Bon, je dois quand même avouer que je me suis amusée avec eux. Un minimum. Pour prendre ma revanche sur l'adolescence éplorée qu'ils m'ont fait vivre. Surtout lors des soirées universitaires. J'ai fait mes petites expériences, puis je me suis vite rendu compte que cela ne m'amusait pas plus que ça. J'ai rapidement eu le déclic et je suis revenue aux bases. C'est là que j'ai décidé d'avouer mes sentiments passionnés à la personne qui m'a offert mon premier baiser.

Artémis Khadra, ma sœurcière d'amour.

La garante de la paix au sein de notre Coven.

Et au fond de mon cœur.

Cette sérénité retrouvée est mon bien le plus précieux. Je n'ai que trop fait la guerre dans ma vie : aux professeurs, aux hommes, aux canons de beauté, aux diktats de la mode, aux pressions sociales… Je livre encore des batailles chaque jour, lorsque je cherche à révolutionner l'amour et les relations entre les êtres, que ce soit à travers chacune des décisions que je prends au quotidien, ou grâce à ma prose, que publient quelques journaux et certains magazines ; sans compter mon blog personnel, que j'alimente à mes heures perdues.

Certains diront que je suis un produit du wokisme. D'autres verront en moi la vaillante guerrière que je suis, l'arrière-arrière-arrière-petite-fille des sorcières qu'ils n'ont pas réussi à brûler.

Malheureusement, ce n'est pas aujourd'hui que le monde mettra fin au patriarcat, pensé-je en secouant doucement la tête.

Non sans soupirer de frustration, je me détache d'Artémis et me lève pour quitter le lit. Je traîne des pieds jusqu'à la salle de bains qui jouxte la chambre de ma petite amie, et je pose tant bien que mal mes fesses sur la cuvette des toilettes alors qu'une vive douleur s'empare de mon bas-ventre.

— Putain. Manquait plus que ça ! juré-je en voyant une énorme tache de sang au fond de ma culotte.

— Tout va bien ? s'enquiert ma camarade.

— J'ai mes *fucking* règles ! J'ai tout taché ! Et j'ai pas de vêtements de rechange...

— Pas grave, tu peux prendre des affaires à moi... Et tu sais où se trouvent les serviettes et les tampons.

Bien que reconnaissante d'avoir une âme aussi bienveillante dans ma vie, je grimace de douleur en me relevant. Je me change aussi vite que possible et m'engouffre dans la penderie d'Artie pour y enfiler le premier pantalon que je trouve.

De retour dans la salle de bains, lorsque je le croise, mon propre reflet dans le miroir me fait sursauter. Je suis pâle comme la mort, enfin aussi pâle que ma peau métissée me le permet, et mes lèvres sont violettes. Un jour ou l'autre, mon utérus finira par avoir ma peau.

J'adore être une femme, sauf cinq jours par mois. *Toutes me comprendront, n'est-ce pas ?*

— Tiens, me dit mon amante en me tendant un verre d'eau et un flacon plein d'un liquide vaguement orange mais à l'effet antidouleur salvateur. Je te le répète : tu ne devrais pas partir.

— Je sais, soufflé-je en acceptant la potion.

— En plus, tu vas aller te noyer dans un stade de foot, au milieu d'une foule en délire. C'est pas sérieux… J'ai un mauvais pressentiment.

J'avale l'élixir spécial « douleurs de règles » d'une traite, non sans grimacer à cause de l'horrible goût produit par l'association d'huile essentielle de mandarine, de bave de chat et de clou de girofle. Artémis me fait signe de boire ensuite un verre d'eau citronnée pour me tirer de la confusion dans laquelle je me sens, puis elle passe la main dans mes boucles et pose le front contre le mien.

— Reste.

Elle m'enlace et laisse glisser les mains jusqu'au bas de mes reins.

— On peut commander à manger et regarder ta série favorite… Et tu es au courant que je connais un autre bon remède pour faire passer tes douleurs, hein ?

Je me laisse quelques secondes ensorceler par ses doux baisers et les caresses dont elle fait frissonner le bas de mon dos, puis je me ressaisis. Je remercie mon anxiété permanente d'ascendant Vierge de me faire garder les pieds sur terre, car clairement, mon Soleil en Scorpion a envie de sauter l'étape « commander à manger » pour passer directement par la case « remède orgasmique ».

Mais mes études me stressent trop pour penser au plaisir maintenant.

— Je dois vraiment... y aller, dis-je entre deux souffles.

— OK, concède-t-elle en haussant les épaules. Mais tu sais où me trouver... Je garderai mon portable à côté de moi. Tu me textotes s'il y a un problème, promis ?

— Promis.

Elle se prépare à retourner dans sa chambre en traînant des pieds, mais je la tire rapidement par le bras pour lui voler un dernier brin de tendresse.

Chapitre 2

Providence

Nous voilà en plein mois de février, un samedi soir. Il fait un froid de canard et une pluie torrentielle s'abat sur le stade. Autour de moi, les supporters s'agitent dans tous les sens alors que le match n'a même pas encore commencé. L'un d'entre eux me marche sur les pieds, ce qui lui vaut un regard assassin, tandis que deux autres me bousculent et manquent de me faire dévoiler ma vraie nature, car je n'ai qu'une envie : les assommer avec un bon vieux sortilège. Je finis par me frayer un chemin dans la cohue et rejoindre la place qui m'est attribuée, au premier rang de la tribune VIP. Ici, on est au calme et les gens sont civilisés, ce qui est loin d'être le cas des animaux que je croise depuis une demi-heure.

Je remercie une fois de plus les déesses de m'avoir fait décrocher ce super stage dans un quotidien sportif dans lequel les journalistes sont plutôt cools et pas trop machos… la plupart du temps. Même si je ne suis pas totalement sûre que le rédacteur en chef m'ait donné carte blanche en s'appuyant sur mes seules compétences rédactionnelles, ni persuadée que mon projet de mémoire – qui porte sur le sexisme et l'invisibilisation des femmes dans les médias sportifs – l'intéresse vraiment. Mais je ne désespère pas de lui montrer tout mon potentiel, grâce aux questions pertinentes que je pose lors de mes interviews et à mon engagement sans faille dans mon travail.

Il fait dire que mon métier de journaliste, c'est toute ma vie.

Je serais même prête à ne pas être payée, si cela me permettait de rencontrer des êtres brillants à même de nourrir mes réflexions sur les relations humaines et de m'inspirer, pour rédiger des livres entiers sur diverses thématiques liées à ces questions. Malgré mon tempérament introverti, j'adore aller à la rencontre des autres. Quand j'enfile ma casquette de journaliste, je deviens une tout autre femme, qui n'a peur de rien et prête à soulever des montagnes pour décrocher un sujet. C'est la raison pour laquelle je pense que mon âme se nourrit exclusivement de l'énergie qui émane de la passion ; de ma passion, et de celle que les autres déploient parfois dans leur propre vie.

C'est mon moteur à moi.

— Hey, Sedna ! me salue Joan, un de mes collègues, déjà installé dans la tribune. Je ne m'attendais pas à te voir ici ! Tu n'as pas répondu à mes derniers messages…

Je remarque qu'il arbore son plus beau maillot violet, pour soutenir les Bruxellois.

— Désolée, Jo ! J'ai eu un peu de mal à entrer dans le stade, avec ces enragés…

Il rit puis me fait signe de venir à ses côtés. Malgré mes réticences, j'accepte son invitation.

Dès que je m'installe, mon confrère commence à me faire l'éloge de son club de cœur et me rappelle toutes les règles footballistiques – qu'il me détaille avec précision, comme si j'étais une inculte. Je lève à plusieurs reprises les yeux au ciel avant de me détourner de lui, mais cela ne semble aucunement lui faire comprendre ni ma lassitude, ni mon désintérêt pour son laïus. Il continue de monologuer alors même qu'il me voit saluer d'autres collègues. Rien ne semble pouvoir mettre fin aux explications qu'il me débite sur le ton condescendant de l'homme qui sait et éclaire la femme ignorante… Son arrogance atteint son apogée lorsqu'il ose me demander si j'ai déjà entendu parler de « hors-jeu ». Je m'efforce de rester de marbre, jusqu'à ce qu'il insiste :

— Sed ? Je dois te rappeler ce qu'est un hors-jeu ?

— Mouais… Pourquoi pas ? En échange, je vais te rappeler ce qu'est la définition d'un relou sexiste ! T'es OK ?

Mon interlocuteur devient pâle comme un linge.

— Tu devines que si j'ai été envoyée pour couvrir ce match, c'est parce que je connais déjà toutes les règles de ce sport, non ?

Ainsi que celles de tout un tas d'autres sports, car je suis une passionnée, ai-je envie d'ajouter, non sans préciser au passage que je suis une vraie sportive (qui, selon l'astrologie, n'a pas pour rien une Lune en Bélier sur son ciel de naissance)… Mais le coup de sifflet de l'arbitre du jour m'interrompt et met fin à notre conversation.

Nous nous tournons d'un seul mouvement vers le terrain et observons les deux équipes qui se font face. Les grandes rivales francophones de toujours.

Les rouges d'un côté.

Les mauves de l'autre.

Un véritable « classico », comme diraient les grands fans.

Mon cœur de Liégeoise saigne à chaque fois que le Standard encaisse un but, tandis que mon âme de Bruxelloise d'adoption crie de joie dès qu'Anderlecht marque. C'est définitif, mon père va me renier, la prochaine fois que je passerai le week-end chez lui. Il me dira que ma mère a finalement réussi à faire de moi sa parfaite petite sorcière de la capitale. Et que j'en perds chaque jour un peu plus mon accent.

Je prends tout un tas de notes concernant les fautes de certains joueurs, les buts encaissés tour à tour par chaque équipe, et d'observations concernant les tactiques mises en place par les entraîneurs. Cela me permet de ne pas croiser le regard de Joan, qui s'attarde bien trop souvent sur moi à mon goût… Mais alors que l'arbitre annonce les six minutes de prolongation, mon voisin trouve finalement le moyen de (re)briser la glace entre nous.

— Tu fais quelque chose, après le match ?

— Hum… Non, réponds-je en ajustant mes lunettes de vue sur mon nez.

— Ça te dit de venir boire un verre ? Je vais rejoindre des potes qui sont venus au stade eux aussi…

Je cligne plusieurs fois des yeux avant de comprendre que c'est une des énièmes tentatives de mon collègue pour m'embarquer dans un « semi-rencard ». Je l'ai pourtant limite engueulé, au début du match, et m'offre à lui ce soir dans mon pire accoutrement : chignon en bataille, binocles sur le nez, sweat trois fois trop grand et sneakers du dimanche. Ce mec trouve toujours une occasion de me draguer. Il doit être désespéré, c'est clair.

Pour mon plus grand bonheur, mon smartphone vibre avant que je ne réponde.

Mon chou ! Artie m'a dit que c'était ton premier jour de règles, on peut annuler notre soirée si tu te sens trop mal… ? Dis-moi ! Je t'aime.

Ma bonne étoile a parlé. Qu'elle soit louée.

— Oh ! j'avais zappé, je dois partir à la fin du match ! lancé-je en fixant mon écran.

— Euh... OK, fait Joan, la mine boudeuse. Une prochaine fois ?

— Une prochaine fois ! conclus-je pour mettre fin à ce moment embarrassant.

Primo, Joan n'est vraiment pas mon style, avec son allure de beauf sexiste, ses shots de protéines qu'il apporte tous les matins au bureau, ses chemises trop moulantes qui moulent des muscles en toc et son paternalisme insultant. Deuzio, je suis à un cheveu d'officialiser ma relation avec Artémis. Tertio, je me suis toujours promis de ne pas sortir avec un gars ou une meuf du travail, car ça sent les problèmes. Les gros problèmes.

Il est fort probable que je n'énonce pas dans le bon ordre mes trois raisons de ne pas aller boire un verre avec mon collègue... Mais ces arguments sont tous justifiés.

— Je ne savais pas que tu portais des lunettes, reprend Joan en continuant à me fixer.

— Si. Depuis l'âge de cinq ans. Je ne vois rien à plus d'un mètre, sinon... Mais je porte des lentilles, au bureau, expliqué-je en le voyant froncer les sourcils.

— Et tu vis en coloc' avec ta meilleure amie, c'est ça ?

— Ouaip.

— Et tu...

Mais le dernier coup de sifflet du match retentit.

— Tu fais le compte rendu du match, et je m'occupe de l'interview ! lancé-je presque sur le ton d'un ordre, en me levant d'un coup.

— D'accord, ça me va... À lundi ?

— À lundi ! m'écrié-je en me retournant à peine.

— Passe une bonne soirée, soupire-t-il avec une pointe de déception dans la voix.

Je l'ignore avec hauteur et me détourne pour me ruer vers le terrain. Malgré ma rapidité, une ribambelle de journalistes m'a devancée. Ils se grimpent les uns sur les autres et tentent d'accaparer toute l'attention des joueurs, qui finissent à peine de célébrer leur victoire. Impatiente et désabusée au milieu de toute cette agitation, je lance un ou deux sortilèges, ni vu ni connu, pour me frayer un chemin jusqu'à la rambarde où s'agglutinent les intervieweurs. Un collègue tombe à la renverse après s'être pris les pieds dans son lacet, qu'un sortilège a dénoué, tandis qu'un jeune journaliste se retrouve figé sur place à cause d'un gentil petit maléfice. Puis, sans un mot ni une excuse, je passe devant un de mes confrères, qui voulait se mettre en première ligne. Ensuite, je sors mon calepin, un stylo, et prépare mon enregistreur spécial « interview express ». Mais j'ai à peine le temps d'identifier les joueurs qui se trouvent devant moi qu'on m'accoste de manière inopinée.

— Bonsoir ! Tu es là pour quel média ?

— *La Dernière Minute*, le webzine !

— Tu as l'air d'avoir beaucoup de questions...

Je relève la tête, que j'avais plongée dans mes notes, et me demande pourquoi ce mec se permet d'être aussi familier avec moi. Il n'y a que deux explications possibles : soit il me prend de haut parce que je suis une journaliste de sexe féminin, soit il me connaît directement ou non, parce qu'il a déjà eu affaire à mon père. Dans un cas comme dans l'autre, je suis prête à en découdre et à remettre ce petit gars à sa place.

Mais lorsque je croise le regard vert émeraude de mon interlocuteur, je n'y aperçois que de la sympathie. Le jeune homme me sourit et se penche légèrement vers moi, comme pour me saluer. Ses cheveux blonds sont en bataille, à cause de la pluie sous laquelle il a couru pendant plus de nonante-six[1] minutes de jeu et sa peau, parsemée de taches de rousseur, est rougie par l'effort et le froid.

Il pose la main gauche sur le cœur et entrouvre les lèvres, dans la posture de celui qui s'apprête à se présenter. Mais je l'interromps aussitôt, car je le reconnais.

— Bonsoir, Dorian Janssens.

Il est un des favoris, dans son équipe.

Le numéro onze.

1. Quatre-vingt-seize.

Milieu offensif.

Une des pépites, qui s'est révélée au public au cours des dernières semaines, car il en a surpris plus d'un en se postant maintes fois juste là où il le fallait pour marquer et faire gagner son équipe. En plus de bien défendre le terrain, il est capable du pied droit de réaliser des frappes de trente mètres assez impressionnantes. Le match du jour en a encore été la démonstration. Ce gars a du talent à revendre. En plus, il est jeune, il parle couramment quatre langues différentes et il a un visage des plus charmants. Il possède donc tous les atouts pour percer, faire une belle carrière et espérer être sollicité par des clubs européens pour un transfert juteux prochainement. C'est tout le mal qu'on peut lui souhaiter, même si ce serait triste de perdre un de nos talents au profit d'une équipe étrangère.

Je suis donc contente d'être tombée sur lui. Ses performances sont plutôt intéressantes et sa bouille m'a toujours paru sympathique. J'ai hâte de découvrir ce qu'il a à me dire, si bien que je me surprends à prier secrètement pour que ce soit lui, le joueur qui accepte de répondre à plus de questions que prévu.

— Tu sais que la plupart de mes coéquipiers ne t'accorderont que cinq minutes, pas une seconde de plus, hein ? me lâche-t-il en louchant sur mon cahier de notes, dont les pages sont noircies par les observations que j'ai faites ce soir et par mes réflexions philosophiques sur mon travail de fin d'études.

— Mes questions sont vraiment pertinentes, et...

— Je n'en doute pas, me coupe-t-il avant de s'éponger le front avec son brassard.

— Est-ce que je peux vous les poser, alors ?

— Te les poser, me reprend-il. Tu peux me tutoyer... Écoute, je meurs d'envie de me décrasser, là. Si tu m'attends, je te promets de répondre à toutes tes questions.

— Mais je...

— Je ne te ferai pas faux bond. Juré ! Attends-moi ici... Je reviens dans vingt minutes.

Je fronce les sourcils, perplexe et déjà prête à solliciter un autre joueur pour l'interroger. Mais, comme pour me donner une garantie, le jeune homme lève la main dans ma direction. Prêt à conclure un marché.

— Quinze minutes ? demande-t-il en arquant un de ses sourcils dorés.

— Dix. Et un chocolat chaud, conclus-je en serrant vivement sa main.

C'est malheureusement le moment que choisit ma magie, et tout particulièrement mon don d'extralucide, pour se déclencher et m'offrir une vision des plus inattendues.

Une église.

Des applaudissements.

Des fleurs qu'on lance.

Une voiture vintage de location.

Et une longue robe blanche.

Bref, tout ce qui me donne envie de vomir, depuis que j'ai pris conscience que la Belle au bois dormant n'était pas consentante lorsqu'elle a reçu son premier baiser. Et que la méchante fée Carabosse ne cherchait qu'à la protéger de la terrible condamnation que désignent ces mots : « Ils vécurent heureux et eurent beaucoup d'enfants ».

C'est totalement incompréhensible.

Je n'ai jamais reçu une vision aussi incohérente avec mes désirs et ce que je suis. Je ne sais vraiment pas ce qui pourrait bien me pousser à épouser un blondinet sorti de nulle part, et que je ne connais ni d'Ève ni d'Adam.

Hormis une malédiction... ou un violent coup de chaudron sur la tête.

Chapitre 3

Éloquence

Me voici installée dans le carré VIP d'un célèbre bar bruxellois, en face d'un joueur de football très coté. Je ne sais pas par quelle incantation tout cela est arrivé, mais le chocolat chaud qui m'était dû s'est transformé en apéro et mon balai volant en Porsche jaune vif. Franchement, si mes douleurs au ventre s'étaient estompées, j'aurais pu croire que j'étais en plein rêve.

Mais non, je suis bel et bien dans le monde réel.

D'ailleurs, mon esprit embrumé ne cesse de me renvoyer des images de l'horrible vision que j'ai reçue lorsque ma peau est entrée en contact avec celle de Dorian Janssens. Ce dernier semble avoir pris ma stupéfaction pour de la timidité, car il ne cesse de me faire des blagues, comme pour détendre l'atmosphère. J'essaye de lui adresser quelques sourires durant notre entretien, puisque après tout il a gentiment décidé de m'aider à creuser le sujet de recherche que j'ai choisi, pour mon travail de fin d'études… Pourtant, malgré cela, je n'arrive pas à décrisper la main droite, qui tient fermement mon enregistreur, ni à détendre les muscles de mes épaules, douloureusement contractés sous mon pull informe.

Si j'en crois ma dernière vision, je discute actuellement avec mon futur mari.

Chose complètement absurde et insensée, pensé-je en m'enfonçant un peu plus dans mon siège.

Mon chemin de vie serait lié à celui de ce fameux joueur ? Celui que tous les journaux de presse spécialisée s'arrachent en ce moment pour faire figurer ses portraits et ses interviews dans leurs encarts dédiés aux « jeunes prodiges nationaux » ? *Lui ?* Ce gars que mon père déteste au-delà de tout depuis que le joueur a accepté un contrat avantageux pour être transféré à Anderlecht, le club dans la haine duquel j'ai été élevée ? Franchement, j'ai du mal à y croire. Et pourtant, mes visions étaient claires...

Mon père serait furieux. D'autant que, pour être tout à fait précise, Dorian Janssens jouait au Standard de Liège avant de le quitter pour briller sous les couleurs de la capitale. Il a donc, en quelque sorte, renié ses origines pour leur préférer la gloire. Certes, son ancien coach ne lui avait octroyé qu'une place médiocre sur le terrain – laquelle ne lui permettait guère d'exprimer son potentiel. Certes, les termes financiers de son transfert ont dû être plus qu'alléchants. Mais cela n'excuse pas la trahison, aux yeux de mon paternel.

Personnellement, je peux pourtant comprendre le jeune homme. J'ai moi-même trop souvent eu la sensation d'être sous-estimée dans l'évaluation de mes capacités. Rien ne me ferait refuser la première offre d'emploi en or qui se glisserait jusqu'à moi... Oh ! je sais que cela arrivera. Tôt ou tard, les gens qui ont du talent se font remarquer et fendent la foule avec grâce. Mais il faut aussi savoir saisir sa chance.

C'est comme ça que ça fonctionne, j'en suis certaine.

— Dis-moi, Sedna... Tu fais quoi, comme sport ?

Je détourne mon regard de la magnifique vue panoramique sur la ville que nous offre la baie vitrée de l'endroit où nous nous trouvons. La capitale rayonne de lumières et de vie à cette heure, elle est fascinante. Je dépose mon eau pétillante sur la table et continue de faire tourner ma paille dans mon verre.

Je ne réponds pas immédiatement. Il me faut un instant pour oser croiser les yeux de mon interlocuteur. Je lève la tête en douceur et pose les coudes sur la table, le menton entre les mains, pour avoir l'air un minimum élégante. Bien que je sois, il ne faut pas l'oublier, dans mon accoutrement « premier jour de règles », qui plus est dans un endroit hyper branché, ce qui me met mal à l'aise. Je suis à mille lieues de ma superbe habituelle et de mon look de blogueuse étudié au millimètre près chaque matin. Même la plus assidue de mes fans ne me reconnaîtrait sûrement pas dans cette tenue. Pourtant, cela ne semble nullement choquer mon partenaire du soir, qui fait tout pour que je me sente à l'aise.

— Hum... Je pratique le CrossFit. Un vrai coup de cœur, après une expérience malheureuse avec la boxe qui m'a presque valu un nez cassé. Même si je ne m'avoue pas vaincue !

Janssens rit et me fait signe de continuer.

— Et puis je fais de la course à pied. De la danse. Plusieurs styles de danse : afro, hip-hop, jazz... entre autres. Pour libérer mes émotions à travers le mouvement, tu vois ? Il y a aussi le tennis, quand j'ai envie de changer d'environnement..., énuméré-je en comptant sur mes doigts tout en réfléchissant.

Le jeune homme continue de me fixer avec intérêt.

— Et du yoga ! C'est ma passion.

À ces mots, il plisse les yeux, l'air perplexe.

— Oui, c'est un sport, un vrai. Même si c'est un monde à part...

Que tu ne peux sûrement pas comprendre, ai-je envie d'ajouter en imaginant mal ce mec se mettre en posture méditative ou du guerrier sur un tapis de sol.

— Je n'ai pas dit le contraire, se défend-il en souriant. J'ai déjà testé, et ça m'a cassé en deux ! C'est juste que je me demande comment tu fais pour avoir autant d'activités alors que tes journées ne font que vingt-quatre heures...

— Oh ! j'alterne mes pratiques. Souvent... je me lance dans un truc à fond. Puis, je finis par en connaître tous les secrets, donc je me lasse et je passe à autre chose. Finalement, c'est ce qui est cool, avec mon métier : je change de sujet régulièrement, et je rencontre des personnes différentes tout le temps. Ça évite la routine...

— Je comprends mieux.

Mes mains se mettent à crépiter des étincelles. Je les planque aussitôt dans mon sweat-shirt et les frictionne l'une contre l'autre. Je ne m'attendais pas à avoir une telle réaction et à voir m'échapper ainsi mes pouvoirs magiques. Le sang me monte aux joues, tandis que mon compagnon continue d'afficher son beau sourire tout en portant son mocktail à la bouche. Il a l'air totalement absorbé par notre discussion… Et il semble que son charisme m'affecte légèrement.

— Si je récapitule… Pour l'instant, le sujet qui te branche, c'est le foot. Tu essayes donc d'en connaître tous les secrets. C'est que tu kiffes ça, alors ?

— Je ne dirais pas que je « kiffe » ça, rétorqué-je en haussant les épaules. Je préférerais être envoyée en France pour couvrir Roland-Garros plutôt que la coupe de Belgique. Mais c'est mon premier vrai job, donc je ne vais pas faire de caprices.

En effet, malgré mon amour pour le sport, le football est sûrement celui qui m'inspire le moins. Tout simplement parce que je l'associe à la guerre. À mon sens, il est devenu, depuis la fin de la Seconde Guerre mondiale, l'activité de prédilection des hommes qui ont besoin de montrer qu'ils en ont une plus grosse que leurs compatriotes. Le ballon est l'allégorie de la femme hyper sexualisée qu'ils se passent tous les uns aux autres, pour finir par l'envoyer dans le but et célébrer le fait qu'ils l'ont « chopée ». Il n'y a qu'à voir tout le racisme et le sexisme qui sévissent dans ce milieu pour comprendre la violence de ce sport.

Pourtant, malgré tout ce que j'en pense, dès que l'équipe nationale joue, je ne peux m'empêcher de sortir mon plus beau maillot noir-jaune-rouge et de crier « *Waar ist da festje*[1] *?* » dans la rue avec mes copines les plus folles.

1. « Où est la fête », en néerlandais. Ce chant populaire est régulièrement repris par les Belges lors des matchs de foot ou des soirées arrosées.

— Désolé, reprend Dorian en plantant ses prunelles vertes dans les miennes. C'est toi qui es là pour me poser des questions, pas l'inverse.

— En effet.

Je reprends une gorgée de ma boisson et détourne les yeux, puis je dézippe mon pull à capuche. *Il fait chaud ici*, pensé-je en scrutant les gens attablés autour de nous qui s'esclaffent, moitié moins habillés que moi. Mais je regrette aussitôt mon geste en me rappelant que je porte un ignoble sous-pull à col roulé sur lequel il est fièrement écrit « Nike le patriarcat ». C'est définitif, je détonne, à côté des gens classes à deux tables de nous.

Janssens sourit à nouveau, alors que je tente de cacher mon embarras derrière mes lunettes.

— Ce soir, ton équipe et toi avez gagné trois à deux, grâce à un hors-jeu décrété par l'arbitre...

— Ce hors-jeu n'était pas justifié, me coupe-t-il immédiatement. Mais ne le mets pas dans ton papier, s'il te plaît. Les gens vont croire que je favorise mon ancienne équipe.

— OK. Alors, je peux dire que... dans tous les cas, vous aviez de quoi gagner ? Genre : tu as mis le troisième but, mais tu en aurais mis un quatrième s'il avait fallu ? le taquiné-je en me resservant de l'eau pétillante.

Dorian me fait un clin d'œil en riant.

— Ouaip, tu peux. Je me vante trop rarement, ça me changera ! Et puis... c'est toi qui me sers le compliment.

Je secoue doucement la tête en souriant et note quelques phrases.

À nouveau, je peux remercier mes anges gardiens : décidément, ils veillent sur moi. Ils ont mis sur mon chemin une âme sympathique, plutôt agréable et qui a de la repartie. Ça me change des joueurs que je rencontre habituellement, avec qui j'ai déjà conversé auparavant et qui étaient tous imbus d'eux-mêmes et pressés par le temps. Comme si leur smoothie détox allait prendre la poudre d'escampette s'ils ne rentraient pas chez eux à temps.

Mon compagnon, au contraire, a réussi à détendre l'atmosphère. Même si je ne parviens toujours pas à m'enlever de la tête cette fameuse vision que j'ai eue en lui serrant la main. Dès que je croise ses beaux yeux verts ou que je m'attarde sur ses taches de rousseur, je pique un fard en repensant à ce que mon don m'a fait entrevoir.

Ce n'était rien qu'une stupide série d'images, tenté-je de me convaincre. Le chemin de vie d'une personne est fait de différentes options. Le futur peut toujours changer, selon les choix qu'on fait. Et mes choix sont faits. Depuis longtemps.

Après tout, je ne suis pas un cœur à prendre. Et, même si c'était le cas, jamais de la vie je ne m'intéresserais à ce genre de garçon. Malgré son charisme et sa douceur, lui et moi venons de mondes bien trop différents pour imaginer ne serait-ce qu'une quelconque entente entre nous. Surtout que les footballeurs, je les connais bien – merci, papa, ancien joueur et coach officiel : ce sont des coureurs de jupons, ils ne s'intéressent qu'aux bombes atomiques qui affichent deux de QI. Autant j'ai passé l'âge d'être un plan d'un soir, autant je suis à l'antipode de ce genre de filles. D'accord, je suis bien consciente du magnétisme que je dois à mes yeux marron en amande, à ma bouche pulpeuse, à ma crinière afro et à mes courbes plantureuses. J'en suis d'autant plus consciente que je les utilise pour séduire ou pour obtenir ce que je veux, quand ça me prend. Mais je tiens à rappeler que ce n'est en rien à mon apparence que je dois d'être la première de ma fac, avec une moyenne de 17,9 ; en revanche, on me trouve régulièrement au rayon « Littérature engagée », entre 15 et 20 heures – quand je ne suis pas en train de donner des cours aux nouvelles sorcières du Coven.

— Tu peux répéter, s'il te plaît ?

— J'espère bien qu'on sera aux playoffs[1], tout comme notre équipe féminine.

— Oh ! on en vient à mon sujet d'étude ! m'écrié-je, excitée comme une puce.

— Dis-m'en plus, fait Dorian avec un sourire en se penchant vers moi.

— Tu es au courant que tes collègues féminines sont dix fois moins payées que toi ?

Ma remarque provoque chez lui un mouvement de recul et il se pince les lèvres.

— Oui. C'est malheureux, mais c'est le cas.

— Et on ne parle jamais d'elles, dans les médias… Elles sont totalement invisibilisées, alors qu'elles font autant de beaux matchs que vous, les hommes !

Janssens se redresse et fuit mon regard.

1. Les séries éliminatoires, au niveau national, dans le football belge. Elles permettent de participer à la coupe de Belgique et aux championnats européens.

Il laisse passer quelques secondes, puis tente de reprendre la parole, mais il s'interrompt aussi vite pour rester silencieux et se contenter de fixer mon verre.

— Tu ne vas boire que de l'eau ? demande-t-il pour changer de sujet de conversation.

— Oui. Et toi ? Il me semble que l'alcool est interdit dans ton régime alimentaire.

— Huum. On est samedi soir… Et c'est un jour de victoire, en plus. J'ai droit à mon écart de la semaine.

Il se renfonce dans son siège et passe une main dans ses cheveux dorés en bataille, qu'il n'a visiblement pas pris la peine de coiffer après sa douche rapide. Ensuite, il fait signe de loin au gérant du bar. Ce dernier semble le comprendre en un clin d'œil. À peine deux minutes après, un serveur vient nous offrir une bouteille de champagne sous une pluie de fontaines lumineuses. Il trempe les flûtes dans l'eau glacée, puis nous en sert une à chacun, en me demandant au préalable si j'en désire. Enfin, après un généreux sourire à mon compagnon du soir, il disparaît.

— Santé ! fait Dorian en levant son verre.

— On peut revenir à notre sujet, maintenant ? demandé-je d'un ton impatient en tapotant mon stylo sur mon bloc-notes.

— Mouais…

— Le but n'est pas de te faire culpabiliser, continué-je en inscrivant quelques mots concernant le comportement changeant de mon interlocuteur. J'essaye juste de comprendre ce qui justifie le traitement que subissent les femmes dans ton milieu.

— Je peux répondre à quelques-unes de tes questions… Mais pas à toutes.

Je soupire de déception, mais je tente de cacher mon mouvement d'humeur en buvant une gorgée de champagne. Au moins, même si je n'obtiens pas d'éclaircissements à toutes mes interrogations, j'aurai eu droit à une boisson à trois chiffres avec vue imprenable sur la capitale de l'Europe - en bonne compagnie qui plus est. Ma soirée aurait pu être pire.

— Pas parce que je ne veux pas, reprend-il, très sérieux. Au contraire, j'ai très envie de t'aider. Mais je ne suis pas le mieux placé pour te renseigner. Reprends le fil de ton interview, je vais essayer de répondre comme je peux.

Il s'interrompt un instant, avec l'air de réfléchir.

— Maintenant que j'y pense… Je vais te filer le numéro de la femme de mon meilleur ami ! Elle joue au Standard en première division. Tu pourras lui dire que tu viens de ma part. Elle te renseignera bien mieux que moi, et pourra même te faire rencontrer d'autres personnes qui travaillent également sur ce sujet.

— Oh ! mais…

— Je lui ferai passer le message. Tu as ma parole.

Il lève sa flûte dans ma direction, comme pour sceller un pacte. Ce simple geste lui donne un petit air de Leonardo DiCaprio lorsqu'il interprète Gatsby le Magnifique. Il ne manquerait plus qu'il me lâche :

— *My life has got to be like this. It had to keep going up*[1].

1. Réplique de Gatsby, dans le film *Gatsby le Magnifique*, signifiant : « C'est ainsi que doit se dérouler ma vie. Toujours sur la pente ascendante ».

Je me sentirais transportée illico presto dans les années 1920.

— Merci.

— Ça me fait plaisir ! Allez, vas-y ! Pose-moi tes autres questions...

— OK ! Alors, m'empressé-je en replongeant le nez dans mes notes. Depuis ces cinq dernières années, on remarque une hausse assez fulgurante du nombre de jeunes femmes qui se passionnent pour le football. Beaucoup d'entre elles décident même de s'y consacrer autant que les hommes. Qu'est-ce que cette information t'inspire ? Y vois-tu quelque chose de positif ou de négatif ?

— Franchement, je ne peux que me réjouir de cela ! J'espère de tout cœur que ce sport, si elles le pratiquent, procure aux femmes une grande confiance en elles et qu'il leur permet d'être moins préoccupées par le regard que les autres posent sur elles... Parce que, personnellement, c'est ce que ce sport m'a fait gagner : de l'assurance, de la confiance en moi, et l'envie de me surpasser pour faire toujours mieux. La passion donne du courage !

Il s'interrompt et lance un regard vers la baie vitrée du *rooftop* sur lequel nous nous trouvons.

— Et, hum... si je devais voir un point négatif dans ce que tu viens de me dire, c'est leur rémunération. Pour les pros, toutes divisions confondues. Comme tu me l'as fait remarquer... Parfois, j'avoue... je l'oublie, mais c'est totalement absurde, cet écart de salaire.

Je souris timidement en continuant à prendre des notes.

Finalement, je ne ressors pas déçue de cette conversation autour de la déconstruction des clichés dans le football. Dorian continue à me parler avec enthousiasme de son sport, en me livrant tout un tas d'anecdotes plus ou moins personnelles, son point de vue sur les femmes et sur leur place dans le monde du sport.

Quand il parle, il rayonne d'éloquence et je pense qu'il donne envie à quiconque le croise de l'écouter pour se perdre dans ses mots. Il a une telle simplicité dans son attitude qu'il met aussitôt les gens à l'aise, même les plus introvertis comme moi. De temps à autre, il me jette un petit coup d'œil pour voir si je suis toujours son flot de paroles, et à certains moments, il s'arrête pour s'enquérir auprès de moi de la qualité de ses réponses. Alors je lui confirme que tout va bien et que celles-ci me seront précieuses. Il est actuellement le seul sportif de la gent masculine à avoir accepté de participer à mon étude. Or, des voix masculines me paraissent en la matière indispensables : je ne souhaite pas que ma thèse s'appuie uniquement sur le point de vue féminin. J'aimerais y intégrer la parité et des avis diversifiés, autant que faire se peut.

— Merci, Dorian... Je pense qu'on est arrivés au bout de mes questions. Je ne sais pas comment t'exprimer ma gratitude !

— C'était avec plaisir ! Et pour ce qui est de me remercier... Bah, faut juste terminer cette bouteille ! réplique-t-il en sortant le champagne de la glacière illuminée. Parce que, pour moi tout seul, ça n'ira pas. Surtout que je conduis, alors...

— Oh ! pas de...

Mon téléphone vibre au même instant.

Sed ! Tu m'as oubliée ! Ha ha. Tu survis ? T'as trouvé un beau joueur à interviewer ? S'il est canon, présente-le-moi !

— Mince ! glapis-je en plaquant une main sur mon front.

— On t'attend quelque part ?

— Oui… Ma meilleure pote. J'ai oublié de lui dire que j'étais avec toi.

— Vous aviez prévu de sortir ?

— Plus ou moins, expliqué-je en triturant nerveusement mon col roulé.

— Invite-la. Elle peut se joindre à nous… Et de mon côté, je peux appeler quelques potes. Enfin, si ça te dit ?

Là, il me prend totalement au dépourvu. Mais je n'ai rien à perdre. Et même si je ne suis pas aussi bien fringuée que les filles qui nous entourent, je dois avouer que l'ambiance du lieu, la musique *chill* et la bonne humeur de mon compagnon de ce soir me donnent envie de rester un peu plus longtemps.

— Ça marche ! Je l'appelle, je suis sûre que tu vas l'adorer.

Chapitre 4

Indifférence

— Il est *cute*. Super *cute*, affirme Freïa en remettant du rouge sur ses lèvres et en vérifiant que sa crinière rousse est impeccable.

— Et donc ? dis-je en marchant vers le lavabo pour la rejoindre.

— Sed ! crie-t-elle en pivotant sur elle-même, l'air scandalisé. T'es aveugle ou quoi ?

— Quoi ?

— Il n'a d'yeux que pour toi ! s'esclaffe-t-elle en rangeant ses affaires dans son sac à main. Ce qui m'arrange, parce que je préfère les bruns. Les blonds, c'est ton truc à toi !

Je manque de m'étouffer à ces mots.

— Qu'est-ce que tu racontes ? rétorqué-je en me lavant les mains.

Ma copine s'adosse contre la porte d'une des toilettes et me lance un regard qui en dit long. Nos petites conversations de fin de soirée dans des endroits carrelés et où l'on peut s'isoler nous ont toujours beaucoup plu. À croire que l'odeur nauséabonde qui y règne, les poubelles pleines de tampons et les gloussements aigus des autres femmes rendent le lieu propice aux discussions les plus intimes et aux confidences.

Rien de ce qui se dit dans les toilettes des filles ne sort des toilettes des filles.

C'est une des premières règles de notre charte de sœurcières.

— Je n'ai pas le temps pour tes suppositions à deux balles, Frey. Je te préviens.

— Arrête de jouer à l'indifférente... Je vois ton aura qui s'agite dans tous les sens. Avoue que ça ne te dérangerait pas de lui avoir tapé dans l'œil...

— N'importe quoi ! scandé-je sur un ton théâtral. On a juste parlé, de manière très professionnelle... et bu un verre ou deux. Et t'as vu ma dégaine ou quoi ?

— Tu n'en es pas moins jolie, Sed ! Tu le sais, tu es une beauuuuté naturelle. Ça doit sûrement lui plaire. Au moins, il voit à quoi tu ressembles sans artifice... ou au saut du lit ! lâche ma meilleure amie en gloussant.

Je lui lance un regard noir et lui fais signe de se taire. Mais dans la précipitation, un éclair sort de mon index et je dois ranger la main sous mon pull pour éviter d'alerter les autres utilisatrices des toilettes. Heureusement, celles-ci sont toutes trop soûles pour remarquer quoi que ce soit d'étrange.

— Oh... j'ai contrarié Mme Sedna et sa magie, apparemment ! En tout cas, heureusement qu'Artémis n'est pas venue nous rejoindre, parce qu'elle serait super jalouse.

— Qu'elle essaye ! Elle sait pertinemment qu'elle n'en a pas le droit ! m'entêté-je en m'efforçant de juguler mes pouvoirs par de petits sauts d'un pied sur l'autre.

— Pourquoi ? Parce qu'elle refuse d'avouer à ses parents que vous êtes plus que de simples amies ?

— Oui. Je lui ai dit que tant qu'elle refuserait de porter ses ovaires devant sa famille, nous ne serions pas un vrai couple.

— Aouch... Mais tu sais pertinemment qu'elle t'aime vraiment ! Enfin, à sa manière. Je pense qu'elle est sincère.

— Moi aussi, je l'aime. C'est pour ça que je l'ai officiellement présentée à ma mère. Et je vais bientôt la présenter à mon père. J'aimerais juste qu'elle... qu'elle... Enfin, qu'elle...

— Te rende la pareille.

J'opine en chassant les larmes qui me sont montées aux yeux.

Mon cœur vient de descendre de dix étages en une fraction de seconde.

— Tu es une vraie angoissée, Sed... Moi, perso, rien qu'avoir quelqu'un qui me donne de l'amour, ça me suffirait. Et puis, tu sais ce qu'on dit : vivons cachés pour vivre heureux !

— Alors pour commencer, tu t'es trompée dans l'expression, dis-je en croisant les bras. C'est le contraire : vivons heureux pour vivre cachés.

— Je suis anglophone, *sorry* ! se justifie-t-elle en levant les yeux au ciel. Sans parler du gaélique qui passe en continu dans ma tête...

— Breeeef, tu dis ça parce que tu ne peux présenter personne à tes parents ! Moi, je sais très bien qu'Artémis ne sera pas transformée en petit cochon si elle s'expose aux yeux du monde entier...

Freïa rit puis me lance une giclée d'eau dans le visage en m'entendant évoquer son ex-petit ami, qui avait été transformé en cochon par ses parents. Cela s'était produit le jour où ils l'avaient retrouvée avec un humain des plus banals, langues et jambes emmêlées. Mon amie n'a le droit de fréquenter que des sorciers comme nous, pour perpétuer l'héritage celtique et ancestral de sa famille.

Parce que Freïa Guinness n'est autre que l'héritière de notre Coven, titre dont elle doit se montrer digne.

La lignée de sorcières dont elle descend est originaire de l'Irlande du Nord. Cette même famille a donné naissance à la Noxa, notre cercle magique qui s'est exilé en Belgique dans les années 1990 lors de la guerre civile. Depuis plus de quatre siècles, sa famille règne sur toutes les femmes issues de l'Europe de l'Ouest qui possèdent des dons surnaturels – en veillant à nous préserver pour éviter notre extinction. C'est pour accomplir son destin que nos Aînées tiennent à ce qu'elle ne se « mélange » pas avec un mortel, pour reprendre le terme qu'elles utilisent en l'occurrence, et souhaitent qu'elle conserve la pureté de son sang royal en épousant un puissant sorcier. À cause de cela, Freïa doit suivre toute une série de règles, pour ne pas dire de contraintes, afin d'honorer ses aïeules.

Heureusement pour elle, Artémis et moi sommes toujours là pour lui rendre la vie plus légère, en l'aidant à enfreindre chacune des règles qui lui sont imposées au quotidien.

Surtout depuis qu'elle et moi vivons en colocation.

Ce qui est la définition même du paradis sur terre.

— Même si Artie ne représente pas le mari idéal que mes parents aimeraient que j'épouse, elle est une sorcière. Pas une mortelle. Et puis, je sais qu'ils ne veulent que mon bonheur... Ils ne s'opposeront donc pas à notre relation.

— Du coup, tu vas faire quoi de ton beau joueur de foot ?

— Le recaler... S'il a vraiment des vues sur moi.

— Il a des vues sur toi. C'est incontestable ! D'ailleurs, on ferait mieux d'y retourner... Sinon, il va croire qu'on s'est éclipsées. Et un de ses potes me plaît pas mal, donc je compte bien rentrer accompagnée, ce soir... Si tu vois ce que je veux dire.

— Oui, ma petite Frey. Pas besoin d'entrer dans les détails. Je vais te laisser l'appartement pour toi toute seule dans ce cas... Je vais m'arranger pour rentrer chez ma mère et prévenir Artie.

— Tu es la meilleure des copines ! beugle Freïa en me serrant dans ses bras.

— Tu as surtout de la chance que tes parents soient actuellement en Crète...

— Ils peuvent bien m'oublier ! De toute façon, ils préfèrent vivre leur vie à deux plutôt qu'avec moi... Heureusement, ma grande sœur d'adoption est géniale. Au fait...

Mais je ne l'écoute plus.

Mes yeux et mon cerveau se déconnectent du moment présent pour m'envoyer directement dans le futur. Ou dans ce que j'appellerais « un souvenir du futur ». Je reçois un message du ciel, le canalise en transformant les ondes en images. Dans cette vision, je me vois me disputer avec Artémis en présence de Freïa, au beau milieu de notre rituel de célébration d'Ostara, à l'aube de l'équinoxe du printemps. Nous ne parvenons pas à trouver de consensus ni d'issue à notre conflit, si bien que les choses dégénèrent jusqu'à ce que nous en venions aux mains. Nous nous envoyons une pluie de sortilèges, puis ce sont des cris, des pleurs et, pour finir, Artémis décide de rompre.

— Sed ?

Mon amie prend mes mains dans les siennes.

Elle plante dans mes yeux ses iris noisette et se pince les lèvres, l'air soucieuse. Elle fait rouler ses pouces sur mes paumes et attend sagement que je reprenne mes esprits avant d'ouvrir la bouche. Elle me connaît depuis maintenant bien trop d'années pour ignorer que je ne suis pas en mesure de parler lorsque je reçois ce type de vision.

Je finis par cligner des yeux pour lui indiquer que je suis à nouveau présente et prête à lui répondre.

— Mon chou... Tu pleures... Tu es sûre que ça va ?

— J-je... je vais rentrer, hoqueté-je en essuyant mes larmes. Premier jour de règles, tu connais.

— Moui... Repose-toi bien. Même si j'en connais un qui va être déçu.

— Pfff ! N'importe quoi.

Mais ma camarade redevient sérieuse d'un coup. Elle croise les bras sur la poitrine et me jauge de haut en bas. Comme si elle s'apprêtait à me reprocher quelque chose.

— Au fait, je n'ai plus le droit de savoir ce que tu as vu ?

— Q-quoi ?

— Ta vision.

— Je... je t'expliquerai plus tard. Je ne suis pas en forme.

— Mouais, fait-elle, visiblement insatisfaite par mon mutisme. Ne rentre pas en balai volant, au moins.

En guise de réponse, je serre mon amie dans mes bras et la salue avant de quitter le bar. Je me presse vers l'extérieur, gesticulant pour enfiler les couches de laine que j'ai multipliées afin de survivre au froid glacial de l'hiver belge. Je tire tellement sur mon écharpe que je manque de m'étouffer avec. Malgré tout, je claque des dents. C'est dans ce genre de moment que le Togo et son climat tropical me manquent. Là-bas, aucun risque de mourir d'une hypothermie, même si cohabiter avec des lézards énormes est un sacré sacrifice à faire.

Je frissonne en posant un pied par terre, tandis que de nouvelles douleurs s'emparent de mon bas-ventre. Je jure silencieusement et applique une main sur mon chakra sacré. Je fais tourner mon pouce dans le sens des aiguilles d'une montre et de petites étoiles dorées se diffusent en moi, depuis ma paume, pour venir soulager mes tensions. Je souris dès que l'effet anesthésiant de ma magie commence à se faire sentir, puis j'entreprends de monter vers le quartier du Sablon pour héler un taxi. Je ne me suis pas encore bien éloignée, lorsqu'une main se pose sur mon épaule.

— Ton amie m'a dit que tu n'étais pas en forme, alors je vais te ramener… Si ça ne te dérange pas ?

Je me retourne vivement et croise les yeux verts de Dorian.

Mon cœur fait un bond dans ma cage thoracique, tandis que le sang me monte aux joues. Je suis tellement fatiguée que je n'ai même pas remarqué qu'il m'a suivie jusque dehors.

— C-c'est gentil, m-mais c'est pas la peine… Je vais prendre un Uber.

Il fronce les sourcils en m'observant trembler de froid et d'épuisement.

— C'est moi qui t'ai amenée ici, je peux bien te rendre ce service. Il est plus de 1 heure du matin… Je n'aime pas ça, il pourrait t'arriver quelque chose et…

— D'accord.

Son visage se fend en deux de joie, et, dans une impulsion, il retire sa veste en cuir brun et la dépose délicatement sur mes épaules en veillant à rester à bonne distance de moi, pour éviter tout malentendu. Il croise mon regard, me demande la permission de m'aider à enfiler son manteau, puis frictionne mes bras avec énergie pour faire circuler la chaleur. Dès qu'il voit que je cesse de trembler, il recule d'un pas. Il me contemple de bas en haut, l'air fier de lui.

— Tu auras plus chaud, comme ça.

— Oui, mais… et toi ?

— Ah ! t'inquiète, j'ai l'habitude. Je cours tous les jours en short dans le froid.

Là, il marque un point. Sans jeu de mots facile.

Je m'emmitoufle dans sa veste, qui tombe juste en dessous de mes hanches et semble avoir été faite pour moi. Puis je frotte les mains l'une contre l'autre pour me réchauffer davantage. Son vêtement dégage une odeur boisée qui me rappelle les douces journées de cocooning au coin du feu. Les battements de mon cœur s'accélèrent : il y a bien longtemps que je n'ai pas humé une fragrance si plaisante – et plus longtemps encore que je n'ai pas trouvé la présence d'un homme aussi agréable.

— C'est mieux ?

J'opine timidement du chef.

— Ravi d'avoir fait ta connaissance, en tout cas.

— Moi de même ! assuré-je en acceptant le bras qu'il me tend.

Il m'offre un immense sourire, un sourire dans lequel je vois les beaux rayons de soleil du printemps.

Et là, pour la première fois en vingt-deux ans d'existence, je me sens à l'aise et en sécurité auprès d'un homme autre que mon père. Dorian dégage cette sérénité, cette douceur et cette légèreté qu'on retrouve chez ces quelques hommes qui sont en phase avec leurs émotions et qui assument pleinement leur manière d'être, sans mettre sans cesse leur virilité en compétition avec celle des autres. Et ça, ça me plaît beaucoup.

Aujourd'hui est un jour à marquer d'une pierre blanche.

En quelques heures à peine, ce garçon m'a fait bonne impression.

Je l'avoue.

Mais tandis que nous marchons en silence, je me surprends, plongée dans mes pensées, à me répéter que cela ne veut pas dire que ma vision se réalisera. Les flashs qui m'envahissent ainsi ne se réalisent pas tous. Chacun possède une forme de libre arbitre. Qu'importe ce que disent les astres, les cartes, les pendules ou encore les dons médiumniques comme ceux dont j'ai hérité.

Rien n'est définitivement ni par avance inscrit dans le marbre.

Chapitre 5

Imprudence

Ce matin, j'ai donné rendez-vous aux Cadettes, les petites sorcières dont je suis l'enseignante, dans la salle aux chaudrons du Coven.

Comme son nom l'indique, c'est une immense pièce pleine de grosses marmites noires, de fioles destinées à recevoir des potions et d'autres récipients magiques. Or, malgré tous ces ustensiles sacrément liés au monde de la sorcellerie, c'est une des pièces du manoir de la Noxa dans laquelle j'ai toujours détesté me trouver seule.

Je n'ai jamais aimé ses murs peints en noir, ni son lustre de porcelaine qui se reflète vilainement sur les étagères en verre. Et ce que je déteste le plus, c'est ce vieux parquet qui grince sous chacun de mes pas. À mes yeux, cette pièce est sans conteste la plus lugubre de notre consœurie.

Celle qui pourrait rappeler aux mortels pourquoi ils nous ont chassées comme des démones pendant des siècles, songé-je en ouvrant le Grimoire Sacré, un gros livre sombre aux pages jaunies et écornées qui recueille toutes les règles du Coven et quelques sortilèges bien utiles.

Mais il est vrai que je ne suis pas totalement objective non plus. Il se trouve tout simplement que je ne suis pas la sorcière la plus douée dans l'art des potions. J'ai beau être d'après ce que l'on prétend la plus puissante de ma génération, j'ai toujours eu du mal à concocter un élixir digne de ce nom. Même le plus simple. D'où le fait que j'ai toujours eu besoin de l'aide d'Artémis, dans ce domaine.

C'est sa famille à elle qui y excelle.

Pourtant, me voilà aujourd'hui à devoir animer seule un atelier sur cette thématique.

Après avoir relu les notes que j'ai prises pour préparer mon cours et jeté un œil à l'horloge, qui affiche 9 h 45, je sors mon téléphone de mon sac à main. Je fais défiler les photos d'hier soir et me trouve vraiment contrariée lorsque je découvre que j'ai complètement oublié de faire un selfie avec Dorian. Non que je veuille garder une trace de lui dans mon portable, mais j'ai pour habitude de faire un « selfie de fin » avec chaque personnalité que j'ai l'occasion d'interviewer.

C'est ma signature, d'une certaine manière.

Soudain un message s'affiche à l'écran, laconique.

Des nouvelles de Gatsby ?

Je plisse les yeux un instant, puis je finis par comprendre à quoi Freïa fait référence. Ou plutôt à qui.

Je soupire longuement en rangeant l'appareil dans mon sac.

Non. Je n'ai aucune nouvelle et c'est tant mieux. Ma vie sentimentale est déjà assez compliquée, je n'ai pas besoin d'embrouilles supplémentaires, même si ma magie semble vouloir me faire comprendre que je n'y échapperai pas. Je décide donc de me concentrer à nouveau sur la préparation de ma potion, avant d'accueillir mes élèves à 10 heures tapantes.

Aujourd'hui, seules cinq petites sorcières sont présentes, sur les huit qui suivent habituellement mon enseignement ; les autres ont chopé le fameux rhume saisonnier, à cause du froid de ces dernières semaines.

— Vous voyez, quand je vous dis qu'il est important de boire votre soupe verte tous les midis ! les taquiné-je en touillant ma mixture du jour.

— Mais elle n'est vraiment pas bonne ! se plaint Emiliana en croisant les bras.

Ses tresses africaines s'agitent, comme sous l'effet de son mécontentement, mais l'instant d'après, elle éternue. Les autres petites filles éclatent de rire en la pointant du doigt.

— Mesdemoiselles ! Pas de méchanceté entre vous ! Merci de déposer une pièce dans la boîte aux moqueries que nous avons conçue à cet effet ! les grondé-je en désignant une petite urne en bois, près de moi.

— Oh ! non ! Madame Sedna ! se plaignent-elles en chœur.

Mes jeunes sœurcières viennent à tour de rôle déposer une petite obole dorée dans l'urne prévue à cet effet, tandis que je les toise sévèrement en posant les mains sur les hanches. Je leur demande de se taire et de se concentrer sur leur préparation du jour, en leur rappelant bien que la magie des potions n'est pas à prendre à la légère ni à sous-estimer. Même s'il peut paraître amusant de mélanger toutes sortes d'ingrédients pour concocter une mixture magique.

Finalement, très peu nombreuses sont celles qui parviennent à maîtriser réellement cet art.

Je leur rappelle donc les règles d'or : n'ajouter qu'un ingrédient à la fois, mélanger toujours avec douceur, vérifier deux fois plutôt qu'une le dosage de la recette, se protéger les mains avec des gants et les yeux avec des lunettes, si possible.

— Vous connaissez Mme Artémis, n'est-ce pas ? leur demandé-je en passant près de chacune d'entre elles.

Les petites opinent.

— Vous avez déjà remarqué la cicatrice qu'elle a près du sourcil ?

Elles acquiescent à nouveau.

— Eh bien, c'est un souvenir qu'elle doit à une potion ratée ! Heureusement, cela ne lui a valu qu'une vilaine coupure... Mais elle aurait pu perdre son œil.

— Son œil ? crie Lara, une petite rouquine, cousine éloignée de Freïa.

— Mais c'est horrible ! ajoute une autre.

— Vous dites juste ça pour nous faire peur, râle Briana, dont les cheveux blonds sont rassemblés en couettes maintenues par des chouchous colorés.

— Non, elle dit vrai, assure une voix dans le fond de la pièce. J'étais là. Et c'est grâce à moi qu'elle n'a pas perdu son œil. J'ai juste eu le temps de lancer un sortilège de protection.

Ma grand-mère referme la porte de la pièce et soutient le regard de chaque petite sorcière. Puis elle passe une main dans son afro grisonnant, avant de resserrer son gilet autour de sa poitrine en frissonnant légèrement. Je sais qu'elle déteste autant que moi cette période glaciale.

— Ne remettez jamais en question les dires de votre maîtresse. Nous sommes là pour vous préparer à la vie qui vous attend, pas pour vous jouer de mauvais tours.

— Même si parfois c'est tentant, soupiré-je avant de rejoindre mon bureau pour aller saluer mon Aînée.

Je m'apprête à lui serrer la main, mais elle m'attire à elle et me serre vivement dans ses bras.

— Enfin ! Je sais que tu donnes cours, mais tu peux quand même embrasser ta vieille grand-mère ! me chuchote-t-elle avant de me donner deux grosses bises sur les joues.

— Pourquoi es-tu là ? soufflé-je, heureuse de la voir en si bonne forme.

— Parce que mon petit doigt m'a dit que tu avais besoin de faire une pause.

Je lui serre vivement les mains en la remerciant d'un regard.

— Je reviens dans dix minutes, les filles. OK ?

— Mais, madame Sedna, vous allez où ? s'inquiète Emiliana. Vous revenez après, hein ?

— Oui, ne t'inquiète pas ! J'ai juste oublié un ingrédient de ma potion… Je vais le chercher et je reviens.

— Et vous mangez avec nous, ce midi ?

— Oh ! je…

— Petites impertinentes ! intervient mémé avec impatience, en levant un doigt qui grésille d'électricité. Laissez donc votre maîtresse vaquer à ses occupations, elle vous consacre déjà bien plus de temps que le reste de vos professeurs.

— Mais, mais, mais...

Je profite de ce moment de confusion pour m'éclipser de la salle et courir aux toilettes.

Mes crampes abdominales sont moins intenses aujourd'hui, elles se sont estompées depuis hier soir, mais le flot de sang ne semble pas vouloir diminuer. J'ai vraiment besoin de cette potion pour me remettre sur pied, sinon je ne pourrai pas profiter du reste de mon week-end. J'appuie un instant la tête sur la porte des WC, puis je prends quelques profondes inspirations en fermant les yeux pour éliminer la douleur grâce à une rapide autohypnose.

Quelques minutes après, je me réveille de mon état second et ne peux m'empêcher de sourire en posant les mains sur le ventre.

La douleur est passée. C'est temporaire, mais c'est passé.

— Fichue endométriose, grogné-je entre les dents.

Je sors des toilettes et me dirige rapidement vers le bureau de la famille Khadra.

Je pousse la lourde porte en chêne foncé, puis je me rue vers les étagères vitrées pleines de flacons : des épices, des fleurs, mais aussi des choses moins ragoûtantes comme de la poudre d'os, des poils, de la bave ou encore du sang d'un animal ou d'un autre. Je frissonne un instant avant de m'emparer des clous de girofle que je cherchais.

Lorsque je me retourne, j'étouffe un cri d'effroi en croisant le regard noir d'Aphrodite, la mère d'Artémis. Il me faut un instant pour calmer les battements de mon cœur, puis je salue poliment mon Aînée.

— Désolée, dame Aphrodite. Vous m'avez fait peur...

— Ne t'excuse pas, Sedna... En revanche, j'espère que tu penseras bien à me rendre ma fiole de clous de girofle ! lâche-t-elle en me jaugeant avec mépris.

D'un coup, j'ai la désagréable impression de redevenir une gamine. Pas une petite fille qu'on noie d'amour et qu'on choie, mais bien une sale gamine, qu'on réprimande et qu'on sermonne sans cesse.

Aphrodite a toujours été la protagoniste de mes pires cauchemars, et pas une fois je n'ai tremblé, face à ses immenses yeux noirs qui scrutent chaque mouvement, même dans la pénombre, comme le font les hiboux, ses amples robes sombres en dentelle démodées, ses longs cheveux de jais et son sourire que je qualifierais plutôt de diabolique.

— Oui, oui ! Je vous l'emprunte seulement pour une incantation...

— On dirait bien que tu as arrêté de dévorer comme une goulue, raille-t-elle en me scrutant de haut en bas. Je me rappelle encore, à l'époque... Quand je devais refuser que tu prennes un bol de soupe supplémentaire, à la cantine du Coven ! Tu étais énorme et si disgracieuse... Mais on dirait que tu t'es remise sur le droit chemin. Quand est-ce que tu as perdu tout ce poids ?

— Il y a trois ans, quand j'ai repris la danse. Après la mort de papy, répliqué-je sèchement.

Oui, j'ai bien été en surpoids à l'adolescence. Notamment parce que je mangeais mes émotions. Entre le divorce de mes parents, qui s'éternisait, leur guerre cruelle pour savoir chez qui il valait mieux que je vive, le harcèlement scolaire que je subissais à cause de mon métissage, puis le décès soudain de mon grand-père paternel, Seanair[1]... Autant dire qu'à l'époque, je n'avais qu'une idée : me terrer dans mon coin, avec mon journal intime et des morceaux de cake que je volais à chacun de mes passages au manoir.

— Ah bon ? Depuis si longtemps ? lâche-t-elle en écarquillant les yeux.

— Oui. On se croise toutes les semaines... Vous avez dû le remarquer.

Parce que oui, malheureusement, je croise toutes les semaines cette vieille harpie. Bien qu'elle ne m'adresse jamais un seul mot. Et j'ai parfaitement remarqué les petits regards en coin qu'elle me jette avant de sourire avec malveillance. Des années durant, je me suis demandé pourquoi elle éprouvait autant de haine envers ma personne. Jusqu'à ce que j'apprenne que c'est tout simplement parce qu'elle soupçonne ma relation secrète avec sa fille.

Chose qui lui déplaît au plus haut point.

D'ailleurs, ma langue me brûle. Je n'ai qu'une envie, c'est de lui crier :

1. « Papy » en gaélique écossais.

« Mes kilos en trop ne m'ont jamais empêchée de me taper votre fille. Elle était déjà accro à moi, quand je mangeais comme une goulue ! »

Mais je me mords l'intérieur de la joue, serre dans le dos un poing que j'entends jeter quelques étincelles, et prends sur moi. Je me refuse à gâcher tous les efforts que je fais dans ma relation avec Artémis à cause de sa mère. Elle ne me le pardonnerait jamais.

— Oui, j'ai bien vu que tu avais embelli, reprend-elle en rajustant son voile sur sa tignasse. Tu dois faire tourner la tête des garçons, maintenant... Et tant mieux.

Son sourire s'élargit et ses yeux noirs étincellent.

C'est clairement le mot de trop, il ne m'en faut pas plus pour la saluer ou pour exploser.

— Mes élèves m'attendent, j'y vais. Belle journée.

Sans un regard de plus, je me défais des griffes de la mégère et sors de son bureau.

Lorsque je reviens dans la salle aux chaudrons, Mémé comprend tout de suite que quelque chose ne va pas.

— Mon enfant, qu'est-ce...

— On en parlera plus tard, chuchoté-je en soutenant son regard.

J'enfile un tablier, des gants, rajuste mes lunettes de vue sur mon nez et termine de préparer ma potion en y incorporant le dernier ingrédient, celui qui manquait. Puis je mélange avec ma grande cuillère en bois. Hélas, la colère mélangée à une vive frustration me fait touiller la mixture un peu trop vite... Ma préparation m'explose au visage.

— Eh mer... zut ! Vous voyez, quand je vous disais que ce n'est pas si simple que ça, de préparer une potion...

Les petites sœurcières éclatent de rire.

— Mais, madame Sedna, vous êtes la meilleure sorcière du Coven ! Si vous n'arrivez pas à faire une potion, nous non plus, on n'y arrivera jamais !

— Oh que si ! Je suis simplement distraite, aujourd'hui, les rassuré-je en essuyant mes bêtises avec une serviette. D'ailleurs, est-ce que l'une d'entre vous a terminé sa décoction du jour ?

— Moi ! Moi ! Moi ! s'exclame Lara en sautillant sur place.

— Super... Est-ce que je peux goûter ?

— Oh ! non, madame... Je voulais la faire essayer à Emiliana.

Mémé et moi nous lançons un regard étonné.

— Mais...

— J'ai préparé une potion bien-être. Comme Emiliana commence à être malade, je me dis que ça peut lui faire du bien. Et ce n'est pas la fameuse soupe verte, promis !

Ce geste d'affection me touche énormément. J'ai toujours rêvé de voir les petites filles s'entraider de la sorte. Après tout, c'est la raison d'être de la Noxa. Proposer un espace de solidarité féminine qui permet à chacune d'exploiter son potentiel inné en toute liberté. Même si cela fait quelques décennies que des hommes ont rejoint notre cercle magique, le Coven reste une puissante matriarchie.

— D'accord, cédé-je en souriant. Si Emi veut bien, tu peux lui faire goûter.

— Ouiiii ! Je serai ho-no-rée de goûter la potion de Lara. Merci !

Les petites filles se regroupent autour du chaudron de la rouquine, tandis que celle-ci prépare une fiole à l'intention de sa camarade. Ma meilleure élève ne se fait pas prier lorsqu'on la lui tend, et elle en avale le contenu d'une traite.

— Alors, comment te sens-tu ? demandé-je en rejoignant le petit groupe.

— Euh... je ne sais pas. Je n'éternue plus ?

Les autres petites commencent à rire, à nouveau.

C'est alors que je m'aperçois que quelque chose ne tourne pas rond : des moustaches poussent sur les joues d'Emiliana. Ainsi que de longues oreilles, qui se nichent entre ses tresses. Son nez laisse place à un petit museau et ses mains se transforment en pattes duvetées. Quelques secondes après, l'enfant est complètement métamorphosée en petit lapin brun.

— Mais qu'est-ce que...

Dans l'assistance, les rires redoublent.

Et là, je comprends leur mascarade.

— Laraaaaaa ! hurlé-je en direction de la coupable. Qu'as-tu fait ?

— J-je... J-je... voulais juste faire une blague.

— Mais encore ?

— J-je... J'ai mis des poils de lapin dans la préparation.

— Et vous étiez au courant ? crié-je en direction de ses camarades.

— Oui. M-mais... Euh, mais...

— Dehors ! Toutes ! Je ne veux plus vous voir ! hurlé-je à gorge déployée.

Muettes et la mine piteuse, les Cadettes sortent de la salle. Non sans avoir déposé tout le contenant de leur portefeuille dans l'urne aux moqueries. Et comme si la situation n'était pas assez difficile à gérer, voilà que le petit lapin, certainement affolé à l'idée de conserver toute sa vie cette apparence, se met à bondir partout dans la pièce, renversant tout sur son passage : livres, bibelots et pierres magiques. L'intégralité du contenu de certaines armoires se répand sur le sol. Mais le pire reste à venir : la porte est restée grande ouverte et le petit animal ne trouve rien de mieux que de s'engouffrer dans le couloir pour disparaître de ma vue.

— Oh ! non...

— Mademoiselle Sika, gardez votre sang-froid. Votre sang est d'or. Et je suis avec vous, me dit doucement mémé. Tout va s'arranger. Avant midi tout sera rentré dans l'ordre, promis. Je connais le sortilège qui lui fera reprendre sa forme originelle.

— M-mais... ses parents...

— Ils savent pertinemment que le racisme n'a toujours pas disparu de notre société.

— Je suis une si mauvaise enseignante... J'ai fait preuve d'imprudence, dis-je, la voix brisée par l'émotion, tandis que des larmes brouillent ma vue. Tout ce que j'ai toujours voulu empêcher... J-je... J'ai...

— J'étais là moi aussi. Et je n'ai rien vu venir. Suis-je une mauvaise grand-mère pour autant ?

Mémé pose une main sur une de mes épaules et me tend un mouchoir de l'autre.

— Allez, on y va ! Il paraît qu'un lapin s'est échappé du chapeau d'un faux sorcier... et qu'il gambade partout dans le manoir !

Aloooors ? Des news ? Je veux TOUT savoir !

Je lève les yeux au ciel face aux enfantillages de Freïa et range mon téléphone. Les minutes qui viennent de passer m'ont paru bien longues, entre la course-poursuite avec mon élève aux grandes oreilles, puis les caresses pour la calmer, enfin les incantations de ma grand-mère pour lui redonner son apparence de fillette avant la fin de la journée et l'heure où les parents viennent chercher leurs enfants... J'ai clairement autre chose à penser en ce moment même.

Je lance un dernier regard vers l'extérieur à travers la fenêtre du hall d'entrée du Coven. Et je souris aussitôt en voyant le papa de la petite Emiliana remercier Mémé et la serrer dans ses bras. De loin, ma petite élève me fait signe et m'envoie un baiser volant.

Mais soudain la tête me tourne et je dois me cramponner à l'appui de la fenêtre.

J'ai eu tellement peur de ce qui aurait pu se produire si on ne l'avait pas retrouvée ! Et je m'en veux tout autant de ne pas avoir compris la fourberie des petites filles. Sans attendre l'autorisation de notre Sorcière-Reine, j'ai téléphoné à leurs parents pour leur faire savoir qu'elles seraient toutes de corvée pendant un mois complet. Elles devront éplucher les légumes de la soupe verte avec dame Aphrodite et nettoyer le sol de la cantine. Bien évidemment, elles auront également droit à un cours spécial, digne d'une école d'humains, sur la tolérance et la nécessité d'accepter la différence.

Cependant Freïa doit être en pause, et elle continue visiblement de s'interroger sur mon joueur de foot, puisqu'elle m'envoie un nouveau message.

Je viens de voir qu'il t'a ajoutée sur Instagram… Je suis sûre qu'il te stalke déjà !

Je décide, une fois de plus, d'ignorer ma meilleure amie. Même si je jalouse secrètement son insouciance. J'aimerais avoir la tête aussi libre qu'elle… Hélas, j'ai d'autres chats à fouetter. Je ne peux pas me permettre de parler d'histoires de mecs maintenant.

— Plus de peur que de mal, me dit mémé qui revient à mes côtés.

Je hoche doucement la tête.

— Mon enfant… Tu devrais aller te reposer, tu n'as pas bonne mine…

— Je dois rentrer pour bosser sur un article.

— Repos obligé, après. OK ?

J'opine en la serrant dans mes bras.

— Au fait, tu voulais me parler de quelque chose, se souvient-elle en fronçant les sourcils.

Elle me fait signe de la suivre dans le jardin du manoir. Il commence à neiger. Frileusement, je resserre mon manteau en fausse peau de mouton contre moi, enfile des gants en laine beige et rajuste mon cache-oreilles.

— Oh… Ne t'inquiète pas, mémé. Ce n'est rien d'important.

— Oh que si, c'est quelque chose, ma petite ! Je l'ai vu à ton visage, tout à l'heure…

— Hum… C'est juste que… Je me demandais…

Je m'interromps en observant les branches d'un arbre qui s'entrechoquent à cause du vent.

Puis je vérifie derrière nous que l'aura d'Aphrodite n'est plus perceptible.

— Je me demandais s'il est important, quand on décide de partager sa vie avec quelqu'un, d'avoir l'accord et le soutien de sa famille.

— Si tu comptes épouser cette personne, alors oui, c'est important. Parce que même si tu ne vis pas avec ces gens, tu devras les côtoyer régulièrement. Et leur énergie déteint sur la tienne, au fur et à mesure...

Mon cœur se serre à ces mots.

— Mon enfant, tu sais ce que j'ai vécu avec ton pépé... Si j'ai réussi à garder le cap pendant tant d'années, c'est parce que j'avais le soutien de mes belles-sœurs et même celui de mes beaux-parents. Ce sont eux qui se sont assurés que j'avais un billet d'avion pour l'Europe et que je vivais bien, même après le divorce. Ils n'ont jamais toléré les agissements de...

Elle s'interrompt. Je comprends à son regard soudain vague qu'elle vient de recevoir une vision. Ce don est partagé par tous mes ancêtres maternels. Quasiment toute ma magie me vient de la génétique de la famille Sika, une lignée de sorcières venues d'Afrique de l'Ouest. C'est une magie résolument ésotérique, intuitive et médiumnique. Comme nous avons le sang chaud, nous avons également hérité des pouvoirs de la foudre : lorsque nous sommes en colère ou contrariées, le tonnerre peut gronder ou se manifester directement à travers nos mains.

En dehors de la tradition ésotérique du Coven, qui se veut être une matriarchie, ce n'est pas pour rien qu'on me désigne toujours avec le nom de ma famille maternelle de préférence à celui que porte mon père : « mademoiselle Sika », « madame Sika » même, parfois...

Je suis bien plus une fille de cette lignée qu'une héritière de mes ancêtres paternels. Finalement, ma pratique de la magie n'a que très peu de similitudes avec celle de mon père et des Claes originaires d'Écosse. Même si je suis fascinée par l'histoire celtique et les sabbats traditionnels, je n'ai jamais vraiment été douée pour la magie manuelle. Ce qui n'empêche pas que j'aurais adoré être une guérisseuse ou plutôt une « druidesse ».

— Oh ! reprend ma grand-mère. Si tu veux parler d'Artémis...

Je me fige sur place.

— Chut ! Mémé ! Aphrodite est dans les parages...

— Et alors ? Rien que le fait que tu réagisses de cette manière me confirme que votre relation n'est pas saine !

Je veux répliquer, mais mon téléphone sonne.

La photo de mon amoureuse s'affiche sur l'écran. Comme si elle avait entendu qu'on parlait d'elle. J'hésite un instant à répondre, mais mon aïeule me fait signe de décrocher.

— Oui ?

— Par toutes les saintes, tu es où ? fulmine Artie. Je t'attends depuis une heure ! Si tu ne veux pas me voir, dis-le directement !

— Euh... Ma belle, je pense qu'il y a eu un malentendu.

— Mouais, comme ta sortie en boîte d'hier soir ?

— Hein ? Je ne suis pas sortie en boîte, je...

— Arrête avec tes mensonges. Écoute, c'est bien simple : tu rappliques maintenant, ou on ne se voit plus.

— Mais...

Je n'ai pas le temps de dire quoi que ce soit qu'elle a déjà raccroché.

Je reste bouche bée, complètement abasourdie. Oui, j'ai du retard. Je devais rentrer à 11 h 30. Il est midi passé, mais avec tout ce qu'il s'est produit ce matin... J'aurais aimé avoir une discussion en douceur avec elle, pour m'expliquer et lui demander de m'excuser, pas recevoir un ultimatum.

— De quel droit est-ce qu'elle ose parler comme ça à ma petite-fille ? s'exclame ma grand-mère en posant les mains sur les hanches.

— Oh ! mémé... C-ce n'est pas...

Mais elle me fait signe de me taire, visiblement plus contrariée que moi.

— Pour répondre à ta vraie question, mon enfant, sache qu'il est important de pouvoir te projeter dans l'avenir, si tu envisages de vivre avec quelqu'un ! Tu dois pouvoir compter sur cette personne pour tous les aspects de la vie, même les plus insoupçonnés ! Une relation de couple, c'est la cerise sur le gâteau de ton épanouissement. C'est une source de plaisir, pas un devoir. J'aurais aimé savoir tout cela quand j'avais ton âge... J'ai trop souvent pris de mauvaises décisions à cause de mes peurs. Je ne pensais pas mériter un amour sain et durable. Mais il est temps de casser cette spirale infernale. Alors, prends-en de la graine !

Elle conclut son petit discours en faisant apparaître un balai volant dans sa main.

— Tiens, dit-elle en plantant ses prunelles dans les miennes. Tu sais, finalement, ce n'est pas plus mal d'être imprudente, parfois... Ça permet d'ouvrir de nouvelles perspectives.

Chapitre 6

Négligence

Je dépose mon balai volant dans la buanderie et mon manteau blanc sur un des crochets du hall d'entrée, puis me dirige vers la salle de séjour d'un pas hâtif. Je me réjouis de me reposer un peu. Je n'ai dormi que cinq heures cette nuit, entre ma virée nocturne imprévue et les cours que j'avais à donner, tôt ce matin, au Coven. Et les petites sorcières que je forme ne m'ont pas rendu la tâche aisée. Ces enfants à peine âgées de cinq ans qui balancent des sortilèges à tout va… Comme si c'était normal de transformer une camarade de classe en lapin.

— Tout s'est bien passé ? me demande ma mère, qui interrompt sa discussion avec Artémis dès qu'elle me voit entrer.

— Mon groupe d'élèves est très difficile à gérer seule. J'ai bien peur que ces affreuses sorcières aient besoin de quelques leçons supplémentaires, elles ont du mal à emmagasiner tout ce que je leur enseigne.

— Comment ça, « gérer seule » ? Vous étiez pourtant deux à faire cours, aujourd'hui, non ?

— Euh... Quoi ?

Ma mère ouvre des yeux ronds comme des soucoupes.

Oh ! mince, pensé-je en me pinçant la lèvre inférieure. J'ai fait une bourde. Je devais cacher l'absence de Freïa - qui a sûrement passé une nuit de folie avec son bel inconnu - sauf que mon cerveau fonctionne au ralenti, après ma propre nuit...

Et que je suis une piètre menteuse.

— Ma filleule n'était pas avec toi. Pas besoin de m'en dire plus, je viens de recevoir une vision qui m'a confirmé ce que je craignais. Il faudra que j'en parle avec Dana, quand elle rentrera... Et que je lui suggère que sa fille t'aide un peu sous peine d'être définitivement reniée par la Noxa.

— Maman, arrête. C'est...

— C'est elle, l'héritière. C'est à elle de montrer l'exemple à la future génération, normalement.

Je soupire de lassitude, tandis que ma mère continue à rouspéter et à blâmer le désintérêt grandissant de ma meilleure amie pour son héritage magique. Artémis me lance un petit sourire de soutien, malgré notre prise de tête matinale. Mais dès que la grande Kali lui demande son approbation, elle ne peut s'empêcher de la lui accorder et de hocher la tête en rentrant dans son jeu puis en confirmant que l'irresponsabilité de Freïa devrait être punie.

Comme pour me sauver de cet éternel monologue, mon téléphone vibre.

Je le sors de la poche de mon jean avec précipitation afin de faire comprendre à ma mère que le débat est clos.

— Pourquoi tu souris comme ça ? me demande Artémis.

Je reste muette.

Alors elle quitte le divan et se plante devant moi.

— Mais réponds-moi ! insiste-t-elle en se penchant vers mon smartphone.

Je plaque l'appareil contre ma poitrine et envoie à ma mère, toujours installée sur le canapé, un regard qui en dit long. Il ne lui en faut pas plus pour comprendre que j'ai besoin d'intimité pour parler avec ma petite amie. Elle me lance un regard désapprobateur puis s'en va – non sans dire qu'elle appelle Freïa sur-le-champ pour lui passer un savon.

— D'abord, il faut qu'on parle de ce matin, commencé-je en croisant les bras sur la poitrine.

— Non, c'est bon ! s'empresse de dire ma petite amie. Je suis désolée ! Je me suis emportée pour rien... Ma mère m'a appelée et m'a expliqué la frayeur que ta mémé et toi avez eue. Je suis désolée d'avoir cru que... cru que...

— Que j'étais sortie en boîte pour draguer un mec que je devais interviewer pour le boulot ?

— Mouais... Le fameux Greg Jensen.

— Dorian Janssens, corrigé-je en lui lançant un petit regard en coin.

— Mouais... J'ai vu que tu apparaissais sur une de ces stories dans un bar et... Pourquoi tu étais toujours avec lui après le match ?

— Longue histoire. Je voulais le présenter à Freïa, mais les blonds, ce n'est pas son truc. Elle est rentrée avec quelqu'un d'autre.

Je me garde bien de lui dire que Dorian m'a suivie par l'intermédiaire de mon compte Instagram. Je sais que cela pourrait, à nouveau, la faire sortir de ses gonds. Sans parler du fait qu'il a liké une bonne dizaine de mes photos.

Mon amoureuse fait trois pas en arrière, s'affale sur le canapé et me fait signe de venir m'installer à ses côtés. Exténuée, je m'exécute sans me faire prier. Elle en profite pour se lover contre moi et déposer sa tête sur mes cuisses. Je commence à caresser sa longue crinière sombre, tandis qu'elle s'empare de la télécommande pour allumer la télévision sur notre série favorite.

— Tu es sûre qu'il t'a pas draguée ? insiste-t-elle tout de même en se tournant vers moi.

— Mais oui !

— Pourtant, il t'a ajoutée, sur Insta, continue-t-elle en pianotant sur son téléphone.

Mon sang ne fait qu'un tour alors que je la toise silencieusement. Comment est-ce qu'elle sait ça ?

— Il m'a demandé mes coordonnées, pour qu'on reste en contact, répliqué-je, de marbre. Pour qu'on soit amis, rien de plus. Je lui ai dit qu'il me trouverait facilement sur Instagram et c'est chose faite… Fin de la discussion.

— OK. J'espère qu'il va te repartager, ça ferait grimper la visibilité de ton blog !

— Ouaip, ce serait sympa. Peut-être qu'il le fera, s'il aime le papier que j'écris sur lui.

— Oh ! noooon ! glapit Artie en faisant des yeux ronds. Tu dois encore bosser ?

— Oui… mais ça ne prendra pas longtemps. C'est deux mille cinq cents signes maximum. Ce sera vite écrit. Je dois l'envoyer avant 15 heures.

Mon amoureuse se redresse d'un coup et fait tomber par mégarde un bol de pop-corn qui était sur la table basse. Je lui lance un regard glacial avant de vérifier que ma mère n'a pas entendu, sinon il me faudra affronter sa colère. Kali est née sous le signe de la Vierge et ne tolère aucun désordre au sein de sa demeure. J'ai d'ailleurs hérité à mon grand dam de ce syndrome de la maniaquerie.

— Oups ! Désolée ! chuchote Artémis avant de claquer des doigts.

Les grains de pop-corn se soulèvent d'eux-mêmes et regagnent le bol dans lequel ils siégeaient.

La magie fait vraiment des miracles.

— Tu vois ? Ni vu ni connu !

— T'as de la chance d'être douée avec tes pouvoirs et... d'être mignonne.

Je me rapproche d'elle pour l'embrasser, mais elle m'en empêche.

— Termine ton truc avec ton joueur de foot, là... Après, on profitera ensemble.

Elle vérifie l'heure sur la vieille horloge près de la porte de la cuisine, puis elle se renfonce sur le canapé et se met à regarder, pour la troisième fois consécutive, le premier épisode de la série *The Bold Type*. Elle est tellement impatiente de voir la saison deux, qui doit débarquer prochainement, qu'elle regarde la un en boucle, en attendant.

— Toi et moi, on est trop comme Kat et Adena ! déclare-t-elle.

— C'est pas faux, opiné-je en souriant.

Sur ces belles paroles, je me lève et m'installe à l'immense table de verre du salon. J'aime bien travailler ici, quand je suis chez ma mère – enfin, cette maison était celle de mes deux parents, avant que mon père ne la cède à celle qui devait bientôt devenir son ex-femme. Une maison qu'ils ont failli perdre tous deux, au moment du divorce, tant ils se la disputaient sans parvenir à trouver une solution qui les satisfasse. L'horreur, pour moi : cet épisode a failli m'envoyer vivre définitivement chez ma grand-mère, lorsque j'avais onze ans, tant j'en avais assez de les entendre se traiter de tous les noms à cause de cette bâtisse – sans compter toutes leurs autres bêtises.

Je secoue la tête afin de chasser mes idées noires, puis je pose mon téléphone et ouvre mon ordinateur portable pour commencer à rédiger mon article du jour. Avant de m'atteler à la tâche, je me sers une tasse de thé vert, puis je laisse traîner les yeux du côté de la baie vitrée d'où vient la lumière, dans la pièce de séjour aux murs aussi clairs que les nuages. Les stores sont levés et laissent entrer les faibles rayons du soleil de l'hiver.

Autour de moi, quelques bougies, sur les étagères en bambou et sur les appuis de fenêtres, sont allumées à l'occasion d'Imbolc[1], qui a eu lieu il y a dix jours – et parce que, selon ma mère, on ne fait jamais assez d'offrandes aux déesses. Un peu plus loin, le feu crépite dans la cheminée de pierre grise. Malgré quelques désagréables souvenirs liés à cette maison,

1. Fête celtique qui correspond à la Chandeleur. Elle célèbre le retour de la lumière et l'arrivée à grands pas de l'hiver.

j'ai toujours aimé y passer mes week-ends. Loin du centre de Bruxelles, dans le calme et la sérénité, à deux pas de l'illustre bois de la Cambre. C'est ici que je viens me ressourcer, dès qu'il fait gris et froid à l'extérieur.

Et puis, cerise sur le gâteau, la maison est à trois rues du manoir des parents de Freïa, et lorsque nous étions enfants, nous aimions nous réfugier chez l'une ou chez l'autre aussitôt que nous en ressentions le besoin.

Sans compter que cette maison incarne le succès de ma lignée.

Car s'il y a bien une chose que je dois admettre, c'est que la situation financière de mes parents, que ce soit du côté belgo-écossais ou du côté togolais, m'a toujours rassurée. C'est une des raisons pour lesquelles je n'ai pas peur de ne pas trouver de job à la sortie de l'école, malgré mes grandes ambitions, et que je serais prête à me jeter corps et âme dans un boulot de passion, pendant une année « sabbatique », ou à devenir professeur de magie pour le Coven à plein temps, même si cela ne me rapporte rien les premiers mois.

Je me suis lancée dans les études universitaires avant tout pour faire honneur à ma lignée maternelle, composée de grandes dames qui se sont longuement battues pour les droits dont je jouis aujourd'hui. C'est également pour leur faire honneur que je consacre beaucoup d'énergie, chaque jour, à construire mon propre empire financier. Car le but de la famille Sika est et sera toujours d'assurer l'avenir des générations futures. Ce n'est pas pour rien que notre nom signifie « or » en éwé, le dialecte du Togo. Ni qu'on me l'a donné de préférence à celui de ma famille paternelle.

Pour autant, je ne me mets pas de pression, et je fais mon bonhomme de chemin au rythme qui doit être le mien. Je sais qu'un jour ou l'autre on sera aussi riches que les Kardashian ! pensé-je en souriant.

Mais je soupire aussitôt, en contemplant le portrait de mon arrière-arrière-arrière-grand-mère issue d'une ascendance royale. Il est suspendu près de la porte d'entrée, comme pour me rappeler ce que je dois à mes ancêtres et ce qu'il me faut malgré tout accomplir pour être à leur hauteur.

Enfin, mon regard se pose à nouveau sur Artémis. Installée sur le canapé beige, les épaules couvertes d'un plaid et emmitouflée dans un énorme pyjama blanc en pilou qui rehausse le ton de sa peau ambrée et qui attise ma gourmandise, elle trône dans le salon. Ses longs cheveux d'ébène tombent en cascade sur ses épaules et encadrent son visage fin en forme de cœur. Je n'ai qu'une envie : plonger sous les couvertures avec elle et déguster une bonne glace devant notre série favorite. Cette prise de conscience me donne le sursaut d'énergie qu'il faut pour enfiler mes écouteurs et me mettre au travail.

Mais avant même que je rédige le titre de mon article, mon smartphone vibre.

Hey Beyoncé, tu m'avais caché que tu avais un blog !

À la vue de ce message, la voix de Freïa résonne dans ma tête :

« Il n'a d'yeux que pour toi. »

Je soupire longuement en essayant de penser à autre chose. Dorian lui-même m'a confirmé hier soir qu'il souhaitait juste être ami avec moi. D'ailleurs, avant que je ne sorte de sa voiture pour rentrer chez moi, il m'a simplement demandé mon nom complet et mon numéro de téléphone. Puis, il m'a fait promettre de l'informer dès que l'interview serait en ligne, et de le tenir au courant de mes avancées concernant mon mémoire de fin d'études.

Rien de plus. Il n'y a aucune ambiguïté.

Et quoiiii ? Toujours pas de news de Gatsby ?
PS : réponds-moi, *pleeeease*.

— Par toutes les déesses, juré-je en me prenant la tête entre les mains.

— Quoi ? s'inquiète Artémis, qui se retourne d'un coup.

— Freïa est toujours soûle, je crois.

Mon amoureuse éclate de rire et manque de faire à nouveau tomber le pop-corn sur le sol.

— Ses parents sont à l'autre bout de l'Europe… Elle a bien raison d'en profiter !

Au fait, si tu te demandes pourquoi j'ai choisi de l'appeler « Gatsby », c'est parce qu'il t'a raccompagnée en Porsche jaune flash. Et il a une gueule d'ange, un peu à la DiCaprio. Ce sera donc son petit nom, à partir d'aujourd'hui !

J'ignore royalement ma meilleure amie en lui laissant un « vu » cinglant, puis je réponds à Dorian, à qui j'envoie une photo de ma table de travail telle qu'elle s'étale devant moi, avec pour légende : « Article en cours ». Il me répond avec un smiley, avant de me relancer pour préciser qu'il a adoré mon interview de Nafissatou Thiam et espère que ma retranscription de notre entrevue d'hier soir sera tout aussi intéressante.

Et il te stalke vraimeeeent ! Je viens de voir qu'il a liké tes photos Insta. Il va tomber raide dingue en voyant celles où tu es en legging, et tes postures de yoga sur la tête.

Je tente tant bien que mal de me concentrer sur mon travail en ignorant Freïa.

Hélas, cette furie de Bélier est capable de m'envoyer dix messages en moins de dix secondes pour faire exploser mon compteur de patience. Je mets donc mon téléphone sur mode silencieux et me promets de ne réactiver le son que lorsque j'aurai terminé mon papier du jour.

Une heure plus tard, alors que je suis en train de relire le dernier paragraphe de mon article, mon téléphone se met à sonner. Une seconde exactement après que je me suis reconnectée sur les réseaux sociaux. Cette meuf va vraiment me rendre chèvre.

— Freïa, je vais t'égorger vive...

— Désolé, c'est pas Freïa.

Je manque de m'étouffer en reconnaissant la voix de Dorian.

J'ai décroché par réflexe, sans vérifier qui m'appelait.

— Oh ! pardon ! Je... je...

— C'est rien. Dis, mon meilleur pote passe à la maison la semaine prochaine. Tu sais, celui dont la femme joue au Standard... Elle sera là elle aussi ! Ça te dit de venir pour lui poser tes questions ?

— Oui, ce serait super ! Quel jour ?

— Vendredi. Je te confirmerai l'heure. Ça te va ?

— Parfait. Je le note dans mon agenda.

— Nickel. Au fait, tu m'avais aussi caché que tu étais une acrobate ! Faudra que tu m'apprennes à faire les postures sur la tête, là… C'est dément.

Je pique un fard et cache mon visage derrière ma paume.

Ne sachant que répondre, je reste muette, tout en maudissant Freïa, à qui je ne peux rien cacher puisqu'elle semble avoir prédit les moindres faits et gestes de Dorian. Comme si elle possédait une boule de cristal qui lui permettait d'espionner le jeune homme en toute discrétion.

Il n'y a pas à dire, en matière de mecs, elle est une meilleure médium que moi.

— Et je serais curieux que tu me tires les cartes, aussi… Je suis hyper sceptique avec tout ça, mais on verra si tu arrives à me faire changer d'avis.

— On verra, commenté-je en essayant de garder mon calme.

— Je te laisse. J'ai promis à mon père d'aller l'aider. On se recontacte, pour vendredi.

— *Yep.* À très vite.

Je coupe aussitôt la communication.

Il me faut quelques instants pour reprendre mes esprits, alors que Freïa continue à me bombarder de messages. Elle est visiblement en forme, malgré sa folle nuit passée dans les bras d'un mystérieux inconnu.

Comme tu refuses de me répondre, j'en déduis que j'ai raison sur toute la ligne, ou que c'est Artémis qui squatte ton téléphone, qu'elle est tombée sur cette conversation et va te faire une mémorable crise de jalousie. *Am I right*[1] ?

Cette fois, je réponds du tac au tac.

Et toi, si tu t'amuses à m'écrire autant de messages de si bonne heure, c'est parce que tu regrettes d'avoir fait perdre la mémoire à ta conquête d'hier... Parce que c'était un bon coup. *Am I right* ?

Hop ! Message envoyé.

Cinq minutes, puis dix minutes, puis quinze minutes passent sans que j'aie de nouvelles de mon Irlandaise préférée. Ce qui indique que j'ai visé juste là où il fallait.

Bravo, tu m'as piquée au vif, ma Scorpionne d'amour. Je me réjouis de te voir ce soir en tout cas. On a bien besoin de se vider la tête en buvant du vin, non ?

Oui ! ♡ À ce soir, mon chou !

— Sedna ! tonne brusquement la voix de ma mère, juste en face de moi.

Je sursaute et lâche mon portable d'un coup.

Maman croise les bras sur sa poitrine généreuse et secoue la tête d'un air désapprobateur. Je tente d'observer rapidement son changement de tenue, pour me faire une idée de ce qu'elle va m'annoncer. Elle porte une ample robe cuivrée à manches longues, sa manucure est parfaite, son maquillage doré, et son immense chignon afro strié de mèches grises a été noué il y a peu : elle compte passer son dimanche, voire sa nuit à l'extérieur.

— Tu sors ?

1. En anglais : « Est-ce que je me trompe ? »

— Oui, je vais chez ta Navi[1], à Durbuy. C'est ce que j'essaye de te dire depuis cinq bonnes minutes, mais tu étais complètement absorbée par tes réseaux...

— Désolée, maman.

— Tu passes la nuit ici ou tu retournes chez toi ?

— Je vais rentrer, j'ai envie de passer du temps avec Freïa.

— D'accord... Tu lui diras que... Non. Tu lui transmettras mon bonjour, puisqu'elle n'a pas répondu à mon appel. Mais j'attends de pied ferme ses excuses, sinon je ne couvrirai plus ses enfantillages.

Je grimace un sourire d'approbation.

— Et la semaine prochaine, tu vas chez ton père, c'est bien ça ?

J'acquiesce en pinçant les lèvres, prête à recevoir tout un tas de reproches de sa part. Mais étrangement, elle se contente de hausser les sourcils et de porter un regard scrutateur sur la table du salon, qui porte les traces de mon travail du jour. Elle sort un petit miroir de son sac à main, remet un trait de crayon pour souligner le contour de ses lèvres pulpeuses, puis replonge ses yeux noirs dans les miens. De quoi me permettre de percevoir que son taux vibratoire est très faible, ce qui signifie qu'elle est calme, bien qu'elle ait évoqué le sujet délicat de mon père. D'ailleurs, elle a bonne mine et je jurerais presque qu'elle a perdu du poids, même si ses formes demeurent la trace de ses origines tropicales.

— D'accord, pas de souci. Tant que tout est prêt le 1er mars, pour le sabbat d'Ostara. Il faut que tu prépares

1. En éwé/mina ou en togolais, « tante » du côté maternel.

et informes les nouvelles recrues… Tu t'en occuperas cette semaine ?

— C'est comme si c'était fait, maman.

— Et une dernière chose… Ne te laisse pas distraire par les garçons.

— Qu-que… Quoi ?

Ma mère se retourne vers le canapé et m'indique du menton Artémis qui s'est endormie au-dessus de son bol de pop-corn.

— Tu la négliges trop, en ce moment. Si tu lui brises le cœur, fais-le au moins pour la personne que tu épouseras.

— M-mais…

— Et, s'il te plaît, fais en sorte qu'elle… ou plutôt qu'*il* ne soit pas accro au foot, comme ton père.

Mon visage se décompose, tandis que mon téléphone sonne, une fois de plus.

— C'est ta grand-mère. Décroche, elle s'inquiète pour toi.

Puis elle tourne les talons d'un air gracieux.

— Ma fille, n'oublie pas que tu n'es pas la seule de la famille à avoir des dons de médium.

Sans me laisser le temps de répondre, elle s'éclipse dans une pluie d'étoiles noires.

Chapitre 7

Turbulences

Six jours plus tard

Je me change pour la troisième fois consécutive.

Une découverte inattendue me fait grimacer : un vieux pantalon de mon adolescence, qui est aujourd'hui deux fois trop grand pour moi mais me rappelle avec horreur la pire période de ma vie… Ainsi que le manque de confiance que je peux éprouver, aujourd'hui encore, malgré moi.

Je lance une robe à sequins dorés sur mon lit, puis j'essaye un crop top noir en mousseline en l'appliquant devant ma poitrine pour juger de son effet. Hélas, mes nerfs me lâchent. De petites étincelles se mettent à crépiter dans mes mains. Je lâche aussitôt ma blouse avant d'en brûler le tissu.

Voilà que mes émotions se mettent à nouveau à semer la pagaille dans mon esprit.

— C'est très mauvais signe, marmonné-je en m'asseyant sur le sol, aux prises avec le plus grand désespoir.

J'observe les dégâts que j'ai causés dans ma chambre aux murs lilas : elle est entièrement sens dessus dessous. Alors que mon havre de paix est toujours être propre et parfaitement rangé, d'habitude. Mais cette fois, j'ai dépassé les bornes ! J'ai ouvert tous les tiroirs dans lesquels je cache ma lingerie (et ma collection de sex-toys) pour en empiler le contenu sur mon lit. Dans ma précipitation, j'ai fait tomber par terre mes tapis de yoga, mes haltères de musculation aux couleurs criardes, quelques cahiers de cours... Et j'ai même réussi à balancer un string au-dessus de l'armoire dans laquelle j'engrange mes magazines féminins et des tas de romans à l'eau de rose.

Je me tourne vers le grand miroir ovale qui trône dans un coin de la pièce, et sur lequel j'ai collé des photos de looks de défilés de mode qui m'inspirent. Je me demande comment je peux posséder autant de vêtements, en remplir mes penderies, et me plaindre de n'avoir rien à me mettre.

— Oh... J'aimais bien ta robe ! déclare Freïa qui passe sa tête dans l'embrasure de la porte. Mais bon, pour un premier rencard, c'est un peu *too much*[1], j'avoue. Va pour le top noir ! Sauf si tu le fais griller avant avec tes éclairs. Y a moyen de calmer tes hormones, ou bien c'est fichu ?

— Tais-toi !

— Bah, c'est toi qui m'as demandé de me joindre à toi, non ?

— Oui. Artie me fait la gueule. Elle refuse de venir.

1. En anglais : « trop, excessif ».

— Oh... Si ce n'est que ça ! Tu veux que je lui envoie un message pour la convaincre de nous accompagner ?

— Ce serait cool, oui.

— D'accord... Même si je reste persuadée que ce n'est pas une bonne idée.

— Frey ! explosé-je en me retournant vers elle, les seins nus, uniquement vêtue d'une culotte haute en dentelle. Pourrais-je savoir pourquoi tu essayes de me jeter dans les bras d'un parfait inconnu, au lieu de me soutenir quand je tente de sauver ma relation actuelle ? Surtout qu'Artémis est ton amie, à toi aussi !

Ma camarade roule une de ses boucles rousses autour de son index en me jaugeant longuement. Elle entre dans ma chambre, puis fait avec son chewing-gum une énorme bulle qui explose d'un coup.

— Je t'ai entendue pleurer, hier soir. Encore une fois.

Je ne relève pas.

Je me contente de baisser les yeux, de m'asseoir sur mon lit et de partir à la recherche d'une brassière à paillettes à glisser sous mon top transparent.

— Je t'adore, déclare mon amie. Et j'adore Artie. Mais j'ai l'impression que chacune fait ressortir le pire chez l'autre lorsque vous êtes ensemble... Ça fait déjà six mois que votre relation dure, et qu'elle stagne. Je sais que tu n'es pas heureuse d'être contrainte de te cacher. Je sais que tu meurs d'envie de changer ton statut Facebook, d'afficher de belles photos de votre idylle, de présenter ton amoureuse à tout ton entourage... Mais malheureusement, à cause de ses parents et de ses conflits intérieurs, elle ne pourra jamais t'offrir ce que tu veux.

— Parce qu'un mec pourrait m'offrir ce que je veux, peut-être ?

— Non, pas « un mec », reprend Freïa en mimant les guillemets. On s'en fout, de ce qu'il a entre les jambes... Je veux juste te voir heureuse avec une personne qui t'aime comme tu es. Et qui a envie de se montrer avec toi au monde entier. Parce que tu le mérites.

Je ravale quelques larmes et enfile ma tenue du soir sans rien répondre.

Il serait inutile de discuter davantage avec mon amie. Je lui suis infiniment attachée et je sais que c'est réciproque, mais elle ne peut pas comprendre ce que je ressens. Il lui est facile de me dire de quitter la femme que j'aime pour essayer de voir ce que pourraient donner d'autres relations. D'abord parce qu'elle n'a jamais été amoureuse, et ne peut donc imaginer ce que je ressens en ce moment, ensuite parce qu'elle est presque à cent pour cent hétéro, bien qu'elle ait déjà embrassé une ou deux filles, en soirée. À ses yeux, cela ne manifestait rien d'autre que son désir de faire des expériences insolites.

De plus, elle n'a jamais souffert des moqueries des garçons, qui ricanaient cruellement de mes formes « exotiques », ni subi aucune hypersexualisation pour la même raison. Elle sait ce que c'est de se sentir en insécurité parce que entourée d'hommes : elle aussi possède une mémoire cellulaire qui lui rappelle les atrocités qu'ont vécues nos ancêtres brûlées, noyées, ou torturées. Mais elle ignore le sentiment d'être considérée comme une bête de foire parce qu'on la percevrait comme étant « hors normes ». Et même si les brimades dont elle a déjà été victime concernant sa rousseur nous ont énormément rapprochées, lors de notre enfance, ce n'est pas la même chose.

Dès qu'on évoque le sujet des relations amoureuses, on ne s'entend plus, car on ne se comprend plus.

— Bref, marmonne Freïa, aussi lassée que moi de ces tensions inutiles. Je t'attends dans le salon. On part dans vingt minutes, c'est ça ? Je prépare nos balais volants ?

J'opine en sortant une trousse de maquillage de ma coiffeuse.

— T'es sûre que vingt minutes suffiront pour te maquiller *et* te coiffer ?

— Oui, je n'ai personne à séduire ! rétorqué-je en détachant mes longues boucles brunes.

Je lui fais signe de sortir et mon amie s'exécute aussitôt en fermant la porte derrière elle pour me laisser un peu d'intimité.

Je soupire longuement en appliquant de la crème de coco sur ma crinière pour la démêler. J'utilise ensuite un peigne afro pour donner plus de volume à mes cheveux. Je commence enfin à tartiner mon visage d'anticerne, de fond de teint et de poudre matifiante, je rosis mes joues avec une pointe de blush, je pose un soupçon d'*highlighter*, puis je termine en dessinant mon trait d'eye-liner et en déposant des paillettes sur mes paupières.

Lorsque je fais mon entrée dans la salle de séjour dans ma tenue du soir, ma colocataire ne peut s'empêcher de lâcher un cri d'admiration. Elle dépose le livre qu'elle feuilletait et croise les bras sur la poitrine avec un air de défi.

— Personne à séduire, hein ?

— Frey, je...

— Je me demande quand même ce que tu as vu, pour être aussi tendue.

— Je ne vois pas de quoi tu parles, éludé-je en relevant le menton avec fierté.

— Mouais... Quand tu seras prête à parler de tes dernières visions, appelle-moi. J'suis jamais très loin. Juste dans la chambre à côté, quoi !

Je reste silencieuse, bien décidée à ne pas céder.

Si je ne lui ai pas encore parlé de mes précédents flashs, c'est parce que j'essaye moi-même de mettre de l'ordre dans mon esprit. Et de comprendre comment il pourrait être possible que le futur qui s'offre à moi soit si différent de ce que j'envisage actuellement pour mon bien-être. Généralement, mon don me permet d'avoir le contrôle total de mon avenir et de ne pas craindre que l'un ou l'autre des choix que je fais ne bouleverse ma vie. Depuis toujours je vise la perfection, et je pense ne m'en être jamais éloignée. Pourtant, cette fois-ci, ce que j'ai recueilli, depuis les failles spatio-temporelles qui nous entourent, m'a clairement fait flipper : ce sont de vraies zones de turbulences émotionnelles que je ne m'attendais pas à devoir vivre. À cause de cela, je me sens vulnérable...

Et je déteste cela ! Je déteste me sentir mise à nu face à mes plus grandes peurs.

— Artie n'a pas répondu à mes messages, mais je lui ai filé l'adresse, m'indique mon amie en me tendant un balai ensorcelé.

Je le saisis, toujours plongée dans mes pensées, alors que de petites étincelles crépitent encore dans mes mains. Signe que mes tourments intérieurs me travaillent toujours.

— Dis, Frey...

— Oui, Sed ?

— Est-ce que tu crois au destin ?

Je remercie une dernière fois Aline pour ses précieuses réponses et j'en profite pour immortaliser notre rencontre en faisant un selfie avec elle.

Une photo de plus à ajouter à ma collection, songé-je en souriant, ravie que l'amie que m'a présentée Dorian ait accepté de porter le maillot de son équipe pour l'occasion.

À l'heure actuelle, je dois posséder une cinquantaine de clichés, sur lesquels on me voit avec des sportifs de haut niveau, des chanteurs, des acteurs et des influenceurs réputés dans leur domaine. J'espère secrètement réaliser un album photo avec les souvenirs de mes rencontres les plus marquantes, quand je serai en fin de carrière.

Un jour, j'amènerai tous ces trésors aux recrues du Coven pour leur faire les éloges de ces stars qu'elles admirent. Puis, je leur confierai que certaines d'entre elles ont des antécédents un peu sorciers, tout comme nous. On se reconnaît facilement, entre sorcières et autres créatures des mondes magiques. Tout simplement parce que nous dégageons toutes et tous cette aura qui nous permet de nous distinguer dans la foule et qui nous vaut souvent l'honneur d'avoir les regards braqués sur nous. Pour contrer cela, les plus discrets d'entre nous utilisent des incantations qui leur permettent de se fondre dans la masse. C'est la solution que choisit d'appliquer Freïa au quotidien, sauf lorsqu'elle compte croquer du mâle en soirée.

Pour ma part, je ne dissimule rien. J'ai assez souffert de mon physique ingrat, pendant mon adolescence, pour ne pas m'interdire de profiter pleinement de ma splendeur de sorcière, maintenant que je suis adulte. Même si je ne suis pas la plus grande des bavardes, j'adore capter le regard des femmes et des hommes grâce à mon magnétisme. Excepté le premier jour de mes règles. C'est le seul jour du mois où je ne souhaite que me fondre dans la masse pour comater au calme, dans mon coin.

Malgré cela, Dorian m'a repérée, la semaine dernière, songé-je en faisant défiler mes portraits avec Aline.

— Tu as tout ce qu'il te faut ? me demande celle-ci en se penchant vers moi.

— Oui, merci pour tout ! lui dis-je, satisfaite des derniers clichés.

— Je vais me chercher un verre, tu veux quelque chose ?

Je décline gentiment sa proposition, range mon téléphone dans mon sac et lui indique que j'ai besoin de m'aérer l'esprit. La jeune femme sourit, l'air compréhensif, en m'assurant qu'elle est là si j'ai besoin de compagnie. Je la remercie une dernière fois, puis me dirige vers la porte vitrée qui donne sur la terrasse de la maison. Je commence à suffoquer, avec tous ces jeunes agglutinés autour de moi.

En effet, Dorian avait omis de me préciser qu'on ne serait pas en petit comité, mais qu'il avait profité de l'occasion pour inviter plus d'une cinquantaine de personnes. Ses parents seraient partis une semaine à Tenerife – avec sa petite sœur, dont j'ignorais l'existence. Et comme il se sentait seul, dans cette immense baraque qui contient pas moins de cinq chambres, trois salles de bains, une salle de sport, un billard et une grande piscine extérieure, il a décidé de fêter ses dernières victoires en rassemblant du monde autour de lui.

Franchement, ce mec se prend vraiment pour Gatsby ! Qui d'autre s'amuse à organiser des soirées, le vendredi, chez lui, en prenant tout à sa charge pour le bon plaisir du peuple ?

— C'est bien un truc de gosse de riches, soufflé-je avec lassitude.

Je renifle quelques verres posés sur un mange-debout, à la recherche d'une boisson sans alcool, mais j'abandonne aussitôt, écœurée : tout est parfumé à la vodka et à la liqueur. Je soupire longuement avant de sortir par la baie vitrée du living.

Mes pieds frôlent à peine le carrelage de la terrasse que je manque de me faire arroser par une bande de gars. Ils n'ont rien trouvé de mieux à faire que de sortir des pistolets à eau et de courir après des filles en bikini – alors que la température extérieure frôle le zéro. Je frisonne, resserre mon gilet noir autour de mes épaules et tente, une fois de plus, de trouver un endroit calme, isolé et loin du brouhaha ambiant.

— Eh ! C'est toi, Sedna ?

Je me tourne vers un jeune homme à la peau basanée, aux yeux et aux cheveux noirs comme la nuit. Il n'y a que ses dents très blanches qui se détachent dans la pénombre.

Son visage m'est totalement inconnu.

— Yup. C'est moi. Euh… Enchantée ?

— Enchanté, je suis Adrien. Tu sais, « Adriano », dit-il en désignant le logo de son maillot aux couleurs de l'AC Milan. Le meilleur pote de Do, et le futur mari d'Aline, que t'as interviewée. On s'est croisés en coup de vent quand tu es arrivée.

— Exact ! m'exclamé-je en me remémorant vaguement le moment où je suis entrée dans la demeure des Janssens.

— Tu fumes ? me dit-il en me tendant un joint.

— Non.

— Ça m'étonne pas. Do' ne fume pas non plus… et il boit quasi jamais. Un vrai relou.

Adrien me fait signe de le suivre pour nous installer sur une rambarde près de la piscine, à l'abri du bruit et des invités turbulents. Mes oreilles d'hypersensible lui sont immédiatement reconnaissantes d'avoir compris mon besoin de calme. En vérité, j'ai envie de retrouver Freïa pour lui demander de rentrer chez nous, mais je sais pertinemment qu'elle s'amuse bien mieux que moi, à ce genre de soirées, et je n'ai pas envie de casser son délire. Surtout lorsque je constate, d'un coup d'œil à travers la baie vitrée, qu'elle joue aux fléchettes avec un grand brun qui est totalement son genre de gars. Je décide donc de me concentrer sur ma respiration pour me détendre, tout en posant les yeux sur les néons et l'eau cristalline de la piscine.

Quelques minutes plus tard, je sens que mes muscles se détendent et que mon souffle s'approfondit. J'ai retrouvé mon calme et un semblant de sécurité intérieure.

— Tu viens de Liège toi aussi, non ? dit mon compagnon en brisant notre silence.

— Ça s'entend si fort que ça ? demandé-je en riant.

— Nan. C'est pas ton accent ! J'peux pas juger, on vient du même bled… C'est ta dégaine un peu bobo chic qui m'a mis la puce à l'oreille. T'sais, j'avais tellement la haine, le jour où Do m'a dit qu'il quittait Liège pour s'installer près de Bruxelles. Eh ! On se connaît depuis qu'on est hauts comme ça, explique-t-il en montrant de la main ce qui semble être la taille d'un petit enfant. Ça fait plus de quinze ans qu'on est meilleurs potes ! On a tout fait ensemble !

— Intéressant ! Tu dois en avoir, des anecdotes à raconter…

Le jeune homme rit, puis il décapsule une bière et en boit l'intégralité cul sec.

J'ouvre des yeux ronds en me disant que ce gars n'est sûrement pas près de rentrer chez lui ce soir, que ce soit à pied ou en voiture. D'ailleurs, je ne sais même pas comment il fera pour se relever et regagner sans tituber la salle de séjour – il risque clairement de tomber dans la piscine, qui n'est qu'à un mètre de nous.

— C'est un bon gars, Dorian. Je dirais même que c'est mon gars sûr.

— Il a l'air sympa, oui...

— Il l'est ! s'écrie Adrien, l'air offusqué que je sous-entende qu'on pourrait penser le contraire.

— Ha ha. Je te crois ! assuré-je en souriant timidement.

— Et quoi, il te plaît pas ? ajoute-t-il en m'envoyant son poing dans l'épaule. Il est beau gosse, hein ?

Le sang me monte aux joues. Je ne m'attendais pas à ce que cette étrange conversation dérive aussi vite sur un tel sujet. Même si, dans mon esprit, il est clair que la réponse est « non ». Non, Dorian ne me plaît pas ! Oui, il est mignon... Et on a peut-être des points en commun insoupçonnés.

Mais il ne peut pas me plaire, me seriné-je comme pour me convaincre, tout en passant nerveusement la main dans mes boucles.

Je l'apprécie, oui. Pour le peu que je le connais, du moins. Il m'a laissé une bonne impression, après la première soirée que nous avons passée ensemble. Mais je n'ai que trop peu d'éléments en main le concernant pour affirmer qu'il me plaît ou que j'ai de quelconques vues sur lui. Depuis qu'il m'a appelée pour me convier à cette soirée improvisée, on ne s'est plus trop parlé. Il m'a juste envoyé un message, avant-hier, pour m'indiquer l'heure à laquelle je pouvais arriver, et son adresse. Et j'avoue que, de mon côté, je n'ai trouvé aucun prétexte pour le relancer.

Enfin, la vérité est que je n'ai pas cherché à le faire. Comme je l'ai expliqué à Freïa, j'ai déjà assez de problèmes avec Artémis pour ne pas en plus me mettre dans des embrouilles sentimentales supplémentaires.

— Adri, t'es là ! crie une voix dans mon dos.

Je sursaute, surprise.

Ce qui crée une réaction inattendue dans mon corps : mes paumes se mettent à crachoter de petits éclairs lumineux. Là, mon sang ne fait qu'un tour. Il ne manquerait plus que je sois démasquée pour de mauvaises raisons, et devant des dizaines de mortels parmi les plus ennuyeux. J'essaye tant bien que mal de me ressaisir pour dissimuler ma magie, mais je n'ai que le réflexe de fourrer les mains dans les poches de mon jean.

— Waouh ! C'était quoi ça ? s'écrie Adrien en me fixant, l'air ahuri.

Je lui fais signe de se taire et il me répond en levant les mains vers le ciel.

— Je suis soûl de toute façon, j'ai dû avoir une hallucination, commente-t-il en plissant les yeux.

— Sed, ça va ? s'enquiert Dorian en entrant dans mon champ de vision. J'espère qu'Adri ne t'a pas traumatisée avec ses histoires ?

— J'ai même pas eu le temps de lui raconter ta pire cuite… Celle où t'as fini la gueule en terre dans le jardin de mes parents !

— N'essaye même pas ! s'exclame son meilleur ami en l'attrapant et en feignant de lui faire une clé de bras pour qu'il se taise.

Les deux garçons se chamaillent en mimant de fausses prises de karaté, mêlées à du catch et à quelques pas maladroits d'une danse loufoque. Je ne peux m'empêcher de rire, face à l'absurdité de la situation.

Ils se mettent ensuite à se lancer quelques plaisanteries qu'eux seuls peuvent comprendre et de cette manière à continuer à se taquiner l'un l'autre. Mais, après quelques minutes, Adrien, à bout de souffle, capitule en se laissant tomber lourdement dans la piscine. Ce retournement de situation fait redoubler mes rires. Je me plie en deux, les mains sur le ventre, incapable de m'arrêter. Je l'admets, ces drôles d'humains n'ont peut-être pas de pouvoirs magiques, mais ils sont quand même une bonne distraction.

— Tu me dois un gage ! lâche Dorian à son pote.

— Comment ça ? s'exclame l'intéressé en regagnant le bord à la nage.

— Ce sera à toi de nettoyer la maison, demain matin...

— Jamais de la vie, mon vieux.

— OK. Je vais voir ce qu'en pense ta future femme.

— Bof... Dis-lui ce que tu veux... Je pique une tête ! rétorque-t-il en se laissant flotter sur le dos. Je vous laisse profiter entre amoureux !

Mon fou rire se calme enfin et j'en profite pour lever les yeux au ciel en entendant cette réplique, tandis que Dorian fait mine d'assassiner son meilleur copain avec un pistolet invisible. Mais soudain, il se fige et semble se souvenir de ma présence. Il fait un pas en arrière, tourne la tête vers moi, ouvre la bouche un instant, mais il se ravise aussitôt en se pinçant les lèvres. Finalement, il relève les yeux vers moi et m'adresse un petit sourire embarrassé.

— Les enfantillages sont terminés ? demandé-je en haussant les sourcils d'un air amusé. Juste pour savoir si je dois encore vous surveiller pour éviter que l'un de vous deux ne se blesse ?

— Ouaip... J'crois bien que oui.

— Super, alors je te dis à plus tard... Je pense que je ne vais pas tarder à rentrer, j'ai pas mal de tr...

— Tu veux rentrer ? m'interrompt-il avec une pointe de déception dans la voix. Enfin, ce que je veux dire c'est... qu'il est tôt. T'as même pas encore profité de la soirée comme il se doit ! Y a une partie de bière-pong qui commence dans cinq minutes ! Et un super DJ va arriver...

Je passe nerveusement la main sur la nuque, ne sachant que répondre.

— J'étais censée venir seulement pour faire une interview. Et je l'ai terminée depuis un petit bout de temps. D'ailleurs, merci encore de m'avoir mise en relation avec Aline. Vraiment...

— Mais ?

— Mais les soirées, ce n'est pas trop mon truc.

Les yeux verts de Dorian s'assombrissent, même s'il m'adresse tout de même un sourire en posant une main sur mon épaule.

— D'accord, je prends note... Les soirées, c'est pas ton truc. Du coup, la prochaine fois je t'inviterai à un tournoi de tennis ou à un match de la ligue féminine. Ça te va ?

— Pourquoi p...

Mais je n'ai pas le temps de terminer ma phrase qu'une rafale d'eau s'abat sur ma personne. Je me retrouve trempée de la tête aux pieds. Il me faut quelques instants avant de comprendre ce qu'il vient de se passer. C'est en voyant le visage de mon camarade se décomposer et se tourner vers le coupable que je saisis d'où vient cet affront.

C'est Adrien. Il n'a rien trouvé de mieux que de m'envoyer une giclée d'eau glacée, comme si c'était naturel et amusant en plein hiver. Mais il a visiblement oublié que, contrairement à lui, je ne suis pas ivre. Mes sens ne sont pas anesthésiés par l'alcool et je sens parfaitement que l'eau est encore plus froide que la température extérieure.

C'est au prix d'un effort surhumain que je ne pique pas de crise de nerfs. Ce n'est ni le moment ni l'endroit pour dévoiler mes pouvoirs magiques. Je planque au contraire les mains dans les poches en priant pour qu'elles s'abstiennent de jeter des éclairs. Ce qui me fait me tortiller sur place en essayant de les camoufler péniblement.

— Putain, Adri ! T'as abusé ! crie son pote en lui envoyant une bouée dans la figure.

— Tu me remercieras plus tard ! lâche-t-il avant de faire une brasse pour nager jusqu'à l'autre côté de la piscine. Et pense à mettre une capote, hein !

— Ferme-la !

Les deux garçons se chamaillent à nouveau, mais cela ne m'amuse plus du tout. Je suis pétrifiée de froid, sans parler de la peur que j'ai de dévoiler ma magie. Je finis par claquer des dents et le bruit que j'émets alors finit par faire taire les deux énergumènes.

— J-je... Je vais te passer des vêtements de rechange, me dit mon hôte en rougissant.

Je me contente de hocher la tête en maudissant les mecs et leurs âneries à deux balles.

Le jeune homme me prend doucement par le bras et m'entraîne à l'intérieur de la maison. Il se fraye un chemin à travers la foule et vérifie que je parviens à le suivre.

— Je suis désolé… Quand Adri a un verre dans le nez, il est incontrôlable.

Des frissons commencent à s'emparer de mes muscles et mes tremblements s'intensifient. Oui, je suis de nature frileuse. Mais là, je crois que je n'ai jamais eu aussi froid de ma vie. Même la présence de dizaines de personnes autour de moi ne semble pas pouvoir réchauffer mon âme devenue aussi glaciale qu'un iceberg.

— Sed ! crie Freïa en m'apercevant et en découvrant mon état déplorable.

— *N-no c-com… c-comment…*, bégayé-je entre mes lèvres tremblotantes.

— Tu t'occupes d'elle, hein ? s'enquiert mon amie auprès de Dorian.

— Oui.

— Si elle chope la crève, je te tiendrai pour responsable !

Mon compagnon me lance un regard indéchiffrable et contracte la mâchoire en me faisant signe de passer devant lui. Mais alors que je m'exécute, Freïa me retient par le bras et s'avance vers moi pour me chuchoter quelque chose.

— Artie est là. Elle te cherchait, tout à l'heure… Alors ne traîne pas !

Chapitre 8

Différences

Assise sur le bord du lit de Dorian, j'observe avec minutie l'ameublement de sa chambre. C'est une vaste pièce d'au moins trente mètres carrés, qui possède une salle de bains privative – ouaip, rien que ça. Mais, étonnamment, loin des salles de réception et du jardin à la piscine luxueuse, toute cette partie de la maison est d'une grande simplicité.

Les coloris sont discrets, hormis quelques drapeaux de foot et des chasubles de sport cloués au plafond. À côté d'une impressionnante penderie blanche, se trouve une étagère en verre sur laquelle trônent de nombreux trophées et des médailles remportées lors des débuts sportifs de mon ami, mais aussi quelques prix plus récents qu'il a reçus au cours de sa carrière professionnelle. Près de la porte qui mène à la salle de bains, un coin geek a été aménagé, avec une tour gamer, un grand écran d'ordinateur, un clavier lumineux, un imposant siège en cuir noir, un casque de réalité virtuelle et tout le matériel nécessaire : de quoi faire le bonheur de la personne la plus introvertie du monde.

En revanche, il y a un truc qui me rend nauséeuse…

C'est le bordel qui règne dans la pièce. Ou le « brol », comme dirait mon père. Tout est sens dessus dessous. Et pour moi qui suis d'une maniaquerie sans pareil, il est impossible de comprendre comment un être humain peut vivre dans tout ce désordre : entre les vinyles disposés au hasard sur des étagères, les livres écornés et jaunis par le temps, les cadavres de barres protéinées, les slips et les T-shirts négligemment jetés par terre… Il n'y a que son lit qui soit d'un blanc immaculé, propre et soigné. Cela semble relever du miracle.

— Eh merde, jure-t-il en shootant dans un tas de vêtements sales et en renversant un panier débordant de fringues de sport.

Je me demande comment il fait pour être aussi impeccable et élégant en vivant dans cette chambre qui ressemble à un souk.

— Tiens, prends mon pull ! dit-il finalement en constatant que je continue de trembler comme une feuille.

Il se poste devant moi et, d'un mouvement de bras, retire son sweat bleu marine puis me l'offre, découvrant une chemise blanche ajustée, parfaitement repassée et aussi propre que ses draps de lit.

Ce gars est une énigme, pensé-je en acceptant le lainage.

— Tu peux te changer dans la salle de bains. Tiens, prends ça aussi. Il est propre, ajoute-t-il en me tendant un bas de jogging qui traînait sur sa table de chevet.

— M-mer-merci.

Il ne m'en faut pas plus pour courir me changer.

Aussi étrange que cela puisse paraître, sa salle de bains est plus qu'impeccable.

Deux salles, deux ambiances, songé-je en refermant la porte derrière moi.

Sur une étagère blanche, ses bouteilles de parfum sont soigneusement alignées, à côté d'un nombre incalculable de bombes de laque pour cheveux et de déodorants. Le lavabo est immaculé, aucun poil n'y traîne. Mais ce qui attire mon attention, c'est une grande plume blanche, accrochée – et qui tient par je ne sais quel miracle – sur un cadre noir suspendu au mur. Je la saisis : elle est impeccable et douce. On dirait une plume de colombe, mais elle est bien trop grande pour appartenir à une si petite bête.

— Qu'est-ce que ça fait là ? chuchoté-je en la déposant près du lavabo.

Mais je l'oublie aussitôt en me retournant vers les quelques coupures de journaux fièrement encadrées et affichées au-dessus de la cuvette des WC – des articles concernant les victoires de l'occupant des lieux, et qui retracent son parcours.

Je pose le doigt sur un article vieux de quinze ans et qui a été publié dans une feuille de chou locale : on y voit Dorian enfant, aux côtés d'Adrien que je reconnais facilement, ainsi que d'une dizaine d'autres petits joueurs de foot vêtus de maillots rouge et noir. Ils célèbrent une victoire apparemment mémorable, obtenue dans un club qui semblait être son équipe de cœur, lorsqu'il était enfant. Une équipe inconnue de la presse – je n'en ai jamais lu le nom dans les publications sportives – mais pas de moi qui suis née dans la région où elle faisait parler d'elle.

Voilà qui m'indique que Dorian a vécu près de chez moi lorsque j'habitais encore à Liège avec mes parents. Peut-être même que son logement n'était qu'à quelques rues du nôtre, après tout, le monde est tellement petit... Il est donc fort probable qu'on se soit croisés par le passé, sans même que nous en ayons conservé le moindre souvenir.

— « Quelle coïncidence... La vie reprend le dessus d'une drôle de manière[1] », chuchoté-je avant de me diriger vers la douche.

Je me débarrasse de mes vêtements trempés, puis je grimace au contact de l'eau chaude sur mon corps frigorifié, essayant tant bien que mal de faire circuler le sang dans mes membres engourdis. Dès que je sens que mon corps se réchauffe, je soupire de bonheur et j'en oublie toute notion de temps. J'essaye de creuser dans ma mémoire, puis d'invoquer des visions pour savoir s'il est possible que Dorian ait un lien quelconque avec mon père... Ou avec l'école dans laquelle j'allais. Mais rien ne me vient. Mes pouvoirs semblent ne pas vouloir se mettre en marche pour me renseigner. Ce mutisme est certainement dû au récent choc thermique que j'ai subi. Je soupire en coupant l'eau, puis j'attrape une serviette de toilette propre dans une armoire et enfile les vêtements de mon hôte.

1. Sedna cite ici les paroles traduites en français de la chanson *Ironic* d'Alanis Morissette : « *Life has a funny way of sneaking up you* ».

Son pull est chaud car je l'ai laissé reposer sur le radiateur. Le contact du coton doux m'apporte un sentiment immédiat de réconfort. *Bon, ce n'est qu'une histoire de phéromones… Rien de plus*, tenté-je de me convaincre en observant que je me laisse troubler par l'odeur du vêtement, qui me paraît si plaisante. J'éponge vite mes boucles, puis inspire profondément pour m'armer de courage en vue de la confrontation qui m'attend, et retourne dans la chambre.

J'y surprends Dorian, accroupi, en train de ramasser tout le désordre qui encombre le parquet.

— Je suis désolé pour l'état de la pièce, s'excuse-t-il en se relevant dès qu'il m'aperçoit. Personne n'était censé venir ici aujourd'hui. Je suis rarement à la maison, et les rares moments que j'y passe, je les consacre à geeker ou à faire la grasse mat'. Le reste, c'est la femme de ménage qui s'en occupe…

Je me contente de hocher la tête sans faire de commentaire. Le simple son de sa voix a réveillé, au fond de moi, une attirance que j'essaye de refouler tant bien que mal. Je me fraye le plus silencieusement possible un chemin jusqu'à son coin gaming. J'y observe les petites figurines de la collection qu'il possède. Je reconnais Geralt de Riv de *The Witcher*, Kratos de *God of War* ou encore Big Daddy de *BioShock*. Autant de jeux vidéo que je dois à ma colocataire d'avoir découverts, car elle est la plus grande geek de mon entourage – je squatte de temps à autre le petit écran avec elle, je l'avoue. Après tout, je reste une introvertie binoclarde… Même si je le cache sous des sacs à la mode et les lentilles de contact que je porte dans la journée.

— Mes fringues te vont plutôt bien.

En guise de réponse, je baisse les yeux sur son pull, trop grand pour moi, et tire un peu sur la ceinture du jogging qui traîne par terre. Aucun mot n'arrive à sortir de ma bouche ; je ne sais si je dois blâmer ma timidité, ma culpabilité, ou mon instinct de sorcière qui me crie que les hommes sont dangereux pour ma magie.

Je finis toutefois par relever le menton en inspirant profondément, et par oser croiser le regard émeraude de Dorian, qui s'est assis sur son lit. Il a visiblement laissé tomber l'idée de ranger sa chambre en constatant que c'était peine perdue.

— Tu as un peu plus chaud ?

— Oui... Merci.

— Je suis vraiment désolé pour...

— Ce n'est pas ta faute.

— Je sais, mais ce qu'Adri a fait... Et ce qu'il a dit... continue-t-il en rougissant. Enfin, ne fais pas attention. Il essaye juste de me caser avec la première fille mignonne qu'il croise.

Il se gratte la nuque et se met à tapoter nerveusement du pied sur le sol.

— Il pense agir pour mon bien, mais...

Je cesse de l'écouter, mon cerveau embrumé se déconnecte brusquement de ce qui m'entoure. Je ressens un tel degré de fatigue que je serais capable de m'effondrer sur le lit et de m'endormir en une fraction de seconde. Pourtant, je rassemble ce qu'il me reste d'énergie pour essayer de mener à bien la seule mission qu'il me reste à accomplir ce soir. Celle qui me permet de rester un minimum lucide.

J'avance vers Dorian pour saisir mon sac Valentino, que j'ai laissé sur les couvertures. J'en sors mon smartphone pour donner de mes nouvelles à Freïa et à Artémis. Hélas, je m'aperçois aussitôt qu'il est mort et que j'ai oublié d'emporter mon chargeur.

Les filles vont me tuer, pensé-je en soupirant.

— Au fait, c'était quoi, le truc qui a brillé dans tes mains, tout à l'heure ?

— Qu-quoi ? m'écrié-je, saisie de panique.

— Quand tu parlais avec Adri... J'ai eu l'impression de voir un truc scintiller dans tes paumes. Lui aussi a remarqué, il avait l'air choqué.

— Je ne vois pas de quoi tu parles.

— Mais si, tu avais...

— Dorian, t'as juste bu un peu trop d'alcool. Je t'assure que je n'avais rien dans les mains.

Le beau blond arque un sourcil dubitatif dans ma direction, puis fixe à nouveau mes mains que je garde nerveusement cramponnées à mon sac. Il ne me croit pas, je le devine à son regard dans lequel ne plane aucune hésitation. Au contraire, il semble bien décidé à ne pas en rester là.

— Je n'ai pas bu une seule goutte d'alcool, Sedna. Je suis totalement sobre.

— Et ?

— Ça veut dire que je sais ce que j'ai vu.

Il s'approche de moi au point d'entrer dans mon espace intime. Il est assez près pour que je puisse humer sa délicate fragrance et, surtout, pour que je puisse observer les petites taches de rousseur qui ornent ses pommettes. Je me surprends à vouloir compter combien il y en a. Puis je remarque un halo doré presque indiscernable qui enveloppe sa silhouette. Quelque chose qui n'est évidemment pas visible à l'œil d'un être humain. Mais qui l'est pour nous, les sorcières. Nous avons le pouvoir de percevoir les auras. Certaines plus que d'autres.

Me voilà fascinée par celle-ci, si lumineuse et pure. Je n'en ai jamais vu de telle auparavant.

— Sedna ? répète doucement mon compagnon en se penchant vers moi.

— H-hum ? fais-je, complètement absorbée par son énergie positive.

Il saisit une de mes mains dans les siennes et ce simple contact réchauffe mon âme.

Mais je le vois observer les lignes de ma paume, la texture de ma peau et de mes ongles. Comme pour vérifier que je ne suis pas une bête sauvage qui risque de sortir les griffes d'une minute à l'autre.

Qu'est-ce que... Il faut que je me reprenne ! pensé-je en récupérant ma main. *S'il a vu quelque chose, il faut que je demande à Freïa sa potion d'amnésie.*

— Est-ce que tu crois en la Providence ? me demande-t-il, l'air très sérieux.

— Quoi ?

C'est à ce moment que je remarque, par-dessus sa chemise blanche, un collier en argent orné d'une croix chrétienne. Une émeraude y est incrustée. C'est apparemment un bijou de grande valeur. Je ris un instant, en tâtonnant ma nuque à l'endroit exact où se trouve inscrite sur ma peau la triquetra, la trinité celtique. Une croix païenne, tout sauf catholique, justement perçue comme hérétique aux yeux des croyants.

— J'aime croire qu'il y a des anges gardiens qui veillent sur moi, confié-je en rentrant dans son jeu, espérant ainsi le faire dévier de notre sujet initial.

Ses yeux s'illuminent et je le vois esquisser un petit sourire.

— Mais franchement, s'ils existent vraiment, ils font super mal leur travail… J'enchaîne les galères depuis toujours et aucun d'entre eux n'a jamais daigné m'aider ! conclus-je en riant. Donc, non ! Désolée de te l'apprendre, mais je ne crois ni en Dieu ni en ses alliés emplumés.

Tant que je n'en aurai vu aucun…, ai-je envie d'ajouter. En effet, il m'est déjà arrivé de croiser des succubes, des goules ou encore des loups-garous, mais je n'ai jamais eu l'honneur de rencontrer une sainte âme descendant du ciel. Même si nos Aînés nous assurent que ces créatures existent bel et bien. Apparemment, elles nous snobent et évitent de nous croiser sur terre. Contrairement à leur magie divine, la nôtre serait impure et diabolique.

J'observe le regard du jeune homme qui s'assombrit, ainsi que son aura qui vire au gris. Comme si je l'avais blessé ou offensé. D'ailleurs, il s'éloigne de moi en réinstaurant une distance respectable entre nous.

— OK. Alors ça signifie que ce que j'ai vu dans tes mains, c'était de la sorc…

— Waouh. Tu reviens encore là-dessus, soupiré-je en blêmissant.

Je me pince les lèvres et passe en revue tous les maléfices que j'ai appris dans mes grimoires. Mais rien ne me vient concernant l'amnésie. Et malheureusement, le jeune homme ne semble pas vouloir lâcher le morceau. Ce qui m'ennuie franchement, car je commençais à apprécier sa compagnie... et le contact de sa peau sur la mienne.

Il faut que je demande de l'aide à Freïa. Tout de suite.

Je m'apprête à me lever pour quitter la chambre, mais Dorian me retient par le poignet.

— Je suis désolé.

— Pourquoi ?

— Parce que tu as raison. Je suis borné... Il paraît que c'est dû au fait que je suis né en mai.

Il me lance un regard complice, l'air sincère.

— OK. Je retiens que tu es un vieux Taureau têtu, rétorqué-je en riant doucement. J'accepte tes excuses, mais je dois y aller... On se verra plus tard ! Merci pour les vêtements de rechange et...

Cependant il saisit mon autre main et plonge ses prunelles vertes dans les miennes.

Une fois de plus, je vois cette étincelle passer dans son regard. Celle que je n'arrive pas à déchiffrer et qui me fait littéralement perdre tout mon bon sens. Sans compter que son pouce dessine des arabesques sur le dos de ma main, tandis que ses yeux glissent sur la courbe de mes lèvres.

En fait, Dorian me plaît, réalisé-je, le souffle court. Ce n'était pas prévu, mais il me plaît. Je ne sais pas par quel tour de magie il réussit à me faire cet effet. *Mais je n'ai qu'une envie, c'est de...*

Hypnotisée par son aura lumineuse, je fonds sur lui et l'embrasse. Comme si plus rien d'autre n'existait et que le temps était suspendu. Je m'assieds sur ses genoux et passe mes bras autour de ses épaules, tandis qu'il me rend chacun de mes baisers et enlace vivement ma taille pour me serrer davantage contre son torse. Je sens ses mains partir à la recherche de ma peau sous le sweat que je lui ai emprunté. Mes doigts caressent sa chevelure d'or, tandis que je me laisse emporter par une avalanche de passion.

Mais je réalise aussitôt que j'ai envie de plus qu'un simple baiser, notre alchimie naissante est plus exigeante. Alors, je m'amuse à passer mes doigts sur sa nuque jusqu'à ce que j'éprouve un malin plaisir à suivre les contours de chacun de ses muscles pour explorer le haut de son corps et m'arrêter finalement sur ses abdominaux parfaitement dessinés. Puis mes mains descendent plus bas, ravies de rencontrer le sexe tendu – et de constater que je fais tant d'effet à mon partenaire, malgré la retenue dont il a toujours su faire preuve à mon égard. Il gémit un instant sous mes caresses, avant de me renverser sur le lit et de commencer à me déshabiller. Mais il s'arrête d'un coup et fronce les sourcils en me lançant un regard plein d'interrogations.

— Sed ? Sedna ? Tu es sûre que ça va ? Sedna ? Tu m'entends ?

La voix de Dorian me tire progressivement de la vision qui vient de me saisir et j'essaye de reprendre mes esprits du mieux que je le peux.

Mon bas-ventre brûle de désir, et mes yeux restent dans le flou encore quelques secondes. La scène paraissait si réelle que j'ai encore la sensation de son souffle sur ma peau, pensé-je en plaquant les mains sur les joues pour leur éviter de chauffer davantage.

Je cligne des yeux trois fois, puis je rouvre doucement les paupières.

Ce n'était qu'une vision. Juste une satanée vision.

— Tu vas bien ? J'ai cru que tu étais partie dans un autre monde... J'me rappelle pas t'avoir vue boire quoi que ce soit, pourtant ?

— Tout va bien, murmuré-je, autant pour rassurer Dorian que pour me convaincre moi-même que je n'ai pas fauté.

Ma vision est restée à l'état de vision. Rien de plus. Il ne s'est rien passé.

Je ne laisserai pas mon cœur de Scorpionne (et la libido en furie qui va avec) gagner cette manche. Même si voilà près d'un mois que je n'ai plus goûté aux effets grisants du sexe. Et même si mes démons intérieurs rêvent de tourmenter l'âme de ce joli garçon au cours d'une folle nuit...

Non, Je ne le ferai pas. Je ne céderai pas.

Ni ce soir. Ni aucun autre soir.

Nous sommes copains. C'est tout.

Et ma petite amie m'attend en bas. Elle est venue juste pour moi.

Malgré notre récente dispute.

Pour qu'on discute et qu'on se réconcilie.

Rien n'est parfait, mais...

— Tu es sûre ? s'inquiète-t-il. Tu grelottes toujours...

Comment lui dire que je ne tremble pas de froid mais de désir ? Il faut que je calme mes ardeurs. Je ne peux pas laisser une simple attirance ruiner tous les efforts que j'ai faits au cours des six derniers mois. J'ai tout mis en œuvre pour que ma relation avec Artémis fonctionne malgré nos différends, nos peurs et nos nombreux questionnements.

Je soupire de frustration et me rassieds à côté de Dorian.

Obéissant à une impulsion naturelle, je pose la tête sur son épaule. Ce simple contact parvient à me calmer directement. Comme s'il était capable de me lancer un sortilège d'apaisement.

J'ai comme l'impression d'avoir déjà fait ce geste mille fois. C'est agréable. Presque comme si je connaissais cet homme depuis toujours, alors que je viens à peine de le rencontrer. Sa présence épanouit en moi des sentiments de réconfort, de sécurité et de calme. Sa vie a beau être chaotique, il se dégage de lui une réelle sérénité. Ce qui est l'idéal pour apaiser une âme angoissée et tourmentée comme la mienne – qui passe à un cheveu de la crise de panique dès qu'une branche de sauge n'est pas correctement rangée dans un placard. Je suis la détraquée par excellence : impatiente, parano, introvertie et perfectionniste. Il est un boute-en-train authentique : drôle, relax, extraverti et décomplexant.

Deux parfaits opposés.

Mais nos différences pourraient bien nous rapprocher plus qu'on ne le pense.

— Tu es venue en voiture ?

— Non.

— Tu rentres avec quelqu'un, alors ?

— Oui, avec Freïa.

— Tu es sûre que ça ira ? Sinon, tu peux rester dormir ici. Je m'installerai en bas, ça ne me dérange pas et...

— Do, ça te dit que je te tire les cartes ? le coupé-je en relevant la tête vers lui.

Il s'écarte de moi et me lance un regard amusé.

— Allez ? Tu les as vraiment apportées ?

— Oui. Elles sont dans mon sac.

— Et je peux te poser n'importe quelle question ?

— H-hum. Tu peux même les garder secrètes si tu préfères... Comme ça, tu testeras mes capacités de clairvoyance. Et la fiabilité des cartes. Ça te permettra de voir si tu veux continuer le tirage ou si ça ne te tente pas.

— Dis-m'en plus, m'encourage-t-il en me souriant.

Sans me faire prier, je m'installe en tailleur au milieu du lit, déballe soigneusement mes cartes, les frappe trois fois avec mon poing, souffle dessus puis les dépose, faces cachées, sur les couvertures. Leur dos est orné de belles illustrations colorées, avec de minuscules étoiles argentées. Je sors également un pendule doré serti d'une améthyste, ferme les yeux et énonce dans un chuchotement un sortilège de purification qui doit faire disparaître toute mauvaise onde de la pièce. Enfin, je dispose près de moi trois petits cristaux blancs pour former la trinité lunaire.

— Tu vas me sortir une boule de cristal aussi ? lâche mon camarade en riant.

— Chut ! Laisse-moi me concentrer.

Je visualise distinctement chacune des vingt-deux cartes disposées devant moi et demande intérieurement à mes anges de m'accompagner lors de cette guidance sacrée. Je fais le serment de n'utiliser que ma magie la plus pure sur cet être humain qui a accepté de recevoir mes conseils avisés. Et je termine en posant une main sur mon cœur avant de rouvrir les yeux.

— J'ai les mains moites, se plaint Dorian en frottant ses paumes sur son jean. Je crois qu'en vrai, j'y crois. Ça me fait flipper, ces histoires de « sorcellerie ». Tu vas pas me lancer un maléfice, hein ?

— Ce ne sont que des cartes, rien de bien diabolique. Et puis, il paraît que c'est un truc de charlatan, selon les médias !

— Non... Je te fais confiance.

— Parfait. Tu peux choisir une carte, alors ! Pense très fort à ta couleur préférée, je vais essayer de la deviner. C'est un test pour voir si je suis bien connectée à tes énergies.

Dorian profite de cette occasion pour se rapprocher doucement de moi. Sa délicate fragrance me happe à nouveau, mais je tente de rester de marbre. Il me lance un regard amusé, comme s'il lisait en moi, et tire une carte.

— Si j'ai bien compris, je ne dois pas te la montrer ?

— Non. Pas besoin. Je sais que tu as tiré la carte du Monde, à l'endroit. Dans mon jeu, cette illustration est sur un fond vert d'eau, pur et profond. Le vert est ta couleur favorite.

La mâchoire de mon ami se décroche, tandis qu'il dépose la carte sur les draps et la retourne pour que je puisse constater par moi-même que j'ai donné la bonne réponse.

— Je suis bluff...

— La carte du Monde est très positive, le coupé-je en restant focalisée sur ma guidance. Elle symbolise la concrétisation d'un projet et promet un aboutissement harmonieux, en phase avec ta demande actuelle. Elle représente également ton ouverture d'esprit. Celle dont tu fais preuve en ce qui concerne les gens qui t'entourent et leurs situations, mais aussi celle que tu as lorsque tu considères les différentes cultures à travers le monde. Tu as un grand cœur. Veille juste à ne pas rester enfermé dans ta bulle ni à te lancer trop de défis à la fois. Trie, priorise et focalise-toi sur l'essentiel.

— C'est du délire.

Malgré son scepticisme, il tire deux autres cartes.

— Tu peux les retourner.

Il s'exécute, même si je le vois pâlir d'appréhension.

— La Tour... Hum, tu sais ce que tu veux, mais tu agis souvent avec précipitation. Le changement te fait peur... Cela peut te causer du tort. Tu as l'habitude de faire une chose et puis de te lancer dans son contraire. Tout simplement parce que tu as peur de l'échec. Attention aux accidents aussi ; un changement brutal pourrait survenir dans les prochaines semaines.

— C'est assez abstrait.

— Quand on refuse de plonger en soi, oui. Mais si tu acceptes de voir tes parts d'ombre, les réponses te paraîtront évidentes... Je continue ?

— Vas-y, qu'on en finisse.

— OK. Ta dernière carte, c'est la Lune. Elle représente ta sensibilité. Ton intuition, en quelque sorte. Mais aussi tes idéaux, tes peurs et ton inconscient. Elle vient t'offrir deux possibilités... Soit tu vas accepter le changement de la carte de la Tour et écouter tes émotions pour réussir à atteindre ton objectif, soit tu vas souffrir à cause de ton manque de rationalité... Et puis aussi... Il pourrait y avoir de grosses révélations dans un avenir assez proche. Comme si la vérité allait t'éclater en plein visage.

Dorian prend le temps d'intégrer tout ce que je viens de lui dire. Il doit sûrement essayer de rassembler les pièces du puzzle pour tenter de comprendre les informations que je lui ai livrées en bloc.

Après un long moment de silence, il semble sortir de ses rêveries. Il reprend les cartes, les contemple une dernière fois, puis me les rend pour que je les range. Si j'en crois les tremblements dans ses mains, je l'ai troublé. Plus que ce qu'il ose laisser paraître. Je laisse traîner les yeux sur ses phalanges, puis je remonte vers les plis de sa chemise et ses épaules carrées, pour finalement m'attarder sur ses lèvres. Même si ce tirage de cartes a apaisé mes pensées les plus lubriques, je ne peux m'empêcher de songer à nouveau à la vision que j'ai eue il y a quelques minutes.

Si j'en crois ce qui m'est apparu alors, j'aurais pu conclure avec lui. Et il ne m'aurait pas repoussée, loin de là. Ce qui signifie qu'il n'est pas réellement mon ami. Pourtant, il garde toujours une distance respectueuse entre nous. Et je ne l'ai jamais surpris en train de me reluquer de la tête aux pieds. J'en viens à croire que mes pouvoirs magiques se trompent totalement.

Sûrement parce que ce mec fait un pas en avant, puis deux en arrière.

Constamment.

Telle est l'ambivalence de la Tour.

Tout, et son contraire.

Il n'a clairement pas tiré cette carte par hasard...

D'un coup je sursaute, car nos mains se rejoignent au-dessus de la dernière carte qu'on a voulu saisir en même temps. Dorian me fixe longuement avant de s'excuser et de me laisser ranger mon jeu. Je ne relève pas les yeux, pour ne pas trahir la lutte qui se joue en moi. Je brûle intérieurement.

Depuis quand un mec parvient-il à produire pareil effet chez moi d'un simple effleurement ? Voilà plus de huit mois que je n'ai plus ressenti l'envie de faire l'amour avec un homme. Pour être plus précise, je n'ai plus eu de désir pour les mecs à partir du moment où j'ai fait mon coming out pour annoncer que je suis bisexuelle et avouer mes sentiments à Artémis. Et je n'ai jamais été aussi épanouie, sur le plan sentimental, que depuis que j'entretiens une relation avec elle. Certes, une relation qui reste secrète. Mais notre amour est beau, fort et inconditionnel. Comme toutes les grandes amours de jeunesse.

Et puis, notre situation n'est que temporaire. Bientôt, on officialisera notre couple, lorsqu'elle se sentira assez à l'aise pour en parler à sa famille.

— Je peux te poser une question ? m'interroge Dorian en me tirant de mes songes.

— H-hum.

— Tu as appris ça comment ? demande-t-il en désignant le jeu de tarot qui dépasse légèrement de la poche de mon sac à main.

— C'est de famille... Du côté de ma mère. Une tradition, qu'on se transmet de génération en génération.

— Intéressant !

Il se tait un instant en me fixant avec curiosité, puis il baisse le regard.

— En réalité... C'est fou, ça m'a mis un petit coup au moral... Tu sais, ma plus grande peur est de me blesser lors d'un match et de rester sur le banc de touche pendant des mois. Ce que tu as dit à propos de la Tour m'a fait penser à ça...

— Dis-toi que tu es prévenu, le rassuré-je en souriant. Et tu sais ce qu'on dit : « Mieux vaut prévenir que guérir. » Les cartes ne sont pas là pour te faire angoisser. Elles sont là pour faire jaillir ta vérité intérieure... d'une certaine manière.

— C'est une façon très poétique de voir les choses.

— En effet.

Dorian se rapproche de moi, assez près pour que je puisse à nouveau humer sa délicate fragrance boisée. Il dégage une boucle qui tombe sur mon visage sans quitter mes lèvres du regard. Mes joues s'enflamment, mais la tension retombe aussi vite lorsqu'il décide de passer son bras autour de mes épaules, de la façon la plus amicale qui soit.

— Je peux te poser une autre question ?

— Bien sûr ! opiné-je en saluant sa politesse. Généralement, c'est moi qui pose les questions aux gens que je rencontre, mais on peut inverser la tendance !

— Justement, en parlant de ça... Pourquoi tu n'as pas fait de photo avec moi, après notre interview ? J'ai remarqué que c'était ta signature.

Je le fixe quelques secondes, l'air incrédule. Mais il paraît sincère, et il semble que je l'aie réellement contrarié, sans le vouloir. Il faut dire que les événements de ces derniers jours ont fait je n'ai pas songé une seule seconde à immortaliser notre rencontre. Lorsque je m'en aperçois, j'explose de rire.

— C'est parce que je n'étais pas en forme ! lancé-je pour me défendre, tout en lui envoyant une petite tape dans le bras. Ça m'est complètement sorti de la tête !

— On peut remédier à ça maintenant, du coup ?

— Mon téléphone est déchargé...

— Encore une excuse ! rétorque-t-il en faisant la moue.

— Je te jure ! Regarde ! m'écrié-je en brandissant le petit appareil qui refuse de s'allumer.

— Bon, on peut la faire avec le mien alors...

— Dans cet accoutrement ? m'offusqué-je en désignant le sweat et le jogging que je porte.

— Je te l'ai dit, ça te va bien... Et tu seras bien la seule fille à pouvoir te vanter d'avoir porté mes vêtements une fois dans ta vie.

— Mouais, marmonné-je en croisant les bras. Je suis sûre qu'elles sont nombreuses, celles qui ont déjà eu cet honneur.

— C'est l'impression que je te donne ? se vexe-t-il en plissant les yeux.

— Do, tu es un joueur de foot... Et tu organises des soirées délirantes, quand tes darons ne sont pas là. Ne me fais pas croire que tu n'as pas enchaîné les coups d'un soir.

— OK... La demoiselle se nourrit de plein d'idées préconçues sur mon compte, à cause de mon métier ! J'sais vraiment pas comment je dois le prendre.

— Bah quoi ? Tu vas me contredire, peut-être ?

— Les relations, ça ne m'intéresse pas. Tu aurais dû le comprendre quand je t'ai proposé qu'on devienne amis.

— Personnellement, je ne considère pas les plans cul comme des relations, mais...

— Laisse tomber ! déclare-t-il en s'écartant de moi, visiblement blessé par ce que j'ai sous-entendu.

D'un coup, il devient froid comme la glace, tandis que j'observe son taux vibratoire qui s'agite. Sans un mot, il dépose son téléphone sur la table de chevet, vérifie que son appareil est en mode silencieux, puis il enlève ses chaussures. J'attends quelques secondes qu'il reprenne la parole, mais il reste de marbre.

— Tu boudes ? interrogé-je en le voyant retirer sa chemise et se lover dans les couvertures.

Il fait mine de dormir en se retournant sur le ventre pour enfoncer sa tête dans l'oreiller. Son comportement déclenche mon hilarité. Je ne m'attendais pas à ce qu'il soit aussi susceptible, ni à ce qu'il se ferme comme une coquille dès qu'on touche un peu trop à son ego. Même si cela ne devrait pas tant m'étonner : c'est dû sans doute à son succès et à la grosse tête que cela donne – on lui rabâche depuis des années qu'il est beau, intelligent et doué dans tout ce qu'il fait...

Je reste de longues minutes assise à ses côtés, dans le silence de la chambre, à le contempler en me demandant quel est le message que les étoiles souhaitent me faire passer en mettant cette âme sur mon chemin. S'il y a une réelle connexion entre lui et moi, c'est pour une bonne raison, n'est-ce pas ? À moins qu'il ne s'agisse d'un test de l'Univers pour mesurer mon degré de loyauté envers mes sœurcières – et ma fidélité à mon grand amour d'enfance.

— Do, merci pour l'invitation et la mise en contact avec Aline. Tu m'as vraiment aidée à creuser mon sujet de mémoire. Je vais rentrer, je te rendrai tes vêtements dès que...

— Pas besoin, grommelle-t-il dans son coussin. Tu peux les garder.

— Mais...

La porte de la chambre s'ouvre en un fracas.

— Ah ! enfin ! crie une voix que je reconnaîtrais entre mille.

Artémis pénètre dans la pièce et referme la porte en la claquant avec une violence incroyable.

Elle a attaché ses cheveux, qu'elle porte dissimulés sous un voile beige, et elle a revêtu une chemise cuivrée en soie ainsi qu'un pantalon évasé brun. Et, bien sûr, je remarque qu'elle s'est maquillée. Ses lèvres sont peintes en bordeaux et de jolies perles blanches sont collées tout le long de ses sourcils. Elle est dans toute sa splendeur de sorcière, voire plus. Pourtant, ce qui me choque le plus en cet instant, c'est l'énergie fulgurante qu'elle dégage. Elle envoie un regard assassin à Dorian, qui s'est retourné d'un coup en entendant l'intruse s'immiscer dans son intimité.

— Qu'est-ce que tu fous ici ? crie-t-elle en me désignant du doigt.

— J-je...

— Lève tes fesses de là ! On part. Tout. De. Suite.

De petites étincelles se forment encore une fois dans mes mains sous le coup de l'angoisse. Il ne m'en faut pas plus pour quitter la pièce sans adresser un regard à Dorian.

Chapitre 9

Insolence

Je descends de mon balai volant à la hâte, puis je cours vers l'escalier et monte les marches deux par deux. Artémis m'ignore royalement et manque de me claquer la porte à la figure lorsque nous arrivons à son kot[1]. Une fois à l'intérieur, elle retire sa veste avec des gestes empreints de violence, fait tomber une chaise dans la salle à manger et renverse un bol en attrapant un verre pour se servir un peu d'eau. De petits flocons de givre apparaissent sur les bords du verre, là où elle a posé les doigts, ce qui signifie que sa magie est troublée par de très vives émotions.

Elle inspire et expire profondément trois fois d'affilée, puis m'adresse enfin un regard. Depuis que nous avons quitté la maison de Dorian pour nous envoler dans le ciel, elle ne m'a plus regardée ni adressé la parole.

— Où est Freïa ? demandé-je en m'installant sur une des chaises.

1. Belgicisme désignant un appartement étudiant.

— En bonne compagnie.

Ma compagne pose les mains sur le petit plan de travail en bois sombre. De la glace se forme sous ses paumes. Il lui faut quelques secondes avant de le remarquer et de déplacer les mains du meuble pour éviter de causer trop de dégâts.

— J'aurais dû faire un scandale ! s'écrie-t-elle finalement en se débarrassant de son voile.

Elle le jette par terre avec rage et plonge enfin son regard dans le mien, qu'elle soutient.

— Tu as couché avec lui !

— Quoi ? Tu es folle, Artie ! Jamais de la vie.

— Alors explique-moi pourquoi tu étais dans sa chambre ? Et pourquoi tu portes ses vêtements ? Tu as carrément son odeur sur toi !

— Un de ses potes m'a arrosée alors que nous étions près de la piscine… Il m'a juste prêté des vêtements de rechange parce que je mourais de froid. Demande à Freïa ! Elle m'a vue…

— Oui. Elle t'a vue monter avec lui à l'étage pour ne plus redescendre.

— Mais c'est…

— Qu'est-ce que tu veux que je te donne de plus, Sedna ? hurle Artémis en fondant en larmes. Ce n'est pas la première fois que tu me fais ce genre de coup !

Aïe. Mon cœur saigne.

Mon amoureuse est en train de déterrer de vieux et vilains dossiers que je préférerais oublier pour toujours. En effet, avant que je ne fasse officiellement mon coming out, elle et moi nous fréquentions déjà. En réalité, cela fait des années que nous sommes

« ensemble » – depuis l'âge de seize ans pour être exacte. Car après chaque sabbat de sorcières et après chaque soirée étudiante, il y avait toujours un moment où on « dérapait ». Il suffisait que l'une de nous deux ait un verre dans le nez pour qu'on termine la soirée à s'embrasser, loin du regard des autres.

Pendant ces années que j'appelle « nos années folles », Artémis et moi fréquentions d'autres personnes. Nous avions des relations libres, d'une certaine manière. Cela nous a permis d'explorer notre sexualité sans contrainte et de mieux cerner nos désirs, nos besoins, ainsi que nos émotions. C'est en couchant avec d'autres que j'ai pris conscience que je ne trouvais jamais avec eux le même plaisir ni la même connexion que ceux que j'ai avec ma petite amie actuelle.

Elle-même a eu cette grande révélation, quelque temps avant moi, alors que j'essayais encore de comprendre comment je pouvais éprouver de l'attirance à la fois pour des hommes et pour des femmes. J'ai été plus longue à la détente qu'elle, je l'admets. Elle m'en a voulu pour ça. Le jour où elle m'a révélé les sentiments qu'elle éprouvait pour moi, j'ai bu jusqu'à m'en retourner le cerveau. Et j'ai couché avec un mec dont je me souviens à peine. À la suite de cette mésaventure, elle ne m'a plus adressé la parole pendant deux mois…

Jusqu'au soir où on a eu une grande conversation et où je lui ai dit que je voulais entretenir une relation exclusive avec elle. À condition qu'on l'officialise et que tout le monde autour de nous sache qu'on est un couple, un vrai. Pas uniquement des amies avec un petit à-côté de temps en temps.

Elle m'avait alors promis d'aborder le sujet avec ses parents – et son grand frère qu'elle craint de manière démesurée. Hélas, voilà plus de six mois que ça dure et que notre relation, bien qu'elle soit sincère et tendre, demeure secrète aux yeux des autres.

Il n'y a que Freïa et ma mère qui sachent tout.

Ou presque.

— Tu penses vraiment que ce genre de mec s'intéresse à toi pour autre chose que pour ta paire de fesses ? crie-t-elle avant de se prendre la tête entre les mains.

— Artie, je te promets qu'il ne s'est rien passé. Sur le sang de mes ancêtres, il ne s'est rien passé. Dorian est juste un ami.

— Comment veux-tu que je te fasse confiance ? Tu m'as dit qu'on ne serait pas un vrai couple tant que je n'avouerais pas à mes parents ce que nous sommes… Mais la situation est facile à assumer, pour toi ! Tu n'as pas à subir la même pression que moi. Les membres de ma famille me renieront à jamais lorsqu'ils apprendront que je suis une putain de lesbienne.

Elle se tait, et ses pleurs redoublent.

De petites taches blanches de gel apparaissent sur ses bras et dans ses cheveux.

Et mon cœur saigne un peu plus.

D'un geste spontané, je me lève et contourne la table pour la serrer dans mes bras. Je refuse de la faire souffrir, je l'aime trop pour ça. Pourtant, j'ai la désagréable impression qu'on ne peut pas vivre pleinement notre relation si on ne se dispute pas au moins une fois par semaine.

On fonctionne de cette manière.

On s'aime à la folie, puis la flamme s'éteint. Alors on se dispute violemment pour la raviver, on se déteste pendant des jours ou des semaines, puis on recommence finalement à coucher ensemble. On s'aime à nouveau et là, tout va pour le mieux.

Jusqu'au prochain conflit.

C'est un cercle vicieux.

Quand Artie voit que je m'approche d'elle, elle essaye de me repousser en me criant qu'elle ne veut pas de mon affection. Elle me crache même qu'elle regrette d'avoir croisé mon chemin, lorsqu'on était enfants, et que je ne suis qu'une sorcière manipulatrice. Mais finalement, elle finit par céder et se jette dans mes bras. Nous tremblons toutes les deux d'émotion. Ma main passe en continu dans ses cheveux pour tenter de la calmer et nous finissons par nous affaler sur le carrelage de la cuisine. Après quelques minutes de silence, ses sanglots s'apaisent. Elle relève la tête vers moi et j'en profite pour lui débarbouiller le visage avec la manche de mon pull.

— Je sais très bien que tu vas finir par me quitter, un jour ou l'autre...

— Arrête de dire des bêtises... Tu sais que je t'adore, la rassuré-je en lui pinçant la joue.

— Mais... Est-ce que tu m'en veux, si je te dis que j'ai fumé, ce soir ?

— Quoi ? m'écrié-je en m'écartant d'elle. Tu as fumé ? Et tu as quand même pris un balai pour rentrer ? Tu es vraim...

— Je sais, je suis idiote.

J'observe les yeux de ma petite amie ; ils sont injectés de sang et ses pupilles dilatées. J'étais tellement tourmentée par mes démons intérieurs que je n'ai même pas remarqué ce détail... Alors que ça aurait dû me mettre en alerte dès l'instant où on a quitté la soirée.

Un des plus gros problèmes d'Artémis est sa dépendance aux substances illicites.

Cela s'est accentué depuis qu'elle vit seule dans son kot.

C'est la raison pour laquelle j'essaye de lui rendre visite presque tous les jours. En réalité, j'ai toujours secrètement espéré que mon amour pour elle la sauverait de ses habitudes toxiques. Mais d'un autre côté, je me dis que c'est peut-être moi, la cause de son mal-être. Et pareille idée m'est horrible... Hélas, dès qu'on se dispute, tout ce que je peux constater, c'est qu'elle replonge. Une fois, je l'ai presque retrouvée inconsciente sur le sol de sa chambre. Elle délirait, disait qu'elle voyait des papillons lumineux et que je lui apparaissais comme un ange.

D'autres fois, pour me rassurer, je me dis que c'est la faute de son thème astral. Avec sa dominante « mutable », elle qui est une bonne Gémeaux ascendant Sagittaire. Malheureusement, la vérité est bien plus sombre : cette addiction est simplement la seule échappatoire qu'elle a trouvée pour s'inventer une vie de rêve, parmi les chimères, loin de la réalité.

— Artie, je...

Mais, sans prévenir, elle se jette sur moi et m'embrasse avec fougue.

Je me laisse emporter par cette folle passion qui est le ciment de notre relation, jusqu'à ce que mon amoureuse s'arrête brusquement et baisse la tête.

— Sed... Je suis désolée pour ce que je t'ai dit. C'était méchant et injustifié... Mais j'ai si peur de te perdre que...

— Ce n'est pas grave. Je vais mettre ça sur le compte de tes hormones, dis-je en souriant. Et puis, je n'aurais pas dû rester injoignable... Je comprends que tu aies imaginé le pire. J'aurais fait de même.

Elle hoche doucement la tête.

Puis son ventre se met à gargouiller horriblement.

Nous éclatons de rire en nous lançant un regard complice.

— Je te fais des pâtes ? proposé-je en me levant et en l'aidant à se redresser.

— Tu es ma sauveuse !

— Je sais, je sais. Toujours à ton service.

À ces mots, nous tombons dans les bras l'une de l'autre, tout sourires.

Nos rancunes sont bien vite oubliées, et entre nous renaissent les plaisanteries. Même si, au fond de moi, mes inquiétudes planent toujours. Et je ne peux m'empêcher de craindre pour notre avenir. Ce soir n'est qu'une trêve, rien de plus.

— Je suis désolée, papa, je ne suis vraiment pas dans mon assiette... Promis, je serai là demain, aussi tôt que possible. Je prendrai le premier train. Je serai à Liège pour 9 heures maximum…

Mon père soupire à l'autre bout du fil, pas franchement convaincu par l'argument que je lui ai servi.

— J'espère que ce n'est pas un homme qui te retient ainsi, me lâche-t-il finalement.

— Tu dis n'importe quoi ! Tu sais bien que mes études passent en priorité. Je n'ai pas de temps pour tout ça.

— Pourtant ta mère m'a dit que tu fréquentais quelqu'un. Ça m'étonnerait qu'elle mente sur un sujet pareil.

— Maman t'a dit quoi ? E-et… Et depuis quand vous vous reparlez ?

— On n'a jamais arrêté de communiquer… C'est juste que la plupart du temps, on s'engueule, essentiellement. Mais ce n'est jamais très méchant.

Bien qu'il soit loin de moi, je devine un sourire se dessiner sur ses lèvres. Mais je n'ai pas la force d'investiguer davantage, donc je ne relève pas.

— Enfin, appelle-moi demain quand tu arrives à la gare.

— Promis.

— À demain, Sedna. Je t'aime.

— Je t'aime aussi, papa. À demain.

Je coupe la communication.

Avant même que j'aie le temps de rouvrir la bouche, Freïa se met à sautiller dans tous les sens et à hurler comme une furie. Elle éteint le téléviseur, allume les chandeliers au-dessus de la cheminée, ouvre un paquet de marshmallows et attrape des plaids qu'elle entasse sur le canapé. Ensuite, elle me fait signe de venir m'installer à ses côtés.

Je lève les yeux au ciel devant ses enfantillages. Mais je finis par sourire en déposant mon smartphone entre deux grimoires, sur une des étagères de la grande bibliothèque en bois qui trône dans notre salon. D'un seul geste, j'enlève mes chaussures puis je file rejoindre ma meilleure amie, qui frétille d'impatience.

— Tu es toujours vivante ! Franchement, j'ai hésité à faire un voyage astral pour vérifier qu'Artémis n'avait pas enterré ton corps dans le cimetière d'Ixelles !

— Au moins, mes histoires de cœur foireuses ont le don de te faire rire... Voyons le bon côté des choses.

— Parlons plus sérieusement : tu m'as vraiment fait peur ! Je crois que je t'ai appelée une bonne dizaine de fois, mais je tombais sans cesse sur ton répondeur ! J'ai essayé de te prévenir que ta dulcinée avait fumé et qu'elle avait activé le mode « furie ». Parce que même si Dorian m'a l'air d'être un mec réglo, ça ne m'aurait pas étonnée que ça ait dérapé entre vous deux...

Aïe. Je prends appui sur l'accoudoir, détourne rapidement le regard et renifle avec difficulté. Je suis prise de vertiges, une fois de plus. *Il ne manquait plus que ça*, pensé-je en posant ma main sur mon front. Si même ma plus grande alliée se met en tête que je suis capable de tromper mon amoureuse avec ce mec dont on parle sans cesse depuis que je l'ai rencontré, et qui chamboule ma magie, c'est que je suis vraiment mal barrée.

— Un marshmallow ?

J'opine, mais Freïa refuse de me tendre le paquet.

— Pas si vite, mam'zelle ! Je t'en donnerai un... À une seule condition : explique-moi ce que tu as vu.

— Je ne vois pas de quoi tu parles.

— Roh ! Arrête un peu avec tes mystères, maintenant ! Ça ne marche pas avec moi… Tu as oublié qu'on se connaît depuis le berceau, ou quoi ? Tu es franchement bizarre depuis quelque temps… Enfin, dois-je préciser que tu es bizarre depuis que tu l'as rencontré ?

Je fronce les sourcils, et affiche un air d'ignorance.

— Ne me demande pas de « qui » il s'agit. Tu sais bien que je fais allusion à Gatsby.

— Je répète : je ne vois pas de quoi tu parles.

— Tu es vraiment agaçante, quand tu t'y mets.

En guise de réponse, je me jette sur elle pour essayer de lui arracher le sachet de bonbons, mais elle parvient à éviter mon attaque en se levant plus rapidement que moi.

— Frey ! T'es pas sympa.

— Et toi, tu as oublié notre serment de meilleures copines ! On est censées tout se dire ! Tout. Surtout quand nos petits secrets risquent de foutre la zizanie au sein du Coven.

Je grogne de désapprobation en saisissant la télécommande de la télévision pour l'allumer.

Ensuite, j'ignore Freïa et fais mine de me rouler dans les plaids qu'elle a installés autour de nous. Je ne rêve que d'une chose : m'ensevelir sous leur chaleur protectrice. Hélas, aucun des sortilèges que j'ai étudiés jusqu'à présent ne permet de réaliser un tel tour de passe-passe.

Juste au moment où je me décide à reprendre la parole, la messagerie de mon téléphone retentit.

— Reste là ! crie Freïa en agitant un doigt enflammé devant moi, l'air menaçant.

Elle court jusqu'à l'autre bout du salon et saisit mon smartphone.

— Ma main au chaudron que c'est lui !

— On ne le saura jamais, tu ne connais pas mon…

Un déclic plus tard, la rouquine explose de rire en serrant davantage le paquet de marshmallows contre sa poitrine. Quant à moi, je me rends compte que je n'aurais pas dû la sous-estimer… Après tout, elle connaît ma date de naissance et mes codes de carte bancaire par cœur. Elle avait donc plus de chance que quiconque de trouver la bonne composition numérique.

— « Coucou ! Je voulais juste savoir si tu étais bien rentrée hier soir… Ta pote avait l'air super vénère lol. PS : tu peux garder mon sweat. »

Mes mains se mettent à cracher de petits éclairs, ce qui déclenche une nouvelle vague d'hilarité chez ma colocataire. Elle fait des bonds sur place en continuant de s'empiffrer de sucreries sous mon nez. Mais soudainement, elle lâche ses friandises et écarquille les yeux.

— J'ai une idée ! crie-t-elle en bombant la poitrine.

À ces mots, je me fonds davantage dans le monticule de plaids et tremble en craignant le pire.

— Si tu ne me dis pas ce que tu as vu, je lui réponds à ta place !

Et là, pour la première fois, j'avoue que j'éprouve une pulsion meurtrière envers une de mes sœurcières. L'espace d'un instant, j'imagine Freïa brûler sur un bûcher auprès de nos ancêtres et se taire à jamais en retournant en enfer. Sérieusement, cela devrait être interdit, de manipuler les sentiments d'une de ses amies de manière aussi déloyale !

Il faut impérativement rajouter cette clause à notre contrat de meilleures copines.

— OK. Je compte jusqu'à trois… Un. Deux…

— Dorian Janssens est mon futur mari ! m'écrié-je juste avant d'enfoncer mon visage dans un coussin.

— *Wait… what*[1] ?

Lasse, je lâche l'oreiller qui s'affaisse sur le sol. Je ferme les yeux et tente de récupérer un souffle calme et régulier avant d'ouvrir la bouche pour apporter davantage d'explications à mon amie. Mais ma poitrine manque d'exploser à chaque battement de cœur et ma tête est douloureuse. Les effets secondaires de ma magie sont réellement difficiles à supporter.

— J-je… J'ai eu une vision. Le jour où j'ai rencontré Dorian. E-et… Je me suis vue me marier avec lui.

Freïa prend le temps d'encaisser l'information.

Elle s'accroupit pour ramasser les quelques bonbons étalés sur la moquette, puis elle traîne des pieds jusqu'à arriver à mon niveau. Elle dépose mon téléphone sur la table basse, contourne le canapé et regarde longuement l'écran illuminé fixé au mur. Enfin, elle m'offre le dernier marshmallow, unique survivant de sa vorace gourmandise, en souriant d'un air ébahi.

— Rassure-moi… Je suis bien ta témoin, hein ? Parce que je vais t'organiser un enterrement de vie de jeune fille de f-o-l-i-e !

1. En anglais : « Attends… quoi ? »

Chapitre 10

Patience

Un mois plus tard
Lundi 20 mars 2017

— Vénus rétrograde, soupiré-je, plongée dans le calendrier astral et ses transits planétaires, calendrier que j'ai imprimé tôt ce matin au Coven.

Je ferais mieux de me concentrer sur le cours de marketing auquel j'assiste actuellement.

Au lieu de cela, je prends quelques notes sur mon thème natal, au sujet de l'impact de cette rétrogradation sur ma personne. Puis je grimace lorsque je constate à quel point l'influence que les étoiles ont sur mon bien-être doit être mauvaise, prochainement. C'est dans ce genre de moment que je regrette d'avoir harcelé mes Aînées pour qu'elles m'apprennent tous les secrets de l'astrologie. Je préférerais être dupe et ne rien savoir, plutôt qu'anticiper et imaginer le pire.

— Pas étonnant que je cumule les problèmes relationnels, ces jours-ci…

Je maudis intérieurement la pauvre petite planète, totalement innocente et à des années-lumière de connaître les tourments qui m'obsèdent actuellement. Mais il m'est toujours plus facile de rejeter la faute sur un élément extérieur que de reconnaître que je suis faible et que je n'ai qu'une seule envie : attraper mon portable pour envoyer un message à l'unique personne que je me refuse de voir depuis des semaines. Il serait bon d'arrêter les bavardages respectueux par texto, et qu'on se voie enfin pour clarifier la situation.

— Sedna, prends tes ovaires en main, marmonné-je pour moi-même, en lançant un peu vivement mes feutres de couleur dans mon plumier.

J'ouvre mon sac à main, saisis mon téléphone et fais défiler mon répertoire jusqu'à ce qu'apparaisse le prénom de la personne qui hante mes pensées – et certains de mes rêves les moins catholiques. Déterminée, je clique sur l'icône pour rédiger un message.

Mais, comme un signe de l'Univers, la cloche sonne la fin du cours.

Je range aussi vite mon smartphone, puis relève péniblement la tête de mes cahiers et débarrasse le bureau où je suis installée. Je me sens vaseuse et nauséeuse, sans parler de cette migraine oculaire qui m'a forcée à remettre mes horribles binocles sur le nez. Il ne manque plus que de vives douleurs dans le bas du dos pour me donner la certitude que je suis officiellement en période de syndrome prémenstruel – autrement dit la « pré-pire période du cycle féminin ».

Je vérifie une dernière fois l'heure sur ma montre, puis j'attrape la bandoulière de mon Louis Vuitton, modèle

Speedy 35, la passe sur mon épaule et me dirige vers les portes de l'amphithéâtre. J'esquisse un sourire à la pensée soudaine que les journées rallongent. Cela veut dire que, désormais, quand je finis les cours à 18 heures, je peux profiter de quelques rayons de soleil de cette heure délicieuse du soir où la lumière est si douce.

— Hey, Sedna !

Je me fige et tourne machinalement la tête vers la droite.

Joan trottine dans ma direction en me faisant de grands signes de la main.

Eh merde… Il m'a repérée, pensé-je en grinçant des dents.

En effet, mon collègue a été engagé comme assistant académique par mon professeur de marketing. Apparemment, il ferait une thèse de doctorat sur « le renouveau du marketing sportif à l'ère du numérique ». Et pour ce faire, il est chaperonné par l'un de mes professeurs principaux – pour mon plus grand malheur puisque, comme s'il ne suffisait pas que je doive repousser avec diplomatie ses avances au boulot, maintenant il me faut aussi me le coltiner dans les couloirs de l'université.

— Salut, Joan !

J'enfile aussitôt mes écouteurs et me dispose à sortir pour lui faire comprendre que je suis pressée, mais il me suit.

— C'est trop fort qu'on se recroise ici ! Ce cours fait partie de ton cursus habituel ?

— H-hum.

— Tu as fini, là ?

— Mouais. Terminer à 18 heures est une pénitence…
— Tu es plutôt du matin, je l'avais déjà remarqué, au boulot !

Je me contrains à émettre un sourire forcé et augmente le volume de la musique pour lui faire comprendre que je ne suis pas d'humeur à parler. Hélas, cela ne suffit pas à le faire fuir. Au contraire, il m'emboîte le pas pendant de longues minutes et se rapproche davantage de moi, au point que cette trop grande proximité me met mal à l'aise. Je profite néanmoins de mon parcours labyrinthique et rapide dans le campus, que je connais par cœur, pour réinstaller une belle distance de sécurité entre lui et moi.

— Ça te dit, d'aller boire un verre ?
— Pas vraiment.
— Allez, sérieux ! Il fait beau, on pourrait se mettre en terrasse et tout…
— C'est toujours non.
— S'il te plaît… Je te l'offre, bien sûr !

Je lève un sourcil dans sa direction et lui lance un regard qui en dit long.

— Désolée. Une prochaine fois, Jo.
— Tu dis ça à chaque fois ! se lamente-t-il en enfonçant les mains dans ses poches.
— Peut-être qu'il serait temps que tu comprennes que c'est parce que je n'en ai tout simplement pas envie ?
— Genre, t'as un meilleur truc à faire que de venir boire un verre avec moi ? Il me semble que t'as pas de mec, en plus…

Je me demande ce qui me retient de lui enfoncer un pieu dans le cœur ! Ce gars est définitivement plus collant qu'un mort-vivant assoiffé de sang. Puis, je me rappelle que, selon mes Aînées, la violence ne résout rien car elle nous rabaisse au niveau des hommes qui nous ont fait tant de mal, aux XVe et XVIe siècles. Aussi je me contente de serrer les dents et de dissimuler ma main droite électrifiée sous mon manteau.

— T'as même pas une petite heure à me consacrer ? insiste-t-il en se rapprochant dangereusement à nouveau. Je suis sûr qu'on s'amuserait bien. Tu verras, je suis un kiffeur et...

— Sedna, c'est toi ?

Il était temps que mes anges gardiens interviennent : j'étais prête à assommer Joan et à le kidnapper pour le sacrifier ce soir, en l'honneur de l'équinoxe de printemps. Bien que sa chair ne soit pas assez noble pour honorer les déesses de mon panthéon.

Je me détourne de mon collègue pour croiser les prunelles émeraude de Dorian.

Voilà la dernière personne que j'aurais imaginé croiser sur le campus.

— Il me semblait bien que c'était toi ! Je t'ai immédiatement reconnue, avec tes crolles[1] !

Malgré moi, sa présence éveille un immense sentiment de joie au milieu de ma poitrine. Cela vient me rappeler que même si je suis du genre distante et froide, dans la vie quotidienne, j'ai tout de même un cœur – et que, parfois, il est capable de battre à tout rompre. Une sensation très étrange.

1. Belgicisme qui désigne des cheveux bouclés ou frisés.

Dorian sourit de toutes ses dents et je lui rends la pareille en hâtant le pas pour le rejoindre. Je retire rapidement mes écouteurs et lui donne une bise chaleureuse. Ensuite, d'un rapide coup d'œil, j'évalue sa tenue du jour ; elle est tout en sobriété – comme à son habitude. Il porte une chemise à carreaux verte qui met en valeur la couleur de ses yeux, une veste en jean, un pantalon en lin beige, et ses cheveux dorés sont parfaitement laqués, parés à toute épreuve.

— Tu connais Dorian Janssens ? me chuchote Joan, visiblement intrigué par cette étrange connexion entre un joueur de foot de première division et une étudiante lambda.

— Dorian, je te présente Joan, un de mes collègues au boulot et le nouvel assistant du cours de marketing, déclaré-je, toujours en souriant. Joan, je te présente Dorian, un très bon ami à moi. Mais tu le connais déjà... Car tu l'idolâtres en secret, en t'endormant tous les soirs sous un poster de l'équipe d'Anderlecht, n'est-ce pas ?

L'intéressé devient aussi rouge qu'une pivoine et hoche vivement la tête.

Il saute sur un pied, puis sur l'autre, et tend maladroitement la main à son idole.

— Enchanté, fait ce dernier en inclinant la tête. Et merci de soutenir mon équipe.

— En f-fait, j-je... A-avec plai...

— Je pense que Joan meurt d'envie de prendre une photo avec toi, mais qu'il n'ose pas te le demander.

— Ah ! bah écoute, ça tombe bien. Je suis plutôt bien fringué, aujourd'hui... Donc je serais ravi de poser avec toi, mon pote !

Le « pote » essaye d'afficher son plus beau profil, sans paraître trop intimidé, même si j'observe que ses lèvres tremblotent. Je prends quelques clichés des deux garçons côte à côte, puis les leur montre.

— C'est parfait ! Merciii ! s'exclame mon collègue, aussi ému qu'un enfant de trois ans qui viendrait de se faire tirer le portrait assis sur les genoux du Père Noël.

— De rien. Bon… On y va ? dis-je à l'intention de Dorian.

— Où ?

— Tu sais bien… On doit aller à ton fameux « truc », continué-je en mimant les guillemets. Ça fait des jours que tu me tannes avec ça. Il faudrait pas qu'on arrive en retard !

Il hausse les sourcils d'un air interrogateur, tandis que je prie pour qu'il comprenne le regard de détresse que j'associe à mes derniers mots. S'il part, Joan se remettra à me faire des avances en se montrant de plus en plus insistant. Et je dois avouer que je ne me sens pas tranquille à l'idée qu'il me suive comme ça jusque chez moi. C'est dans ce genre de situations que j'aimerais que la télépathie existe pour de vrai.

Même avec mes sœurcières, je peine à dialoguer sans ouvrir la bouche.

— Oh ! exact ! dit celui qui vient de devenir mon complice, faisant mine, d'un coup de main sur le front, de se rappeler de quoi je lui parle. Faut qu'on y aille, sinon on va être en retard. Ce fut un plaisir, Joan. À une prochaine, peut-être !

Mon collègue nous dévisage un instant, avant de nous faire un bref signe de la main.

Sans attendre une seconde de plus, je tire Dorian par le bras pour quitter rapidement le campus. *Pfiou ! Il était moins une*, pensé-je en jetant un dernier regard derrière moi pour être sûre que Joan n'est plus là. Je continue à marcher droit devant nous, et je finis par lâcher mon ami, une fois que nous sommes arrivés à hauteur du bois de la Cambre. Ce magnifique parc naturel au paysage forestier et apaisant longe le campus du Solbosch, et je m'y rends souvent, car il a le don de me détendre instantanément.

Une fois au milieu des arbres, je pose les yeux sur le lieu que l'on considère parfois comme le Central Park de la Belgique – il s'étend sur plus de cent vingt-trois hectares. Mais moi, ce que je préfère dans ce coin immense de verdure, c'est son immense lac, près duquel j'aime me poser pour méditer. Sans parler des nombreux points de rafraîchissement et des balades en barque… C'est sûrement mon endroit favori dans la capitale, celui au sein duquel je sens mon taux de cortisol baisser et la sérénité s'installer dans chaque parcelle de mon corps.

Au point, aujourd'hui, que j'en oublie presque que je suis accompagnée de Dorian. Lorsque je me tourne vers lui, il me lance un regard complice avant d'éclater de rire.

— C'était quoi, ça ? me demande-t-il lorsqu'il parvient à se calmer un peu.

— Une tentative de diversion ! expliqué-je en rougissant et en plaquant mes mains sur mes joues. Ce gars me drague à chaque fois qu'il me croise ! Il ne me lâche jamais... Il est du genre très insistant, même quand on lui dit « non »... Tu vois ce que je veux dire ?

— Ouaip. J'imagine, dit-il en redevenant d'un coup sérieux.

— Merci d'avoir joué le jeu, Do. Vraiment. Je te dois une fière chandelle.

— Écoute, j'étais pas sûr de comprendre dans quoi je m'embarquais... Mais je suis ravi de savoir que je t'ai aidée. Tu ne me dois rien.

Il pose une main sur mon épaule et me sourit pour soutenir ses propos.

Ce contact à peine perceptible, à travers les vêtements, suffit à raviver un sentiment que j'enterrais en moi depuis des semaines. Et dire que j'étais à deux doigts de lui envoyer un message pour lui demander qu'on se voie... Voilà qu'il apparaît devant moi, comme par magie, et fait galoper mon cœur. *Clairement, l'Univers m'envoie encore des signaux, n'est-ce pas ?*

Je l'invite d'un geste à poursuivre notre balade improvisée dans le bois de la Cambre.

Je ne compte pas laisser cet heureux hasard inexploité.

— Qu'est-ce que tu faisais à l'univ ?

— Je suis passé voir ma sœur. Elle vient de rompre avec son petit copain... Et comme elle a un cœur d'artichaut, je lui ai apporté ses donuts favoris pour lui remonter le moral.

— Oh ! quel grand frère attentionné !

— T'as vu, hein ?

Nous nous sourions, toujours avec complicité. Pourtant, quelques secondes après, un silence inconfortable s'installe entre nous.

Pour être sincère, j'ai mille et une questions à poser à Dorian, que je n'ai plus vu depuis un mois et la soirée chez lui. J'ai bien remarqué qu'il suit les publications de mon compte Instagram, et qu'il tente de garder contact en me demandant, de temps à autre, comment je me porte ou ce que je fais de mes journées, lorsque je mets en ligne une *story* post-running ou quelque chose lié à mon job... Parfois, c'est quand il a un temps mort lors d'un entraînement qu'il m'envoie une photo de ses coéquipiers ou du terrain de foot.

Mais comme j'ai toujours veillé à répondre de manière brève et évasive, je ne peux que le reconnaître : c'est moi qui ne lui ai pas laissé la possibilité de proposer qu'on se revoie pour passer un moment ensemble. Je ne souhaite pas qu'il se fasse des illusions concernant notre relation, qui est – et doit rester – platonique. Malgré tous les fantasmes de Freïa concernant une potentielle romance qui me jetterait dans les bras d'un prodige du dribble, j'ai réussi à garder la tête froide et à m'éloigner de lui pour éviter un quelconque dérapage. Je n'ai jamais eu de comportement équivoque avec lui, ni osé m'aventurer à faire le moindre sous-entendu. Nos conversations ont toujours été brèves, simples et sans ambiguïté. D'ailleurs, depuis que je ne l'ai plus vu, je ne me suis plus disputée avec Artémis.

Bon, pour ce dernier point, il y a aussi le facteur « distance » qui joue. Elle est partie au Maroc depuis plus de deux semaines pour rendre visite à sa famille. Cela a considérablement réduit les occasions de nous frictionner ou de nous chamailler pour des broutilles. On s'écrit quotidiennement et on tâche de s'appeler sur Skype quand elle parvient à capter, ce qui est loin d'être gagné d'avance, là-bas. Mais, en d'autres termes, rien ne peut nous pousser à avoir un désaccord.

Enfin, pour en revenir à Dorian... Je me rends compte que je me suis auto-censurée. Que je ne lui ai jamais posé la question qui me brûle tant les lèvres depuis ce soir-là.

Est-ce que je lui plais ? Je veux dire : plus qu'une amie ?

J'ouvre la bouche, mais je la referme aussitôt. Je suis trop timide et je crains de briser quelque chose, entre lui et moi. Malgré tout, je me dis que si je lui avais vraiment manqué, il aurait pris l'initiative de me contacter, et on se serait revus depuis longtemps.

Je risque un regard dans sa direction. Il marche en silence, l'air détendu, en gardant une belle distance de sécurité entre nous. Ce qui m'indique qu'il me voit vraiment comme une simple amie et rien de plus. Pourtant, mon don d'extralucide me dit tout autre chose... Et les étoiles se sont alignées ce soir pour qu'on entre en collision. *Je ne peux pas ignorer ce signe, non ?* J'aimerais bien savoir ce qu'il en est. Cette situation, qui me fait tant m'interroger, me paraîtrait sûrement plus claire si j'apprenais à connaître un peu plus mon « ami ». Ne serait-ce que pour faire tomber le masque trop lisse qu'il arbore à chaque seconde. Finalement, je ne sais pas qui se cache réellement derrière son lumineux sourire et notre passion commune pour le sport.

Nous finissons par nous installer sur la pelouse, près du lac de la Cambre.

Les rayons du soleil commencent à baisser, mais la météo reste clémente. Autour de nous, les gens fêtent le retour du printemps. Certains dansent, d'autres jouent au jeu de la bouteille, les plus motivés font leur jogging du soir et les plus généreux offrent du pain aux canards qui nagent dans l'eau. Je profite de l'ambiance apaisante de ce lieu pour fermer les yeux et méditer un instant.

Un long instant.

Jusqu'à ce que mon camarade brise le silence.

— On n'a toujours pas fait notre photo.

— Quoi ?

— Ta photo de signature. Comme toutes celles que tu as postées sur ton compte Insta...

— Oh... Tu y tiens à ce point ? le charrié-je en lui donnant un léger coup de coude.

— Bah ouaip. J'ai envie de pouvoir dire à mes petits-enfants... Tu sais, un jour, quand je serai vieux et ridé, j'aimerais pouvoir leur dire que j'ai eu la chance de rencontrer une superstar des réseaux sociaux, quand j'avais leur âge.

J'éclate de rire.

— Mais qu'est-ce que tu racontes ?

— T'as bien dix mille abonnés, non ?

— Hum... onze mille quatre cent trente-sept, pour être exacte, rétorqué-je en lui montrant mes statistiques sur mon téléphone, l'air fier. Mais je suis loin d'être une superstar !

— Patience ! Ça va venir. Tu as tout ce qu'il faut pour percer. Tu écris bien, tu as une voix agréable, tu prends de belles photos et tu donnes de chouettes conseils. Enfin, autant que je puisse en juger, car tu t'adresses surtout aux femmes, remarque-t-il en rougissant. M-mais c'est sympa.

— Merci.

— Je dis juste ce que je pense.

Mon cœur s'emballe à nouveau, mais j'essaye de rester impassible.

— Du coup, on la prend, cette photo ?

— Bien sûr, opiné-je en retirant mes lunettes et en dégageant les boucles qui tombent sur mes yeux.

Le visage de Dorian s'illumine. Il me saisit par les épaules et colle sa joue contre la mienne, puis offre son plus beau sourire à l'objectif.

— Elle est pas mal ! constate-t-il quelques secondes plus tard. Tu pourras me l'envoyer ?

— C'est déjà fait.

— Tu gères, dit-il en vérifiant sur son téléphone qu'il a bien reçu le cliché.

L'instant d'après, j'entends le bip d'une notification. Ensuite, une dizaine d'autres.

Des tas de profils différents viennent s'abonner à mon contenu, comme par magie.

— Tu m'as affichée dans ta story ! crié-je, l'air ahuri.

— Bah quoi ? On est de très bons amis, non ? Et les amis se donnent des coups de pouce, quand ils peuvent. Je pense pas qu'on soit suivis par le même genre de personnes, mais sur trente mille abonnés à mon compte, il doit bien y avoir des curieux qui seront contents d'en savoir plus sur le yoga et le tarot.

Si je n'étais pas aussi introvertie, j'aurais explosé de joie en lui sautant au cou.

Mais je ne suis pas ce genre de fille. Alors, je me contente de lui sourire timidement et de témoigner toute ma reconnaissance d'un regard significatif.

— Tu fais un truc, ce soir ? finit-il par me demander en observant le ciel qui s'assombrit.

— Oui... Je mange chez ma mère. Je dois être là-bas à 20 heures.

— Tu es au courant que c'est dans un quart d'heure ?

— C'est une blague ? m'étouffé-je en consultant ma montre. Mais où sont passées les quarante-cinq dernières minutes ?

— Bah, tu semblais te plaire, au bord du lac.

— Oh ! elle va me tuer ! Si elle pense que je lui ai posé un lapin, elle va m'étriper... En plus, je dois l'aider à préparer le sab... Euh, le repas pour ma famille et...

— Hey ! Beyoncé, ne te tracasse pas ! Je te dépose, me coupe Dorian en brandissant les clés de sa voiture sous mon nez.

À ces mots, je m'immobilise, me demandant si cet homme n'est pas un ange gardien envoyé par l'Univers. Pour de vrai. Puis, je me rappelle amèrement qu'il n'est qu'un simple mortel qui pense qu'un dieu veille sur nous et que les cartes peuvent lui lancer un mauvais sort s'il les manipule avec trop d'insistance.

Dorian est un simple être humain.

En apparence.

Pourtant, il semble avoir en sa possession un élixir capable de m'ensorceler.

Et ça me plaît. Beaucoup. Beaucoup trop, même.

Si je finis par craquer, je blâmerai Vénus rétrograde. Une fois n'est pas coutume.

Chapitre 11

Renaissance

— Et voilà ! Queen S est arrivée à bon port. Avec dix petites minutes de retard.

— Merci ! Tu me sauves la vie ! m'écrié-je en saisissant son avant-bras.

— À ton service ! répond-il en souriant.

— Normalement, c'est ma réplique.

— Décidément ! On inverse souvent les rôles, toi et moi ! La journaliste qui se retrouve interviewée, la sauveuse qui est miraculeusement sauvée… Qu'est-ce qu'il y aura, dans le prochain épisode ? Le joueur de foot qui se fait battre à son propre jeu ?

— Je te mets la misère sur FIFA quand tu veux ! le taquiné-je en lui faisant un clin d'œil.

Nous éclatons de rire.

Tout est si simple et spontané avec lui. Rien n'est calculé, nous nous comprenons en étant simplement nous-mêmes et en partageant ce qui nous passe par la tête. On est capables de parler de tout et de rien quand on s'y met. Malheureusement, le temps qui nous était imparti vient de s'écouler, pour cette fois...

— Bon, il faut vraiment que j'y aille, soupiré-je en me reprenant. Encore merci.

— Attends, dit-il en coupant le contact de sa voiture.

— Quoi ?

— Quand est-ce qu'on se revoit ?

— Euh... À toi de me le dire !

Ma réplique semble lui plaire, car elle fait naître un large sourire sur ses lèvres, et peut-être même une étincelle dans ses yeux. Il est vrai, et cela me surprend moi-même, que je me laisse enfin aller à lui donner le feu vert pour programmer une sortie ensemble.

Dorian ouvre la bouche un instant, mais il se tait et son visage change aussi vite d'expression. Il fronce les sourcils et réfléchit, l'air ennuyé.

— En fait... j'ai zappé que je pars en Allemagne à la fin de cette semaine. Pas longtemps, juste quelques jours... Mais on peut organiser quelque chose à mon retour ?

— Oui, bien sûr. Écris-moi et on s'arrangera !

— Tu ne disparaîtras pas pendant un mois, cette fois ?

Sa réplique me laisse bouche bée. Je ne m'attendais pas à ce qu'il mette les pieds dans le plat de cette manière. De son côté, lui semble amusé de me voir encaisser son reproche. La culpabilité se lit certainement sur mon visage, car je ne suis pas douée pour mentir et je ne peux nier que je m'en veux pour mon silence radio. D'autant que mon but était bien de le laisser dans le vide pendant des semaines. Je voulais qu'il se lasse et m'oublie, mais ça n'a pas fonctionné.

— C-comment ça ? argué-je tout de même d'une petite voix mal assurée.

— Ne fais pas l'innocente, Sedna. Je sais que tu as fait exprès de...

— On se verra à ton retour ! Promis.

— Promis ?

— Pour une virée sportive ou culturelle, oui. Mais pas pour une soirée arrosée...

Mon ami me tend la main en souriant, comme pour m'en faire la promesse.

— Marché conclu ?

— Marché conclu. *Und... Gute Reise*[1] *!*

— Tu parles allemand ?

— *Herzlich Wilkommen in meiner Welt*[2] *!* affirmé-je en roulant des yeux, l'air fier. Tu oublies que je suis liégeoise aussi ! Je suis venue vivre ici après la séparation de mes parents...

Je soupire de lassitude, mais je me reprends aussitôt en voyant le regard de Dorian, intrigué et surpris que je lui fasse pareille confidence.

— Et pour prendre une coloc' avec ma meilleure amie ! ajouté-je en souriant.

— Tu m'épates, vraiment.

— Sur ces belles paroles...

— Oui, je sais. Tu dois y aller.

— *Tchüss*[3] *?*

Je me penche vers lui pour lui faire la bise, mais il tourne la tête avec la même intention et nous manquons

1. « Et... bon voyage ».
2. « Bienvenue dans mon monde ».
3. « Au revoir ».

de nous embrasser sur la bouche. Surprise, je recule d'un coup et reste stupéfaite pendant quelques secondes.

J'hallucine, pensé-je en sentant mon bas-ventre s'enflammer. C'est typiquement le genre de truc improbable, qui ne se passe que dans les comédies romantiques des années 1980. Et, pourtant, nous voilà à deux doigts de vivre ce cliché surfait.

C'est le comble.

— J-je s-suis désolé, bafouille-t-il en baissant les yeux.

Il devient rouge pivoine et tourne le visage, encore plus gêné que moi, de toute évidence.

En guise de réponse, je me mets à glousser.

— S-si... si tu voyais ta tête ! hoqueté-je entre deux rires. C'est pas grave. On a évité le pire.

Il veut répliquer, mais quelqu'un frappe à la vitre de la voiture et nous fait sursauter.

Je me retourne et croise le regard glacial de ma mère.

— Mademoiselle Sika, est-ce que je dois vous mettre au menu ce soir ? me lâche-t-elle en posant les mains sur les hanches.

— Euh... N-non. Désolée pour le retard, maman.

J'adresse un petit sourire contrit à Dorian et sors aussi vite du véhicule.

— Bonsoir ! fait ma mère à l'intention du jeune homme.

— Bonsoir, madame Sika. Je suis désolé, c'est ma faute si Sedna est en retard...

— Oh ! non ! C'est une grande fille, elle sait prendre ses responsabilités... Pas besoin de la défendre. Merci de l'avoir déposée. Bonne soirée, jeune homme !

Dorian se pince les lèvres et me lance un petit regard de compassion, puis il démarre. L'instant d'après, je vois la belle Audi argentée s'éloigner.

— Mademoiselle Sika ! reprend maman en me jaugeant sévèrement.

— Tu peux m'appeler Sedna, tu sais... Ça fait moins vieille école, 'man.

— Qu'est-ce que je t'avais dit ? s'écrie-t-elle en ignorant ma remarque. Ne te laisse pas distraire par les garçons ! Même s'ils sont charmants... Tu veux te retrouver divorcée comme moi, dans vingt ans ?

— Non, maman.

— Alors construis ton empire ! Seule. Pas avec un homme. Il te ruinera.

— Oui, maman. Je sais.

— Et une dernière chose...

— Oui, maman. Je t'écoute.

— Habille-toi convenablement avant de nous rejoindre. Tu ressembles à une de ces blogueuses qu'on voit sur les réseaux, là... C'est quoi ce pantalon jaune flash ? Et ce sac de luxe ? Encore un cadeau de ton père ? Je te rappelle que nous sommes ici pour Ostara. Ostara, ma fille. Ce n'est quand même pas n'importe quelle occasion !

— Oui, maman. J'ai compris.

— Oh ! et sache qu'Artémis est là. Elle est rentrée plus tôt pour fêter le sabbat d'Ostara avec nous. Je ne sais pas pourquoi, mais elle est de très mauvaise humeur... Mon petit doigt me dit que ça a à voir avec ton footballeur, ajoute-t-elle en levant son index dans ma direction. Qu'est-ce que je t'avais dit, Sedna ? Pas de garçon accro au ballon. Tes ancêtres vont se retourner dans leur tombe !

Je soupire profondément en essayant tant bien que mal d'enfiler ma longue robe en satin rose poudré. Comme d'habitude, ce genre de vêtement coince au niveau de mes fesses, mais bâille à la taille ; il n'y a que le décolleté qui tombe correctement. Je tourne la tête pour vérifier que la fermeture Éclair est montée jusqu'au milieu du dos, mais je désespère en constatant qu'elle est redescendue parce que je n'arrive pas à boutonner la sécurité qui se trouve à l'intérieur la doublure.

— Waouh. Artie boude, mais je pense qu'elle va changer d'air en te voyant dans cette magnifique robe.

Je lance un regard rempli d'espoir à Freïa qui se tient sur le pas de la porte de mon ancienne chambre. Mon amie est dans toute sa splendeur de sorcière. Elle porte une robe vert sauge ceinturée à la taille et fendue sur la cuisse gauche. Ses boucles rousses sont coiffées en une longue queue-de-cheval décorée de fleurs jaunes et blanches. Je remarque également les belles petites émeraudes qui pendent à ses oreilles et de nombreux bracelets sur ses avant-bras, où apparaissent différents petits tatouages représentant de multiples symboles significatifs pour elle.

— Oh ! je vais t'aider ! déclare-t-elle en venant à ma rescousse.

Elle termine de boutonner et d'attacher ma robe.

— Regarde-toi : tu es sublime ! Il faut juste arranger tes cheveux…

— Mais, maman a dit que…

— Marraine te tuera si tu ne fais pas honneur à ta lignée. Laisse-moi m'en occuper… Ça va me permettre de m'exercer.

Ces derniers mots me font redouter le pire, car Freïa est la sorcière la plus nulle de notre Coven, en la matière. Ses incantations finissent toujours en catastrophe. Je ne compte plus le nombre de fois où j'ai dû intervenir avant qu'elle ne mette le feu à notre appartement en concoctant une simple potion ou encore celles où elle me téléphone en me disant qu'elle s'est plantée dans un arbre en essayant de voler sur son balai. Cette fille est Miss Lagaffe réincarnée. C'est à se demander comment il est possible qu'elle soit notre future Sorcière-Reine et l'illustre descendante de la lignée Guinness – la lignée créatrice de notre cercle magique.

— Enlève tes lunettes.

— Frey, dis-je en m'exécutant. Tu es sûre que…

Mais elle m'ignore et ferme les yeux. Je l'observe se concentrer et agiter ses doigts au-dessus de ma tête. De petites étoiles dorées environnent d'un coup mon visage.

L'instant d'après, une belle couronne de fleurs violettes sertie de perles blanches apparaît sur ma longue crinière frisée. Et ce n'est pas tout : de jolies paillettes sont déposées sur mes épais sourcils noirs ainsi que sur mes paupières. Je dois avouer que le résultat est magnifique, on dirait presque que je vais poser pour une grande marque de parfum.

— Waouh ! m'exclamé-je avant d'enfiler rapidement des lentilles de contact.

— Tu vois que je m'améliore !

— Je suis impressionnée.

— Moi, ce qui m'a impressionnée, c'est l'Audi A3 Sportback de ton *crush*.

— Ce n'est pas mon...

— Ce n'est pas auprès de moi que tu dois te justifier... Tu useras ta salive plus tard pour convaincre Artie. Elle est furieuse. Surtout depuis la sortie de l'article du jour...

— Quel article ?

— Tu n'as pas vu ? beugle Freïa, presque à m'en faire saigner les oreilles. Par toutes les lunes, Sed...

— Mais de quoi tu parles ?

— Les filles, descendez maintenant ! Kali va finir par s'énerver !

Nous nous tournons vers la porte, que vient d'ouvrir Artémis. Contrairement à nous, celle-ci a opté pour une tenue en deux pièces avec un haut doré et un jupon en mousseline beige. Ses cheveux sont entourés d'un turban en soie de la couleur soleil sur lequel sont dessinées des étoiles et des lunes. Elle ressemble à une vraie sorcière du Moyen-Orient. Sa peau s'illumine un instant lorsque ses yeux se posent sur moi, mais elle détourne aussi vite le regard quand elle s'aperçoit que sa magie a trahi ses émotions.

Freïa et moi nous lançons un regard complice et suivons mon amoureuse, qui nous emmène dans le jardin où se trouvent toutes les autres sorcières de notre Coven – et les quelques sorciers que compte notre communauté. Ce soir, nous sommes en petit comité, il n'y a qu'une vingtaine de participants, ceux qui appartiennent à notre génération : toutes les Aînées sont en déplacement, ma mère mise à part, et les plus jeunes dorment déjà, à cette heure tardive.

Nos sœurcières et nos frères sont installés en rond sur des coussins de méditation. Ils ont disposé des bougies aux couleurs des sept chakras à l'extérieur et à l'intérieur de leur cercle. Au milieu se trouve un énorme chaudron peint en or et rempli presque à ras bord d'offrandes de notre Coven : fleurs, bois, lettres, cristaux, sauge et autres outils magiques.

Certaines filles gloussent en me voyant arriver et se chuchotent quelques mots à l'oreille. Je frissonne en les regardant de travers. Qu'ont-elles à dire sur moi pour que cela provoque une telle hilarité ? songé-je, vexée. C'est à moi que ces demoiselles doivent leurs connaissances en magie. C'est moi qui leur ai donné de nombreuses leçons et c'est vers moi qu'elles viennent dès qu'un de leurs sortilèges a capoté. J'ai vraiment l'impression d'avoir raté quelque chose. Et, comme par hasard, mon don d'extralucide refuse de fonctionner et de m'offrir la moindre vision qui me permettrait de reprendre le contrôle sur ce qui se dit sur moi en ce moment.

— Sedna, commence ma mère en se levant. Viens donc nous parler d'Ostara. C'est à ton tour de transmettre tes connaissances sur ce sabbat ancestral.

J'acquiesce en restant un instant subjuguée par la classe et le charisme que dégage ma mère parée d'une imposante perruque, de bijoux étincelants et de sa robe en satin dorée. Elle n'a plus rien à voir avec la petite dame qui m'a fait son sermon tout à l'heure.

En temps normal, je rechignerais en prétextant que je suis une fille de l'automne et que ce n'est pas à moi d'animer ce sabbat, mais la position délicate dans laquelle je me trouve actuellement ne me permet pas de faire quelque caprice que ce soit.

Je rentre dans le cercle et me place à côté du chaudron.

— Mes chères sœurs, mes chers frères, commencé-je en m'inclinant légèrement. Je suis heureuse de vous retrouver pour célébrer la renaissance de la nature, le renouveau du cycle solaire... Vous le savez, nous sommes réunis ce soir pour fêter Ostara. le deuxième sabbat mineur de la roue de l'année. Il symbolise le retour de la vie et de la lumière, après un hiver sombre et froid. Pour celles et ceux qui l'auraient oublié, Ostara est le nom de la déesse nordique de la nature, de la jeunesse et de la fertilité. Nous lui rendons hommage chaque année aux alentours du 20 mars, lorsque le jour et la nuit s'équilibrent. Nous fêtons l'harmonie entre les polarités, la rencontre entre le féminin, la Mère-Lune, et le masculin, le Père-Soleil.

— « La rencontre entre le féminin et le masculin »... C'est bien ce qu'on avait cru comprendre en la voyant débarquer avec son Jules ! chuchote une de mes sœurcières à Freïa avant de glousser.

— Mesdemoiselles, un peu de tenue ! les réprimande ma mère en les foudroyant du regard.

Elles se taisent aussitôt pour éviter le courroux de notre Aînée.

Je chasse rapidement mes idées noires et fais disparaître les éclairs apparus dans mes paumes. Je serre les dents un instant, puis j'inspire et expire profondément.

— C'est le moment parfait pour ne faire qu'un avec la nature, continué-je en essayant de rester concentrée sur ma tâche. Les jours rallongent, les fleurs s'épanouissent, les arbres revêtent leurs plus belles parures teintées de rose et de blanc et la météo devient plus clémente. Que Lilith, notre déesse, notre Sorcière-Mère, nous protège toutes et tous ! m'écrié-je en joignant les mains sous mon menton. Que Lilith nous apporte la santé, la joie, de quoi nous épanouir, jour après jour, et qu'elle nous guide à travers la lumière dans laquelle nous vivons quotidiennement !

Autour de moi, chacun joint les mains en me souriant chaleureusement. Une aura rosée se dessine autour des silhouettes, tandis que mes paumes chauffent et se mettent à irradier d'une lumière dorée et aveuglante qui bientôt inonde le jardin.

— Ce soir, en cette première longue journée de printemps, je vous convie toutes et tous à planter des graines d'arbre ou de fleur pour vous connecter à la force créatrice. Chaque jour de l'année à venir, vous pourrez revenir près de cette plante pour bénéficier de ses belles énergies.

Je me tais, laisse doucement retomber les mains, puis je dépose ma couronne de fleurs dans le chaudron doré en guise d'offrande pour que commence sous de bons auspices ce nouveau cycle. Ma mère en profite pour me rejoindre avec un grand bâton de sauge enflammé qu'elle jette dans le récipient. Tout son contenu brûle instantanément.

— Je suis fière de toi, me murmure-t-elle avant de m'embrasser sur les deux joues.

— Merci, maman.

Je me retourne, prête à courir vers mes amies pour débuter les vraies célébrations à leurs côtés. Mais je m'aperçois que quelqu'un manque à l'appel.

L'âme avec laquelle je devais accomplir mon rituel du soir pour symboliser la renaissance de notre relation.

Chapitre 12

Interférence

Artémis s'est volatilisée dès l'instant où j'ai terminé mon discours.

Sans prévenir. Sans finaliser ses sortilèges ni ses demandes à l'Univers.

— C'est quoi, son problème ? m'énervé-je en rajustant le décolleté de ma robe. D'abord, elle ne me prévient pas qu'elle rentre plus tôt, alors qu'elle était censée rester à Tanger pour y célébrer des fêtes familiales... Puis, elle disparaît comme ça ! Comme si de rien n'était. Sans même célébrer Ostara avec nous.

Nous sommes accroupies dans le jardin de ma mère, occupées à planter des graines de cosmos, de pétunias et d'autres plantes qui serviront au prochain cours de potion des Cadettes. Je fais une énième tache sur ma belle robe et j'en viens à me demander pourquoi ma mère souhaite tant qu'on honore les déesses en portant des vêtements sublimes, si c'est pour les saccager en deux temps trois mouvements. En plus, c'est sûrement la tenue la moins pratique qu'on puisse imaginer pour ce genre de rituel. J'aurais préféré être en salopette et pull roulé.

— Sed, commence Freïa en pâlissant. Tu devrais regarder ton téléphone… Tu comprendras mieux le comportement d'Artie.

Je lance un regard dubitatif à mon amie, puis retire mes gants de jardinage d'un geste rapide. Je rentre précipitamment dans la maison pour vérifier que mon smartphone se trouve bien dans la poche de mon manteau. Je cherche pendant cinq longues minutes, et finis même par retourner ma veste, mais il n'y est pas.

— Oh ! merde, soufflé-je en me maudissant.

— Alors ? demande Freïa qui m'a suivie.

— J'ai oublié mon téléphone dans la voiture de Dorian.

Elle éclate de rire.

— Décidément, tu n'en rates pas une !

— Explique-moi ce qu'il se passe, s'il te plaît…

— Une image vaut mille mots, réplique-t-elle en me tendant son appareil.

Dorian Janssens s'affiche fièrement avec sa nouvelle petite amie sur les réseaux…

Je fais défiler l'article et les nombreuses photos qui le ponctuent. En dehors du selfie qu'on a pris ensemble, je découvre d'autres clichés de nous près du lac. Ils semblent avoir été pris en toute discrétion, à une distance assez raisonnable de nous.

J'hallucine, c'est une véritable conspiration de paparazzis, ça, pensé-je en me mordant l'intérieur de la joue. Je continue ma lecture jusqu'à ce que je tombe sur le nom du journaliste qui a rédigé ce papier.

— Joan Van Acker, tes jours sont comptés ! grogné-je en tapant mon poing sur le mur.

— Tu connais le mec qui a écrit ça ?

— Oui ! C'est mon putain de collègue, celui qui me harcèle sans cesse !

— *Wait... What ?* Comment ça ? s'écrie Freïa, l'air scandalisé.

— Ça fait des mois qu'il me court après, bien que je rejette toujours ses avances. Je suis sûre qu'il a inventé toute cette histoire parce que j'ai refusé d'aller boire un verre avec lui...

Mon amie acquiesce en fronçant les sourcils. Elle pose une main sur mon épaule d'un air solidaire. Sa mine est inquiète, même si j'observe aussi une pointe de déception dans son regard.

— Pourquoi tu ne m'en as jamais parlé ? Pourquoi tu restes là-bas, si c'est pour bosser avec ce genre de...

— C'est juste un stage. Qui se terminera dans quelques semaines.

Ma réponse ne semble pas lui suffire, mais elle ne la conteste pas, car son esprit paraît déjà examiner une autre question, qu'elle ne tarde pas à me poser.

— Et pourquoi tu étais avec Dorian ?

— Je l'ai croisé à l'univ', et...

Je lève le visage vers mon amie dont les yeux pétillent de joie.

— Oh ! non ! Ne recommence pas ! Ce n'est vraiment pas le moment. En plus, tu es en train de me dire qu'Artémis ne m'adresse plus la parole à cause d'un pauvre article à deux balles ? Ce qui est dit là n'est même pas vrai...

La rouquine soupire tristement. Elle se pince les lèvres, mal à l'aise, et passe nerveusement la main dans les cheveux. Elle semble, l'espace d'un instant, remballer ses rêves d'organisation de mariage et autres festivités.

— Il faut que j'appelle Artie et...

— Mademoiselle Sika ! tonne la voix de ma mère. Puis-je savoir pourquoi vous êtes partie alors que le rituel n'est pas encore...

— Maman ! On a un problème. Artémis croit que...

Au même instant, je perçois une faille dans l'espace-temps, qui me laisse entrevoir une image inattendue... et assez violente.

Artémis.

Perdue.

Des bois.

Une bande de mecs.

Des rires gras.

Une agression.

Et beaucoup de sang.

La pire chose qu'il puisse arriver à une femme seule qui se promène entre 10 heures du soir et 7 heures du matin dans une forêt à l'écart des habitations.

Je suis prise d'angoisse. Je lâche le téléphone de Freïa et tente de reprendre mes esprits en m'agrippant au chambranle de la porte de séjour. Il faut que je retrouve mon amie avant que le pire ne se produise. Sinon, je m'en voudrai toute ma vie, car j'aurai été la cause de cette balade nocturne qui aura viré au cauchemar.

Alors que tout ça part d'un malentendu.

— Sedna ! Sedna ! Il faut que tu reviennes parmi nous !

J'ouvre les yeux tant bien que mal, et croise ceux de ma mère, qui a tout de suite compris la raison de mon état. Elle lance un regard inquiet à Freïa en posant la main sur mon épaule. Son visage se voile dès l'instant où elle capte les images que j'ai reçues.

— Par toutes les déesses...

— On part tout de suite ! lui dis-je en prenant la main de mon amie.

— C'est trop dangereux ! Et il est hors de question que vous utilisiez vos pouvoirs magiques sur des mortels... Si c'est ce que tu as en tête.

— Alors pourquoi est-ce qu'on est dotées de dons exceptionnels, si on ne peut pas s'en servir pour se protéger ? La vie d'Artémis est en danger ! Tu ne m'empêcheras pas d'y aller !

Je soutiens le regard de mon Aînée tandis que mes mains se mettent à cracher des éclairs. Il est tout bonnement hors de question que je reste là sans rien faire et que je laisse un de ces hommes briser ma petite amie après avoir atteint son intégrité.

— D'accord... Vas-y. Je voudrais t'accompagner, mais...

— Tu dois clore le sabbat, je sais.

— Prends ceci, ajoute ma mère en faisant apparaître une boule de cristal dans sa main.

Celle-ci renferme une fumée blanche qui se diffuse délicatement et rebondit sur les parois transparentes pour créer des éclairs lumineux.

— C'est une boule d'amnésie. Elle vous permettra d'effacer la mémoire de n'importe quelle personne qui respirera la fumée contenue ici.

— Merci, maman, dis-je en saisissant l'outil magique.

— Sedna… S'il te plaît, ne fais rien d'inconscient. S'il t'arrive quoi que ce soit, s'il vous arrive quoi que ce soit…, ajoute-t-elle en posant les yeux sur sa filleule aussi.

— Maman, je suis la sorcière la plus douée du Coven. Il ne nous arrivera rien. Promis.

L'instant d'après, sans lui laisser le temps de répondre, j'agite de la poudre de fée noire devant nous, et Freïa et moi nous téléportons à l'autre bout de Bruxelles.

— Dis-moi… Qu'est-ce que tu as vu ? s'enquiert Freïa qu'un frisson secoue, effet secondaire du sortilège que je viens d'utiliser. Je vous ai vues faire des messes basses, avec marraine, mais j'ai rien compris. J'suis pas médium, moi !

— Si on n'intervient pas, Artémis va se faire agresser… Ou pire. Elle est ici. Dans le bois. Elle devrait bientôt croiser une bande de gars, et je crois qu'elle n'est pas sobre, en plus…

— Pourquoi tu m'as emmenée avec toi ? Je suis la plus nulle des sorcières ! Comment je suis censée t'aider ? gémit ma meilleure copine en arborant une mine boudeuse.

— Soutien moral ? argué-je en me tournant vers elle. Plus sérieusement, il faut qu'on se bouge et qu'on la trouve… Le temps nous est compté.

Sans laisser Freïa répliquer, je la tire pour qu'on presse le pas jusqu'au parking qui longe le bois. Là-bas se trouve une espèce de petite cabane abandonnée que j'ai réussi à identifier lors de ma vision. Quand nous y arrivons, je reconnais directement l'endroit où le désastre est censé se produire. Je fais signe à mon amie de venir se cacher derrière un buisson d'où nous pourrons observer ce qu'il se trame.

— C'est moi ou l'ambiance fout le cafard ? chuchote Freïa, sur mes talons.

En effet, un feu crépite un peu plus loin dans une clairière battue par les vents, de la musique est diffusée depuis une vieille radio qui grésille, et des rires gras résonnent jusqu'à nous. Je tends l'oreille vers la bande de mecs installés autour des flammes et réussis à distinguer une voix cristalline parmi tout leur brouhaha.

— C'est rare, de croiser des filles comme toi à cette heure… Tu nous ferais bien une petite danse pour l'occasion, hein ?

— Non. Fumer avec vous me suffit amplement…

— Oh ! elle fait sa mijaurée… Quelle déception ! crie une autre voix.

— Allez quoi, tu t'es débarrassée de ton voile devant nous, tu te débarrasseras bien du reste, non ?

— Non, je n'en ai pas envie… J'ai passé une sale journée, en plus.

— Que des excuses ! Tu veux que je t'aide ? Je danserais volontiers avec toi…

— Ha ha ! Moi aussi je peux filer un coup de main ! Il faut dire, elle est ravissante !

Les rires des garçons redoublent, tandis que nous percevons le taux vibratoire d'Artémis diminuer au fil de la conversation. Elle se sent en danger, elle essaye donc de se faire toute petite pour qu'ils oublient sa présence. Hélas, avec son aura de sorcière, ils ne risquent pas de la lâcher de sitôt.

Mais ce qui m'inquiète le plus, c'est la mauvaise énergie que ce groupe dégage. Leur aura est aussi sombre que celles de démons que j'ai déjà pu croiser lors de mon enfance.

Freïa et moi nous lançons un regard plein d'inquiétude.

Il ne nous en faut pas plus pour sortir de notre cachette et foncer sur le groupe.

— Oh ! tu as ramené des copines à toi ? fait un des gars en donnant un coup de coude à Artémis.

— Celles-là ? Non, ce ne sont pas mes amies, dit-elle avant de tirer sur son joint.

La brunette soutient mon regard et reprend l'assurance qu'elle avait perdue un instant plus tôt.

— Elles peuvent quand même rester avec nous, elles sont canon, commente l'un des gars en nous reluquant.

— Ouaip ! Ça vous dit, les filles ? On s'amuse bien ici ! fait un autre en secouant un sachet rempli de cachets non identifiés.

Mon sang ne fait qu'un tour.

— Artémis. Arrête. Tu rentres avec nous. Tout de suite.

— T'es pas ma mère ! me lâche l'intéressée avec la voix d'une enfant de cinq ans.

— Yup, elle fait ce qu'elle veut ! dit un gars en la prenant par la taille et en l'aidant à tirer une fois de plus sur son joint.

Mais soudain, il lui arrache sa sèche et l'embrasse à pleine bouche.

À ce contact, l'instinct de survie d'Artémis se ranime, elle le repousse violemment et l'envoie valser près du feu de camp.

— Putain, mais t'es tarée ? Tu m'allumes depuis tout à l'heure et tu me fais ça, maintenant ? T'es vraiment qu'une sa...

L'aura du jeune homme s'obscurcit encore davantage, tandis que ses yeux virent au rouge.

Il y a une information capitale que mes visions ne m'ont pas transmise. Ces énergumènes ne sont pas de simples mortels. Et si ma mère savait cela, elle m'en voudrait énormément d'être partie inconsidérément et de m'être mise en danger ainsi que Freïa qui sait à peine manipuler un sortilège. Mais le plus étrange est que la grande dame Kali elle-même n'a pas perçu ce qui se trame là, devant nous.

— Ce ne sont pas des humains, chuchoté-je à ma camarade en saisissant sa main. Cours !

— Q-Quoi ?

— Pars !

— Et toi ?

— Je dois protéger Artie.

— Alors, je reste avec toi !

Des éclairs se mettent à crépiter dans mes paumes, tandis que je cherche désespérément quelque chose à dire pour faire déguerpir ma meilleure amie, mais un cri effroyable transperce la pénombre. Mon sang se glace et la musique de la vieille radio s'arrête instantanément. Le ciel nuageux se dégage, laissant entrevoir les rayons de la pleine lune.

Ceux-ci brûlent la peau du garçon qui se tient aux côtés d'Artémis.

Il tombe à la renverse, agité de convulsions.

— Oh ! putain ! s'exclame un de ses amis en renversant sa bière. Qu'est-ce qui t'arrive, Karl ?

Des griffes et des poils apparaissent sur les mains du gars.

Je fais un pas pour reculer, tout en observant le reste du groupe, dont l'aura s'assombrit également. Ce ne sont peut-être pas des loups-garous, mais ils n'en sont pas humains pour autant. Et comme pour confirmer ce que j'ai ressenti dès l'instant où mes yeux se sont posés sur eux, je les vois se métamorphoser en spectres de la nuit. Leur peau se décompose, leurs yeux injectés de sang sortent de leurs orbites et leurs dents deviennent fines et pointues.

Et parmi eux, il y a un être sans défense.

— Artie ! hurlé-je dans sa direction.

Mais la voyant pétrifiée de peur, je m'avance sans attendre. Instinctivement, je repousse deux goules grâce à mes éclairs et rentre dans leur cercle. Je me pointe devant mon amoureuse pour la saisir par le poignet en lui lançant un regard qui en dit long.

— C'est bon. Je suis là ! Je ne les laisserai pas te toucher.

— Hey, Rihanna... Calme-toi ! Tu vois bien que ta pote passe du bon temps avec nous.

L'ignoble voix de mon interlocuteur me fait hérisser les poils. Mais il m'en faut plus pour perdre contenance. Je me retourne donc vers ce monstre à la peau putride et le dévisage. Mon sang bouillonne dans mes veines, sa vigueur me donne presque la migraine. Je sens que si la goule en question ose pénétrer mon périmètre de sécurité, elle passera un sale quart d'heure. Sans avoir imaginé un seul instant que se frotter à moi pouvait être dangereux pour sa petite personne.

— Tu devrais rester, toi aussi… Je te ferai passer une nuit inoubliable, je te le promets.

Les autres monstres éclatent de rire.

Malheureusement pour eux, c'est le mot de trop.

Des éclairs se dessinent sur ma paume et électrifient ma chevelure.

Je me retourne et lui envoie un éclair foudroyant. La créature tombe à la renverse, alors qu'une plaie supplémentaire suinte sur son front.

Ces bêtes ont beau être horribles à en donner des sueurs froides, si elles n'ont pas mangé de la nuit, elles sont plus faibles que des lutins des bois.

— Oh ! putain ! C'était quoi ça ? dit un autre en se levant. T'avais pas à toucher mon gars comme ça, sorcière… On est censés être dans le même camp, vous êtes autant des monstres que nous. Malgré vos dégaines de poupées…

— Je pense que celle-là veut se battre, commente un autre monstre en lévitant pour se rapprocher de moi. Hein ? C'est ça ? T'as passé une mauvaise journée ?

— À mon avis, c'est pas sa pote… Mais sa meuf ! Tu as vu comme elles se regardent ? J'suis sûr que ce sont des gouines…

Il ne termine pas sa phrase : c'est au tour de Freïa d'envoyer une boule de feu aux deux spectres qui se sont tenus un peu trop près d'Artémis et moi. Les créatures se retrouvent les quatre fers en l'air, à moitié assommées par ce violent sortilège.

— Waouh ! s'exclame mon amie en sautillant. T'as vu, Sed ? C'est la première fois que j'arrive à faire un truc aussi dément ! Je crois que c'est grâce à la colère et...

— Sorcières ! crie l'autre, à moitié transformé en loup-garou. Pitié, ne me faites rien... J'suis pas comme eux. J'voulais pas vous contrarier. Épargnez-moi !

Il se met à genoux et me regarde en m'implorant, des larmes coulent sur ses joues.

C'est définitif. Je n'ai jamais autant aimé utiliser ma magie sur des bêtes à bon Diable qu'en ce moment même. J'aime cette sensation d'être une femme qui récupère le pouvoir que les hommes ont essayé de nous voler durant les siècles précédents.

— S'il vous plaît, chouine-t-il alors en secouant vivement la tête.

Je m'accroupis vers lui et passe la main sur sa joue.

— M-merci de m'épargner...

Hélas, il a parlé trop vite. Je ne suis pas du genre à avoir la mémoire courte, j'ai la rancune tenace. Et une image me hante... Quelques instants plus tôt, cet énergumène a osé embrasser mon amoureuse sans son consentement.

Et ce, juste devant moi.

Il va donc subir le pire de mes courroux.

D'un geste de main, je fais léviter le jeune homme à plus d'un mètre du sol.

— Non ! Non ! Pitié, hurle-t-il en essayant de se débattre, tandis que des éclairs l'entourent.

— Sedna ! crie Artémis derrière moi. Arrête. C'est bon, on y va ! Arrête ça.

Mais je ne l'écoute pas. Je pose davantage de (mauvaises) intentions dans mon sortilège pour faire gonfler les éclairs et brouiller l'air autour de nous. Une minitornade tourne autour de la bête, tandis que mon bras se retrouve totalement électrifié. Artémis crie davantage et tente de se lever pour m'interrompre, mais je la maintiens fermement assise grâce à un sortilège que j'utilise avec mon autre main. Je lui lance un regard glacial, puis je me retourne vers mon bouc émissaire du jour qui pleure à chaudes larmes.

— Pitié… Madame la sorcière, je ne voulais pas vous contrarier, gémit-il entre deux sanglots.

Hélas, rien ne me fera changer d'avis. Je continue mon sortilège jusqu'à ce que tous les éclairs se figent dans les airs. Je ferme le poing d'un coup avec hargne et les étincelles transpercent le corps du jeune homme comme des flèches.

Il hurle de douleur avant de s'effondrer sur l'herbe.

— Tu es folle ! hurle Artémis en courant jusqu'à lui.

— Ce mec allait t'agresser… Je l'ai vu dans mes visions.

Mon amoureuse vérifie que le garçon respire toujours en posant les doigts sur sa nuque et en se penchant au-dessus de lui.

— Il t'a dit qu'il capitulait… Tu lui avais déjà assez foutu la frousse comme ça avec ta magie. Tu aurais pu le tuer ! Ça reste un humain avant toute chose !

— Et alors ? répliqué-je en faisant apparaître d'autres éclairs dans mes paumes.

Freïa se fraye discrètement un chemin entre les différents corps inconscients des monstres et me rejoint. Le regard apeuré, elle pose une main sur mon épaule.

— Sedna, arrête, me dit-elle en me montrant le petit cristal rempli de fumée qu'elle vient de prendre dans mon sac. Il est temps d'utiliser ça pour effacer leur mémoire.

Mais les éclats dans mes mains s'intensifient.

— Ne laisse pas ta magie prendre le dessus, Sed... S'il te plaît. Reprends le contrôle.

— Freïa, je ne veux pas te blesser. Bouge-toi !

— Non. Sedna... S'il te plaît.

Je la dévisage un instant, prête à me retourner contre mon amie si elle refuse que j'achève le travail que j'ai commencé. Mais Artémis, qui reconnaît mon regard entre mille, s'interpose entre nous en me lançant une rafale de vent qui m'envoie buter contre un arbre à plus de dix mètres.

Des lancements s'emparent de mon crâne et ma vue se tache de points noirs.

Mes oreilles bourdonnent comme si elles subissaient des interférences qui passent en continu dans mon cerveau. Vautrée sur le sol, je prends appui sur mes coudes avec difficulté en voyant, au loin, Freïa utiliser le sortilège d'amnésie que nous a confié ma mère. J'essaye de bouger en rampant, mais une vive douleur traverse ma colonne vertébrale et s'empare de tout mon corps. Les éclairs qui crépitaient dans mes paumes disparaissent et je reprends finalement mes esprits.

Épuisée, je tombe assise sur la terre humide de rosée nocturne. J'ai failli me laisser emporter par mon essence magique. C'est malheureusement le risque quand on possède une grande étendue de pouvoirs, et il est arrivé à certaines de nos ancêtres de se voir, à cause des effets indésirables de notre magie, démasquées publiquement et traitées d'hystériques.

Je tousse en me traînant sur le sol tant bien que mal.

— Sedna, murmure Artémis qui apparaît dans mon champ de vision.

Elle s'agenouille près de moi, les larmes aux yeux, et passe la main dans mes boucles.

— Je suis désolée, murmure-t-elle dans un souffle.

— C-ce n-n'est pas...

— Si. Je suis désolée. Ça ne se reproduira plus. Je te quitte... Nous deux. C'est fini.

Elle éclate en sanglots.

De mon côté, je perds conscience en m'enfonçant dans les ténèbres.

Chapitre 13

Apparences

J'ai quitté l'appartement à la première heure, c'est-à-dire dès que les rayons du soleil ont filtré à travers les volets de ma chambre. J'ai écrit à Freïa un mot que j'ai collé sur le frigo, pour m'excuser encore de mon comportement de la veille… Et pour lui indiquer l'endroit où je me rends.

J'ai bien essayé d'appeler Artémis avec le téléphone fixe, mais elle n'a pas décroché.

Je lui ai donc laissé une dizaine de messages vocaux.

Mais je ne sais même pas si elle prendra le temps de les écouter.

Ça fait mal. Trop mal. J'ai l'impression de ne plus avoir de cœur au fond de la poitrine, qui ne renferme plus qu'un trou noir d'où se trouve à tout jamais exclu tout sentiment positif et agréable.

J'étouffe un sanglot en me cramponnant au manche de mon balai volant pour ne pas chavirer.

Comment en sommes-nous arrivées là ? me demandé-je en survolant les nuages.

Depuis quand ma relation avec Artémis est-elle devenue aussi toxique qu'une fleur vénéneuse ? Depuis quand dysfonctionnons-nous, au point que la seule chose que je m'efforce de faire désormais, c'est la sauver de ses addictions, tandis qu'elle n'est plus animée que par une obsession : me séduire jour après jour pour m'empêcher de tomber dans les bras de quelqu'un d'autre ? Elle est ma première, mon unique, ma rêvée. Et pourtant, notre relation n'aura abouti qu'à révéler le pire de chacune. Au lieu de nous nourrir, de nous tirer vers le haut, de nous permettre de rayonner et de nous épanouir côte à côte, nous avons lentement fait mourir l'amour que nous ressentions l'une pour l'autre pour sombrer dans une spirale négative.

Ma violence, hier, n'est que la cerise empoisonnée sur le gâteau de l'hypocrisie que nous décorions un peu plus chaque jour, en nous promettant monts et merveilles sans jamais rien concrétiser. Elle traduit un mal-être profond, une colère qui s'est exprimée quand je l'ai laissée exploser à l'occasion de cette agression.

Arrivée à hauteur de la maison que je cherchais, au beau milieu de la commune de Lasne, j'essuie mes larmes et pique vers le sol en toute discrétion. Je pose un pied sur le gazon et cache mon balai dans une haie avant de me diriger vers la porte d'entrée.

Je sonne.

Une fois.

Deux fois.

La porte s'ouvre alors que je m'apprêtais à sonner une troisième fois.

— Oh ! salut ! me fait une grande brune élancée au regard bleu perçant.

Si j'en crois les nombreuses taches de rousseur qui ornent son joli minois et son sourire accueillant, je me trouve en face de la petite sœur de Dorian. Tous deux dégagent la même énergie. Cette énergie qui m'apaise en un temps record.

— Bonjour ! murmuré-je en guise de réponse intimidée, en me grattant la nuque. Est-ce que Dorian est là ?

— Oui... Il tape du ballon dans le jardin. Entre ! me dit-elle en s'effaçant pour me laisser passer.

— Merci.

— Tu veux boire quelque chose ?

— Hum... Pourquoi pas.

— Un thé ? Un café ?

— Un thé. Vert, de préférence.

La brunette me fait signe de la suivre jusque dans la cuisine, où elle actionne une théière bleu ciel posée sur un plan de travail en marbre blanc, avant de choisir un sachet de thé dans une immense boîte en bois aux couleurs pastel. Une fois de plus, la beauté des lieux me fascine, même si j'observe au passage que malgré la décoration hypra moderne et très recherchée, il y a pas mal d'objets qui traînent çà et là. Par exemple, la cuisine est immense, propre, discrètement colorée et très design, mais elle regorge d'appareils électroniques à la pointe de la technologie disposés n'importe comment sur toutes les surfaces possibles. Sans parler des livres de recettes et des divers ustensiles paresseusement entassés sur une chaise haute, près de la taque de cuisson.

Il n'en demeure pas moins que la luminosité de cette grande pièce est à couper le souffle. En effet, la cuisine ouverte donne sur une salle de séjour moderne, spacieuse et digne d'apparaître sur mon fil d'actualité Pinterest… si des vêtements, des sacs et des chaussures ne jonchaient pas le sol et les meubles – sans parler des bibliothèques en pagaille, envahies par les bibelots.

Apparemment, c'est la famille entière qui a un problème avec le rangement et l'ordre.

— Ne t'inquiète pas, reprend la jeune femme en voyant que je scrute tout, autour de moi. Mes parents sont partis au boulot et ne reviendront que ce soir… Et encore… s'ils ne trouvent rien de mieux à faire. Ils sont rarement là.

Elle dépose une tasse fumante devant moi, ainsi que du miel et du sucre.

— Au fait… Moi, c'est Sophie. La petite sœur de Dorian.

— Enchantée. Moi c'est…

— Sedna, je sais ! me coupe-t-elle en me faisant un clin d'œil. Je suis contente de te voir en vrai… Tu es exactement la même que sur tes photos Insta ! Tu pourras me tirer les cartes, une fois ? J'en rêve depuis des lustres !

— Oh… Oui. Avec plaisir.

— Cooooool ! s'écrie-t-elle, les yeux pétillants d'excitation. Bon, j'y vais ! Je dois filer en cours, et avec les embouteillages tout ça, tout ça… Prends soin de mon frère ! À plus !

Elle empoigne son sac de cours, ses clés de voiture et sort aussitôt de la maison.

Je sirote mon thé en me demandant ce que Dorian a pu lui dire à mon sujet pour qu'elle soit aussi chaleureuse et aimable avec moi. Étonnamment, cette brève entrevue m'a remis du baume au cœur et m'a presque fait oublier mon pitoyable état post-rupture.

Sans prendre le temps de terminer ma boisson, je me hâte vers l'extérieur de la maison pour rejoindre mon ami. Je le trouve, comme Sophie me l'avait indiqué, en tenue de sport, en train de s'exercer au dribble. Je me fais toute petite pour ne pas le déconcentrer, mais il se retourne dès qu'il entend la porte de la terrasse se refermer.

— Sedna ! Je ne m'attendais pas à te revoir si vite ! s'écrie-t-il en posant un pied sur le ballon qu'il faisait jongler.

Ses yeux brillent lorsqu'ils se posent sur moi. Et, l'espace d'un instant, je me sens coupable d'être venue jusqu'ici alors que mon cœur est en lambeaux et que je suis indisponible sur le plan émotionnel. Je lui adresse un bref signe de la main et m'assieds sur la première marche de l'escalier qui mène au jardin.

— J'ai oublié mon téléphone dans ta voiture, hier. Et c'est mon outil de travail, alors...

— Exact ! J'en ai pris soin, ne te tracasse pas.

— Merci.

— Tu es pressée, ou... ? demande-t-il en saisissant le ballon entre les mains.

Il parcourt les derniers mètres de distance qui nous séparent et s'installe à côté de moi. J'observe ses mèches de cheveux dorées onduler et s'emmêler sur son front à cause de la transpiration. Puis je m'attarde sur ses taches de rousseur, davantage visibles sur sa peau rougie par l'effort. Elles ressemblent à de petits feux d'artifice lors d'une soirée d'été. J'ai à nouveau envie de compter combien il y en a – juste pour me trouver une occupation inutile, mais qui me changera les idées.

— Non… Je n'ai pas cours et j'ai demandé un jour « off », au boulot.

— Ça te dit, de toucher un peu du ballon avec moi ?

— Ce n'est pas vraiment ma came.

Il plisse les yeux, l'air perplexe, s'amuse à faire tourner son ballon sur son index, avant de se retourner vers moi et de m'offrir un léger coup de coude amical.

— Allez, Sed… Fais un peu honneur à ta famille !

— J-je…, bégayé-je en écarquillant les yeux.

— Tu pensais y échapper facilement, hein ? Désolé pour toi, mais je suis une vraie encyclopédie du foot ! Il me semblait bien que ton nom me disait quelque chose… Enfin, tes deux noms… Mademoiselle Sedna Sika-Claes.

— Je ne vois pas de quoi tu parles, m'entêté-je en croisant les bras sur la poitrine.

Dorian rit en envoyant doucement son poing dans mon épaule.

— Arrête de me faire marcher ! Charles Claes est un ancien entraîneur du Standard…

Je lui fais signe de continuer son explication, puisqu'il a l'air si sûr de lui.

— Il a entraîné l'équipe il y a quelque chose comme vingt ans. J'étais encore un gosse. J'ai des souvenirs hyper précis de lui ! C'est sa gestion de l'équipe qui m'a donné envie de me mettre au foot. Ce club vendait du rêve, à l'époque, et j'étais client ! Chaque dimanche, je demandais à mon père d'aller aux matchs. Jusqu'au jour où j'ai eu l'honneur de côtoyer le coach Claes. Il m'a un peu conseillé, quand j'étais ado… Je me souviens très bien de lui. Bref, tout ça pour dire que je me suis renseigné, et que j'ai appris que Charles Claes est en réalité…

— Mon père, le coupé-je en le toisant.

— Exact ! En ce qui concerne ta famille maternelle, l'enquête a été plus difficile à mener, par contre…

Il jongle un instant avec son ballon avant de reprendre la parole.

— Je pense que l'autre personnalité à laquelle tu es liée, c'est Eugène Akpé… Il était le prodige du football togolais il y deux générations. Il a permis à ce petit pays de se faire connaître du monde entier. Or, Eugène Akpé était marié à Sekhmet Sika.

Il continue de soutenir mon regard, visiblement fier de ses découvertes sur mon patrimoine génétique.

— Bon, là… Je t'avoue que je me suis un peu perdu dans la généalogie, mais…

— Sekhmet Sika est ma grand-mère maternelle. Elle était en effet mariée à Eugène Akpé, mon grand-père… qui est décédé un peu avant ma naissance. Et pour répondre à la question qui te traverse sûrement l'esprit en ce moment : je ne porte pas le nom de mon grand-père parce que ma famille est une matriarchie. Les enfants prennent le nom de leur mère.

— Waoooooouh ! fait Dorian, tellement fasciné et excité par toutes ces informations qu'il en lâche son ballon. Ça ne m'étonne pas que tu bosses pour un mag' sportif et que tu connaisses toutes les règles du foot. C'est génial !

— Mouais... Si tu le dis.

Il me saisit par les épaules et me secoue vivement.

Son énergie toujours positive me fascine à chaque fois qu'il la laisse paraître. J'ai beau être du matin, j'ai du mal à voler si je n'ai pas eu ma dose de théine.

— Sedna, c'est génial ! répète-t-il en me souriant. Tu peux être fière !

Hélas, je ne le suis pas.

Loin de là.

Mon grand-père maternel était un homme violent, qui a fait beaucoup de mal à ma mémé avant de dilapider une partie de sa fortune pour s'offrir une villa au Maroc, bien loin du Togo et de nos racines. Il est parti épouser une autre femme et finir sa vie avec elle là-bas. Tandis que de son côté, mon père a profité de son statut – et des nombreuses rencontres qu'il faisait grâce au football –, mais pas de la meilleure manière, puisqu'il a trompé ma mère à plusieurs reprises avec de jeunes et jolies hôtesses envoyées par ses sponsors... Jusqu'à ce que maman l'apprenne et le quitte, alors que je n'avais que dix ans. Contrairement à Eugène Akpé, il n'a pas touché à la fortune de la branche féminine de la famille, mais il a volé le cœur de ma mère – qui a toujours refusé de refaire sa vie avec un autre homme, alors que presque douze ans se sont écoulés depuis leur séparation. Inconsciemment, cela a nourri tous les stéréotypes et les clichés que j'ai développés autour de ce sport et des hommes qui le pratiquent.

C'est d'ailleurs la raison pour laquelle je refuse de tomber sous le charme de Dorian.

— Il faut qu'on parle, dis-je soudainement en m'écartant un peu de lui pour récupérer mon espace personnel.

— Aouch. Tu me fais flipper... J'ai commis l'erreur qu'il ne fallait pas ? s'enquiert-il, le visage d'un coup tout pâle.

— Oui et non. Tu as vu l'article qui a été publié hier, sur le web ? Et les dizaines d'autres qui sont sortis ce matin dans la presse régionale ?

Mon ami grimace. Il se lève d'un coup et shoote dans le ballon pour le faire atterrir au beau milieu de la piscine.

— *Herzlich Wilkommen in meiner Welt*[1], réplique-t-il en écartant les bras d'un air théâtral. *Es tut mir leid*[2] ! Je ne m'attendais pas à ce qu'une simple photo génère autant de raffut. Mais je te l'avais dit : je ne m'affiche jamais avec des filles ! Donc je pense que les journalistes se sont imaginé toute une histoire... Tu sais bien, les apparences sont trompeuses.

— Et tu n'as pas envie de démentir ?

— Ils n'ont qu'à penser ce qu'ils veulent ! Si je devais vivre en fonction d'eux...

Je me renfrogne et détourne les yeux.

Je comprends assez vite que je ne tirerai rien de lui aujourd'hui à ce sujet – qui n'en est pas un à ses yeux. Nous ne partageons pas le même point de vue concernant cet article. Et ce n'est sûrement pas la première

1. En allemand : « Bienvenue dans mon monde ».
2. En allemand : « Je suis désolé ».

ni la dernière fois qu'une fausse rumeur circule sur son compte, étant donné l'intensité de son exposition médiatique. Alors que pour moi, ce genre de curiosité malsaine à mon égard est tout neuf. Je n'ai jamais eu à vivre ce genre de buzz.

En l'espace de douze heures, j'ai reçu pas moins d'une centaine de messages pour me demander de confirmer ou de démentir le bruit qui court. Ils émanaient de la presse, de fanatiques du foot ou de meufs lambda qui fantasment sur Dorian – certes de loin.

— Quoi ? fait ce dernier en voyant que je me lève pour retourner dans la maison.

— Comment ça, « quoi » ? m'écrié-je, exaspérée.

— T'as l'air vachement contrariée, se défend-il, levant les mains en signe de reddition.

— C'est juste que..., commencé-je, les larmes aux yeux et la gorge serrée. C-c'est... c'est juste que je fréquentais quelqu'un. Et que cette personne a pété les plombs en voyant les photos de nous, hier. Mais laisse tomber, ce n'est plus important.

Mon ami fronce les sourcils. L'air sérieux, il enjambe les quelques marches qui nous séparent et se plante devant moi. Il fixe mon visage comme pour essayer d'y saisir une émotion et de mieux comprendre mes derniers mots. Je reste de marbre.

— Ce n'est plus important ?

— Non. On... on a rompu, expliqué-je, la voix brisée.

— Oh ! Sedna, je suis désolé...

Sans prévenir, il me serre dans ses bras.

Ce simple contact réussit à ouvrir les vannes. Je laisse couler toutes les larmes que je contenais depuis ce matin. Même si, étrangement, ce ne sont plus des sanglots de tristesse qui se déversent, mais de véritables larmes de libération. Je comprends que j'accumulais en moi un tas d'énergies négatives depuis des mois.

Le vase a fini par déborder – ou plutôt par exploser – à cause de la pression que je lui faisais subir… et que je me faisais subir.

Moi qui pensais être heureuse en affichant de beaux sourires pour rassurer mon entourage, j'étais malheureuse de vivre dans cet état d'attente permanente.

Il n'y a rien à ajouter. Les apparences sont définitivement plus que trompeuses.

Chapitre 14

Ressemblances

— Tu es sûre que je peux rester ici ? demandé-je pour la troisième fois à Dorian, alors qu'il s'apprête à se débarrasser de son T-shirt pour filer sous la douche.

— Ouaip. Fais comme chez toi. J'pense pas que mes parents vont rentrer de sitôt. Ils ont toujours mille choses à faire... Et Sophie sera ravie d'avoir une copine avec qui regarder ses séries à l'eau de rose !

Il n'y a pas si longtemps, j'aurais riposté et cherché à fuir toute situation qui puisse être compromettante, voire ambiguë, entre lui et moi. Mais comme ma tête et mon cœur sont actuellement hors service, ma seule réaction consiste à acquiescer et à me laisser tomber sur le lit de mon ami.

Je suis vidée, je n'ai plus d'énergie. J'ai rarement été dans un état pareil, ce qui me confirme que j'aurais dû me casser une jambe avant de craquer pour le regard ténébreux d'Artémis.

Mes yeux me brûlent, je suis obligée de retirer mes lentilles et d'enfiler mes lunettes de vue pour apaiser la douleur. Je pensais essayer de bosser un peu sur mon blog, ou lire un livre pour alimenter les recherches de mon mémoire, mais je suis incapable de faire quoi que ce soit. Résignée à paresser toute la journée, je laisse donc mon sac me glisser des mains et s'affaler par terre. Ensuite, je tourne la tête et remarque que la chambre de Dorian est complètement rangée – contrairement à la première fois que j'ai découvert cette pièce.

Comme si ma présence dans sa vie l'avait encouragé à faire du tri et à prendre soin de lui.

À cette idée, mon cœur fait un bond et un petit éclair apparaît dans le creux de ma main.

— Oh ! non, ce n'est pas le moment, soufflé-je avant de tapoter mes paumes.

Depuis la salle de bains, j'entends Dorian siffloter sur l'air de la chanson *Happy* de Pharrell Williams. Je me demande comment ce gars fait pour être toujours de bonne humeur. Une demi-heure auparavant, j'étais en train de fondre en larmes dans ses bras et il a gardé son calme en se contentant de me caresser les cheveux en silence et de m'offrir un mouchoir pour me réconforter. En l'espace de quelques petites minutes, il semble avoir absorbé toutes mes ondes négatives pour les transformer en une positivité chantante.

Ce garçon est un vrai rayon de soleil sur pattes, songé-je en souriant doucement.

Cependant, je suis vite lassée de ne rien faire, et me lève du lit pour partir à la découverte d'un vieil album photo compromettant ou d'un magazine « pour adultes ». Bref, d'un truc qui me permettrait de charrier mon ami et de trouver un détail qui le rendrait moins parfait à mes yeux. Après quelques recherches vaines, je suis sur le point d'abandonner l'idée lorsque mes yeux se posent sur un énorme livre à la couverture dorée ornée de spirales et de dessins mystiques.

Il brille sur la table de chevet et dégage une énergie particulière.

Comment cela se fait-il que je ne l'aie pas remarqué plus tôt ? me demandé-je en plissant les yeux. Je tends le bras pour le saisir et en parcourir les pages. Mais je suis vite déçue, car je ne comprends pas grand-chose : tout est écrit en latin. Essayer de déchiffrer ce charabia me donne presque la migraine. Certaines pages semblent faire référence à des textes de poésie, d'autres à des commandements. Sur d'autres encore se trouvent des symboles, des illustrations et ce qui m'apparaît comme un code couleurs.

— Est-ce que ce ne serait pas...

On dirait un texte religieux mais magique à la fois.

L'équivalent, dans notre bibliothèque liturgique du Coven, de notre Grimoire Sacré. Ce dernier est un recueil reprenant les règles appliquées au sein de la Noxa, tout en listant les sortilèges de base que chaque sorcière est censée connaître.

Le livre toujours ouvert sur les genoux, plongée dans mes pensées, je pose par mégarde mon index sur le symbole de la croix et sursaute de douleur.

— Aïe ! gémis-je en observant une petite brûlure se dessiner sur mon doigt.

Je lance vite un regard derrière moi pour être sûre que Dorian ne m'a pas entendue, mais il est toujours sous la douche, en train de chanter. Je dépose l'espèce de

« livre saint » sur la table où je l'ai trouvé, et farfouille dans mon sac à la recherche d'un flacon d'huile essentielle de lavande. Je tamponne un peu d'élixir sur ma blessure pour apaiser la douleur, non sans grimacer.

— Roh... ça m'apprendra à être si curieuse !

Je finis par me blottir dans le lit, sous les couvertures, en râlant.

Me voilà frustrée et hantée par mille et une questions qui me traversent l'esprit... Auxquelles je serais bien incapable de trouver des réponses moi-même, puisque le latin a été supprimé de notre cursus sorcier.

Mais est-ce que Dorian pourrait être... , pensé-je, en risquant un œil en direction de la porte de la salle de bains. Peut-être qu'il a des ailes dans le dos sans que je les aie vues. D'ailleurs, je me rappelle que j'avais trouvé une plume non identifiée dans sa salle de bains, la première fois que j'étais venue chez lui. Ce qui pourrait confirmer ma théorie naissante...

— Tu dors ?

— N-non ! dis-je en me redressant brusquement sur mes avant-bras.

Je l'aperçois, torse nu dans l'embrasure de la porte, uniquement vêtu d'un pantalon de jogging. Je dois me faire violence pour garder une expression faciale neutre et ne pas loucher sur ses abdominaux, que j'aimerais palper de plus près. Je me doute que lui, qui est presque tous les jours à poil en présence d'une vingtaine de mecs dans les douches, ça ne lui fait ni chaud ni froid d'être à moitié nu devant moi. Mais pour ma part, je n'ai pas l'habitude d'être face à quelqu'un qui prend ses aises aussi facilement dans un si simple appareil.

— Omelette-salade, ça te dit ? Sinon, je peux commander un truc et…

— C-c'est parfait ! bégayé-je en rougissant. Tu veux que je t'aide ?

— Non, pas besoin. Tiens, ajoute-t-il en déposant son ordinateur portable sur mes genoux. Regarde ce que tu veux, j'ai un abonnement à tous les sites de streaming qui existent ou à peu près.

Il me sourit avant de se retourner pour enfiler un T-shirt.

Directement, mes yeux se posent sur le haut de son dos, là où se situent ses omoplates. Et peut-être plus que ça… Mais je ne vois rien. Pas une marque de cicatrice ni une trace de plume. Rien de surnaturel. J'en déduis donc que mon état émotionnel désastreux du jour me fait complètement divaguer. De plus, il est certain que si ce gars était vraiment un ange, il ne se tiendrait pas aussi près de moi. Il m'aurait fuie avec dédain dès le premier jour, ou il aurait demandé à ses copains de rappliquer pour me renvoyer en enfer.

Ces emplumés sont connus pour être élitistes et snobs – et ce depuis la création de l'Univers.

— Sed… ça va ? fait-il en remarquant que je le fixe étrangement.

— Euh… oui. En fait, je me demandais ce que c'était, ça ? dis-je en désignant le livre doré.

Mon ami suit la direction de ma main, puis il semble comprendre ma curiosité.

— Une vieillerie que j'ai retrouvée dans le grenier… Je l'ai montré à mes parents, ils veulent le vendre aux enchères et faire don de l'argent ainsi gagné à une œuvre caritative. En attendant, j'essaye de le déchiffrer...

Parfaite excuse, pensé-je en me pinçant les lèvres. Une réplique aussi parfaite que celle qu'il m'a servie le jour où il a vu mes éclairs se déchaîner au creux de mes paumes et où je l'ai blâmé pour avoir trop bu.

— Donc... tu es vraiment croyant ? Au point de te plonger dans la lecture de ce texte... biblique ? demandé-je, plutôt sur le ton de l'affirmation que sur celui de l'interrogation, en plantant mes yeux dans les siens.

— Oui. Pas comme toi, si j'ai bien compris, affirme-t-il en croisant les bras sur son torse. Pourquoi, c'est un problème ?

Je penche légèrement la tête de côté, dubitative.

C'est clairement le genre d'information qui pourrait faire s'allumer tous mes voyants au rouge, vu le milieu ésotérique et païen dans lequel je suis née. Mais après tout... Je cherchais un défaut à ce garçon, et il semblerait que je l'aie trouvé. De plus, cela explique beaucoup de choses sur son comportement vis-à-vis de moi : sa courtoisie abusive, son respect des distances physiques, sa gentillesse à outrance... Même si j'aurais aimé que tout ça soit surtout le fait de son caractère.

— Non, mais ça m'aide à comprendre pas mal de choses, répliqué-je en haussant les épaules.

— Tu as d'autres questions, madame la journaliste ?

— Pas pour l'instant.

Il ne lui en faut pas plus pour disparaître au rez-de-chaussée.

Je devine que j'ai touché un point sensible et qu'il vaut mieux ne pas en rediscuter de sitôt. Du moment que je n'ai aucune preuve supplémentaire concernant mes suspicions, tout au moins.

J'ai commencé à regarder *Gatsby le Magnifique* quand Dorian revient avec deux assiettes, des bouteilles d'eau et un paquet de chips dans la bouche. Par quel miracle a-t-il réussi à monter l'escalier ? pensé-je en écarquillant les yeux. Je cours l'aider afin d'éviter une catastrophe.

— Tu es fou ! dis-je en riant.

— Bah quoi ? J'ai cru comprendre que ma mission consistait, si je l'acceptais, à remonter le moral de Sedna ! C'est ce que font les très bons amis, non ? Je crois que mes parents cachent des bonbons et du chocolat dans une armoire aussi, si jamais...

— Merci.

Je m'installe à ses côtés en faisant l'effort de goûter un morceau de l'omelette qu'il m'a préparée, même si mon état émotionnel m'a ôté tout appétit.

— C'est bon ! commenté-je après quelques fourchettes. Je ne savais pas que tu cuisinais...

— Je ne fais rien d'exceptionnel, mais je suis obligé, pour mon régime.

— Exact. D'ailleurs, tu n'as pas d'entraînement ni de déplacement prévu aujourd'hui ?

— Normalement si, marmonne-t-il, complètement absorbé par le film qui passe sur l'écran de son ordinateur. Mais mon voyage en Allemagne a été avancé. Je pars demain matin. Du coup, j'ai pris un congé pour préparer mes affaires...

— Et je viens déranger tout ton planning ! conclus-je en riant.

— Tu as vu juste ! répond-il en plongeant ses prunelles vertes dans les miennes. Mais bon… Ce n'est pas ta présence qui va m'empêcher de préparer ma valise.

Si j'étais d'humeur joueuse, j'aurais sûrement adopté un ton séducteur pour lui répondre un truc du genre « Ah bon ? » plein de suggestions, ou alors j'aurais usé de mes charmes de sorcière en disant : « C'est ce que tu crois ! » avant de l'embrasser avec passion. Cependant, ma blessure est encore bien trop fraîche pour que j'aie envie de tenter une quelconque approche. Je risque bien de me briser en deux à la prochaine déception amoureuse, si j'en vis une autre. J'ai beau faire la forte pour donner le change, je reste une hypersensible, capable de se jeter à corps et à cœur perdus dans une relation – tout ça parce que je crois profondément au pouvoir de l'amour.

Bref, je décide de me taire et de ne pas saisir la perche que me tend pourtant Dorian.

Je dépose mon assiette par terre et remets les couvertures sur mes jambes. Je sens son regard s'attarder sur moi. Mais il se contente de rester un long moment silencieux, sans chercher à m'approcher ; il m'observe me perdre dans mes pensées torturées.

— Au fait… Pourquoi tu ne m'as pas dit que tu avais un petit copain ? lâche-t-il finalement en se tournant vers l'écran, où le film continue de défiler.

— Parce que…, commencé-je, prise au dépourvu.

J'ai envie de tout lui raconter concernant Artémis et le fait que j'aie une petite copine et non un petit copain. Mais j'ai l'impression que cela reviendrait également à griller ma couverture et à dévoiler mon secret de sorcière. Je me sentirais obligée de lui dire comment j'ai rencontré mon amoureuse et comment ça s'est terminé... Comme je suis une piètre menteuse, la vérité éclaterait d'une manière ou d'une autre. Je réfléchis quelques secondes, afin de lui apporter la réponse la plus brève possible.

— Parce qu'on n'a jamais vraiment eu l'occasion d'en parler. Et puis, ma relation était compliquée... Elle était secrète. Personne ne savait que je fréquentais quelqu'un, sauf Freïa.

Mon ami encaisse l'information en silence, mais son aura vrille l'espace d'une seconde.

— Finalement... C'est peut-être mieux que ce soit terminé... Parce que cette situation ne me rendait pas heureuse. C'est juste que... juste que...

Je m'arrête un instant, comme pour étouffer un sanglot. Mais je m'aperçois alors que je n'ai plus aucune larme à verser. Mon quota du jour est épuisé.

— C'est quelqu'un que je connais depuis des années. Qui m'a soutenue à une époque très difficile de ma vie. Je pense que je me suis laissé malmener parce que j'avais l'impression d'avoir une dette à payer... Ou quelque chose dans ce genre.

Dorian se tourne vers moi et écarquille les yeux. À nouveau, j'observe cette étincelle passer dans son regard. Son aura dorée s'active dans tous les sens et illumine sa chevelure.

— Sedna... Si cette personne t'a donné l'impression que tu lui étais redevable, sache que c'est faux.

Peu importe ce que tu as vécu et comment tu as été soutenue, rien ne justifie que tu aies eu le sentiment d'être enchaînée à quelqu'un.

— « Enchaînée », c'est le bon mot, dis-je à mi-voix.

Me montrer aussi vulnérable me met mal à l'aise. Généralement, j'arbore toujours un visage déterminé, celui de la femme forte, qui n'a peur de rien et à qui on demande conseil et service. Mais autant la fragilité m'effraye, habituellement, autant je me sens en sécurité, à côté de cet étrange garçon dont la lumière m'apaise.

— Bref, tu sais, maintenant, conclus-je en m'efforçant de lui donner un pâle sourire. Si on peut changer de sujet, ce serait super. Je n'ai pas envie de me lamenter pendant des heures…

— OK. Ça tombe bien, parce que j'ai plein d'autres questions. Mais arrête-moi si je deviens indiscret…

— Ça ne changera pas ! Tu me poses toujours mille questions ! répliqué-je en riant.

Nous nous lançons un regard complice.

— Oui, je sais. Mais, j'ai envie d'apprendre à te connaître ! Va savoir pourquoi… Depuis le jour où on s'est rencontrés, j'ai l'impression de deviner en toi quelque chose qui m'habite aussi.

— Ah bon ? m'étonné-je en me rapprochant un peu de lui.

— Oui… Comme un sentiment de solitude. Tu risques de trouver ça louche, mais…

— Non, continue ! l'incité-je, curieuse de savoir ce que je lui inspire.

Dorian se redresse, met le film sur pause et écarte l'ordinateur pour le poser un peu plus loin, par terre.

J'en déduis que ce qu'il s'apprête à me dire mérite notre plus grande attention à tous les deux. Cette petite mise en scène me plaît, je ne peux m'empêcher de sourire en attendant qu'il reprenne la parole.

— Tu étais la seule journaliste femme parmi tous tes collègues, la seule qui avait cette méga longue liste de questions super intéressantes, contrairement aux autres qui nous demandent toujours les mêmes trucs... Tu aurais pu jouer de tes atouts pour capter l'attention du gardien, d'un joueur ou même attirer ma propre attention, mais tu as au contraire cherché à te fondre dans la masse. Alors que tu as ce petit quelque chose qui... ce quelque chose qui...

Il s'interrompt, cherche ses mots mais semble embarrassé de ne trouver aucun terme pour qualifier la première impression que je lui ai laissée.

— Quelque chose de différent. Je ne sais pas comment l'expliquer. Mais tu es rayonnante.

— Rayonnante ? répété-je en écarquillant les yeux.

— Oui, lumineuse... Je t'ai immédiatement repérée, parmi les autres, et...

Il se tait à nouveau, visiblement gêné en voyant que je me rapproche de lui.

La plupart du temps, les hommes me qualifient de ténébreuse, de mystérieuse ou encore de « magnétique ». D'ailleurs, je suis très consciente de l'effet que je peux produire sur eux. J'adore faire fondre les gens et les manipuler à ma guise pour obtenir ce que je veux. Mais c'est la première fois qu'on qualifie mon aura de sorcière – qui tire plutôt vers l'obscurité – de « rayonnante » ou de « lumineuse ».

C'est sûr, ce mec a réussi à voir en moi quelque chose que très peu de monde parvient à saisir. Et ce constat fait redoubler les battements de mon cœur – comme pour me rappeler que j'en ai encore un, malgré les coups qui viennent récemment de le mettre à mal.

— C'est drôle ! À chaque fois que je te vois, moi aussi je te trouve rayonnant ! répliqué-je en posant ma main sur son épaule. Tu es toujours de bonne humeur et souriant.

— On me le dit souvent. C'est un truc de famille...

Étonnamment, je ne décèle aucune joie dans sa réponse. Il détourne les yeux et se met à observer les différents drapeaux qui ornent le plafond de sa chambre. Sa mine s'attriste légèrement.

— Il paraît que je tiens ça de mon grand-père... Il est décédé quand j'avais dix ans. C'est de lui que je tiens ma passion pour le foot. C'est le seul qui m'ait soutenu, lorsque j'ai demandé à m'inscrire dans un club, à l'époque...

À ces mots, je reçois un flash. Ainsi qu'une multitude d'autres visions soudaines.

Je vois un petit Dorian qui court avec un drapeau de la Belgique, mais parfois aussi avec un drapeau de l'Allemagne, puisque par sa maman il est également originaire de ce pays. Un petit Dorian enthousiaste dès qu'une de ces deux équipes joue, en particulier pour la Coupe européenne ou pour la Coupe du monde. Parfois, il supplie ses parents de venir le voir jouer le dimanche. Malheureusement, ils ne se libèrent jamais pour lui. Ils ont toujours du travail, des dossiers « top secret » à régler ou un imprévu de dernière minute.

Alors, c'est son grand-père et parfois sa grand-mère qui viennent le voir et l'emmènent à l'autre bout du plat pays pour disputer ses matchs de l'équipe junior. Lorsqu'il revient à l'école, c'est pour retrouver son meilleur ami Adrien, qui est souvent le seul à accepter de taper du ballon avec lui. Dans les pires moments, les autres élèves de sa classe se moquent de lui. Ils disent à Dorian qu'il n'y arrivera pas. Qu'il n'est qu'un nul. Qu'il ferait mieux d'arrêter de jouer. Ils l'insultent à cause de son physique, parce qu'il est maigre et que sa peau est parsemée de taches de rousseur. Il est moqué dans les douches par les garçons et, en dehors de cela, les filles en rajoutent une couche en disant que c'est l'intello de service et que jamais elles ne voudraient de lui.

Les images défilent, et j'ai cette désagréable sensation de déjà-vu.

Je n'ai que trop vécu ce genre de harcèlement scolaire.

— Mes parents voulaient que je reprenne le flambeau avec la confrérie…

— La confrérie ?

— Ouaip. Mes parents sont des…

Mon ami sursaute brusquement. Il se rend compte qu'il en a trop dit.

Il saisit son pendentif en forme de croix, celui qu'il porte toujours sur lui. Héritage de son papy.

— Je veux dire que mes parents travaillent dans la finance. Ils voulaient que je fasse de grandes études… Tu sais : droit, économie ou encore médecine. Parce que j'avais de super résultats à l'école. Mais moi, toutes leurs ambitions pour moi, ça ne m'intéressait pas. Le seul truc que je voulais, c'était faire partie de l'équipe nationale. Ils m'ont très peu soutenu dans ce parcours.

Je cligne plusieurs fois des yeux pour sortir de mes visions.

Sans le savoir, Dorian vient de se mettre à nu devant moi. Pour de vrai.

Il a laissé tomber toutes les carapaces qu'il arbore au quotidien pour me laisser entrevoir ses failles les plus intimes. Ce qui a laissé libre champ à ma magie pour aller déterrer certains de ses secrets les mieux enfouis.

C'est comme s'il venait de me faire le récit de sa vie en l'espace de quelques minutes. Il me considère vraiment comme une amie, il me fait confiance.

— À onze ans, j'ai été sélectionné pour faire partie de l'équipe nationale junior… Mais le décès de mon grand-père m'a tellement affecté que je me suis blessé. Gravement. J'ai arrêté de jouer pendant plus d'un an et c'est ainsi que j'ai raté l'opportunité de ma vie.

Il baisse les yeux vers moi pour s'assurer que je l'écoute toujours. Il sourit timidement en observant que je suis pendue à ses lèvres et désireuse d'en apprendre davantage sur lui. Il déplace une des boucles qui tombent devant mon visage derrière mon oreille et je le surprends à laisser traîner la main sur ma joue une seconde de plus que nécessaire.

Mais il se reprend et se contente de passer son bras autour de mes épaules.

J'en profite pour me lover davantage contre lui et me laisser envahir par ses bonnes ondes qui m'apaisent tant.

— Devine ce que mes parents m'ont dit, quand les médecins leur ont expliqué que c'était risqué pour moi de reprendre le foot un jour...

— Que c'était mieux comme ça et que ça allait te permettre de te concentrer sur tes études.

Il écarquille les yeux et se fige un instant.

Sans filtre, je lui ai dit mot pour mot ce qu'une de mes visions m'a laissé entrevoir, en oubliant complètement de déformer un peu la réalité. À force d'agir avec une telle spontanéité, je vais vraiment l'alerter - ou pire, le faire flipper pour de bon.

— Tu es médium, en fait ?

— N-non... Non, ne dis pas de bêtises ! C'était juste une déduction logique, d'après ce que tu m'as raconté, bredouillé-je en rougissant.

— Eh bien, tu as visé dans le mille.

Nous restons un moment silencieux. Je garde les yeux dans le vague, pourtant je sens le regard brûlant de Dorian sur mes lèvres. C'est la première fois que je peux clairement affirmer qu'à n'en pas douter il a envie de m'embrasser. Et, pourtant, je sais qu'il ne le fera pas. Qu'il ne fera rien avant que je lui aie donné mon feu vert. Et, dans mille autres circonstances, je lui aurais donné cette autorisation - même celle de faire plus -, mais pas aujourd'hui.

Parce que je viens de me rappeler que, parfois, des choses plus intimes qu'une partie de jambes en l'air peuvent être échangées entre deux êtres humains.

Et ça, c'est précieux à mes yeux.

— C'est parce que je connais ce sentiment de solitude... expliqué-je en m'écartant légèrement de lui. Je suis la seule personne de ma famille à être métissée. Dans ma famille paternelle, je ne trouve jamais réellement ma place parce que je suis « noire ». Et dans ma famille maternelle, je suis considérée comme la « Blanche » de service. Puis, même dans mon parcours scolaire et dans mes loisirs... Je ne fais jamais rien comme tout le monde. Je suis la seule de ma famille à être passionnée par les réseaux sociaux, le codage, le montage vidéo ou encore par l'écriture. Ma mère voulait que je sois gynécologue-obstétricienne comme elle. Ou au moins médecin... Mon père voulait que je pratique à fond le sport, le foot de préférence. Pas que je devienne journaliste et encore moins « blogueuse », dis-je en mimant les guillemets.

Et tout ça, sans parler de mon orientation sexuelle, qui veut que je ne sois ni hétérosexuelle ni franchement lesbienne. Là-dessus encore je me suis sentie douloureusement seule, lorsque j'ai fait mon coming out. Mais le pire, c'est au sein du Coven. Mes Aînées me considèrent comme la prodige de ma génération. À leurs yeux, je suis bien différente de mes sœurcières. Elles m'ont donc attribué un statut spécial dans notre communauté, qui fait que je ne suis ni une Aînée ni une apprentie-sorcière. Je n'ai jamais le droit de demander de l'aide ou des conseils, et c'est toujours moi qui endosse les responsabilités – toute seule.

Tout cela, mes plus grands secrets, je voudrais les confier à Dorian. Malheureusement, je ne peux que me taire. Un simple mortel doit tout ignorer des sabbats et des nombreux rituels des sorcières modernes.

Si seulement lui aussi possédait cette magie...

Plongée dans mes pensées, je me surprends à espérer secrètement qu'un jour ou l'autre je pourrai lui confier tout cela. J'aimerais lui rendre la pareille et lui témoigner à mon tour une confiance absolue, comme celle que manifestent les confidences qu'il vient de me faire.

— Finalement, on se ressemble vachement ! sourit Dorian en ouvrant un paquet de chips.

— En effet ! Que des points communs, affirmé-je en acceptant une chips.

— D'ailleurs, si tu veux tout savoir, j'ai moi aussi déjà vécu des relations amoureuses qui ne sont pas allées plus loin que le stade du secret...

— Je savais que tu n'étais pas un saint ! me moqué-je en lui donnant un coup de coude. Avoue qu'il a dû y en avoir des dizaines...

— Arrête un peu de faire de moi le coureur de jupons que je ne suis pas !

— Je ne sais pas si c'est après des jupons que tu cours... Mais tu es malgré tout un coureur, en quelque sorte, donc le rapprochement se justifie !

En guise de réponse, il me lance un coussin au visage.

— J'en meurs d'envie depuis le jour où tu m'as tiré les cartes, me confie-t-il en riant.

— Tu es vraiment un gamin ! m'écrié-je en essayant de recoiffer mes boucles folles.

Mais l'instant d'après, je me munis à mon tour d'un oreiller et tente tant bien que mal d'assommer mon adversaire avec. Malheureusement, il se débat de manière plutôt efficace et parvient à m'assener d'autres coups. Je finis donc par capituler en me laissant tomber sur le lit, à bout de souffle.

— Tu déclares forfait ?
— Oui.
— Tu sais que ça te vaut un gage ?
— Comment ça ? m'étonné-je en prenant appui sur mes avant-bras.
— H-hum, fait-il, l'air pensif. Que vais-je bien pouvoir te demander ?
Je m'affale à nouveau dans les couvertures en soufflant, et cache mon visage qui doit sûrement avoir viré au cramoisi. Moi, j'ai plus d'une idée de gage à lui soumettre, mais je me garderai bien de lui en faire part - sauf s'il me le demande gentiment.
— Je sais ! Tu es obligée de venir me voir jouer quand je rentrerai de mon voyage.
— Hein ? crié-je en me redressant d'un coup.
— Je t'offre deux places pour venir voir le match retour Standard-Anderlecht. Tu n'auras qu'à venir avec ton père ou avec Freïa... Je te laisse choisir.
— Et si je refuse ?
— Hum... Mille pompes, trente tours de terrain ou...
— Ou ?
— Une soirée pyjama avec moi... Aujourd'hui ?
Il me lance un regard de défi. Un silence s'installe entre nous.
J'hallucine. Je me demande s'il est conscient de l'effet qu'il me fait. Et si oui, si ça l'amuse de savoir que je risque de me tortiller dans tous les sens à l'idée de passer ma nuit à dormir à côté de lui ?
Avec un pyjama qui plus est, songé-je en essayant de cacher mes joues rosies derrière mes longues boucles brunes.

— Tu te moques de moi ?

— Non, c'est ce que font les très bons amis… N'est-ce pas ?

Généralement, c'est moi qui joue sur les mots pour prendre les autres par les sentiments. Mais là, il semble que ce garçon au charme indéfinissable a réussi à inverser la tendance – une fois de plus.

— Je n'ai pas de pyjama ! décrété-je en croisant les bras.

— Ça peut s'arranger : je t'en filerai un.

Je planque rapidement dans mon dos mes mains qui commencent à crachoter de petits éclairs.

— Alors ?

— C'est OK… Uniquement si on commande des pizzas.

— Marché conclu.

Sans attendre, Dorian m'attrape par le poignet et me tire vers lui pour me serrer dans ses bras. Son odeur boisée m'ensorcelle, alors que ma magie fait dangereusement s'activer mes méninges qui élaborent à une vitesse folle une dizaine de scénarios différents auxquels pourrait donner lieu la décision que je viens de prendre. Or, dans aucun, il ne se passe rien entre mon beau footballeur et moi… Pourtant je me cramponne fermement à l'idée que je suis déterminée à ne pas craquer. Grâce à ces flashs, je peux anticiper, et tout reste donc sous contrôle. Il ne peut pas y avoir de débordement.

Ni aujourd'hui. Ni un autre jour.

Quoique…

Et là, je comprends que cette soirée d'abstinence risque d'être longue.

Chapitre 15

Incidence

Deux semaines plus tard
Dimanche 2 avril 2017

J'appuie sur la pédale de frein en soupirant.

J'avais pourtant prévu le coup, en démarrant une heure en avance. Hélas, nous n'avons pas réussi à échapper aux embouteillages qui prennent en masse le quai de la Meuse. Derrière moi, des voitures klaxonnent alors que je ne peux rien faire de mieux qu'adapter ma conduite à la circulation : c'est-à-dire avancer à deux kilomètres-heure en attendant de pouvoir stationner dès que possible.

— Je n'en reviens toujours pas ! Tu as dormi avec lui et il ne s'est rien passé ! s'écrie Freïa, alors que je tâche tant bien que mal de calmer mes mains électrifiées.

Je suis étonnée qu'elle n'ait pas remis cela sur le tapis plus tôt.

Déjà le lendemain de ma « fugue », elle m'a harcelée pour savoir ce qu'il s'est passé, dans les moindres détails. Mais elle a vite été scandalisée en apprenant que j'ai simplement passé ma soirée à regarder de vieux films et à refaire le monde avec un très bon ami – et la sœur de ce dernier.

La présence de Sophie m'a beaucoup aidée, je dois le reconnaître.

Grâce à elle, je n'ai pas cédé à mes pulsions de Scorpionne, et j'ai gardé la tête froide. Je lui revaudrai cela un jour, en lui offrant le fameux tirage de cartes qu'elle m'a demandé.

— Même pas un bisou ! assuré-je, fière de moi, en bombant la poitrine.

— C'est criminel ! s'offusque la rouquine en levant les mains en l'air.

— Je ne dirais pas que c'est « criminel », je dirais plutôt que c'est « respectueux ». C'est bien la première fois que je tombe sur un mec réglo, qui ne couche pas avec moi dès le premier soir...

— Il a eu plusieurs fois l'occasion, pourtant. Tu es sûre qu'il n'est pas gay ? Il t'a dit qu'il ne s'affichait jamais avec des filles et...

J'éclate de rire.

— J'en suis sûre ! Il a juste des mœurs assez spéciales.

— Mouais. C'est vrai qu'il croit aux emplumés. Il est peut-être toujours puceau ?

— Non plus, soupiré-je en souriant. Mais ce que je sais, c'est qu'il ne veut pas d'une relation... Et je compte bien le faire changer d'avis.

— C'est pour ça que tu viens le voir jouer ? En mode : « Surpriiise, je t'avais dit que j'viendrais pas... Mais je suis là ! »

— Entre autres, avoué-je en sentant mes joues rosir. Je suis là pour le boulot, aussi. J'ai demandé à couvrir ce match. Mais oui, il faut que je le surprenne. Que je sois là où il ne m'attend pas. Surtout qu'il vient à peine de rentrer de son voyage en Allemagne…

Depuis notre fameuse « soirée pyjama », on a échangé tous les jours, surtout par messages, même si on s'est téléphoné plusieurs fois également. D'ailleurs, nos appels m'ont valu quelques nuits blanches. Dès que Dorian et moi discutons, nous nous lançons dans des débats sans fin. Entre le fait qu'il estime que les vieux films des années 1970 et 1980 sont meilleurs que les blockbusters actuels, mes arguments pour prouver qu'on doit revenir aux vieux tubes R&B des années 1990 pour mettre à mal le rap français (dont il est un grand fan), ou encore nos discussions interminables pour essayer de déterminer quel est le meilleur joueur de tennis au monde… Dès que l'un ouvre la bouche, l'autre ne peut s'empêcher de le contredire pour prouver que son point de vue est le meilleur. Même si, finalement, on tombe à chaque fois d'accord.

On a plus de points en commun qu'on ne le pensait.

Le plus fou dans cette histoire, c'est que j'aurais voulu qu'on ait toutes ces conversations en face à face, au chaud sous des plaids et en dégustant des sucreries.

Car il m'a manqué.

Je veux dire : vraiment manqué.

Même plus qu'Artémis - dont je n'ai plus aucune nouvelle depuis notre rupture.

— Tu as l'air déterminée, Sed ! J'aime te voir comme ça !

— Je le suis ! Maintenant que je me trouve un peu plus disponible sur le plan émotionnel...

— Et sexuel.

— Frey ! hurlé-je en calant comme une débutante.

Ma meilleure amie glousse tandis que je galère pour rallumer le contact de ma voiture. Il faut toujours qu'elle dise le mot de trop. C'est sa marque de fabrique, « la Freïa *touch* », comme elle dirait avec son accent gaélique.

— En tout cas, c'est bien parce que je t'aime que j'accepte de venir voir un match de foot avec toi...

— Et avec mon père. C'est-à-dire ton parrain, celui que tu n'as plus vu depuis des mois.

— Il avait qu'à ne pas quitter le Coven.

— Je te rappelle que c'est moi, sa fille... Et que si quelqu'un doit être en colère contre lui, c'est moi qui ai la priorité ?

— Je ne suis pas d'accord.

Je lève les yeux au ciel, mets le clignotant pour indiquer que je m'apprête à tourner à gauche avant de m'engager dans le parking, où je me gare.

— On aurait pu venir en balai, râle Freïa en sortant de la voiture.

— Tu as déjà oublié ? On t'a retiré le permis balai la semaine dernière parce que tu t'es envolée alors que tu étais soûle ! Tu le récupéreras dans un mois. D'ici là, je ne veux plus en entendre parler.

— Oui, tata Sedna. Merci d'être là pour me sermonner.

Je laisse échapper un profond soupir, puis vérifie que ma petite Beetle est correctement garée et fermée et fais signe à ma camarade de me suivre vers l'entrée du stade. Une horde de supporters est déjà agglutinée aux portiques de sécurité, hurlant les chants de leur club de cœur. Ils se bousculent dans tous les sens, jettent en l'air des gobelets remplis de bière et s'amusent à balancer des fumigènes.

Je n'ai jamais compris comment un sport pouvait transformer des gens civilisés en une foule de corps dénués de toute conscience. C'est à croire qu'ils retournent à leur état le plus sauvage à la vue d'un ballon blanc taché de noir et de maillots multicolores qui s'agitent dans tous les sens, derrière.

Fort heureusement, mon père a réussi à nous avoir des places VIP. Ce qui nous permet de contourner les fous furieux et de nous installer rapidement en tribune.

— Je n'aurais jamais cru assister à nouveau à un match avec toi, ma princesse ! me salue papa en me serrant dans ses bras.

— C'est un peu inédit, j'avoue !

Il me lâche et passe la main sur ma joue.

Il a mis ses lunettes de vue, celles qui cachent légèrement ses yeux bleus, il a rasé sa barbe de près, tout comme ses cheveux, qu'il ne laisse plus pousser depuis la malencontreuse apparition d'une calvitie précoce, quand il a eu trente ans, et il s'est parfumé. Il est habillé simplement, avec une veste de costume noire, une chemise blanche et un pantalon foncé.

— Tu ne portes pas le maillot de ton équipe ? le taquiné-je en lui jetant un regard tendre.

— J'ai passé l'âge, Sedna ! La classe avant tout.

— Coucou, parrain ! Je suis là aussi ! s'écrie derrière moi Freïa qui n'en manque jamais une pour se faire remarquer.

— Ma filleule ! Tu es de plus en plus jolie !

— Arrête tes bêtises ! Tu ne dirais pas ça si tu venais me voir plus souvent à Bruxelles...

De loin, à quelques sièges de nous, je remarque une grande brune que je reconnais immédiatement. Elle aussi semble me reconnaître, car elle me fait de grands gestes avec les bras. Je laisse donc mon amie taper la discute avec mon père et me faufile entre les spectateurs pour rejoindre la demoiselle.

— Sophie ?

— Sedna ! s'écrie-t-elle avant de me serrer chaleureusement dans ses bras. Je savais que je te verrais ici ! C'est la raison pour laquelle je suis présente ce soir. Je ne viens jamais aux matchs, mais j'avais envie de soutenir Do, pour une fois.

— Il doit être super content que tu sois là !

— Il l'est. Mais bon, il va vite oublier ma présence, quand il saura que tu es venue !

Elle rit, puis me fait signe de venir m'installer à côté d'elle et d'une amie qui l'accompagne et qu'elle me présente rapidement.

— Tu ne lui avais pas dit que tu venais, hein ? Sinon, il m'en aurait parlé.

— J-je..., bégayé-je en rougissant.

— Oh ! arrête ! Tu vas la mettre mal à l'aise ! Elle ne veut paaas avouer qu'il se passe un truc entre eux ! lâche Freïa, qui nous a rejointes.

— Bah écoute, j'ai rarement vu mon frère aussi joyeux que ces dernières semaines ! lui répond Sophie en frappant dans ses mains. Il chante tout le temps sous la douche, il prend soin de lui, il a enfin fait du tri dans tout son bordel… Ah ! et, bien sûr, il accepte tout ce que je lui demande, sauf quand il s'agit de répondre à de mystérieux messages… Je soupçonne Sedna d'être la cause de tous ces changements !

— Oh ! il faut que je te parle des changements de comportement de Sedna aussi ! renchérit Freïa, les mains sur les hanches. Elle s'est toujours intéressée au foot, mais là, elle est devenue incollable ! D'ailleurs, elle a commencé à suivre toute l'actualité du club dans lequel joue Dorian. Elle a aussi recommencé à courir tôt le matin, avant d'aller à l'univ'… Et regarde : elle porte le sweat qu'il lui a offert !

C'est définitif, mon visage tourne au cramoisi.

Je tortille le bas dudit sweat en essayant de me faire toute petite.

— Je vois, je vois… Au fait, moi c'est Sophie. La petite sœur du prétendant.

— Moi, c'est Freïa. La petite sœur *spirituelle* de la prétendante.

Les deux filles se serrent la main et se lancent un clin d'œil complice.

— Ceci explique cela, grommelle mon père en s'installant sur le siège derrière moi.

Il pose les mains sur mes épaules et le menton sur le sommet de mon crâne d'un air protecteur. Je sais qu'à ses yeux je suis toujours une enfant qui vient à peine d'apprendre à marcher, et qu'il doit fulminer intérieurement, sachant que je suis ici pour un autre homme que lui. Alors qu'à l'époque où je vivais chez lui, il devait me traîner de force pour que j'assiste à ses entraînements ou à un quelconque match de son équipe.

— Ta mère va te tuer quand elle apprendra que tu en pinces pour un joueur de foot... C'est lequel ? Je le connais, peut-être ?

— C'est Dorian Janssens ! s'écrient Freïa et Sophie en chœur.

— Ah ! la fameuse pépite qui a trahi les nôtres... Et dire que je l'ai entraîné quand il était gamin, en plus. Tu es fière de me dire ça, Sedna ? Depuis quand tu soutiens les mauves ?

— C'est pas ce que tu crois, 'pa ! C'est juste un ami... Les filles racontent n'importe quoi !

Je me retourne vers mon père pour soutenir son regard et lui assurer qu'il ne doit pas s'en faire. Mais, je me rends aussitôt compte de ma propre puérilité – et de mon hypocrisie. D'ailleurs, mes paumes posées sur le dossier de mon siège se mettent à crachoter des éclairs pour me contredire.

Mon père écarquille les yeux et pose les mains sur les miennes pour dissimuler ma magie. Il me lance un regard plein de sous-entendus, puis il vérifie autour de lui que personne n'a rien vu – surtout Sophie, à ma droite.

— Juste un ami, hein ? me raille-t-il.

Je veux répliquer, mais l'arbitre siffle le début du match.

— Bon, bah je n'ai plus qu'à juger par moi-même s'il mérite de courtiser ma fille...

— Papa, soufflé-je en croisant les bras. Bientôt tu vas faire comme maman, qui part réclamer une dot au premier venu.

— Je tiens à signaler que je l'ai payée, cette fameuse dot, pour épouser ta mère !

Je lève les yeux au ciel, puis je me retourne pour me concentrer sur le match.

Je n'ai clairement pas envie d'avoir cette conversation. Aucune envie de comparer ce que je ressens aujourd'hui pour Dorian aux sentiments que ma mère a pu éprouver pour mon père il y a des années, ni à la manière dont ça s'est passé entre eux alors. Je refuse de me dire que je commets inconsciemment les mêmes erreurs qu'eux. J'ai tout mis en œuvre pour désamorcer le mauvais karma, grâce à mes pouvoirs magiques. Alors je ne peux pas croire que l'Univers désire me donner une leçon de vie amoureuse. Et puis, j'en ai déjà assez bavé avec Artémis... Il est temps que les astres arrêtent de s'acharner sur mon sort, non ?

Mon smartphone vibre et me tire de mes pensées.

Salut Sedna ! J'espère que tu vas bien depuis Ostara ? J'aimerais qu'on parle de ce qui s'est passé… Quand es-tu dispo pour qu'on se voie ?

Je rêve.

Il suffit que je pense à elle pour que son nom s'affiche sur mon écran.

Je secoue la tête, range mon portable et me concentre sur le terrain de jeu. Mais mon téléphone me distrait à nouveau.

Tu me manques, j'ai envie qu'on arrange les choses…

Un coup de sifflet attire mon attention. Je relève les yeux et constate qu'une faute a été commise par le joueur qui marque Dorian. C'est la troisième fois au moins qu'il lui donne un violent coup, et volontairement. J'ai d'ailleurs manqué à plusieurs reprises de perdre mon sang-froid. Mais Sophie, à côté de moi, a réagi pour nous deux en hurlant qu'elle arracherait les yeux du type qui s'est permis de frapper son frère de cette manière.

L'ambiance électrique du stade monte encore d'un cran, mais quelques instants après, la fin de la première période est annoncée. Aucune des deux équipes n'a marqué le moindre point. Les deux adversaires de toujours semblent être à force égale, ce soir. Ce qui ne ravit pas les supporters dans les gradins, puisqu'ils insultent les coachs, parfois même les joueurs, et lancent de temps à autre un fumigène ou le contenant d'une boisson en direction de l'arbitre.

— Vous voulez quelque chose à boire, les filles ? nous demande mon père en sortant son portefeuille de sa poche.

Les filles lui passent commande en le remerciant, mais de mon côté, je décline sa proposition et me concentre sur mon carnet de bord pour y noter les quelques actions importantes qui ont eu lieu pendant la première mi-temps. Mais je remarque assez vite que j'ai des troubles de la mémoire. De violentes crampes s'emparent de mon ventre, tandis que je suis prise de vertiges… À une période de mon cycle où rien de tout cela ne devrait se produire.

Cela ne peut donc être que des symptômes de mon anxiété.

— Sed, ça va ? me demande Freïa en posant sa tête sur mon épaule.

— Y a un truc qui cloche...

— Ah bon ?

— Oui. Artémis m'a écrit un message. Elle veut qu'on parle et...

— Do t'a repérée ! s'écrie joyeusement Sophie en me donnant un coup de coude. Regarde !

Je me tourne vers le terrain et croise le regard émeraude de son frère qui se dirige vers les vestiaires. Je lui fais un petit signe de la main et il me répond en hochant doucement la tête avant de s'engouffrer à l'intérieur du bâtiment.

— Roh ! Il fait le fier ! Ou plutôt non : il se montre discret. Il a trop peur que les journalistes te harcèlent encore ! commente ma voisine en riant.

— C'est plutôt sympa de sa part, répliqué-je en haussant les épaules.

En effet, après les articles qui ont fait naître la rumeur d'une potentielle relation amoureuse entre Dorian et moi, le nombre d'abonnés à mon compte Instagram a grimpé en flèche, ainsi que les visites de mon blog. Ça, c'est pour le côté positif. Hélas, la face sombre de cette exposition médiatique est loin d'être négligeable : les bruits qui ont couru à notre sujet ont généré des dizaines de messages de la part de journalistes me posant des questions très indiscrètes, des centaines de commentaires sur mon physique pour calculer mon degré de beauté – selon les diktats de notre société – et des tas de moqueries de la part de mes collègues de bureau, qui estiment que ma place est bien mieux dans les bras d'un footballeur que derrière un ordinateur à rédiger un papier pour la rubrique sportive de notre revue.

C'est dans ce genre de moment que je salue ma force de caractère, forgée par le harcèlement scolaire dont j'ai été victime durant mon adolescence. Je sais que l'acharnement que j'ai subi en aurait détruit plus d'un. Mais, pour ma part, rien ne me fera baisser les bras, et j'en ai eu la preuve à cette occasion, malheureusement. Je sais pourquoi je me lève chaque jour.

Et ces ignobles comportements n'atteindront pas ma dignité.

Mon téléphone vibre, une fois de plus, dans mon sac.

Je suis désolée de t'avoir ennuyée… Je suppose que tu as mieux à faire que de me voir ou même de me répondre. Bref, passe un bon dimanche.

— Tu penses qu'il y a moyen que vous vous réconciliiez ? me chuchote Freïa qui fixe l'écran de mon portable sans aucune gêne.

— Peut-être. Je la recontacterai plus tard, mais là… Je n'ai pas la tête à ça.

Les joueurs reviennent sur le terrain et, au micro, les commentateurs reprennent leur éternel monologue. L'arbitre rejoint les capitaines des deux équipes et siffle le début de la seconde mi-temps.

Mes crampes abdominales s'intensifient et ma vue se brouille même complètement, l'espace d'un instant.

Pourtant, je ne parviens à capter aucune vision. Ma médiumnité reste résolument muette, ce n'est pas par ce biais que j'en saurai davantage sur la mauvaise intuition qui s'est logée au fond de mes entrailles depuis tout à l'heure.

— Putain ! jure Sophie en se levant une fois de plus de son siège. Le numéro seize, s'il touche encore un cheveu de Dorian, je l'assomme !

— Le numéro seize, soufflé-je de manière quasi inaudible.

La carte de la Tour me revient en mémoire. Celle qu'avait choisie mon ami, le soir où j'ai sorti pour lui mon tarot. Or, cet arcane porte un chiffre : le seize.

Je revois les yeux préoccupés de Dorian, alors que je lui tirais les cartes, son inquiétude concernant la probabilité de se blesser lors d'un match et de se retrouver dans l'incapacité d'en jouer plusieurs autres, ensuite.

C'est alors que je comprends comme une évidence le message qu'essaye de me faire passer mon intuition.

— Oh ! non, soufflé-je, la boule au ventre.

Un des joueurs de l'équipe d'Anderlecht marque, mais l'arbitre le considère comme hors-jeu. La foule se remet à vitupérer, tandis qu'un des commentateurs annonce que le match risque d'être suspendu si les supporters continuent à mal se comporter et à lancer des objets non identifiés sur le terrain.

— C'est la folie ! commente Freïa en me prenant la main.

— Pire que dans ma jeunesse ! ajoute mon père.

La désagréable sensation qui parcourt mon être ne s'apaise pas. Au contraire, elle s'intensifie à chaque seconde qui passe, et tout particulièrement lorsque le match reprend dans le stade, malgré l'ambiance pesante, et après de longues minutes de concertation entre les coachs et l'arbitre.

Je donnerais tout pour que la rencontre se termine maintenant. Je refuse que ce que j'avais vu dans les cartes se révèle exact.

— Sed ? s'inquiète Freïa en voyant que je me cramponne à sa main.

— Tais-toi.

— Tu as vu quelque chose ?

Je tente de me concentrer pour lancer un sort de protection, mais rien n'y fait.

Les joueurs se déplacent trop vite et la superficie du terrain est trop grande pour que je réussisse ; il me faudrait bien plus de portée. Je maudis ma magie, qui ne peut pas toujours me permettre de tout contrôler ni de protéger ceux que j'aime.

Sur la pelouse, Dorian réceptionne une passe décisive et s'apprête à marquer.

Et c'est là qu'un défenseur de l'équipe adverse fonce sur lui pour le tacler de la pire des manières. Mon ami tente de l'éviter en effectuant une rotation brutale pour changer de direction, mais l'impact entre les deux joueurs a lieu et le bruit du coup ainsi porté résonne dans tout le stade. Ils tombent à la renverse. Le cri que pousse Dorian me glace le sang.

— Oh ! mon Dieu ! hurle Sophie en m'agrippant le bras. Dis-moi qu'il va se relever... Dis-moi qu'il va se relever, sinon... sinon... si... non...

L'arbitre siffle violemment, tandis qu'un médecin se précipite sur le terrain pour examiner les deux joueurs au sol. Il donne une poche de glace à celui qui a causé la chute, mais il s'attarde sur le cas de Dorian qui grimace de douleur, étendu par terre, et ne parvient visiblement pas à déplier sa jambe.

Après quelques minutes qui me paraissent durer des heures, le soigneur se tourne finalement afin d'indiquer aux brancardiers de l'emporter pour le faire sortir du terrain. Les larmes brouillent ma vue, tandis que Sophie secoue vivement mon bras en traitant l'autre joueur de tous les noms d'oiseau qui existent.

Je tente de rester le plus stoïque possible et de contrôler mes émotions, mais je craque.

Je n'ai jamais autant détesté mes dons de prémonition qu'en ce jour.

Chapitre 16

Convalescence

— Déchirure du ligament croisé… Il en a pour des mois…

J'ai l'impression d'être dans un cauchemar.

Je me sens tellement coupable, comme si mon tirage de cartes lui avait porté la poisse. Ou au moins n'avait servi à rien.

Et je blâme ma magie de ne pas m'avoir fait voir plus tôt l'issue qu'aurait ce match. Si j'avais su cela à l'avance, j'aurais trouvé un moyen de prévenir mon ami et d'éviter le pire. Mais il semble que certaines choses sont malheureusement gravées dans le marbre.

Je fais pourtant partie de ceux qui affirment qu'on peut toujours changer son destin, pensé-je en enfouissant le menton sous mon écharpe.

— Il faut qu'il soit écarté des compétitions.

— Pendant combien de temps ? demande un homme quadragénaire à l'allure sévère et distinguée.

— Au moins cinq mois. On réévaluera son état de santé d'ici le mois de septembre… Et dites-lui qu'il doit s'astreindre au repos absolu pendant deux semaines. Il ne doit plus rien faire jusqu'à ce qu'on le réexamine, à sa sortie.

— Et après cela ?

— On fera un bilan et on programmera une date pour l'opération. Mais occupez-lui l'esprit… Faites-lui se découvrir une passion pour autre chose, en attendant. Sait-on jamais…

Sophie et moi sommes assises sur des sièges en plastique qui bordent l'un des longs couloirs blancs de l'hôpital.

Les yeux dans le vague, nous nous tenons les mains en écoutant l'agent de Dorian discuter avec le chirurgien orthopédiste. Je suis hors de moi : ils parlent de manière détachée, froide, du sort du jeune homme, alors que ce qu'ils sont en train de planifier, ce n'est ni plus ni moins son agonie professionnelle, qu'ils se demandent comment faire passer le moins douloureusement possible.

— Est-ce qu'on peut aller le voir ? murmure Sophie d'une voix lointaine.

Aucune réponse.

— Est-ce qu'on peut aller le voir ? répété-je plus fort à l'intention des deux hommes.

— Euh…, fait le médecin, comme s'il se rappelait subitement notre présence. Oui. Mais uniquement l'une de vous deux, et pendant une heure, pas plus… Il doit se reposer. Quel est votre lien de parenté avec lui ?

— Je suis sa sœur ! s'écrie mon amie en se levant d'un bond.

— Et vous ? me demande l'homme, qui se tourne vers moi d'un œil curieux. Je suppose que vous pouvez rentrer chez vous puisque vous n'êtes pas apparentée...

— Hors de question, elle vient avec moi ! Elle fait partie de la famille elle aussi !

Un rictus se forme sur le visage du soignant, et je vois son regard s'attarder une minute de trop sur ma couleur de peau. Une vive colère se réveille au fond de mon esprit. Je n'avais plus eu droit à ce genre de discrimination depuis bien longtemps...

L'agent de Dorian, qui n'a rien manqué de la scène, plisse les yeux dans notre direction, l'air consterné, puis il fait un geste de la main pour interpeller le médecin.

— Pouvons-nous parler en privé, s'il vous plaît ?

— Bien sûr, dit l'autre en se laissant entraîner à part.

Leur discussion reprend, mais cette fois l'agent prend soin de faire en sorte que le toubib nous tourne le dos. Puis il nous fait discrètement signe de filer. Sophie et moi nous lançons un regard complice et, sans attendre une seconde de plus, nous rejoignons Dorian.

Nous le trouvons allongé sur un lit blanc, la jambe droite surélevée. La télécommande en main, il passe d'une chaîne à l'autre jusqu'à tomber sur un débriefing du match d'aujourd'hui. Mais dès que le présentateur parle de lui et de sa sortie en civière, il grogne et éteint.

— Do, je t'ai apporté des gaufres de Liège ! tente Sophie après quelques secondes, en voyant qu'il ne nous adresse même pas un regard.

Elle se tourne vers moi, se pince les lèvres et hausse les épaules.

Je comprends à son regard qu'elle me demande d'essayer de le faire parler.

— Figure-toi que ton équipe a gagné, indiqué-je en m'installant sur le siège, à côté de lui.

Il reste muet et se contente de fermer les yeux.

Le joueur qui a causé sa blessure a écopé d'un carton rouge et le penalty qui s'est ensuivi a permis à son équipe de marquer le point décisif. Hélas, même si son honneur est sauvé, ce n'est clairement pas ça qui va lui rendre l'usage de son genou.

— Plusieurs de tes coéquipiers m'ont demandé de leur donner de tes nouvelles, ajoute sa sœur en s'asseyant en face de moi.

Toujours rien.

— Papa et maman sont en chemin eux aussi... Ils ne devraient pas tarder à arriver.

— So, arrête.

— Mais...

— Dis-leur de faire demi-tour, j'ai pas envie de les voir.

— Tu es s...

— Oui, j'en suis sûr. J'ai pas envie de les entendre me dire que je n'ai que vingt-quatre ans, que j'ai toute la vie devant moi et qu'il n'est jamais trop tard pour... Pour revenir sur le droit chemin.

Il ouvre les yeux et lance un regard ferme à sa petite sœur.

— Euh... OK.

Sophie me fait un bref signe de tête, puis elle sort de la chambre pour appeler ses parents. Un nouveau silence s'installe dans la pièce. Je me creuse la tête pour trouver quelque chose à dire, histoire de détendre l'atmosphère, mais rien ne me vient. Et lorsque j'ouvre enfin la bouche pour parler, Dorian m'interrompt.

— Qu'est-ce que tu fais là ? s'enquiert-il avec un brin de colère dans la voix.

Il me dévisage si durement que j'en viens presque à regretter de ne pas avoir fait demi-tour, comme me l'avait conseillé le médecin.

— Je voulais te faire une surprise, expliqué-je en haussant les épaules. Mais c'est raté.

— En effet, tu aurais pu choisir un autre match... Quoique, attends... C'est peut-être le dernier de ma carrière en fait. Super !

Son ton sarcastique me froisse. Je crois bien que c'est la première fois depuis que je le connais que je dois subir pareille ironie de sa part.

Je me tortille sur ma chaise en détournant les yeux, mal à l'aise.

— J'ai envie de dormir pour oublier tout ça, en fait...

Je le comprends. Si j'avais perdu l'usage de mes mains et que je ne pouvais plus écrire, c'est sûrement le genre de choses que je dirais moi aussi. Et je prierais pour que ce ne soit qu'un mauvais rêve et que tout revienne à la normale à mon réveil.

— Tu as raison. Tu devrais te reposer... On se verra une prochaine fois.

Comme pour m'approuver, il ferme les yeux sans dire un mot.

Résignée, je me lève et rajuste ma veste, lorsque mon smartphone attire mon attention.

Sed ! C'est pas ton joueur de foot qui s'est blessé, là ? Tu as vu les infos ?

Depuis quand Artémis s'intéresse-t-elle à la presse sportive ? pensé-je avant de glisser mon portable dans mon sac. Je secoue la tête et me dirige vers la porte.

— Au fait… Mon sweat te va vraiment bien, me lâche Dorian juste avant que je sorte.

Je souris et sens mon cœur se réchauffer.

Malgré sa récente fracture du moral, il a remarqué ce détail.

Ce qui me fait croire que tout n'est pas perdu et qu'il ne me déteste peut-être pas, bien que je lui aie clairement porté malheur.

Je soupire, rassurée, et tourne la poignée de la porte.

— Repose-toi bien, Do. Ta carrière n'est pas finie, je te l'assure.

— On verra ce que tes cartes en pensent… Ton premier tirage s'est révélé exact.

Je reste muette, les lèvres pincées, puis je m'éclipse rapidement.

J'ajoute une pincée d'argile verte supplémentaire, quelques gouttes d'huile essentielle de gaulthérie et un morceau de malachite, avant de tout mélanger dans le petit chaudron. Lorsque la pâte devient assez épaisse et que les grumeaux disparaissent, je dépose la cuillère en bois et agite les doigts pour que mes éclairs ensorcellent la mixture.

Pendant un instant, je soupire de satisfaction en souriant. J'ai suivi au millimètre près l'incantation, tout semble être enfin parfait.

— J'ai réussi ! glapis-je en frappant dans les mains.

Bon. J'ai parlé trop vite.

L'instant d'après, la potion commence à bouillonner en faisant un bruit suspect… Jusqu'à ce qu'elle m'explose en plein visage.

Pour la troisième fois consécutive.

Je grogne de rage et m'essuie les paupières du dos de la main. Pour éviter que ma potion ne produise d'autres dommages collatéraux, je pose rapidement un couvercle sur le récipient et tente de le maintenir en place, malgré ses nombreux soubresauts. Ensuite, je me débarbouille avec une serviette que j'avais posée sur la table, et je prends le temps d'observer l'étendue des dégâts. Le plan de travail en bois est couvert d'une pâte verdâtre qui dégouline et s'infiltre dans les grimoires disposés devant moi pour m'aider à réaliser mon remède. Quant à ma salopette en jean, elle est constellée de taches, sans parler de mes cheveux qui ont été éclaboussés en maints endroits.

Je souffle bruyamment et entreprends d'attacher ma crinière en un chignon lâche.

— Mademoiselle Sika, vous avez besoin d'un coup de main ?

Je sursaute en me demandant, une fois de plus, pourquoi les femmes de ma famille ont tant de mal à m'appeler par mon prénom. Alors qu'elles l'ont choisi elles-mêmes, en l'honneur de la déesse de l'abondance.

— Non merci, mémé… Je pense que c'est peine perdue, répliqué-je en commençant à ranger tous mes manuels de magie.

Mais ma grand-mère m'arrête d'un geste, non sans remarquer mon mouvement d'humeur et ma nervosité ; elle me connaît si bien qu'elle ne peut être dupe de rien, quand bien même je chercherais à donner le change. Avec délicatesse, elle pose la main sur mon avant-bras et m'offre un de ses sourires rayonnants.

— Mon enfant, la potion que tu essayes de concocter exige de grandes compétences… Mais tu es la meilleure sorcière de la Noxa. Je ne doute pas une seule seconde que tu vas y arriver.

— Je ne me suis jamais sentie aussi nulle que ces derniers jours, pourtant…

— Tu es anxieuse, c'est pour ça.

Elle prend place sur une chaise en bois, face à moi, et passe les doigts dans son chignon afro strié de mèches argentées, comme pour vérifier que sa coiffure est toujours en place. Puis elle pose les mains sur les genoux et tourne machinalement une de ses bagues autour de son auriculaire, l'air soucieux. J'observe avec fascination les petites taches de vieillesse qui se dessinent sur sa peau et rappellent l'écorce des arbres les plus robustes et fascinants. Mais je note aussitôt que son taux vibratoire s'agite.

— Pourquoi est-ce que tu ne demandes pas de l'aide à Artémis ? C'est elle, la spécialiste des potions…

— Hum… Comment dire… Elle et moi, on est un peu… en froid.

— À cause d'une histoire de garçon, je présume ?

— Entre autres.

— Tu veux vraiment que j'utilise ma médiumnité pour fouiller dans tes pensées, mon enfant ? Dis-moi un peu ce qui ne va pas !

Je soupire longuement avant de lâcher la serpillière avec laquelle je tente désespérément de nettoyer le bazar que j'ai mis dans l'arrière-cuisine de mémé. Je frotte les mains sur ma salopette, puis m'installe finalement face à elle et croise les bras sur ma poitrine.

— Un ami s'est blessé… C'est grave. J'aimerais lui venir en aide en le soignant. Et il se trouve que cet ami est… en quelque sorte la raison de ma dispute avec Artémis.

— Et cet ami ne peut pas faire sa potion lui-même ?

— Ce n'est pas un sorcier.

Mémé écarquille les yeux un instant, puis elle croise les bras dans la même position que celle que j'ai adoptée.

Elle rajuste ses lunettes sur ses yeux et avance le menton vers moi d'un air inquisiteur.

— Depuis quand est-ce que la Noxa accepte que la magie soit utilisée sur des mortels ? Pouvez-vous me donner le numéro de cette règle, ainsi que sa date, telle qu'inscrite dans notre Grimoire Sacré, mademoiselle Sika ?

Je soupire derechef.

Je n'en attendais pas moins de sa part. Je savais que quoi que je lui dise, elle me réprimanderait en me parlant de notre fameux Grimoire Sacré – ainsi que de toutes les règles qui y sont précieusement consignées, et que nous respectons et appliquons depuis plus de quatre cents ans. Alors qu'un de mes plus grands souhaits, c'est de pouvoir mettre dans tout ça un bon coup de balai pour moderniser les lois que nos ancêtres ont rédigées lors de la création de notre Coven.

— Règle numéro trente-sept, rédigée en septembre 1820 : on peut utiliser de la magie sur un mortel s'il en fait la demande ou accepte au préalable l'aide d'une guérisseuse.

— Tu es donc en train de me dire que ce garçon sait ce que tu es ? Et qu'il a fait appel à ta magie ? s'écrie ma grand-mère, prête à faire un arrêt cardiaque. À moins que ce soit toi qui lui as proposé de le guérir ? Il utilise par conséquent tes pouvoirs dans son intérêt ! Nom d'un petit lutin...

— Mais non, mémé ! Il est juste au courant que je fais des trucs un peu... sorciers. Par exemple, je lui ai tiré les cartes, un soir. Mais c'est tout. Tu sais bien que je parle ouvertement de magie sur les réseaux sociaux...

— Internet nous fera brûler ! hurle-t-elle en me pointant d'un doigt électrifié.

— Mais non, mémé ! m'emporté-je, alors que mes mains commencent à crachoter des éclairs. Il y a des dizaines et des dizaines de filles qui ne sont même pas de vraies sorcières et qui proposent des contenus similaires aux miens ! Sauf qu'elles sont des charlatanes ! Malheureusement, un simple être humain est incapable de faire la différence entre elles et nous...

Mémé me dévisage, l'air pensif.

— Bref, là n'est pas le sujet du jour ! Tu le sais, je n'ai jamais trahi une seule règle de notre Coven. Je prête toujours la plus grande attention à mes moindres faits et gestes ! Jamais je n'oserais mettre une de nos sœurcières en péril ! Ja-mais !

Ma tirade prononcée, je peine à retrouver mon souffle. Je sens les larmes me monter aux yeux. Alors, pour cacher ma mine triste, je tourne la tête et tire nerveusement sur mes boucles. C'est bien la première fois de ma vie que je hausse le ton face à ma grand-mère. Je m'en veux, car je l'aime de tout mon cœur. Mais ma magie a fait éclater un véritable orage à l'intérieur de mon cœur.

Mémé garde cependant un calme troublant. Elle ferme les yeux en secouant doucement la tête, comme pour chasser de mauvaises pensées. Ses mains crépitent toujours, mais elle les frotte l'une contre l'autre pour que les éclairs disparaissent.

— Sedna, dit-elle d'une voix grave.

Je me tourne vers elle, tout ouïe, et plutôt surprise, voire impressionnée, d'entendre mon prénom dans sa bouche pour la première fois de ma vie. Je ne m'attendais pas à ce qu'elle le prononce de cette manière dans un moment aussi délicat.

Quoi qu'il en soit, je ne peux qu'y voir le signe que ce qu'elle a à me confier est de la plus haute importance.

— Tu incarnes la relève de notre Coven, reprend-elle en plantant son regard dans le mien. Tu sais que j'ai une très grande affection pour Freïa… Mais je reste persuadée que les Guinness ont perdu énormément de leur prestige à cause d'histoires… d'histoires sentimentales un peu désastreuses. Et je n'ai pas envie que ma lignée subisse le même sort. Je veux que tu sois la prochaine Sorcière-Reine, et je voterai pour cela avant même ma mort.

Je ne m'attendais pas à une telle révélation.

Je dois me cramponner à la table en bois pour ne pas tituber.

— Je refuse qu'un homme... et tout particulièrement un mortel entrave tes chances de succéder à ta marraine, Dana. Qui elle-même sait que sa fille n'est pas à la hauteur pour reprendre le titre ! Tu n'imagines pas comme elle aussi place tous ses espoirs en toi. Si jamais tu dérogeais à une seule règle du Coven, le futur que nous avons imaginé et vu pour toi pourrait en être totalement bouleversé. Aucune Sorcière-Reine n'a épousé un être humain ! Aucune ! Elles ont toujours uni leurs pouvoirs avec ceux d'un autre puissant sorcier.

Mes oreilles bourdonnent et mon cœur bat à tout rompre dans ma poitrine.

Prendre la succession de ma marraine est mon plus grand rêve.

Un rêve que j'ai totalement enfoui et relayé au rang d'aspiration impossible depuis que je sais que les seules cheffes qui ont gouverné au sein de notre Coven portent le nom de Guinness et sont issues de l'Irlande. Jamais je n'aurais pu espérer entendre de tels mots un jour dans ma vie. Savoir que je peux totalement réécrire l'histoire de la sorcellerie moderne m'enchante au plus haut point.

Même si cela m'effraye et me brise tout autant.

— M-mais... Mémé. C-ce garçon...

— Je sais, me coupe-t-elle en rattrapant une larme qui s'est échappée de mes yeux. Je l'ai vu lorsque je t'ai touchée, tout à l'heure. Mais sache que le destin n'est pas immuable. Tout peut toujours changer. À toi de tirer parti du don de notre famille, mon enfant. Tu as toutes les cartes en main pour changer ton avenir... et celui de ton éventuel mari.

Je reste muette, les yeux dans le vague.

— Et si tu veux tout savoir : oui, je préférerais que tu épouses n'importe quelle autre sorcière, ou même une créature magique, plutôt qu'un footballeur. Ton grand-père n'a qu'à se retourner dans sa tombe !

Mémé se lève, puis elle dégage les boucles qui se trouvent sur mon front et y dépose un tendre baiser.

— Fais le tri au fond de ton cœur, mon enfant. Les réponses te paraîtront claires et sans équivoque... Je ne te demande qu'une chose : sois heureuse et suis ton intuition.

Elle se lève, s'éloigne en traînant les pieds, puis elle m'adresse un dernier sourire avant de disparaître dans l'embrasure de la porte.

De mon côté, j'ai la gorge nouée et les pensées embrouillées.

Je ne m'attendais vraiment pas à ce genre de revirement.

Moi qui étais persuadée d'avoir trouvé ma perle rare, mon diamant brut. Cette âme qui vibre à l'unisson avec la mienne et qui a, d'ailleurs, réveillé en moi plus d'un sentiment et installé quelques nouveaux rêves – précieusement inscrits dans mon journal intime.

Je suis censée être extralucide et clairvoyante.

Ce qui veut dire que je suis censée tout savoir et tout comprendre avant tout le monde.

Pourtant, je ne me suis jamais sentie aussi idiote ni aussi aveugle.

Mon téléphone vibre et fait trembler quelques livres sur la table.

> Toujours OK pour qu'on se voie ce soir ? J'ai préparé une liste de vieux films à regarder… Tu as déjà vu *Dirty Dancing* ?

Je soupire en me demandant, une fois de plus, quelle leçon l'Univers peut bien vouloir m'enseigner et pourquoi il a mis un homme aussi charmant sur mon chemin.

Si ce n'est pour lui briser le cœur… et le mien.

Chapitre 17

Présence

Cinq jours plus tard
Samedi 9 avril 2017

— Dorian, ton infirmière personnelle est là ! s'écrie sa sœur en me laissant entrer.

Je dévisage Sophie en croisant les bras et en affichant un air mécontent. Sans ciller, elle soutient mon regard pendant quelques secondes. Puis elle éclate de rire.

— Désolée, c'était trop tentant, me glisse-t-elle à l'oreille tout en me prenant affectueusement dans ses bras et en m'invitant à la suivre pour rejoindre son frère.

Je retrouve celui-ci, installé dans l'énorme canapé beige de la salle de séjour. Il porte un jogging bleu azur avec un T-shirt blanc et ses cheveux dorés sont laqués et impeccables, comme d'habitude. Il a simplement un peu laissé pousser ces deux, trois derniers jours sa barbe tout aussi blonde que les mèches qui encadrent son visage.

Mais ce qui attire directement mon attention, c'est son regard voilé, qui ternit son aura lumineuse. Je sais pertinemment que c'est à cause de sa blessure. D'ailleurs, mon regard glisse sur sa jambe droite : elle est prise dans une attelle et surélevée sur un pouf pour aider à la stabilisation de son genou en cette période que les médecins appellent « préopératoire ». Des béquilles sont posées sur la longue méridienne, à sa gauche. Mon ami cherche à les saisir pour se lever lorsqu'il me voit débarquer, mais je lui fais aussitôt signe de rester à sa place et de ne pas bouger.

Jetant un regard autour de nous, je suis étonnée de découvrir tout un tas de paquets de pop-corn, d'œufs en chocolat et de chips disposés sur la table basse en verre, ainsi que deux bouteilles de champagne non alcoolisé et des flûtes. Un projecteur est allumé et affiche l'écran d'accueil d'une chaîne de streaming sur le grand mur blanc qui se trouve à côté de la baie vitrée. Des guirlandes d'ampoules colorées scintillent un peu partout. Dernière petite touche mignonne : des décorations de fête de Pâques et des fleurs jonchent la pièce.

Le plus beau, c'est que tout est impeccablement rangé. Cela relève du miracle.

— Si tu te demandes comment il a réussi à installer tout ça, sache que je l'ai aidé, me chuchote Sophie. Et Freïa aussi ; elle est passée tout à l'heure.

J'écarquille les yeux en apprenant cela. Je me demandais justement où était partie ma colocataire, tôt ce matin, sans même me laisser de mot. Et voilà que j'apprends qu'elle complote avec sa nouvelle meilleure copine pour me faire tomber dans les bras d'un beau blond. *Elles sont incorrigibles*, songé-je en sentant mes joues rosir. Comme si les astres ne conspiraient déjà pas assez contre moi, il faut que les filles s'y mettent aussi !

— Bon, je vous laisse ! dit-elle en levant la main pour saluer son frère. Ne faites pas trop de bêtises, hein ! N'oublie pas que tu as un genou en mousse, Do.

Elle me file un coup de coude et me lance un clin d'œil, puis part rapidement sans nous laisser le temps de lui répondre.

— Pourquoi est-ce que tout le monde pense qu'il se passe un truc entre nous ? me lamenté-je en rejoignant mon ami.

J'enlève mes baskets, dépose mon grand sac Balenciaga sur le canapé et m'installe à côté de lui. Je commence à en avoir assez de toutes ces allusions qui ne mènent nulle part.

— Même mes parents me charrient ! répond-il en riant. Ils ne t'ont jamais vue, et pourtant ils me posent des tas de questions sur toi. Tu les intrigues...

— Quoi ? Sérieux ? Mais pourquoi ?

— À toi de me le dire ! déclare-t-il en passant le bras autour de mes épaules.

Je plisse les yeux en restant muette car, au même moment, la vision que j'ai eue de notre potentielle union, lui en costume trois-pièces et moi en sublime robe blanche, me revient en tête.

— Peut-être bien qu'ils ont raison et que tu es la femme de ma vie, qui sait...

Ce mec est capable de lire dans mes pensées ou quoi ? pensé-je en sentant mon cœur palpiter. Je me défais de son étreinte pour rétablir entre nous une distance de sécurité et je croise les bras sur ma poitrine pour tâcher de rester impassible.

— Arrête de me faire marcher… Tu veux quelque chose ?

Heureusement, ma peau chocolatée masque la plupart du temps les fards que me font piquer mes émotions intenses… Sinon, je me serais trahie moi-même en devenant rouge comme une pivoine.

— Que tu me files le bol de sucreries qui est sur la table, lâche-t-il d'une traite.

J'écarquille les yeux en inspirant profondément et lui sors ma plus belle grimace.

— Rien n'est gratuit, dans la maison Janssens ! se justifie-t-il en riant.

J'accentue ma grimace, dévoile un sublime double menton et louche pour le faire rire davantage. Je sais pertinemment que mes âneries ont le don de réveiller sa joie, ce qui n'est pas négligeable en cette période compliquée pour lui. Alors, quand ce n'est pas sur Snapchat que je lui envoie des selfies improbables, c'est en vrai que je lui offre mon plus bel angle.

— Quelle horreur ! Ton ex a bien fait de rompre ! lance-t-il entre deux rires.

Vexée, je lui balance un coussin dans la figure. Puis je me lève d'un coup et attrape un bol de chocolats, que je conserve précieusement contre moi avec un air de défi.

— Eh bien… Ces chocolats me sont destinés, apparemment.

— On ne fait pas de chantage à une personne handicapée ! se défend Dorian en souriant.

— Mouais… C'est temporaire ! Alors… Pas de jambes, pas de chocolat !

Je lui tire la langue et serre un peu plus fort contre ma poitrine le pot rempli à ras bord.

Mon ami attrape une de ses béquilles et tente de me déstabiliser pour me faire capituler. Mais je l'esquive avec une souplesse improbable et le vois rire davantage. Finalement, je retourne m'installer à ses côtés, à bout de souffle à force de rire, et lui tends les chocolats.

— Au fait, dis-je sur un ton plus sérieux. En parlant de mon ex… Il s'avère que cette personne m'a écrit récemment pour qu'on se revoie…

— Quoi ? s'exclame Dorian en faisant tomber des œufs en chocolat sur le canapé. Et… Et t-tu vas accepter ?

— Je pense que oui… On a des amis en commun et on se voit bientôt à un sab… euh, à une soirée, alors j'aimerais bien apaiser les tensions.

— C'est une blague ? s'emporte-t-il davantage. Comment ça, tu vas le voir à une soirée bientôt ? Je suis invité, au moins ?

— C'est un truc coorganisé par mes parents et ceux de Freïa… Donc non, tu n'es pas invité.

Son regard se voile à nouveau, tandis que le sang lui monte aux joues.

Je meurs d'envie de lui dire que ce n'est pas une simple « soirée ». De lui expliquer que c'est un sabbat de sorcières durant lequel je pense devoir encore une fois seconder ma mère ainsi que ma marraine, pour perpétuer notre héritage magique. Que c'est hyper important pour entretenir et faire vivre notre sororité et notre lien...

Mais je m'en veux aussitôt d'accepter par la même occasion de mettre en péril notre secret.

Tout comme je m'en veux de vouloir prendre la place qui est censée être attribuée à Freïa, ma meilleure amie et sœur spirituelle. Mais devenir la future Sorcière-Reine est mon rêve de toujours. D'ailleurs, je n'ai pas encore osé parler à ma colocataire de cette discussion que j'ai eue avec mémé à ce sujet. Même si je sais qu'elle voit ce rôle comme un fardeau, elle doit tout de même y tenir un minimum. Sa réputation et celle de sa famille sont en jeu. Elle n'essayerait pas de faire autant d'efforts pour s'améliorer et tenter de maîtriser ses pouvoirs magiques si elle s'en fichait totalement.

— Sed... Si tu as peur que ton ex t'ennuie, tu me le dis et je rapplique direct !

— Do... Tu es biesse[1] !

— Mais vraiment, Sedna... Il suffit que tu parles de lui pour que ton visage se...

— D'elle.

Dorian se tait d'un coup. Il reste figé et ouvre des yeux grands comme des soucoupes. Il ne semble pas réellement comprendre ce que signifient les deux mots minuscules que je viens de prononcer, alors je reprends la parole en précisant.

— Ce n'est pas un garçon. C'est une ex-petite copine que j'ai.

— Oh...

1. Belgicisme qui signifie « bête ».

Il essaye de se redresser tant bien que mal en prenant appui sur les mains.

— Je te demanderais de ne pas essayer de savoir comment je l'ai rencontrée ni pourquoi elle... Mais tu m'as confié plusieurs de tes secrets dernièrement, donc voici un des miens.

— Est-ce que... Est-ce que c'est la fille qui avait débarqué en furie dans ma chambre ? Tu sais... Après ton tirage de cartes ?

— Tu t'en souviens ? m'écrié-je en sentant mon cœur battre à tout rompre.

— Impossible que je l'oublie ! Ha ha. Elle m'a foutu une de ces frousses !

Il se met à rire et me fait signe de me rapprocher davantage de lui.

— Pourquoi tu ne me l'as pas dit plus tôt ?

— En fait... Je n'ai fait mon coming out qu'auprès de mes parents et de Freïa. C'est encore difficile pour moi, surtout depuis la rupture...

— Je suis vraiment un idiot, se lamente-t-il en passant une main dans sa chevelure.

— Pourquoi ?

— Parce que j'ai cru que... que... Rien, pas grave, ajoute-t-il après un court silence. Pourquoi tu ne me l'as pas dit plus tôt ? répète-t-il, l'air déterminé à comprendre mon silence.

Parce que je ne fais confiance à personne et que, malgré ta gentillesse, je ne savais pas si tu étais vraiment quelqu'un de fiable. Je n'arrêtais pas de me convaincre que c'est parce que j'avais peur que mon secret de sorcière fuite avec celui-ci. Ça aurait été catastrophique, surtout devant un gars qui a une croix suspendue au cou. Mais la vérité, c'est que je suis simplement une Scorpionne un peu trop parano. Désolée.

Tout ça, c'est ce que je ne lui avoue pas. À la place, j'explique simplement :

— Parce que je sais que tu es branché religion et je me suis dit que...

— J'avais l'esprit fermé ? C'est vraiment l'image que je te donne de moi, Sedna ?

Je baisse les yeux en décelant de la déception dans sa voix.

— Non, et je suis désolée, murmuré-je en secouant doucement la tête. Je suis juste quelqu'un de compliqué, qui n'aime pas porter des étiquettes. Pourtant, c'est ce que je suis : une meuf métissée, bisexuelle, qui kiffe le sport et les trucs un peu sorciers.

— Tu es vraiment un sacré personnage.

Je relève les yeux et croise le visage rayonnant de Dorian.

Sa contrariété semble déjà s'être dissipée. Un fin halo doré enveloppe à nouveau sa silhouette. Finalement, lui avoir avoué ce secret me permet de me sentir plus légère. Cela me confirme que je n'ai définitivement rien à craindre aux côtés de cet homme. Bien au contraire, je suis protégée et soutenue. Quoi qu'il arrive.

— Tu es sûre qu'elle ne t'embêtera plus ? Sinon je t'accompagne et...

— Do, tu as une jambe en mousse ! Et franchement, tu te ferais chier à cette soirée.

Pour lui faire comprendre que la discussion est close, je me détourne de lui et me mets à fouiller dans mon sac, à l'autre bout du canapé. Une fois que j'ai trouvé le petit bocal que je cherchais, je le sors et le pose sur la table basse.

— Tu as moins mal ? demandé-je en pointant son genou immobilisé.

— Avec les antidouleurs, ouaip. Sans, c'est la misère.

Cela fait déjà plus d'une semaine que Dorian est immobilisé.

Les médecins sont unanimes : il doit se faire opérer rapidement, à cause de la gravité de sa blessure. Même s'il a récupéré son sourire depuis son hospitalisation, je sais que son moral est au plus bas. C'est la raison pour laquelle je lui ai déjà rendu visite à plusieurs reprises et lui envoie des messages quand je suis en cours ou au bureau : pour lui rendre la vie plus légère. Au début, j'ai eu peur que cette blessure ne nous éloigne l'un de l'autre. Mais au contraire, elle nous a permis de nous rapprocher et de passer plus de temps ensemble.

Au grand dam de mes ancêtres.

— C'est quoi ? demande Dorian en voyant que j'ouvre le pot en verre.

— Un remède de grand-mère…

— Encore un de tes trucs de sorcière, tu veux dire ?

Je lui souris et plonge les doigts dans la mixture verte.

— N'essaye pas de me faire croire que ce truc peut retaper la pire blessure du monde…

— Hum… Peut-être que si… Qui ne tente rien n'a rien. Tu veux tester ou pas ?

Mon ami se penche en avant, non sans grimacer de douleur, et pose les deux mains de part et d'autre de son genou bandé. Il me lance un regard plein d'espoir, mais l'étincelle que j'y perçois disparaît tout aussi vite.

— Je te fais confiance, Sedna... Mais...

— Mais ?

— J'ai peur de nourrir de faux espoirs... Ton petit tour avec les cartes, ça m'a vachement impressionné. Tu as réussi à prédire ma blessure, pourtant...

Je comprends. Aux yeux d'un simple être humain, qui n'a pas conscience des capacités et des dons que certains d'entre nous ont développés au cours des derniers siècles, cela peut paraître totalement tiré par les cheveux. Et je ne peux malheureusement pas le forcer à accepter mes soins, ce serait aller totalement à l'encontre des valeurs et des règles qui m'ont été inculquées depuis mon enfance. C'est une des premières choses qu'on nous enseigne au Coven : on ne peut pas utiliser notre magie sur un mortel sans son consentement. Sauf en cas d'urgence... et encore.

Je ravale ma frustration en soupirant.

Chaque jour, depuis l'hospitalisation de Dorian, je me suis exercée et j'ai tenté de réussir cette potion de guérison qui m'a donné du fil à retordre. Mais ce n'est pas grave ! Cet épisode m'aura prouvé que je peux réaliser le plus difficile des philtres sans l'aide d'Artémis ni d'une des femmes de sa famille, et apprendre par moi-même, quand je le veux bien.

J'essuie les mains sur une serviette que j'avais préparée, puis je m'assieds par terre, sur le tapis en maille beige. Je jette un regard vers la grande baie vitrée qui donne sur le jardin. Le soleil est presque totalement couché, ses rayons lumineux dorent le beau paysage de la campagne, alentour. Cet endroit m'apaise, je pourrais y prendre goût. J'adore être ici, loin du bruit assourdissant de la ville et de son stress. Et puis, j'aime par-dessus tout être aux côtés de Dorian. Son calme est apaisant, et sa bienveillance éloigne mes mauvais songes ainsi que mon anxiété.

— Pourquoi tu fais tout ça ?

— Comment ça ? demandé-je en me tournant vers lui.

— Être là pour moi, dans le pire moment... Tu as pris de mes nouvelles tous les jours, c'est la troisième fois de la semaine que tu passes pour regarder de vieux films avec moi, et...

Il se tait un instant, faisant mine de chercher ses mots.

— Ça fait seulement deux mois qu'on se connaît et tu as pris une place immense dans ma vie. J'ai parfois l'impression de partager autant de délires avec toi qu'avec certains de mes potes d'enfance, comme Adri...

Ses lèvres s'agitent un instant en tremblotant. Puis il secoue doucement la tête.

— Bref, tout ça pour te dire que je voulais te remercier pour... pour ta présence.

— Avec plaisir, Do. Vraiment. J'aime bien rendre service. J'ai été élevée comme ça... Dans la culture de ma mère, quand on est l'aînée d'une famille, on se doit de prendre en charge toutes les responsabilités... D'être la personne que les autres appellent dès qu'il y a un problème à résoudre.

— Tu es donc en train de me dire que c'est par principe que tu es là ?

— Moui... Mais pas seulement ! On est de très bons amis, non ? C'est ce que font les bons amis.

Je ris doucement avant de me traîner jusqu'à lui pour m'adosser au canapé.

— Va vraiment falloir qu'on arrête ça, dit-il d'une voix sèche.

— Qu'on arrête quoi ?

— De dire qu'on est de très bons amis.

Il me dévisage un instant, l'air contrarié, puis finit par passer une main dans ses cheveux en détournant les yeux.

— Il y a cette fille qui me plaît et...

— Une fille ? M-mais... Tu ne m'en as jamais parlé !

Je me lève d'un bond, les mains sur les hanches. Mon cœur s'emballe, ma respiration se fait plus rapide et mes joues chauffent. Je me rends aussitôt compte que je suis en colère, au fond de moi, et que je me sens totalement impuissante. Je pensais que c'était pour moi qu'il avait un faible... Ai-je vraiment mal interprété les signaux ? Alors qu'on se parle tous les jours ? Mes visions m'auraient guidée sur le mauvais chemin ? pensé-je en dégageant les quelques boucles qui tombent devant mes yeux.

En réalité, je ne pensais pas réagir aussi mal face à ce genre de confidence. Après tout, je ne peux qu'être heureuse pour lui, non ? Il mérite d'être heureux... et amoureux.

— J'en ai parlé à personne, continue-t-il en reposant les yeux sur moi. Et elle ne sait pas que je la kiffe. C'est une amie. J'sais pas comment lui dire ce que je ressens... J'ai peur de tout gâcher. Parfois, j'ai l'impression que je la connais super bien et que c'est le bon moment pour lui avouer mes sentiments. Mais, à d'autres instants, j'ai le sentiment qu'une barrière invisible nous éloigne l'un de l'autre, que je ne la connais pas si bien et je... J'crois bien que j'ai peur de la perdre si je lui dis ce que je ressens vraiment.

Je cligne plusieurs fois des yeux, me cramponne au canapé et essaye de me concentrer sur ma respiration pour chasser mes idées noires.

— Et cette fille... Je la connais ?

— Oh ! oui. Très bien, même.

Sans un mot, je me dirige vers la porte vitrée, à l'autre bout de la pièce, et je l'ouvre pour m'aérer l'esprit. J'ai une désagréable sensation de déjà-vu. J'ai l'impression d'étouffer, comme ce fameux jour où je me suis retrouvée trempée de la tête aux pieds à cause des enfantillages d'Adrien. Je pose la tête sur le chambranle de la porte et contemple, au loin, les dernières nuances de rose et d'orange qui colorent le beau ciel du jour.

Silencieuse, je reste plantée là pendant quelques minutes en essayant de calmer mes nerfs.

Jusqu'à ce qu'une main se pose sur ma taille et me fasse sursauter.

Un petit éclair jaillit de ma paume.

Instinctivement, je cache la main dans la poche de mon jean.

— C'était quoi, ça ?

— L'écran de mon téléphone qui s'est allumé, répliqué-je machinalement, bien que ce soit un mensonge gros comme une marmite.

— Pourquoi tu es partie comme ça ?

Dorian soulève la main de ma taille, puis il la passe rapidement dans mes boucles.

Ce simple geste arriverait presque à me faire perdre mon bon sens… et à dévoiler ma magie une fois de plus. Je tente donc de me concentrer sur ma respiration pour calmer ma nervosité, puis je me tourne vers lui.

Je le vois reculer en tâchant de garder l'équilibre en appui sur ses béquilles.

— J'ai dit quelque chose qu'il ne fallait pas ? s'inquiète-t-il en cherchant mes yeux qui le fuient.

— Je ne vois pas de quoi tu parles.

— Tu recommences, dit-il en souriant. Tu dis toujours ça quand tu es contrariée.

Je soupire longuement. J'ai trop de fierté pour avouer qu'il me connaît plutôt bien.

— Si tu le dis, marmonné-je en croisant les bras sur la poitrine. Bon, continue ton histoire avec cette fille-là…

Dorian se met à rire.

— Tu es jalouse ?

— Jamais de la vie.

— Pourtant tu réagis encore plus mal que moi quand tu me parles de ton ex…

— Oufti[1] ! Tu as de la chance d'être estropié, sinon je t'aurais mis une patate !

Mais ma menace ne l'effraye aucunement, car je ne peux m'empêcher de sourire en croisant son regard qui me fait tant craquer.

— Sedna, cette fille qui me plaît… C'est…

Il se tait un instant, mais mon impatience lui fait signe de poursuivre.

1. Belgicisme que l'on ne rencontre que dans la région de Liège, et qui marque la surprise ou l'étonnement. Équivalent de « Fichtre ! »

— C'est toi.

— Moi ? m'étouffé-je en rougissant.

— C'est évident, non ?

Je secoue doucement la tête. Aucune vision ne vient jusqu'à moi. J'ai l'impression que mes pouvoirs magiques sont définitivement hors service, car même mes petits éclairs ont décidé de ne plus se manifester, au creux de mes paumes. C'est comme si ce que je ressentais à l'instant, au fond de mon cœur, me rendait aussi humaine que Dorian.

Je reste silencieuse pendant plusieurs minutes avant qu'il ne reprenne la parole.

— Sedna, je ne sais pas comment te le dire de manière plus claire… L'amour, c'est un exercice un peu difficile pour moi. Et je sais que je t'avais déjà dit que je ne voulais pas d'une relation…

Il plante ses prunelles vertes dans les miennes, tandis que je tâche de retrouver le flux de ma respiration et de garder une moue impassible.

— Mais les choses ont changé. Comme si tu m'avais fait boire une potion magique ou un truc de ce genre, et… La vérité, c'est que j'ai envie de t'embrasser. Là, maintenant.

Le sol se dérobe presque sous mes pieds lorsque j'entends cette déclaration. Je dois réunir toutes les forces qu'il me reste, après cette semaine pleine de hauts et de bas émotionnels, pour ne pas m'écrouler d'un coup et tomber par terre.

Voyant que je reste muette, Dorian panique et rougit.

Il pose une de ses béquilles contre le mur, prend ma main dans la sienne et se penche légèrement vers moi pour réduire l'espace qui nous sépare.

— Est-ce que c'est... réciproque ?

— J-je...

Moi qui pensais pouvoir garder ce secret à jamais et l'enterrer avec moi – et avec ma couronne de future sorcière-reine de la Noxa... Je me retrouve prise de court, comme mise devant le fait accompli.

Et face à mes propres démons intérieurs.

C'est définitif, Dorian possède ce je-ne-sais-quoi qui lui permet régulièrement d'échapper à mes visions et, par conséquent, de me faire perdre le contrôle, dans ce genre de situation. À croire qu'il ne planifie jamais rien dans sa vie et qu'il agit toujours selon son humeur, sans savoir la seconde qui précède quelle décision il prendra. Il se laisse simplement porter par sa spontanéité et par les belles occasions que lui offre l'Univers.

Comme maintenant, où il a réussi à transformer une soirée Netflix & *chill* en déclaration d'amour des plus soudaines. Or, je dois bien admettre que l'imprévu, c'est grisant.

Les papillons qui gigotent dans mon ventre ne diront pas le contraire.

— Oui, soufflé-je, de manière presque inaudible pour répondre à sa question inquiète. Par toutes les lunes, je n'avais pas imaginé tout cela arriver ce soir. Mais oui, tu me plais... beaucoup. Pourtant...

— Pourtant ?

— J'ai tellement de problèmes à régler dans ma vie personnelle en ce moment ! Entre mon stage qui est devenu un cauchemar à vivre, les examens qui approchent à l'univ', cette histoire avec mon ex et...

— Oui, je sais. C'est pour ça que je ne comptais pas te l'avouer aujourd'hui... Mais j'sais pas, c'est sorti tout seul.

Je me pince les lèvres et pose une main sur son épaule.

— Je n'attends rien de toi, tu sais, continue-t-il en souriant. En fait, il y a un truc sur lequel tu avais raison, concernant mes relations avec les filles... Je ne les ai pas enchaînées comme tu le prétends, mais... j'ai toujours conclu vite. Trop vite.

— Encore un point qu'on a en commun ! m'exclamé-je en riant.

Je repense rapidement à toutes mes anciennes relations : elles ont toutes démarré sur une nuit torride – sans que je sache réellement dans quoi je m'embarquais, à chaque fois. Il était juste question de mon bon plaisir, et de sexe, lequel a le don de me faire oublier tous mes problèmes. D'ailleurs, j'ai failli conclure aussi vite avec Dorian, la première fois que je me suis retrouvée dans sa chambre. Mais quelque chose m'en a empêchée. Pour la première fois de ma vie, j'ai ressenti le besoin de connaître l'âme qui se cache derrière cette enveloppe charnelle avant de fondre sous ses draps.

Parce qu'il a réussi à me toucher ailleurs.

Oui, il a réussi à me mettre à nu, sans même me débarrasser de mes vêtements.

— Mais avec toi, j'ai envie de faire les choses différemment, reprend-il en posant un regard brûlant dans le mien et en se rapprochant tant bien que mal de moi.

Sans un mot, je le prends dans mes bras, passe les mains dans son dos, sous son sweat, en me lovant contre lui avec force. Je sens son cœur battre à tout rompre sous sa poitrine et son corps se réchauffer à mon contact.

J'ai beau être une angoissée, avec mes innombrables principes... Parfois, ça fait plutôt du bien de jeter les armes et de brandir le drapeau blanc.

Je relève doucement la tête vers Dorian. Comme je suis plutôt grande, nous avons presque la même taille et ça me plaît. Cela me laisse la possibilité de l'embrasser sans me mettre sur la pointe des pieds. Alors, je souris, ferme à moitié les yeux, avance mes lèvres vers les siennes...

Jusqu'à ce que je me ressaisisse. Je ne suis qu'à quelques millimètres de mon objectif lorsque je rebrousse chemin. Je me contente de passer mon pouce sur sa bouche, puis de le promener dans sa barbe naissante pour dessiner le contour de sa mâchoire.

Je n'ai pas besoin d'avoir une vision pour comprendre que si je l'embrasse là, maintenant, on finira par déraper et envoyer au diable notre code de bonne conduite. Que mon partenaire soit dans le plâtre ou pas. Je suis assez proche de lui pour comprendre – et sentir sous ses vêtements – l'effet que je lui fais. Même si mon ego de Scorpionne est ravi d'apprendre cela, mon ascendant Vierge me permet de garder les pieds sur terre.

— Pas de bisou ? se lamente-t-il alors que je lui tends sa béquille.

— Non. Je ne t'ai pas donné mon autorisation. Pour l'instant, on reste de très bons amis. Et le « plus si affinités », ce sera pour plus tard. On a dit qu'on faisait les choses différemment, non ?

— Euh... OK.

Mon compagnon s'éclaircit la gorge, recule d'un pas et secoue doucement la tête comme pour chasser des pensées désormais malvenues. Il finit par me sourire et me lancer un regard complice.

— Mais... tu restes dormir ce soir, hein ?

— T'es sérieux ? m'écrié-je en arquant un sourcil dans sa direction. Tu es le pire des goujats !

Il hausse les épaules et affiche une moue faussement innocente.

— Allez ! Si tu restes, j'accepte d'être ton cobaye et de tester ta mixture bizarre, là...

— Tu aimes trop me prendre par les sentiments.

— Toujours. En plus, je suis estropié, comme tu l'as si bien dit... Et on ne refuse rien à quelqu'un qui est en béquilles.

Je lève les yeux au ciel en souriant, puis je m'approche de lui pour venir le soutenir et l'aider à aller se rasseoir sur le canapé.

— Je reste. Mais si tu tentes quoi que ce soit, ça me confirmera que les joueurs de foot sont tous des mufles, comme mon père.

Dorian s'installe sur le canapé, mais lorsqu'il est assis et que j'essaye de me relever, il me tire par le bras. Je me retrouve la tête contre son torse, entourée de ses bras et comme assommée par cette grosse dose d'amour.

Chapitre 18

Évanescence

Je remets correctement mes lunettes de soleil sur le nez, puis je lève les yeux vers le square du Petit Sablon. Un tout petit jardin verdoyant de style néo-Renaissance, perdu au milieu de la capitale, décoré de splendides roseraies parsemées également d'autres fleurs, en cette période printanière. Il est orné de sculptures d'artistes belges datant du XIXe siècle. Les parterres de haies symétriques font le bonheur des enfants, qui adorent s'y cacher et faire des farces à leurs parents, tandis que les jeunes amoureux se rendent ici après leur longue journée de travail et profitent de cet endroit si romantique.

Les yeux plongés dans les massifs de buis taillés de manière à dessiner les neuf provinces originelles du plat pays, je sirote mon thé glacé et hoche vivement la tête en écoutant toutes les explications d'Adrien concernant son « fabuleux plan ». Le jeune homme se lève d'un bond, sur le coup de l'excitation. Il se met à sautiller partout et son taux vibratoire s'agite. Ce mec a une pêche d'enfer. Je comprends mieux pourquoi c'est un ami de Dorian, mais aussi pourquoi il anime une dizaine de classes de sport pour préadolescents, du lundi au vendredi. Il est clairement fait pour son métier de professeur d'éducation physique.

— Tu es géniale, Sedna ! Merci.

— De rien !

— Non, mais vraiment, ça va lui faire remonter le moral en flèche… Il va se souvenir toute sa vie de ses vingt-cinq ans !

Oui, Adrien m'a demandé qu'on se voie, en ce lundi 1er mai, pour me parler d'un truc top secret. Ce fameux « truc », c'est un anniversaire surprise qu'il souhaite organiser pour célébrer le quart de siècle de son meilleur ami. Et comme il fait partie de ces gens qui conspirent pour me caser avec Dorian, il m'a bien évidemment demandé de l'aide pour superviser la préparation de la fête avec lui.

— Tu es sûre qu'il n'a pas vu que je t'avais envoyé un message ce matin ?

— Oui ! Il était sous la douche quand je t'ai répondu.

Adrien ne peut s'empêcher d'arborer un sourire en coin face à cette réplique.

— Et quoi ? Il se passe un truc entre vous ou bien…

Je termine ma boisson, jette le gobelet dans la première poubelle que je trouve, puis je remonte mes lunettes de soleil sur le front.

— C'est ton meilleur ami ou c'est le mien ? rétorqué-je en arquant un sourcil.

— Je sais juste qu'il te kiffe ! Enfin, je crois… Il ne me l'a jamais vraiment avoué. Mais ça crève les yeux. Ça fait quinze ans que je le connais et je ne l'ai jamais vu agir avec une fille comme avec toi. Il t'aime vraiment beaucoup.

— Je l'aime beaucoup aussi. Sinon, je ne t'aiderais pas à organiser ta surprise…

Les yeux d'Adrien s'illuminent, comme si je venais de lui confier le secret le plus dingue du monde. Il s'approche de moi et me lance un coup de coude.

— Perso, je te trouve géniale… Donc je suis ravi de savoir que vous couchez ensemble.

— Quoi ? Mais pas du tout ! Qu'est-ce que tu racontes ? crié-je en sentant mes joues virer au rouge écarlate.

Mais mon camarade ne m'écoute plus, il est déjà au téléphone avec sa fiancée.

Il lui confirme qu'il est sur le chemin du retour et qu'il ne sera pas en retard pour le match qu'elle doit disputer aujourd'hui. Ni une ni deux, il me fait un signe de la main, s'éloigne en me remerciant pour la dixième fois et court rejoindre sa voiture, garée de l'autre côté de la place.

— C'était qui, ce gars ?

Je sursaute en me retournant vers mon interlocutrice.

Artémis me toise, les bras croisés et le regard fixe. Elle porte une combinaison violette, ample et évasée en bas, assortie d'une veste en jean, et ses cheveux sont retenus dans un beau foulard en soie pourpre. Son trait d'eye-liner est parfait, il sublime la forme de ses yeux en amande, tandis que son rouge à lèvres bordeaux rehausse son teint hâlé.

Malgré moi, la revoir après autant de temps me donne un petit coup au cœur.

Notre rupture date de plus d'un mois. Et depuis, nous n'avons jamais eu l'occasion de nous revoir. Enfin, nous avons plutôt tout fait pour nous éviter, même au Coven, grâce à de merveilleux stratagèmes : Artémis évite de venir au manoir durant les heures auxquelles je donne cours aux nouvelles recrues, tandis que de mon côté, je fais tout pour ne jamais me retrouver dans la salle aux potions lorsqu'elle prépare l'un ou l'autre de ses sortilèges. Quant à notre meilleure amie commune, Freïa, elle continue à nous voir toutes les deux, mais sans jamais nous imposer de nous croiser. Elle respecte précieusement notre rythme et notre besoin de guérir chacune de notre côté.

— Un pote, je réponds en m'installant sur un banc.

— Il avait l'air plutôt proche de toi...

— Oui, nous le sommes devenus par la force des choses, je suppose, dis-je en restant volontairement vague sur le lien qui m'unit à Adrien. Disons qu'on a un intérêt en commun.

Mon amie continue de me fixer sans ciller. Je sais qu'elle fulmine à l'intérieur et qu'elle ne souhaite qu'une chose : me demander si c'est une des nombreuses conquêtes avec qui j'ai couché durant ces dernières semaines. Mais elle se fourre totalement le doigt dans l'œil. D'abord, je n'ai fait aucune conquête depuis notre rupture. Ensuite parce que Adrien a beau avoir un certain charisme, il n'est absolument pas le genre de mortel sur lequel je me serais retournée en temps normal. Elle devrait pourtant savoir que les bruns ténébreux, ce n'est pas mon truc.

Et qu'elle fut ma seule exception.

— Pourquoi voulais-tu me voir ? demandé-je en mettant directement les pieds dans le plat.

— Je voulais savoir si tu avais des regrets, répond-elle avec la même franchise.

Sa question me déroute un instant. Je plisse les yeux et tâche de prendre le temps de m'interroger sincèrement. Je n'ai jamais eu aucun regret dans ma vie, mais il n'est jamais trop tard pour se rendre compte qu'on se voile la face. Je fouille un instant dans mon cœur pour voir comment il se sent et comment il encaisse ce semi-reproche… Mais je n'ai pas le temps d'approfondir ma réflexion, car mon téléphone se met à sonner.

Je sursaute et le sors de ma poche. L'écran s'illumine en affichant une photo de Dorian sous un de ses angles les plus drôles. Sur ce cliché, il est décoiffé, chose rarissime que seule une poignée d'êtres humains triés sur le volet a eu l'honneur de voir, il porte mes énormes lunettes de vue, un sweat-shirt de *La Guerre des étoiles* et jongle avec des paquets de sucreries.

Je manque d'exploser de rire en constatant que, sans rien m'en dire, il a changé sa photo dans ma liste de contacts. Mais je sens aussitôt qu'à côté de moi, ma compagne est prête à me foudroyer du regard et que ce n'est pas le moment de me laisser distraire par ces enfantillages. Je raccroche immédiatement et relève les yeux vers mon ancienne amoureuse.

— Non, Artie… Je n'ai pas de regret concernant notre rupture. La seule chose que je regrette, c'est de t'avoir fait du mal… De ne pas avoir pu être là pour toi quand…

Mon smartphone sonne à nouveau.

— Je pense que tu devrais répondre, me signifie-t-elle en pointant mon téléphone.

— Euh… Mais…

— Vas-y, ça ne me dérange pas.

Je hoche la tête et décroche mon portable.

— Do ? Qu'est-ce qu'il…

— Sed ! C'est quoi, ce truc de sorcière que tu as utilisé sur mon genou ? s'écrie mon ami à l'autre bout du fil.

J'envoie un regard inquiet dans la direction d'Artémis, pour voir si elle a entendu ce qu'il m'a dit, mais elle semble être elle-même absorbée par son portable qu'elle consulte d'un air détaché. J'en profite pour m'éloigner discrètement et continuer ma discussion téléphonique à quelques pas de mon ex-copine.

— Il y a un problème ? demandé-je, d'une voix étouffée.

Au même instant m'apparaît toute la liste de contre-indications de la mixture de guérison que j'ai appliquée sur sa blessure, à plusieurs reprises, lors de ces trois dernières semaines. Mon cœur fait un bon en imaginant mon compagnon avoir une poussée d'acné et de verrues vertes sur tout le corps, perdre l'usage de sa jambe droite ou encore découvrir que l'un de ses deux membres inférieurs est désormais plus court que l'autre.

— Il est vraiment temps que tu me dises la vérité concernant tes pouvoirs magiques.

Mon sang se fige d'un coup.

— Do… Y a pas de magie là-dedans. Tu prends des médicaments quotidiennement et…

— Non. Je n'en ai plus besoin.

— Tu divagues, tu…

— Non. On m'a enlevé mon plâtre ce matin. L'opération est annulée.

L'air pénètre à nouveau dans mes poumons et une immense chaleur se diffuse dans tout mon corps.

— Attends, je ne comprends pas bien...

— Sed. Les médecins sont catégoriques. Je suis guéri. On m'a fait un scanner et il n'y a plus aucune déchirure visible. Les tissus sont comme neufs... Comme si tout ça n'avait été qu'un mauvais rêve.

J'ai envie de hurler de joie en entendant cette merveilleuse nouvelle. Hélas, je ne peux définitivement pas griller ma couverture de sorcière. Il faut que je trouve un moyen de lui faire croire que cela est dû aux avancées technologiques de la médecine et que ma « mixture » n'était qu'un moyen de le distraire, le temps que tout redevienne comme avant...

— Sed, t'es toujours là ?

— Oui.

— Pourquoi tu ne dis rien ?

— J-je... je ne sais pas quoi dire. J'ai besoin de le voir pour le croire. Tu marches vraiment à nouveau, là ? Tu n'as plus rien ? Il y aurait donc eu une erreur médicale ? Le premier scan nous a mis sur une mauvaise voie ? Ta blessure n'était pas si grave ? Je...

— Sed... Arrête ça.

— Quoi ?

— Faire la fille innocente.

— Je ne vois pas de quoi tu parles ! J'essaye simplement de comprendre comment tu peux être guéri alors que...

— C'est toi qui m'as guéri. Et tu le sais aussi bien que moi.

— Pfff. Arrête tes bêtises ! C'était juste une manière de te distraire, mes histoires de potion. Avoue que c'était drôle. Toi-même tu n'y as jamais cru, ha ha !

— Ouaip, j'sais pas...

Il reste un moment sans parler.

— En tout cas, j'ai besoin de te voir. De me changer les idées... Et puis, maintenant que je peux à nouveau marcher...

Perdu dans ses pensées, il marmonne alors quelque chose que je ne comprends pas, puis reprend :

— Tu connais la meilleure ? La semaine prochaine, on testera la course, avec le kiné...

— Une chose à la fois, Do.

— Oui... Je sais. J'ai compris la leçon.

— Parfait. Je dois te laisser, je te rappelle...

— Non, attends. Viens me voir cet aprèm ou en fin de journée... Si tu as le temps ?

Je me pince les lèvres. Malheureusement, c'est impossible. Ce soir, nous fêtons le sabbat de Beltane, au Coven. Ma mère m'attend de pied ferme et je la rejoindrai dès que j'aurai terminé ma conversation avec Artémis. Pour être plus précise, elle nous attend toutes les deux. C'est pourquoi il m'est capital d'apaiser nos conflits et de faire table rase du passé.

Une bonne fois pour toutes.

— Les examens commencent bientôt, je dois étudier... Puis je dois aider ma mère et les parents de Freïa, qui reçoivent des invités.

— Ta fameuse soirée, c'est ça ?

— Oui.

— Et ton ex sera là ? C'est ce que tu m'avais dit, je crois...

— Oui. Je suis avec elle, là, justement, dis-je d'une voix plus discrète.

Silence.

— Do ?

Il s'éclaircit la gorge.

— Je pensais quand même que tu finirais par m'inviter à venir ce soir. Avec tout ce qui s'est passé entre nous dernièrement… Et cette bonne nouvelle que je viens de t'apprendre.

Si tu savais à quel point j'en crève d'envie, ai-je envie de crier.

Mais je me contente de dire sagement :

— La soirée d'aujourd'hui sera vraiment barbante… Je t'assure que tu ne rates rien. Mais elle n'est pas censée finir tard. Je te rejoindrai après.

— Non, laisse tomber.

Sa réplique cinglante me hérisse les poils. Il est franchement capricieux, parfois ! C'est qu'il peut être borné et râleur, quand il veut, pensé-je en me mordant l'intérieur de la joue.

— De toute façon, c'est pas comme si on sortait ensemble, hein ?

Il rit, mais j'entends bien à son intonation que c'est un rire crispé et glacial.

Je n'ai qu'une envie : me tenir en face de lui, le rassurer et lui offrir ce fameux premier baiser que nous avons tant attendu et qui prouverait que mon ex n'est plus du tout un danger pour notre relation naissante. Hélas, j'ai des impératifs plus importants à régler qu'une histoire de cœur avec un mec.

— Je t'écris tout à l'heure, promis.

— Mouais.

— Do, je t'ai…

Je m'interromps aussitôt, prise de court. D'où est-ce que ça sort, ça ? Ce mot ? Sûrement de la Sedna du futur, qui essaye déjà de se manifester dans ma vie présente. Et me voilà aphone, cherchant un moyen de calmer mes émotions intempestives et si passionnées.

— Tu… quoi ? fait mon ami pour me faire parler.

Sa voix est redevenue mielleuse, je parviens à deviner un sourire sur ses lèvres. Il m'a grillée, mais je ne rentrerai pas dans son jeu pour autant.

— Je ne peux pas en dire plus. Je t'appelle dès que je peux… pour subir ton courroux. À tout à l'heure.

Je raccroche pour l'empêcher d'ajouter quoi que ce soit, tandis que mes joues brûlent de désir et que je titube pour retourner près d'Artémis. Une chose est certaine : je ne pourrai plus tenir bien longtemps face à lui sans m'ouvrir sur mes sentiments ni goûter avec lui les plaisirs de la chair. Je n'ai jamais désiré quelqu'un à ce point, et cette attirance enflamme chacune des parcelles de mon corps.

— Il va bien ? me demande ma compagne, stoïque.

— Qui ?

— C'est bien Dorian Jenssens, celui qui a été gravement blessé, non ? J'avais vu ça aux infos… C'est lui, ton *crush*, n'est-ce pas ?

— C'est Dorian *Janssens*, corrigé-je en levant les yeux au ciel. Oui. Ce n'était rien de grave, finalement. Il va pouvoir reprendre le foot bientôt.

— Ah booooon ? s'exclame-t-elle, tandis que son taux vibratoire flanche un instant.

Je fais mine de l'ignorer, mais constate tout de même que ses yeux brillent d'étonnement et de curiosité. Je la vois observer rapidement mes paumes qui crépitent légèrement, puis elle se rapproche doucement de moi en levant la main dans ma direction.

Je la regarde, dubitative.

— On fait la paix ? propose-t-elle en haussant les sourcils.

— Mais...

— C'est bien pour ça que tu m'as conviée, aujourd'hui, non ?

— Oui, mais je pensais que...

— Toi et moi, on ne désire plus les mêmes choses, Sedna. Ça me fait mal, oui. Et j'en souffrirai encore pendant un long moment. Mais ce qui est fait est fait. Alors, pour le bien du Coven, faisons la paix et retournons à nos tâches de sorcières, tu veux ?

J'écarquille les yeux et accepte vivement la main qu'elle me tend en la serrant avec joie.

Pourtant, après cette petite victoire, au lieu de me sentir soulagée, débarrassée d'un poids qui pesait sur mes épaules, je suis immédiatement saisie de crampes qui me transpercent l'abdomen tandis qu'une migraine se met à cogner contre mon front. Je tente de m'éventer avec la main, car le soleil est fort aujourd'hui, mais une vague de chaleur me surprend. Lorsque j'essaye de me lever pour suivre Artémis, je suis prise de vertiges et de nausées. Je dois me cramponner au banc pour ne pas tomber.

Mon ex-amoureuse se rend compte qu'elle marche seule et se retourne vers moi qui suis toujours assise.

À l'expression de mon visage, elle comprend que je fais une petite hypoglycémie. Comme une sauveuse, elle sort une boisson sucrée de son sac et me la tend.

— Tiens…

J'observe la couleur rougeâtre de la boisson avec suspicion, me demandant ce que contient la bouteille.

— Promis, ce n'est pas de la sorcellerie. C'est juste de la grenadine.

Ma camarade débouche la bouteille et boit une gorgée pour me rassurer.

Je hoche faiblement la tête et accepte donc de tendre la main pour boire à mon tour.

Hélas, cela ne suffit pas à calmer ma crise.

Je m'écroule et sombre dans le néant.

Chapitre 19

Conscience

— Merci d'avoir pris soin d'elle, Artémis. Tu es vraiment un exemple de sororité...

— Tout le plaisir est pour moi, dame Kali.

Je cligne des yeux une fois. Deux fois. Trois fois.

Lorsque j'essaye pour la quatrième fois, mes pupilles se retrouvent fixées sur l'abat-jour décoré de fleurs colorées ornant le plafond de bois de cette pièce que j'ai trop souvent squattée, à une autre époque. Je suis chez Artémis. L'odeur d'encens au jasmin qui baigne l'atmosphère ravive une foule de souvenirs, tandis qu'un sentiment de bien-être immense m'envahit.

— Oh ! elle est réveillée !

— Sedna, tu vas bien ? s'écrie la voix de Freïa.

Je tourne faiblement la tête vers elle et sourit doucement.

Ma mère pose un regard grave sur moi. De petites ridules se dessinent sur son front, signe qu'elle s'est beaucoup inquiétée à mon sujet. Je cherche à tendre le bras vers elle, mais mon mouvement se perd entre les draps de lit violets dans lesquels je suis allongée.

— Tu te sens d'attaque pour animer le sabbat ? me demande ma meilleure amie, les yeux implorants.

— Frey, j-je...

— Mademoiselle Guinness, il me semble que la réponse à votre question est évidente ! tonne la voix de ma mère qui lance à la jeune fille un regard glacial. C'est votre rôle de future Sorcière-Reine, après tout...

— Allez, Freïa ! s'emporte Artémis, dont les mains se recouvrent de gel. Prends un peu tes ovaires en main et file te préparer pour le sabbat ! Sedna doit se reposer ! Je veillerai sur elle toute la soirée s'il le faut...

— M-mais... Elle se doit de célébrer Beltane à mes côtés ! Même si c'est moi qui anime la soirée. C'est un renouveau important, s'emporte mon amie en me lançant un regard qui en dit long.

Pas besoin de télépathie pour comprendre qu'elle s'inquiète davantage à l'idée que je reste en tête à tête et sans surveillance dans la chambre de mon ex-amoureuse, plutôt qu'à celle que je rate le sabbat du jour.

— Quelqu'un a dû lui jeter le mauvais œil, soupire ma mère, les larmes aux yeux. Nous ajouterons une incantation spécifique à notre sabbat du soir, ma chère filleule. Ensuite, nous reviendrons à ses côtés pour exorciser le démon, si par malheur il s'en trouve un en effet.

— M-maman, j-je vais bien...

— Oh non, non, non ! Tu es pâle comme la mort, ma fille. Tu ferais même peur à la Faucheuse en personne !

— Elle est peut-être enceinte ? lance Artémis en croisant les bras. Ça fait un certain temps qu'elle fricote avec son footballeur... Je serais pas étonnée.

— Ma fille, enceinte ? hurle ma mère dont la peau et les cheveux s'électrifient. Si c'est le cas, ce jeune homme se retrouvera sacrifié avant minuit ce soir !

À ces mots, je me redresse d'un bond et dévisage mes deux amies, ainsi que mon Aînée.

— Je n'ai couché avec personne depuis des mois, OK ? Alors si la Providence veut que je sois enceinte, soit c'est le fruit de l'Univers, soit Artémis m'a caché certains de ses dons. Et puis je vous prierais de calmer vos esprits. Maintenant, laissez-moi me reposer !

— Sed, murmure Freïa en me considérant, puis mon ex, puis à nouveau moi.

— C'est OK. De toute façon, Artémis et moi devons avoir une bonne discussion. L'Univers a toujours ses raisons, surtout lorsqu'il sème des embûches sur notre chemin.

Ma meilleure amie veut répliquer, mais ma mère lui fait signe de se taire. Elle lui lance un regard appuyé, de ceux qu'on ne conteste pas, sauf quand on souhaite se ramasser un éclair foudroyant et sept années de malheur.

Elle fait apparaître deux balais volants d'un claquement de doigts, en saisit un et donne l'autre à ma meilleure amie.

Ensuite, j'ai du mal à suivre ce qui se produit, tant mon esprit est embrumé ; j'entends les contestations de la descendante des Guinness, sa dispute avec Artémis et la voix de ma mère qui gronde à plusieurs reprises. Quoi qu'il en soit, les choses se calment aussitôt que notre Aînée décide d'utiliser de la poudre de fée noire pour se téléporter en entraînant la rouquine à sa suite.

Je soupire longuement en me laissant retomber dans les couvertures.

Une fois de plus, j'ai comme une désagréable sensation de déjà-vu.

Cependant, mes pouvoirs s'avèrent inutiles, car ils refusent de s'activer. Je n'obtiens aucune vision, aucune explication qui me permettrait de comprendre l'état vaseux et nauséeux dans lequel je me trouve en effet aujourd'hui. Je passe une main puis l'autre sur mes paupières en maudissant mes anges gardiens de ne pas m'avoir prévenue de ce retournement de situation. J'ai toujours su qu'utiliser un sortilège ou une incantation de haute intensité (comme la potion de guérison que j'ai concoctée pour panser la blessure de Dorian) est susceptible de faire un rebond et de nous foudroyer avec une puissance trois fois supérieure à la normale. Mais généralement, ce genre de réponse vibre sur la même fréquence que le philtre qui l'a causée. C'est-à-dire qu'un enchantement positif est susceptible d'entraîner une succession de choses positives pour la sorcière qui a lancé le sort. Tandis qu'un maléfice risque de renverser notre karma et de ne nous apporter que de mauvaises choses.

Or, il me semble avoir agi en faveur du bien... Qu'est-ce qui a déraillé ?

— Tu n'as pas quelque chose à me dire ? me demande Artémis en brisant notre silence.

— Hum ?

— Je pensais que tu voulais qu'on ait une vraie discussion...

Je me frotte les yeux, puis je pose les mains sur l'oreiller en soie et tourne la tête vers mon ancienne amoureuse. Elle a retiré son foulard pourpre et s'est changée. Elle porte un pyjama en satin et dentelle noire, ainsi qu'un long kimono bordeaux à fleurs noires. Une tenue qui dissimule ses courbes tout en soulignant la sensualité de sa frêle silhouette. Exactement le genre de ce qui m'aurait, autrefois, fait craquer pour elle.

— Oui, je crois que c'est mieux. Pas toi ?

Elle dépose les mains sur le bord du lit, puis se glisse à mes côtés, avec les mouvements fluides et gracieux d'un chat. Elle se couche sur le flanc gauche et passe une main devant mon visage pour écarter une des boucles rebelles qui me tombent dans les yeux. Ensuite, elle frôle ma joue, ma nuque de ses doigts légers, et entreprend de descendre plus bas, mais je saisis fermement son poignet en la dévisageant.

— Tu fais quoi, là ?

Elle rit en se cachant derrière sa longue crinière de jais.

— Tu sais très bien ce que je fais, susurre-t-elle en se blottissant contre moi.

— Ce n'est pas amusant, Artie, rétorqué-je d'une voix sèche.

Je m'apprête à me redresser, mais elle me retient par les épaules et approche dangereusement son visage du mien. Cette proximité me fait humer l'odeur subtile de son gloss cerise et de son parfum à la rose... Mais il n'y a pas que ça. Son haleine me rappelle une odeur que j'ai sentie – et goûtée – récemment.

— Artémis. Qu'est-ce que tu m'as fait boire tout à l'heure ?

— Rien de bien grave...

— C'est-à-dire ?

— Embrasse-moi et tu comprendras... Il est bien possible qu'il y ait un soupçon d'aphrodisiaque dans la grenadine. De quoi fêter ce sabbat à notre manière. Comme avant.

Elle tente de me masser les épaules pour me détendre, mais je reste aussi crispée qu'une crampe. Le dégoût emplit ma bouche, ainsi qu'une vive envie de vomir qui me tord l'estomac. Je repousse mon ex de toutes mes forces, ce qui la fait tomber par terre les quatre fers en l'air, puis je fonce dans les toilettes pour rendre tout ce que j'ai avalé durant les douze dernières heures.

— Tu as osé me faire boire un philtre d'amour ! hurlé-je entre deux spasmes.

Agrippées à la cuvette des toilettes, mes mains s'électrifient.

Une sombre colère naît au fond de mon âme.

De quoi laisser le champ libre à ma magie – qui ne demande qu'à dévoiler sa part la plus obscure.

Après avoir évacué les dernières gouttes de la potion écarlate, je tire la chasse d'eau et me lève d'un bond. Pour extérioriser mes sentiments et éviter de céder à l'hystérie que menacent de déchaîner mes pouvoirs magiques, je m'en prends à tout ce qui se dresse face à moi. Je renverse toutes les fioles, bougies et autres amulettes disposées sur les étagères de la petite salle de bains. J'arrache le calendrier lunaire affiché sur une des armoires et déchire en morceaux une vieille photo d'Artémis et moi, qu'elle a conservée sur son miroir.

Puis, à peine soulagée, j'essaye de reprendre le contrôle de mes émotions en inspirant et en expirant profondément, pour calmer les éclairs fous qui scintillent sur ma peau.

Je m'efforce d'éviter que n'explose la colère irrépressible qui gronde en moi.

Car l'amour ne se force pas. Jamais.

Même la magie ne peut faire une telle chose.

Pourtant, Artémis a eu la naïveté de croire le contraire.

Avec toute la douleur que cela m'inflige, je tente de reprendre le contrôle de la situation. D'être à nouveau la pilote de mon vaisseau intérieur. Je grimace en faisant mon possible pour contenir les éclairs qui jaillissent de mes paumes. La souffrance qu'entraîne ma lutte intérieure contre mon entité magique me fait tomber à genoux. Je suffoque et tousse pendant un moment avant de récupérer mon souffle.

À nouveau, j'inspire et expire longuement pour reprendre mes esprits, puis je me redresse en titubant, vais chercher mon sac, laissé à l'abandon près du lit d'Artémis, et sans un regard ni un mot supplémentaire, j'entreprends de quitter son appartement.

— Qu'est-ce..., souffle-t-elle dans un murmure. Qu'est-ce qu'il a de plus que moi ?

Je me fige sur le pas de la porte de sa chambre d'étudiante.

— Rien. Justement. Il n'a pas besoin d'en faire des tonnes, de me mentir ni d'utiliser la magie pour me garder à ses côtés. Son authenticité et sa simplicité me suffisent.

Je tourne la poignée de la porte, et d'un coup tout s'éclaire.

Grâce à une série de flashs divinatoires.

L'obsession de mon amie pour Dorian, ses messages à son sujet, ses mille questions... Je n'ai plus aucun doute, c'est elle qui est responsable de sa blessure, elle qui l'a provoquée par dépit amoureux, en lui jetant un sort...

— Si jamais tu oses encore t'approcher de moi, je me ferai le plaisir de dire et de montrer à nos Aînées ce que tu as fait. Car c'est bien toi qui as enfreint le règlement du Coven pour lancer un maléfice à un pauvre humain qui n'a rien demandé ?

La coupable garde les yeux rivés sur le sol en restant aphone. Tandis que je comprends mieux pourquoi je me suis chopée le mauvais œil en guérissant mon ami. J'ai pris de plein fouet le revers de médaille en voulant agir pour un bien.

— Tu connais la sentence pour ton infraction, n'est-ce pas ? Retrait de pouvoirs immédiat. Et exclusion du Coven. À jamais.

Je lance un regard noir à la sorcière secouée par des pleurs saccadés, et je claque des doigts pour faire apparaître mon balai volant. Maintenant, je sais qu'elle ne pourra plus me faire de mal, quand bien même elle emploierait sa magie contre moi : je connais son secret et ne serai plus dupe.

— Si tu oses ne serait-ce que toucher à nouveau à un seul cheveu de Dorian, je me ferai un plaisir de t'envoyer moi-même en enfer.

C'est sur ces mots que je disparais définitivement de la vie d'Artémis Khadra.

Chapitre 20

Romance

— Je n'avais jamais remarqué que tu avais un tatouage, commente Dorian, qui a vraisemblablement posé ses yeux sur la triquetra dessinée sur ma nuque, en m'aidant à retirer ma veste.

Il laisse courir les doigts sur ma peau nue et ce simple contact éveille en moi des milliers d'étincelles de bonheur – et de désir. Il dépose mon vêtement sur le dossier de la chaise en velours rouge, tandis que je m'installe à la petite table du bar select que j'ai choisi, pour ce jeudredi[1] un peu spécial. Je défroisse les plis de ma robe dorée flamboyante, puis je rajuste ma longue mèche bouclée dans laquelle j'ai rassemblé mes cheveux au moyen d'une grosse pince sertie de pierres précieuses – sortie exclusivement pour l'occasion. Je regarde tout autour de moi et reste

1. En Belgique, le jeudredi désigne un jeudi festif (et dont les festivités finissent tard) qui invite à commencer le week-end plus tôt que prévu en faisant l'impasse sur le vendredi.

subjuguée par la beauté de l'établissement où nous nous trouvons.

C'est un bar à gin illuminé par des lustres en cristaux accrochés un peu partout au plafond, avec d'anciennes moulures dorées à la peinture et de vieux tableaux de grands artistes : on se croirait revenus aux années 1920. Les serveurs préparent les boissons, ou plutôt de véritables œuvres d'art alcoolisées, et exécutent leurs gestes avec finesse, élégance, expertise et un zeste de magie théâtrale.

— Je n'avais jamais remarqué que tu étais galant, répliqué-je sur le même ton, tandis que mon partenaire du soir s'installe dans son luxueux fauteuil, face à moi.

— Aujourd'hui est un jour spécial.

— Oui... Mais c'est moi qui devrais être galante avec toi, normalement !

— Ouaip, c'est vrai que c'est moi qu'on fête, ce soir !

Nous rions, puis nos mains se rencontrent au-dessus de la carte des boissons que nous essayons de prendre en même temps. Je retire aussitôt la mienne en rougissant, surprise par ce qui n'est qu'un effleurement.

— Désolé, marmonne Dorian, même si son regard semble dire le contraire.

Je ne compte plus le nombre de fois où il a essayé de prendre ma main dans la sienne, aujourd'hui. À chaque fois, je l'ai gentiment éloignée. Non que je n'en aie pas envie. Bien au contraire, mon ventre se tord de joie à chaque fois que je m'imagine l'embrasser. Mais c'est tout simplement parce que je suis une grande angoissée. Et que la surprise que je suis censée lui faire avec l'aide de tous ses fidèles copains, pour ce fameux vingt-cinquième anniversaire, me stresse énormément.

Vous êtes (enfin) arrivés à Liège ?

Le message d'Adrien tombe à pic.

Ouiiii ! On a survécu aux embouteillages. On vous rejoint où et quand ?

Dans le Carré[1], dans quarante-cinq min. On a presque fini de décorer. PS : Merci de le distraire avec autant de talent… tu gères !

Mon compagnon s'éclaircit la voix en m'observant avec un brin de sévérité.

— Un problème ?

— Non, non ! Rien, rien ! J'envoyais juste un message à Freïa pour une petite chose qui concerne l'école...

— Tu es sûre ? Parce que tu n'as pas décroché ton téléphone de la journée...

— Oui. Je t'assure.

Mon explication se veut apaisante, pourtant il fait la moue et répond à peine au serveur lorsque celui-ci vient prendre notre commande. *Et mince... Il pense que je l'ai définitivement exclu de mes possibles sentimentaux, et cantonné au cercle des copains-avec-qui-il-ne-se-passera-jamais-rien-de-plus*, soupiré-je intérieurement en l'observant tapoter du pied et n'émettre que des onomatopées pour répliquer à mes remarques sur l'exposition de voitures de collection que nous avons vue, plus tôt dans la journée.

1. Le Carré est un quartier piétonnier, très animé et festif, dans la ville de Liège.

Il finit même par s'isoler dans son coin, avec son propre smartphone, en cessant de répondre à mes questions sur sa deuxième passion de toujours : les engins à quatre roues du siècle dernier. Il veut passer un coup de fil, puis souffle bruyamment en raccrochant.

— C'est la troisième fois que je tombe sur le répondeur d'Adri… Il m'avait promis de nous rejoindre si on passait à Liège. J'comprends pas, c'est mon anniversaire, quand même…

Ces mots me font paniquer. J'enfonce vivement les ongles à l'intérieur de mes paumes et me pince les lèvres avec violence pour rester muette.

— Ma sœur est injoignable elle aussi.

— Écoute, je suis la seule qui ait accepté de t'accompagner à ton expo de vieilles carcasses, personne ne voulait y aller. Mais aucun des deux ne manquerait ton anniv'… Pour rien au monde.

Mon ami me fixe. L'expression de son visage est indéchiffrable. Il scrute mes lèvres un instant et ses yeux glissent sur mes épaules dénudées qui tremblent légèrement.

— Mouais. Tu as sûrement raison, ils vont bientôt donner signe de vie… Tu as froid ?

— Euh… Non, je dois juste filer au petit coin ! lancé-je en me levant.

Dorian m'adresse un demi-sourire, puis il s'intéresse au vieux film d'Hitchcock qui passe sur un écran vintage, derrière le bar. Profitant de ce qu'il a détourné la tête, j'envoie immédiatement un message à Freïa.

C'est un désastre… Je suis tellement stressée que je repousse toutes ses avances ! Hâte de vous retrouver dans le Carré.

Meuf, détends-toi des ovaires ! Demande-lui de t'accompagner dans les toilettes et envoyez-vous en l'air une bonne fois pour toutes ! Ça lui fera un merveilleux cadeau d'anniversaire !

Ça ne m'aide vraiment pas, Frey… Des gens nous ont déjà reconnus, à l'expo, j'ai pas envie de faire la une de la presse à scandale.

Le seul scandale qui pourrait alimenter la presse people, c'est à quel point tu es sexy ! Lâche prise ! Arrête de vouloir que tout soit parfait ! Vous êtes déjà parfaits l'un pour l'autre.

Ce dernier message me tire un sourire. Je relis trois fois sa dernière phrase, puis je range mon portable dans mon minisac Jacquemus.

— Excusez-moi, dis-je à l'intention d'une serveuse, lorsque je regagne la salle. Est-il possible de nous déplacer à l'étage, mon ami et moi ? Là où il y a les banquettes ?

— Oh… malheureusement, tout est réservé…

— Ah bon ? fais-je en glissant un billet sur son plateau chargé de verres.

— Suivez-moi, répond-elle en souriant.

Je vais chercher Dorian, et quelques minutes plus tard nous sommes confortablement installés dans une pièce beaucoup plus cosy et nettement plus intime.

Je pose la main sur sa cuisse, tandis que lui passe son bras autour de mes épaules en me murmurant les choses improbables qu'il a entendues à son sujet, depuis son retour triomphal sur le terrain de foot.

— Tu imagines que certains prétendent que j'ai fait faire un faux certificat ? Un faux plâtre ? Et que j'ai simulé ma blessure juste parce que je voulais faire gagner mon équipe ?

En effet, ma prodigieuse magie n'a pas seulement soigné mon camarade. Elle l'a aussi placé au centre de toutes les discussions footballistiques. Les médias s'acharnent sur lui en essayant de le faire avouer avoir menti sur son état de santé. Qu'il a simulé, voulait donner la victoire à son équipe en faisant cette sortie émouvante. D'ailleurs, le coach adverse veut demander une enquête concernant ce qu'il appelle « sa prétendue blessure », et il entend rendre publique cette partie de son dossier médical.

Beaucoup de chahut à mon goût. Trop.

Pourtant, cela ne semble pas du tout effrayer mon compagnon, qui se contente de rire face à toutes ces démarches judiciaires inutiles. D'ailleurs, il a raison, puisqu'il n'a rien à cacher : il était vraiment blessé.

C'est surtout moi qui suis inquiète. J'ai agi sous le coup de la passion, en oubliant complètement que cette situation pouvait éventer mon secret, lequel est également celui de ma lignée familiale.

— Aujourd'hui, un journaliste m'a accusé de sorcellerie ! Il m'a averti qu'il réunissait des preuves pour démontrer sa théorie loufoque…

Je me fige sur place en observant l'aura dorée de mon partenaire rayonner davantage.

Il ne manquait plus que ça, pensé-je en me mordant l'intérieur de la joue. Quelle idée folle j'ai eue de soigner cette maudite fracture du genou ! Je m'imagine déjà en train de subir le même traitement que mes ancêtres du XVe siècle, et brûler au beau milieu de la Grand-Place de Bruxelles.

— Sedna ? demande mon ami en passant la main devant mes yeux.

Je bois le contenu de mon verre – alcoolisé – d'une traite.

— Peut-être... qu'il va enfin réussir à prouver l'existence des anges gardiens ! lâché-je en hoquetant.

— C'est impossible, me rembarre-t-il, redevenant soudain sérieux.

— Et pourquoi pas ? Planque bien ton livre doré, là... Sait-on jamais, des fois qu'il y aurait un...

— Mes parents l'ont vendu, me coupe-t-il sèchement. Tu ne te rappelles pas ? Je t'avais parlé de l'enchère.

Son mouvement d'humeur me laisse perplexe. Il fronce les sourcils et dépose sur notre table son verre qu'il a vidé lui aussi. Il est visiblement contrarié. Son regard se voile et je perçois que son aura s'agite dans tous les sens, signe que son côté ronchon se manifeste à nouveau.

— Tu y tenais tant que ça ? demandé-je en posant une main sur son épaule.

— La seule chose à laquelle je tiens se trouve là ! réplique-t-il en me tapotant le nez de l'index.

Je lève les yeux au ciel et secoue doucement la tête.

— Et si jamais ce journaliste trouve des preuves de sorcellerie... que feras-tu ? le relancé-je, car mon angoisse monte réellement.

— Impossible aussi. Et si jamais, dans un monde parallèle, il venait à me parler de vaudou ? Je lui dirais que c'est du racisme envers ma plus grande alliée.

— S'il te plaît... S-si jamais il se passe quelque chose, ne... ne parle pas de moi.

Des vertiges me saisissent. Je me cramponne à l'accoudoir de la banquette pour éviter de flancher.

— Eh ! Ne te tracasse pas, me dit-il dans un sourire. Je te jure que personne ne t'embêtera. Ni toi ni qui que ce soit de ton entourage. Je t'en fais la promesse.

Il saisit mon menton dans sa main pour m'inviter à plonger mes yeux dans les siens.

Résolument, je n'y lis que de la sincérité. Hélas, je sais ce que les paparazzis sont capables de faire pour arriver à leurs fins. Nous en avons fait les frais récemment.

— Je suis le seul à savoir que tes mains crachent des éclairs. C'est notre petit secret.

— Je ne vois pas de quoi tu parles, dis-je en haussant les sourcils.

Je soupire longuement et croise les bras sur la poitrine. *Voilà qu'il revient encore là-dessus*, pensé-je avec un peu de lassitude.

— Si, tu le sais, dit-il en se rapprochant de moi. Mais tu cherches encore à changer de sujet... Ma petite enchanteresse ! Je veux t'entendre m'avouer que tu es bien la fille cachée de Samantha Stephens[1] et que des miracles se produisent lorsque tu remues ton joli nez.

Il grimace d'agacement face à mon silence, et désigne mon verre qui gît sur la table.

— Tu as bu quatre verres. Je devrais te tirer les vers du nez plus facilement.

— Et toi, tu n'en démords pas, soupiré-je en faisant la moue. Pourtant, tu as bu cinq verres. Tu pourrais parler d'autre chose. Ou faire autre chose...

1. Samantha Stephens est l'héroïne d'une série télévisée des années 1960, *Ma sorcière bien-aimée*. Sorcière mariée à un humain, elle utilise sa magie en agitant le bout de son nez.

— Hum... Et qu'est-ce que je pourrais faire d'autre ? rétorque-t-il en se penchant vers moi.

Il enroule un bras autour de ma taille et m'attire davantage contre lui en pressant son corps contre le mien.

— On va encore se retrouver dans la presse à potins, si quelqu'un te reconnaît, me lamenté-je en lançant un regard autour de nous.

— Et alors ? Qu'est-ce que ça peut bien nous faire ?

— Je ne sais pas... Faudrait peut-être leur dire qu'ils se font des idées au sujet de notre prétendue romance. Qu'on est un faux couple et qu'on les fait tourner en bourrique depuis le début.

— Un faux couple ? s'étonne Dorian en haussant les sourcils.

Il plante ses prunelles dans les miennes et pose son front contre le mien.

— Je dirais plutôt qu'on est un couple vintage. Du genre de ceux dans lesquels ce n'est qu'au bout du cinquième rencard et uniquement après avoir fait la cour pendant des heures à sa dulcinée que l'amoureux a l'honneur de raccompagner la belle chez elle... Si tu vois ce que je veux dire ?

Mon cœur s'emballe, sans parler de ma tête qui conçoit en une seule seconde mille et un scénarios tous plus torrides les uns que les autres, et dans lesquels de toute façon je fonds d'amour dans ses bras, toute la nuit durant.

— Oh non ! Tu es en train de me dire que ce n'est que notre quatrième rendez-vous officiel ? Enfin, je suis nulle en maths... Mais je doute qu'on en soit déjà au cinquième, dis-je avec une pointe de déception dans la voix.

— Ce quatrième rencard vaut bien un baiser, non ?

Il me lance un regard brûlant de désir.

Je veux acquiescer, mais au même instant, mon téléphone sonne sur un air de *Hollaback Girl* de Gwen Stefani. Je me défais, non sans peine, de notre étreinte et décroche mon portable en balançant un juron.

— Urgence ! beugle Freïa. J'ai besoin de toi ! Maintenant ! Je suis dans le Carré... Je me suis perdue et je pense que j'ai bu un verre de trop. S'il te plaît, viens m'aider, tata Sedna.

Je grimace de douleur en frottant un instant mon oreille, qui vient de prendre cher à cause des cris stridents dont elle a été le réceptacle, puis je lance un « Désolée » à Dorian, à qui j'adresse également un regard inquiet. Mon partenaire fronce les sourcils, tandis que ma meilleure copine continue à se lamenter en me faisant promettre de la retrouver au plus vite.

— J'arrive, soupiré-je, la voix pleine de lassitude. Tu as bien de la chance que je sois à Liège... Je serai là dans quinze minutes.

Je raccroche et lance un coup d'œil en coin à mon compagnon.

— Elle va bien ? s'inquiète-t-il en fronçant les sourcils.

— Je ne suis pas sûre. Ça avait l'air urgent.

— Faut qu'on y aille.

— Oui...

— Tout de suite ! tranche-t-il en se levant d'un coup.

Je souris en constatant que décidément, sa bonté naturelle le rend prêt à tout, lorsque les autres sont concernés. Le voir s'inquiéter de cette manière et vouloir venir en aide à mon amie me rappelle pourquoi, malgré moi, je fonds pour lui. Sa manière de rendre service et d'être présent pour autrui est un trait de caractère que je partage avec lui. C'est comme si je n'étais plus la seule à vouloir sauver tout le monde et à répandre ma lumière autour de moi. Comme si j'avais un allié, un ange gardien à mes côtés. *Un vrai*, pensé-je en observant un instant l'aura de Dorian rayonner davantage.

— On y va ? me demande-t-il.

J'acquiesce en soupirant de joie. Il est tombé dans notre piège.

Eh oui ! Cet appel téléphonique n'est que le signal que tout est prêt pour son anniversaire surprise – ce à quoi, visiblement, il ne s'attend absolument pas. Nous quittons donc rapidement le bar et traversons à pied le centre-ville, bondé de monde en cette fin de semaine et notamment d'étudiants et de jeunes travailleurs en quête d'une soirée grisante pour se vider la tête.

Sans qu'il le remarque, je guide parfaitement mon compagnon jusqu'à la salle que nous avons décidé de privatiser, sur le grand boulevard que longe une série de bars. J'arrive même à lui faire presser le pas en feignant d'être inquiète pour Freïa. Mon stratagème fonctionne admirablement, et nous arrivons à destination en l'espace de quelques minutes.

Dorian m'ouvre la porte et je passe devant lui. Quand nos amis nous voient entrer, ils hurlent tous :

— Surpriiiiiiiiiiiiise !

Des fanions, des confettis et des ballons volent dans tous les sens, tandis que mon ami m'attrape et enroule ses bras autour de moi dans un geste protecteur. Aussitôt, mon œil de sorcière remarque un fin bouclier qui se forme autour de nous deux. Quelque chose de presque imperceptible, et qui le serait sûrement au regard d'une sorcière moins expérimentée. Mais pour ma part, j'arrive à distinguer une très fine poudre scintillante autour de nous. J'essaye de comprendre d'où elle provient en posant mes yeux sur Dorian, qui semble avoir un instinct de protection particulièrement développé, aussi je le rassure en lui disant que tout va bien. Alors il me lâche, et le halo que j'ai réussi à percevoir disparaît instantanément.

Mon partenaire tourne le regard vers ses amis et reste immobile en clignant des yeux à plusieurs reprises, le temps de comprendre ce qui est en train de se produire. Je me tourne vers lui et vois son visage se fendre en un immense sourire de joie. Sans crier gare, il me serre à nouveau dans ses bras presque à m'étouffer.

— Oufti ! Sedna ! Tu étais derrière tout ça ? C'est pour ça que... C-c'est pour ça que...

— Que j'étais stressée à m'en ronger les ongles ? Que je regardais sans cesse mon téléphone ? Que tu m'as trouvée distante ? Oui. Oui. Et oui.

Il me remercie, les larmes aux yeux, et pose un long baiser sur mon front.

Je veux lui dire un mot de plus, mais la centaine d'amis et de connaissances que Freïa, Adrien, Sophie et moi avons réunie ce soir l'accapare aussitôt et me bouscule, au point que je me retrouve de l'autre côté de la pièce en une fraction de seconde.

— C'est bon, c'est bon... Je vous le laisse ! dis-je en levant les mains en signe de reddition.

— T'inquiète pas ! me rassure Adrien en passant un bras autour de mes épaules. On dort dans son duplex, ce soir...

— Son duplex ? répété-je, ne voyant pas de quoi il s'agit.

— Oui ! Il ne t'en a jamais parlé ? C'est l'appartement qu'il a acheté l'an dernier... Un superbe duplex de cent mètres carrés dans le quartier chic des Guillemins. À l'époque, il hésitait à revenir vivre à Liège... Et tu sais ce que ça veut dire ?

Je fais « non » de la tête.

— Que vous aurez la chambre nuptiale, à l'étage, rien que pour vous deux jusqu'au petit matin ! Et même plus...

Il me lance un clin d'œil hyper appuyé et me donne un énorme coup de coude.

— Je te rassure, c'est super bien isolé ! On n'entendra rien, depuis le rez-de-chaussée !

Mon visage doit sûrement virer au cramoisi, tandis que je cherche quoi répondre à cette information et à ce sous-entendu qui n'en est même plus un tant il expose avec clarté les pensées que chacun nourrit sur notre compte depuis que nous nous fréquentons. Adrien éclate de rire, visiblement ravi de m'avoir mise aussi mal à l'aise et de savoir que son plan diabolique, qui consiste à me faire tomber entre les draps de son meilleur pote, risque de se concrétiser à 99,99 %.

Heureusement, Freïa et Sophie accourent à ma rescousse. Elles passent toutes deux un bras sous les miens et m'invitent à rejoindre la piste de danse colorée de néons fluorescents.

— La surprise a marché ! s'écrie Sophie tout en se déhanchant maladroitement dans sa robe fourreau bleu nuit. C'est génial ! Quelle fête mémorable, après sa sortie de convalescence !

J'observe un instant son aura s'illuminer, comme le fait souvent celle de son frère. Et cela attise ma curiosité. Je m'apprête à l'interroger au sujet de cette étrange magie qui semble les environner et les rendre différents de nous, quand Freïa m'interrompt en me bombardant de questions :

— Alors, votre journée ? C'est bon, vous vous êtes embrassés ? C'était bien ? Vous êtes officiellement un couple ? Est-ce que vous vous êtes envoyés en l'air dans les toilettes ?

Ses yeux pétillent tant d'excitation qu'ils brillent plus que sa longue robe à sequins argentée.

— Euh...

— Aïe ! lance Sophie en entendant ma réponse fuyante.

— Heureusement qu'on vous a préparé la chambre nuptiale ! lâche ma meilleure copine en se frappant le front avec la paume de sa main. Franchement, vous avez intérêt à vous marier, après tous les efforts qu'on a faits pour vous réunir !

J'ignore sa remarque en exécutant mes plus beaux pas de danse sur la chanson *A Little Party Never Killed Nobody* de Fergie. Les filles haussent les épaules et se lancent un regard complice, puis elles viennent me rejoindre et la soirée commence : de longues heures de détente dans la Cité ardente, de quoi oublier tous nos problèmes. Le temps s'efface au rythme des cocktails qui coulent à flots, tandis que nous prenons des selfies devant le photomaton, crions dans les oreilles des personnes que nous rencontrons et nous amusons à nous lancer des défis aux fléchettes ou au *twerk*, sans compter quelques gages originaux...

C'est définitif, cette soirée du 11 mai sera à marquer d'une pierre blanche : je ne me suis jamais autant lâchée et défoulée depuis que je suis née.

— C'est bon, madame Sedna est détendue ? me raille Freïa, une fois que je suis debout après avoir relevé un défi au jeu de limbo et prouvé ma souplesse dorsale à tous les invités de la soirée.

J'éclate de rire et avale mon énième verre de gin-tonic. Je veux répliquer, mais au même instant, le DJ lance la chanson *Single Ladies* de Beyoncé. Alors, je ne réponds plus de moi. La tête me tourne, mais je parviens tout de même à me déplacer jusqu'au beau milieu de la piste de danse et à faire profiter les convives de mes talents rythmiques. Freïa, Sophie et quelques autres filles essayent de suivre mes mouvements, car je connais cette danse par cœur après l'avoir révisée durant toute mon enfance. Rayonnante dans ma robe dorée à franges, je m'époumone :

— *Cause if you liked it, then you should have put a ring on it*[1] !

Alors que la chanson se termine, je sens quelqu'un me tirer loin de la foule. Des mains agrippent ma

1. « Parce que si tu m'aimais tant, tu aurais dû me passer la bague au doigt ».

taille, puis des bras se referment autour de ma cage thoracique pour m'enlacer avec douceur, telles des plumes qui se déposeraient sur ma peau. Je lève les yeux et me trouve nez à nez avec Dorian, que je n'avais plus croisé depuis le début de la soirée surprise tant il était accaparé par ses amis.

— Tu vas me rendre fou, murmure-t-il en me serrant davantage contre lui.

— Oh… Pourquoi ? lui demandé-je, l'air innocent.

Il se pince les lèvres en fixant les miennes avec gourmandise.

— Tu sais très bien pourquoi.

— Non, insisté-je avec malice. Dis-m'en plus !

Il rit, saisit une de mes mains et me fait tourner plusieurs fois sur moi-même. Puis il me serre de nouveau contre lui, avec fermeté cette fois, et fait glisser les doigts jusque dans le creux de mes reins. Il resserre sa prise sur mon bassin et plonge son regard dans le mien en me faisant clairement comprendre que rien ni personne ne pourra me défaire de son étreinte, désormais. Mon anxiété habituelle a été totalement balayée par les cocktails que j'ai sirotés au cours de la soirée. Je me surprends donc à ne faire qu'une chose, en réaction à son geste : savourer cette proximité physique et faire courir à mon tour les doigts sur sa mâchoire, puis dans sa chevelure d'or.

— C'est la dernière fois que tu auras l'occasion de chanter et de danser sur *Single Ladies* à tue-tête, me glisse-t-il au creux de l'oreille. Parce que, oui, je compte bien te passer la bague au doigt… un jour.

Et là, il ne me laisse pas le loisir de lui répondre.

Il pose ses lèvres sur les miennes avec une passion brûlante. Je dois me cramponner à ses épaules pour ne pas flancher sous l'intensité de ce baiser – sûrement le plus (im)prévisible de ma vie.

Chapitre 21

Transcendance

Je ne sais pas par quel tour de magie nous sommes parvenus jusqu'au duplex.

Mais le fait est que nous sommes bel et bien arrivés à bon port.

Après 3 heures du matin, mais à bon port.

Une chose est sûre : j'ai intérêt à remercier Freïa d'avoir pensé à m'apporter des baskets, que j'ai pu troquer contre mes talons, lesquels vont sûrement me valoir l'amputation de mes petits orteils.

J'enlève mes sneakers dans le corridor et les balance dans un coin, en me débarrassant également de mon sac et de mon manteau.

Il faut un temps à mes yeux pour s'acclimater à la clarté de l'appartement, après avoir marché une bonne trentaine de minutes dans les rues sombres de la ville.

— Ça a été la demi-heure la plus longue de ma vie, se lamente Dorian qui peine à se défaire de ses chaussures.

Il déboutonne sa chemise, la dépose sur le porte-manteau et y laisse également son pendentif. Chose qui me rassure immédiatement, car cela signifie qu'il n'y a plus aucune barrière entre nous. Même si, d'un autre côté, cela confirme les soupçons qu'il a, je le crains, à mon sujet.

— Viens près de moi, demande-t-il en me tendant une main.

— Pourquoi ? interrogé-je malicieusement en avançant vers lui.

— Pour ça...

Sans ajouter un mot, il se jette sur moi, me soulève de quelques centimètres au-dessus du sol et me plaque contre le mur en m'embrassant avec hardiesse et fougue. J'en ai le tournis, d'autant que mon état « post-soirée » me rend déjà toute chose. Nos langues se rencontrent pour danser l'une avec l'autre et j'en profite pour enfoncer les doigts dans sa chevelure dorée. J'ai tellement attendu ce moment, depuis si longtemps, que je pourrais rester des heures ainsi, à l'embrasser jusqu'à en perdre le souffle.

— Ce serait quand même mieux qu'on monte, non ? finit-il par me susurrer en posant son front contre le mien.

— Pas faux...

En effet, nous sommes les premiers à avoir quitté le café et à être arrivés au duplex. Mais nous savons pertinemment que nos amis ne vont pas tarder. Certes, après avoir fait la fête jusqu'au lever du soleil et avoir pris le petit déjeuner ensemble au bar du coin. C'est une bonne tradition liégeoise – qui m'avait manqué, je l'avoue – et qui me ravit, ce soir, car elle nous laisse un bon nombre d'heures libres pour expérimenter toutes nos folles passions.

Dorian me dépose à terre et saisit une de mes mains pour m'entraîner vers la cage d'escalier. Nous rions en trébuchant et nous bousculons l'un l'autre, en nous précipitant et en nous rattrapant tant bien que mal à la rampe. Ensuite, nous nous arrêtons dans le couloir pour nous embrasser, et enfin nous arrivons devant la porte de la chambre.

— Ah, ouaip... Freïa et Adri ne plaisantaient pas quand ils ont dit qu'ils avaient tout préparé pour nous ! m'écrié-je, ébahie, en découvrant la pièce.

Nos amis ont vraiment fait les choses en grand pour cette soirée « spéciale ». Ils ont su créer une ambiance romantique à souhait. Ma respiration se bloque sous le coup de l'émotion lorsque s'offre à mes yeux le spectacle de ce qu'ils ont prévu pour nous. Il me faut un peu de temps avant de repérer chaque détail.

Des bougies LED de toutes les couleurs éclairent la pièce aux murs blancs et beiges ; un voilage romantique accroché au plafond retombe de part et d'autre de l'énorme lit *king size*, des pétales de roses blanches ont été répandus sur le sol, une bouteille de champagne ainsi que deux verres sont posés sur la table de chevet, et une enceinte portable diffuse une douce musique.

— Waouh ! soufflé-je en marchant doucement vers le lit.

Mes yeux s'emplissent de larmes de joie, tandis que mes paumes crépitent d'étincelles.

Je me recroqueville d'un coup et planque les mains dans le dos pour éviter de trahir ma nature de sorcière.

— Ma petite enchanteresse, ne peut s'empêcher de remarquer Dorian, qui a vraisemblablement tout vu.

— Je ne vois pas de quoi tu parles, m'entêté-je en secouant doucement la tête.

Je lui lance un regard de défi.

Car, à l'instant présent, je suis en position de force : je peux vraiment lui faire croire que c'est l'alcool qui lui fait voir des miracles. Ou mieux, je peux lui demander ce que lui-même cache sous sa douce aura solaire.

— Tu sais très bien de quoi je parle, continue-t-il en fondant sur moi et en posant les mains sur mes hanches.

Je ne relève pas et me contente de le faire taire en l'étouffant de baisers tout en défaisant les boutons et la fermeture de son jean. Je n'ai franchement pas envie d'une conversation compliquée concernant mes pouvoirs magiques, maintenant j'ai juste besoin de profiter de ce moment sur lequel je fantasme depuis des semaines.

Je saisis Dorian par la taille et le fais basculer sur le lit, puis je m'assieds à califourchon sur lui et remonte ma robe autour de mes jambes. Je pose une main sur son torse, passe l'autre dans sa chevelure de blé que j'aime tant triturer et désorganiser, ensuite je plonge mes prunelles dans les siennes avant de me pencher pour lui mordiller les lèvres. Finalement, je me redresse d'un coup et retire ma robe d'un geste. Je me retrouve uniquement vêtue de mon string en dentelle couleur chair.

Je ne peux m'empêcher de sourire de fierté en l'observant dévorer mon corps des yeux avec une avidité qui ne peut que me prouver qu'il est l'objet de tous ses désirs les plus fous.

— J'en rêvais depuis tellement longtemps, me confie-t-il en passant sa main sur mon piercing au nombril.

Il remonte jusqu'à ma poitrine, qu'il caresse doucement, avec tendresse et précaution.

Au contact de ses doigts, mes tétons pointent aussitôt, et je ferme les yeux quelques minutes pour me concentrer davantage sur chacune des sensations que ses caresses me procurent. Je suis tellement excitée et impatiente que je pourrais jouir à la simple idée de ses mains sur mon corps.

Je finis par rouvrir les yeux lorsqu'il passe son index sur mes lèvres, que j'entrouvre légèrement pour lécher ses doigts du bout de la langue. Je sens son sexe qui se tend davantage sous son caleçon, unique vêtement qui lui reste. J'en profite pour me frotter doucement contre lui et pour apprécier la douceur de nos sous-vêtements, ce qui fait monter encore d'un cran la tension entre nos deux corps. Je sais que tout comme moi, il ne désire qu'une chose : que disparaissent tous ces obstacles, pour que nous puissions nous unir, chair contre chair.

— J'en ai rêvé des dizaines de fois moi aussi, murmuré-je en me penchant sur lui. Mais c'est mille fois mieux en vrai...

Je dessine des arabesques sur son torse avec mes doigts, et je prends le temps d'observer minutieusement chaque centimètre de sa peau. Je veux m'imprégner de lui tout entier – et nourrir mes pensées les plus suggestives avant de passer à l'acte.

Dorian a une silhouette fine, élancée, mais très musclée. Sa peau pâle est presque imberbe, mais couverte de taches de rousseur. Ses abdominaux sont parfaitement dessinés, tout comme une fine cicatrice, sur son flanc droit.

— Appendicite, m'explique-t-il lorsque mes doigts l'effleurent.

Je hoche doucement la tête.

— Si jamais tu n'as pas envie d'aller plus loin ce soir, ce n'est rien. Je peux attendre et...

— Chuuut. J'en ai envie. J'ai envie de toi, Dorian... Si fort. J'ai envie de nous.

Sans le laisser me répondre, je l'embrasse avec tendresse. Saisissant une de ses mains entre les miennes, je la pose sur ma poitrine, à l'endroit où se situe mon cœur.

— Sens comme il bat vite...

Durant quelques secondes, je ferme les yeux et tente de calquer ma respiration sur la sienne. Lorsque je sens mon cœur ralentir sa course, je rouvre les yeux.

— Je te laisse piloter, murmure-t-il alors que je fais traîner ma langue sur sa nuque.

Ravie d'entendre ces mots, je me décale légèrement et fais glisser son slip sur le sol pour continuer à explorer son corps à ma manière. Mes doigts effleurent ses jambes, pour se perdre entre ses cuisses. Près de son sexe en érection. Il frissonne davantage. J'intensifie mes caresses, que je fais aller et venir délicatement entre le bas de son ventre et l'intérieur de ses cuisses. Cela devient un véritable supplice pour mon partenaire, qui se met à trembler et ressert sa prise sur mes hanches.

Finalement, il finit par rejeter la tête en arrière. Et mes mains osent s'aventurer plus loin pour caresser doucement une bourse, puis remonter jusqu'à son gland.

En pleine euphorie, je me surprends à éprouver tout autant de plaisir que lui, rien qu'à l'observer perdre pied. Détenir ainsi le pouvoir absolu sur son plaisir m'excite au plus haut point. Chose qui m'était inconnue jusque-là.

Mais, soudain, il tente de reprendre le contrôle en posant une main sur les miennes.

— Sedna, je suis déjà amoureux de toi… Depuis le premier jour. Qu'est-ce que tu veux de plus ? demande-t-il en souriant.

— Devenir le centre de gravité de ton monde, mon amour.

Il ne lui en faut pas plus pour me faire valser sur le lit et m'assaillir de baisers enflammés, ainsi que des caresses les plus intimes. Il mordille mes lèvres tout en palpant mon clitoris de son pouce, et me pénètre avec son majeur. Je me tortille de plaisir, sous les couvertures, et mes hanches suivent, comme malgré moi, comme emportées par des vagues, le mouvement de sa main.

— J'adore te voir lâcher prise… pour une fois, dit-il entre deux baisers.

— Je veux te sentir plus fort, murmuré-je en passant une main sur sa nuque.

— J'ai le droit d'entrer en toi, alors ?

— Oui… Tout ce que tu voudras.

Sans se faire prier, il se redresse pour partir à la recherche d'un préservatif, qu'il trouve dans le tiroir de sa table de chevet. Je l'observe, animée d'un désir ardent qui me brûle les entrailles, tandis qu'il se prépare. Quand son regard croise le mien, je sais que je suis en parfaite sécurité et connectée, plus que jamais, à cet homme que je n'ai pas rencontré par hasard. Lorsqu'il revient à mes côtés, je l'attire à moi en le saisissant vivement par les épaules.

Il m'embrasse, puis se couche sur moi et me lance un dernier regard complice avant de plonger en moi tout entier.

Le temps semble s'être suspendu. Et si je le pouvais, je l'arrêterais vraiment, pour prolonger cette sensation de plénitude. Pour rendre éternel ce moment où nos corps ne font qu'un, et durant lequel nos âmes se rencontrent enfin, pour de bon.

Même si je dirais plutôt qu'elles semblent se retrouver… plus que se rencontrer.

Finalement, je me laisse bercer par toutes les sensations qui envahissent mon être.

Jusqu'à ce qu'une vague de plaisir me heurte de plein fouet.

Exactement au moment où une autre s'empare de mon compagnon.

La parfaite symbiose.

Et là, je comprends que durant toutes ces années, mon corps et mon esprit sont passés par diverses épreuves, confortables mais aussi parfois très déstabilisantes, pour me préparer à cette rencontre bouleversante avec mon autre.

Mon âme sœur, celle que j'ai tant cherchée. Jusqu'à cette nuit.

Un vacarme assourdissant me fait sursauter.

J'ouvre un œil, puis l'autre, avant de comprendre que quelqu'un tambourine à la porte. J'émerge en faisant un bond, déroutée de constater que je me trouve dans un lieu qui m'est totalement inconnu. Mais, surtout, mécontente de sortir de mon magnifique rêve érotique.

— Allez, les petits coquins ! On se lève ! Il est presque midi ! crie une voix qui m'est familière.

— Adri, ferme-la ! marmonne Dorian, collé contre moi.

Son bras est enroulé autour de ma taille et sa tête est logée dans ma crinière sauvage. *Qu'est-ce que...* , pensé-je en écarquillant les yeux et en remarquant que je suis totalement nue sous les couvertures.

Mais je n'ai pas le temps de comprendre ce qu'il se passe car les coups redoublent, sur le panneau de la porte.

— Adri ! s'écrie mon amant en prenant appui sur ses avant-bras.

— Confirme-moi que tu es bien avec Sedna et j'te fous la paix, promis.

— Pfff ! T'es vraiment un gamin.

— Je prends ça pour un oui...

Le jeune homme éclate de rire, puis je l'entends courir vers l'escalier.

Il me faut quelques instants supplémentaires pour reprendre mes esprits et me rappeler que je ne suis pas à Bruxelles, dans mon appartement, mais dans un duplex au beau milieu de Liège... *Que s'est-il passé ?* Je me rappelle avoir embrassé Dorian lors de sa soirée d'anniversaire... mais tout s'embrouille ensuite.

Est-ce que je rêve toujours ? me demandé-je en me roulant doucement en boule vers mon amoureux, qui s'est assis à mes côtés.

Mes yeux traînent d'abord sur ses cheveux d'or en bataille, puis sur son torse nu, avant de continuer leur course sur la couverture qui cache, comme par pudeur, son bassin et ses jambes. J'essaye, une fois de plus, de me remémorer ce qui s'est passé pour que je me retrouve dans ce lit avec lui, mais rien ne me vient.

Mon compagnon bâille un instant avant de se frotter les yeux. Il a une véritable bouille d'ange au réveil. Quelques rayons de lumière filtrent à travers le store et illuminent sa crinière dorée, ce qui semble faire apparaître une aura solaire et lumineuse autour de son visage. Encore plus solaire et lumineuse que d'habitude. D'ailleurs, je remarque que ses yeux émeraude brillent avec une intensité nouvelle.

Je soupire d'extase face à ce beau spectacle, qui pourrait remplacer pour toutes les poétesses du monde et des temps à venir n'importe quelle autre source d'inspiration.

Dorian remarque que je le fixe. Il pose les mains à plat sur les draps du lit, tourne la tête vers moi puis m'offre un de ses plus beaux sourires.

— Je suis désolé pour cet horrible réveil, dit-il avant de se pencher pour se lover contre moi.

Il m'embrasse tendrement et passe les bras autour de moi dans un geste câlin.

Lorsque sa peau entre en contact avec la mienne, une multitude d'images apparaissent dans mon esprit.

Des rires au beau milieu de la Cité ardente.

Une balade nocturne main dans la main.

De nombreux baisers sur le pas de la porte.

Des vêtements jetés aux quatre coins de la chambre.

Une nuit torride.

Tout me revient en mémoire.

Ce que je pensais avoir été mon plus beau rêve érotique n'était pas un rêve.

Mais la plus stricte réalité.

— Ça va ? s'inquiète Dorian en plissant les yeux.

Je cligne plusieurs fois des paupières et me force à revenir dans l'instant présent. Un sentiment d'euphorie transperce chaque parcelle de mon corps, mais il se mélange aussi vite à des peurs et à tout un tas de questions. Parce que Dorian a vu, une fois de plus, des éclairs jaillir de mes mains, alors qu'il me tanne déjà depuis des mois à ce sujet. Mais aussi parce que je le soupçonne lui-même d'être autre chose qu'un simple mortel... Je me demande si j'ai agi inconsidérément et sous le coup de l'émotion, ou si tout ça en valait bien la peine. Mon secret est déjà assez menacé d'être ébruité, pensé-je en revoyant mentalement les coupures de presse de ces derniers jours. Pour me distraire, je passe une main sur les taches de rousseur de mon partenaire et je tente de les compter, comme si cela pouvait apaiser mes angoisses.

— Je..., commencé-je, en perdant aussi vite mes mots.

— Tu ? m'encourage-t-il en me souriant.

— C'était magique.

— C'est toi qui es magique, ma petite enchanteresse, répond-il avant de tourner le visage pour embrasser ma main posée sur sa joue.

C'est trop beau pour être vrai, pensé-je en m'écartant doucement de lui. L'angoissée que je suis ne peut accepter de vivre un si beau moment sans imaginer qu'une catastrophe pourrait se produire dans les minutes qui viennent. C'est toujours comme ça que ça se passe, non ? Un bonheur intense pour un malheur immense. Tout se déroule toujours de cette manière, dans mon monde. Dès que je suis heureuse, quelque chose vient aussitôt réduire ma joie à néant.

— Sedna… J'ai envie de refaire l'amour, là, maintenant…

En effet, son corps nu, bouillant et tendu contre le mien me confirme immédiatement la vérité de ce qu'il vient de murmurer. Il se met à m'embrasser et fait courir les doigts le long de ma colonne vertébrale. Je me laisse porter par cette vague d'amour et me surprends même à lui rendre chacun de ses baisers avec passion, tandis que mes jambes s'enroulent autour de lui et que mes doigts s'enfoncent dans ses cheveux.

— Mais, reprend-il, essoufflé, en plongeant son regard dans le mien. Il faut qu'on parle d'un truc.

Voilà le retournement de situation que j'attendais, songé-je en observant ses yeux qui s'assombrissent un instant.

Je défais mon étreinte et m'assieds en me pinçant nerveusement les lèvres.

— En fait, je…

Cependant, quelqu'un frappe à nouveau à la porte.

— Sed ! s'écrie la voix de Freïa, de l'autre côté du panneau de bois. Ta mère m'a appelée… Elle avait l'air plutôt inquiète. Elle n'a pas voulu me dire ce qu'il se passe, mais…

— J'arrive ! crié-je sur un ton exaspéré en me tournant vers la porte.

Puis, je fais à nouveau face à Dorian, dont les yeux brillent dès qu'ils rencontrent les miens. Il fait mine de vouloir dire quelque chose, mais se ravise et lance un regard vers le réveil, posé sur la table de chevet.

— Je vais prendre ma douche, décide-t-il en se levant. On parle après.

Il enfile un sous-vêtement et entreprend des recherches dans sa garde-robe.

— Ne te tracasse pas, Do... Ma mère peut attendre.

— Non, c'est moi qui peux attendre. Toi, ne t'inquiète pas.

Pour confirmer ce qu'il vient de me dire – et rassurer mon cœur en détresse – il me sourit et m'offre un sweat à lui, qui traînait dans une des armoires de la chambre. Il pose les lèvres sur le sommet de mon crâne et me caresse doucement.

— Ne disparais pas, s'il te plaît, me dit-il en se redressant. J'ai déjà l'impression d'être dans un rêve, alors...

Son aveu de faiblesse me fait fondre.

Aussi, pour lui assurer qu'il ne me perdra jamais, j'attrape ses mains, le tire vers moi et l'ensorcelle de baisers.

Chapitre 22

Conséquences

— Ah ! te voilà enfin ! s'exclame Freïa en croisant les bras sur la poitrine.

Je tortille nerveusement une des manches du sweat que Dorian m'a prêté, quelques instants plus tôt, et replace une boucle de cheveux derrière mon oreille.

Je rejoins ma meilleure amie, ainsi que Sophie, Adrien et Aline, installés près de l'îlot central de ce qui semble être la cuisine et la salle à manger du duplex. Je regarde tout autour de moi en plissant les yeux, à la fois surprise par la luminosité mais également la propreté des lieux. L'équipement est flambant neuf, les appareils électroménagers dernier cri, les meubles en chêne noir sont immaculés et les murs sentent encore la peinture fraîche. Pourtant, même si tout est incroyablement beau et neuf, ce qui me frappe immédiatement, c'est qu'il n'y a pas d'âme, rien n'est personnalisé. Tout est trop parfait, comme si l'appartement était resté tel quel depuis la vente du bien.

De toute évidence, Dorian ne vient jamais ici.

Je sursaute légèrement lorsque j'entends sa sœur se servir un verre d'eau grâce au distributeur intégré au grand frigo. Puis, je manque de trébucher en loupant la marche qui me fait rejoindre mes amis attablés.

— À voir ta tête, mon frère n'a pas pris le temps de te faire visiter l'appart, commente Sophie en haussant les sourcils d'un air taquin.

— La visite a sûrement dû commencer *et* se terminer par la chambre, renchérit Freïa en roulant des yeux.

Tout le monde éclate de rire, sauf moi dont les joues rosissent instantanément. Je fais mine de ne rien avoir entendu et j'ouvre quelques placards avant de trouver un récipient et des couverts. Je file vers le frigo et j'observe, à mon grand dam, qu'il ne s'y trouve rien d'autre que du lait de soja, une canette de boisson énergisante et deux tomates.

— C'est ça que tu cherches ? me demande Aline en désignant le paquet de croissants et de pains au chocolat posé devant eux.

J'opine, mal à l'aise, me prépare tout de même un bol de lait, puis je cours m'installer sur une des chaises hautes à côté d'Adrien.

— J'en reviens pas, crie-t-il en levant les yeux et les mains vers le ciel, comme s'il invoquait une force suprême. J'ai gagné mon pari ! Dorian est ruiné, à moi les billets !

— Un pari ? répété-je, juste avant de croquer dans un croissant.

— Ouaip. Depuis le premier jour où il m'a parlé de toi… J'ai parié que vous coucheriez ensemble ! Mais de son côté, il était sûr que tu ne voudrais jamais de lui.

— Charmant ! réplique Aline en tirant l'oreille de son fiancé. C'est comme ça qu'on traite une gente dame ? En pariant qu'elle couchera ou pas avec son pote ?

— J'ai aussi parié que tu m'épouserais ! Mais Do dit que tu vas sûrement te raviser avant le mariage, se défend-il en grimaçant. Heureusement qu'il perd toujours ses paris !

Les amoureux continuent à se chamailler, tandis que je tâche de retrouver mes esprits, qui semblent s'être perdus dans les bras de mon amant – dont mon corps réclame déjà la présence.

— Ne fais pas attention à leurs bêtises, me rassure Sophie en foudroyant Adrien du regard. Tu as encore faim ? ajoute-t-elle en voyant que j'ai déjà terminé mon croissant.

Je hoche vivement de la tête.

La brunette semble ravie par ma réponse. Elle sort un instant de la pièce, puis revient avec un énorme ravier de fraises et de fruits de saison. Je la remercie, tandis que Freïa râle car elle n'a pas été mise dans la confidence de ces merveilleuses attentions, dont elle aurait volontiers profité si elle avait su qu'elles étaient là.

Quelques minutes après m'être rassasiée, Sophie décide de me faire visiter le duplex tout en me racontant leurs péripéties de fin de soirée. Je l'écoute avec attention, hochant la tête et m'extasiant devant l'énergie débordante qui l'anime. Bien qu'elle n'ait clairement pas fermé l'œil de la nuit ni du matin.

C'est bien un des points communs qu'elle a avec son frère.

— Regarde le balcon ! J'ai toujours voulu que Do y installe un petit barbec', pour l'été... Oh ! viens, il faut que je te montre le salon, avec la sublime cheminée to-ta-lement rénovée...

Elle m'attrape par le poignet et m'entraîne dans tous les recoins de l'appartement. Les pièces sont plus belles les unes que les autres. Tout est parfaitement décoré, avec sobriété et élégance. Et j'apprends que si l'appartement est si propre et bien rangé, c'est parce qu'une femme de ménage vient régulièrement entretenir le lieu, même lorsque aucun membre de la famille ne séjourne à Liège.

— Je ne comprends pas pourquoi Dorian ne vit pas ici ? Pourquoi il reste à Bruxelles ? demandé-je lorsque Sophie et moi retrouvons le reste de notre troupe, affalée devant la télévision.

— Parce qu'il n'avait pas envie de vivre seul, me répond Adrien. Il attendait quelqu'un pour le rejoindre... Enfin, je pense.

— Oui, tu as raison, affirme en soupirant la sœur de l'intéressé. Malheureusement, il va devoir remettre l'appartement en vente dans peu de temps.

— Hein ? Pourquoi ? m'étonné-je en fronçant les sourcils.

Sophie et Adrien se lancent un regard qui mêle surprise et incompréhension. Tandis qu'Aline, qui semble être au courant du problème qu'ils évoquent à demi-mot, se détourne de la série qui défile à l'écran pour leur faire signe de se taire.

— Attends, mon frère ne t'a rien dit ? s'étonne Sophie, dont les yeux bleus me scrutent avec méfiance.

— Euh… je suppose que non. Je n'étais même pas au courant de l'existence de cet appart.

— Putain ! Pourtant, vous passez tout votre temps ensemble ! s'écrie Adrien. Vous discutez de quoi, si vous parlez pas des choses sérieuses ?

— Je sais pas, je…

— Sérieusement ? s'emporte-t-il. Ça me confirme bien que vous ne faisiez pas que discuter, lorsque vous vous voyiez, renchérit-il. Je vais réclamer des intérêts sur l'argent du pari…

— T'es con, Adri ! gronde Aline en le frappant doucement sur la tête.

Cependant, Sophie ignore leur querelle. Elle vient s'asseoir à côté de moi, visiblement inquiète. Elle prend mes mains dans les siennes, puis elle lance un regard en direction de l'escalier pour voir si son frère se manifeste ou s'il est toujours sous la douche. Enfin, elle repose ses yeux sur moi avant de serrer mes mains.

— Oh ! Sedna… J'étais sûre qu'il t'en avait parlé ! Il m'avait fait promettre de ne rien te dire jusqu'à son anniversaire… Parce qu'il voulait le faire lui-même, avant que l'information ne fuite dans les médias et que tu l'apprennes par ce biais. Mais l'échéance est passée. Et il ne reste plus beaucoup de temps…

Je me tourne un instant vers Freïa ; elle me fait aussi vite comprendre, d'un mouvement d'épaules, qu'elle ne sait pas du tout à quoi fait allusion Sophie.

Celle-ci ferme les yeux en soupirant, puis les rouvre d'un air décidé.

Prête à lâcher une bombe qui va chambouler notre vie.

— Do va être transféré.

Mes yeux se perdent un instant dans le vague.

— Après la fin de la saison, continue-t-elle en tapant nerveusement le pied sur le sol. Il a été retenu par l'équipe de Dortmund. C'était aussi en grande partie pour ça qu'on voulait organiser la surprise d'hier, avec Adri et Aline... Pour lui remonter le moral après sa blessure, mais aussi pour marquer le coup.

J'encaisse l'information mais reste muette.

— Et ? fais-je, comme si je n'avais pas compris.

— Il part vivre en Allemagne dans un mois.

Impossible, pensé-je, sentant ma gorge se nouer et mes yeux se remplir de larmes. Pourquoi est-ce que je n'ai reçu aucune vision à ce sujet ? Et pire, pourquoi est-ce qu'il ne m'a rien dit ? Pourquoi est-ce qu'il a osé faire miroiter sous mes yeux les bonheurs d'une relation, s'il savait pertinemment qu'il partait dans un mois ?

— Je suis sûre que vous allez trouver une solution. Do pourra faire régulièrement les allers-retours et revenir nous voir. Enfin, surtout *te* voir, tente de me rassurer sa sœur en me voyant me décomposer.

Cependant je me lève brusquement, évitant son regard.

Mon sang bouillonne dans mes veines et ma vue se brouille. Je me sens comme la pire des idiotes, d'avoir osé croire au happy end. Tu parles d'un karma ! Si ma grand-mère et ma mère apprenaient cela, elles ne pourraient que se moquer de moi et de mes amourettes à deux balles. En me scandant un « on a vécu cela avant toi, on t'a prévenue mais tu as refusé de nous écouter ».

— C'était malin, comme pari ! lancé-je à l'intention d'Adrien. En effet, je suis totalement tombée dans le panneau. Juste avant son départ... Je comprends mieux. Waouh ! C'est génialissime.

Une larme me trahit et roule sur ma joue.

Je la rattrape avec le dos d'une main, tandis que je sens de petits éclairs se manifester dans la paume de l'autre. Mon cœur est sens dessus dessous et cela affecte ma magie. Par peur de dévoiler mes dons de sorcière – que j'avais presque oubliés au milieu de ces conversations des plus mortelles – je cours vite dans le hall d'entrée pour me cacher.

— Le naturel revient au galop, marmonné-je en observant mes mains qui s'électrifient encore davantage.

Je continue à encaisser la nouvelle, avec cette sensation qu'on vient de me donner un coup de poignard en plein cœur.

Comment Dorian ose-t-il me faire promettre de ne pas disparaître de sa vie, alors qu'il sait qu'il s'apprête à le faire, lui ? me demandé-je, tandis que mes larmes coulent et entrent en contact avec les éclairs qui s'échappent de mes paumes.

J'essaye de me repasser en boucle les dernières semaines et les moments passés ensemble. De me rappeler chaque instant vécu à ses côtés pour voir si à un moment ou à un autre il a évoqué ce fameux déménagement à l'étranger. Hélas, rien ne me vient. Je me souviens simplement que Dorian s'est volatilisé quelques jours en Allemagne, puis qu'il est revenu comme une fleur. Sans jamais évoquer le but de son voyage d'affaires ni les négociations dans lesquelles il devait être engagé, ces dernières semaines.

Je ne peux m'empêcher de me détester moi-même.

D'abord, parce que je suis dans cet état pitoyable à cause d'un simple humain.

Ensuite, parce que je suis une sorcière au don de médiumnité inutile. Aucune de mes visions ne m'a permis de faire les bons choix ni de marcher sur le bon chemin.

Pour ne rien arranger, mon téléphone se met à sonner.

Je traîne des pieds jusqu'au coin du corridor, où j'ai balancé mon sac, en arrivant hier, puis je décroche.

— Mademoiselle Sika, depuis quand faites-vous la grasse matinée ? Jusqu'à 1 heure de l'après-midi ? me gronde ma mère, à l'autre bout du fil.

— Désolée, maman, hoqueté-je en essayant de dissimuler mes émotions.

— Ma fille, reprend-elle, avec douceur.

Au début, je pense qu'elle se calme car elle a compris que je pleure.

Mais l'instant d'après, je reçois des bribes de visions.

Un hôpital.

Ma mère en larmes.

Mon père qui cherche à la consoler comme il peut.

Des infirmières qui passent à tour de rôle.

Un électrocardiogramme.

Mémé, allongée sur un lit blanc immaculé.

La vie en suspens.

— J-Je... j'ai besoin de toi, souffle ma mère avant de fondre en larmes.

À ces mots, l'Univers me rappelle qu'il y a des urgences bien plus graves qu'une simple peine de cœur.

Chapitre 23

Bienveillance

Trois jours après

Je vérifie que mes petites élèves sont bien installées en cercle sur les coussins en satin coloré que j'ai disposés au sol. J'ouvre les tentures pour laisser entrer les rayons du soleil dans la pièce. Je frotte quelques livres poussiéreux et me bouche instinctivement le nez en sentant mes yeux picoter. Puis je saisis le grimoire qui va me servir pour le cours du jour, et je m'assieds aux côtés de mes chères apprenties sorcières.

Aujourd'hui, j'ai convié les Cadettes dans la grande bibliothèque du Coven.

Cette immense pièce aux plafonds hauts sertis de lustres en cristaux, ce « bureau des archives » de la Noxa est plein de rayonnages en chêne brun dont les derniers sont si hauts qu'il faut une échelle pour les atteindre. Divers outils sorciers comme des branches de sauge, des miroirs en forme de lune, des bougies et de nombreuses géodes d'améthyste décorent les lieux. Dans le coin gauche de la pièce, exposée en plein soleil, une énorme plante a pris ses quartiers ; ses tiges grimpent sur le mur, tandis que des fleurs et quelques repousses font leur apparition, après avoir éclos de l'unique épanouissement de la tige mère dans cet endroit magique et féerique.

La bibliothèque du Coven était l'endroit que je préférais, quand j'avais l'âge de mes disciples. Je venais m'y réfugier lorsque j'étais triste, en colère ou encore lorsque j'avais peur et que je souhaitais fuir mes mortels harceleurs, après l'école.

Je suppose que cet endroit a le don de panser mes blessures les plus profondes.

Les livres ont toujours été mes meilleurs alliés.

Avec eux, je me suis évadée, j'ai rêvé, je suis partie à l'aventure et j'ai découvert mes passions. Grâce à eux, je me suis instruite, je suis devenue puissante et je me suis rebellée, en usant des sortilèges qu'ils m'ont enseignés. Je me suis émancipée.

C'est même à cause d'eux que je suis devenue une éternelle romantique.

Bon, ce dernier point, j'aurais bien voulu l'éviter. Me retrouver avec le cœur brisé deux fois d'affilée en l'espace de quelques semaines, ce n'était définitivement pas prévu. Rien que pour ça, je blâme toutes les romances que j'ai lues durant mon adolescence.

— Madame Sedna, c'est quoi, le cours du jour ? s'enquiert Lara, la petite rouquine au visage joufflu.

— Oui, madame Sedna, pourquoi on est dans la bibliothèque ? se lamente Clélia, une petite noiraude qui vient tout juste d'arriver au Coven. Il fait si beau dehors !

— Vous allez nous lire une histoire ? continue une autre enfant.

— Oh oui ! Une histoire ! Une histoire ! commencent-elles à scander toutes en chœur.

Je me mets à rire, face à leur innocence.

— Oui, oui, oui ! Vous avez gagné. Je vais vous lire une histoire… Mais pas juste pour le plaisir ! Pour que vous étudiiez mieux les créatures magiques et légendaires qui vivent dans notre monde, comme les loups-garous, les vampires ou encore les fées. Et aussi celles qui n'en font plus partie, comme les dragons et les licornes.

— Géniaaaal ! s'exclame Lara en applaudissant.

Une heure plus tard, le cours se termine, il est temps de ranger. Quelques petites sorcières m'aident à remettre de l'ordre dans les coussins, les plaids et les livres que j'avais disposés au centre de la bibliothèque. De mon côté, j'agis mécaniquement, toute préoccupée par tant d'autres choses…

Pas d'appel de ma mère.

L'état de mémé est stable.

Je continue de poser sur les étagères les livres et les jeux que nous avons sortis, mais lorsque je saisis le volume de *Jeux de sorcière*, voilà qu'il tombe en s'ouvrant sur la page où la protagoniste de l'histoire rencontre l'ange gardien de son aventure. Un petit garçonnet aux cheveux d'or, aux yeux clairs comme le ciel et à l'aura solaire.

Et là, je reçois un tas de flashs me rappelant les moments partagés avec Dorian.

Son instinct protecteur.

Son innocence.

Sa douceur et sa générosité.

Son sourire rayonnant.

Tous ces instants merveilleux, où j'ai senti qu'il y avait de la magie dans l'air.

Mais aussi tous les moments où il m'a tirée de situations complexes…

Et si… , songé-je avec une lueur d'espoir.

Et s'il quittait la Belgique, non pas pour une histoire de carrière, mais afin d'accomplir quelque chose comme un devoir. Après tout, c'est une bonne couverture, d'avoir un métier qui nous fait voyager régulièrement, lorsqu'on se doit de veiller sur une âme que le ciel nous a demandé de protéger, puis sur une autre. Toutes les créatures magiques ont des métiers qui leur servent de couverture : les vampires, qui travaillent de nuit dans les bars et les discothèques, les bonnes fées qui se convertissent en assistantes sociales ou encore ma mère, sorcière guérisseuse, qui a voué son existence à son métier de gynécologue pour sauver de nombreuses mères en couches.

Si les anges existent bel et bien, il est certain qu'ils ont de bien meilleures couvertures que nous.

— Madame Sedna, vous allez bien ? s'inquiète la petite Emiliana, les sourcils froncés, en me tendant le volume que j'ai laissé tomber.

Ma peau émet quelques petites étincelles, mais elles se calment aussi vite.

— Oui, ne te tracasse pas… Merci d'avoir ramassé le livre. Tu veux le garder jusqu'au prochain cours ?

Les yeux de la petite fille s'illuminent, tandis que sa peau ébène rayonne davantage.

— Vraiment ?

— Oui, acquiescé-je en posant la main sur ses cheveux frisés. Je te fais confiance, je sais que tu le rapporteras intact.

En guise de réponse, elle me serre vivement dans ses bras.

Puis elle s'échappe avec son nouveau trésor en main.

— Merci, madame Sedna ! Et si vous rencontrez un ange, dites-le-moi ! J'ai toujours rêvé de voler autrement qu'avec un balai volant. Ce doit être incroyable, d'avoir des ailes !

Je ne relève pas. Je l'observe courir dans les bras de ses parents, qui me saluent de loin en souriant.

Des ailes, pensé-je tristement. Si Dorian était vraiment un ange, j'aurais vu ses ailes. Et de près. Il s'est montré à moi torse nu à plusieurs reprises, et j'ai tout de même passé les mains sur son corps, j'aurais senti quelque chose d'étrange s'il en avait eu. Il faut vraiment que je passe à autre chose. Ce mec n'a rien de spécial. Il est banal. Et c'est ça qui m'a plu chez lui. Sa normalité, et le fait que tout soit si facile avec lui… Au point que, « facile », je le suis devenue moi aussi, malgré moi.

Tout en songeant, je déverrouille mon écran de smartphone et constate que j'ai un appel manqué et deux messages de sa part.

Quand on parle du loup…

Coucou, Sedna, je sais que tu es fâchée. Et tu as tes raisons. Je voulais simplement prendre des nouvelles de ta famille… Ma sœur m'a dit que ta grand-mère

va mal. Je sais que vous êtes très proches, elle et toi. Tu n'as pas à porter ce fardeau seule, on est là, en cas de besoin. Je suis là. Quitte à oublier ce qu'il s'est passé entre nous.
PS : Prends le temps qu'il te faut. Mais dis-moi quand tu es dispo pour qu'on ait une vraie discussion, s'il te plaît. Bisous.

Tant de bienveillance affichée me tire un profond soupir.

Il faut vraiment que ce mec avec sa bouille d'ange cesse de jouer au gentil garçon et qu'il montre la part sombre qui l'habite aussi. Comme si l'état de mémé l'affectait... Il ne partage pas son sang. Il ne sait même pas que si elle décède, c'est le symbole d'une matriarchie entière qui disparaît. Ma mamie n'est pas uniquement le pilier de notre famille, elle est également celui du Coven. C'est elle qui a réuni et qui unit tous les membres de notre communauté au sein de la Noxa. C'est grâce à elle que la paix règne entre toutes ces sorcières aux caractères tordus et des plus flamboyants. Des guérillas, nous en avons connu, avant qu'elle prenne sa place dans notre sororité. Et je refuse que ces conflits renaissent lorsqu'elle nous quittera...

Mémé est dans un état stable, merci. Elle est sous surveillance à l'hôpital. On attend patiemment qu'elle se réveille. Si tout va bien, je devrais m'occuper d'elle, après ça. Donc je ne pense pas avoir le temps de discuter prochainement... Mais je te tiens au courant.

À peine une seconde après, mon téléphone vibre à nouveau.

Dieu merci ! N'hésite pas, si tu as besoin de quoi que ce soit. Je pense fort à toi.

Je lève les yeux au ciel en lisant ces mots, car ce n'est pas Dieu qu'il faut remercier.

Mais tout simplement mes parents.

C'est mon père qui s'est téléporté à la maison de mémé, alerté grâce à une vision que ma mère a reçue quelques secondes avant que l'AVC ne se déclenche.

Si bien qu'il m'apparaît comme une évidence qu'il est désormais temps que j'arrête de prier mes anges gardiens ou de quelconques guides spirituels… Personne ne veille sur moi ni sur ma famille, là-haut ; c'est sûr et certain. Toutes ces histoires de magie divine ne sont que du pipeau. Finalement, il n'a jamais existé de créatures mythiques à la hauteur du pouvoir des femmes ni de la magie que les sorcières ont développée au cours des derniers millénaires.

C'est nous qui avons créé et qui portons le monde.

Dans notre ventre, mais aussi sur nos épaules… Et ce, depuis toujours.

— Que les déesses saluent ma prise de conscience, murmuré-je en flânant dans les rayons de la bibliothèque.

Chapitre 24

Clémence

— Sedna, tu es là ?

Tirée de mes rêveries, je referme le livre que je feuilletais.

Quelle heure est-il ? me demandé-je en remarquant que la seule chose qui me permet d'y voir un peu clair est un chandelier posé sur l'étagère, à côté de moi. Les étoiles scintillent dans le ciel ; la constellation des Gémeaux, celle du Cancer s'étendent par-delà l'horizon. Il doit sûrement être près de minuit.

L'horloge qui sonne alors confirme mon hypothèse.

— Oh ! te voilà !

Je lève les yeux et croise le regard sombre d'Artémis qui tient un vieux bougeoir. Sans attendre qu'elle ajoute un mot de plus, je me lève d'un coup afin d'établir une distance de sécurité entre elle et moi.

— Je... je viens en paix, annonce-t-elle en levant sa main libre. Vraiment, m'assure-t-elle en souriant.

Je place le volume que je tiens contre ma poitrine, comme un bouclier, prête à réagir si les choses dégénèrent.

— Sedna, je t'assure, soupire-t-elle en remarquant mon geste.

— Je t'avais dit de ne plus jamais m'approcher ! m'emporté-je, tandis que des éclairs se dessinent sur ma peau.

La brunette pose son bougeoir sur l'étagère la plus proche, puis elle fouille dans un petit sac à l'anse de cuir usée qu'elle porte en bandoulière, pour finir par me tendre un bout de papier froissé et coloré. Sa main tremble légèrement et agite doucement sa longue robe violette.

— Je t'ai écrit une lettre.

— Pourquoi ? demandé-je en reculant d'un pas.

— Ah ! c'est terrible comme tu te méfies de tout ! Je voulais simplement m'excuser, te dire tout ce que j'ai sur le cœur.

Je ris, mais d'un rire jaune, en faisant un mouvement de main dédaigneux.

Depuis quand cette sorcière, la plus sombre d'entre nous toutes, prend-elle la peine de présenter des excuses à qui que ce soit ? D'accord, il y a presque eu mort de femme, durant les dernières quarante-huit heures, mais cela est sous contrôle maintenant.

— Arrête de me faire marcher, Artémis.

— J-je... j'ai tout avoué à ma mère.

Je lui adresse un regard en coin, curieuse de comprendre ce qu'elle désigne par « tout ». Et puis Artémis ment comme elle respire. Alors pourquoi devrais-je la croire et penser qu'elle vient me parler « en paix » ?

— Je lui ai avoué que je me suis laissé manipuler par ma magie... Que j'ai fait une crise d'hystérie à cause de ça. Que je m'en suis prise à toi, mais aussi à Dorian... un innocent, précise-t-elle en posant une main sur son cœur et en baissant les yeux. Je lui ai dit que j'ai fait cela par jalousie parce que je... parce que je t'aime, ajoute-t-elle après un court silence. Je lui ai demandé de me retirer provisoirement mes pouvoirs magiques. De me faire placer sous la surveillance de Dana.

— Dana est rentrée aujourd'hui, soufflé-je en croisant le regard de mon ex-amoureuse.

En effet, la Sorcière-Reine du Coven a subitement interrompu son dernier voyage, en Nouvelle-Zélande, en prétextant qu'elle avait des urgences à régler à l'approche du sabbat de Litha que nous célébrons lors du solstice d'été. Elle est rentrée en Belgique, mais personne ne l'a encore aperçue. Même pas sa fille, Freïa, qui continue à crier au monde entier que ses parents se fichent complètement d'elle. Je pensais naïvement que ma marraine était rentrée uniquement pour surveiller l'état de santé de mémé, mais il semble que d'autres mystères se cachent derrière ce retour soudain...

— Lorsque ta grand-mère sera totalement remise de son... de son..., hésite Artémis, qui évite mon regard, par pudeur. Bref, tu sais quoi. Je quitterai Bruxelles avec Dana pour quelques semaines. On part en Islande, loin de tout. Près d'une source purifiante... Pour que je reprenne le contrôle de mes pouvoirs et que je ne fasse plus jamais de mal aux personnes... aux personnes que j'aime.

— Tu devrais commencer par toi-même, répliqué-je en croisant les bras sur la poitrine.

Mon ancienne amoureuse me considère avec un regard interrogatif ; elle n'est visiblement pas certaine d'avoir compris ce que j'ai dit.

— Tu devrais commencer par ne plus faire de mal à toi-même, précisé-je en avançant doucement vers elle.

— C'est prévu aussi, affirme-t-elle avec un sourire triste. Sedna, si tu savais à quel point je suis...

— Je lirai ta lettre plus tard, concédé-je en prenant l'enveloppe de ses mains.

— Merci.

J'esquisse un infime sourire et me dispose à quitter la bibliothèque du Coven.

— Si tu te demandes pourquoi je fais cela maintenant, reprend Artémis en me voyant ranger sa lettre, mes carnets de notes et quelques potions dans mon cabas Louis Vuitton, sache que c'est parce que te voir heureuse avec Dorian m'a fait un électrochoc.

Je me fige un instant, prête à entendre la fin de son histoire.

— Je vous ai croisés, jeudi dernier... Dans le Carré, à Liège. Je t'assure que je ne vous ai pas suivis ! précise-t-elle sur un ton paniqué, en me voyant écarquiller les yeux de surprise. J'étais simplement invitée à fêter l'anniversaire d'une amie... Tu sais, Isis. Celle qui fait partie de l'autre Coven, Aurora ?

Je hoche la tête ; je me rappelle vaguement avoir rencontré une fois ou deux cette fameuse Isis, au nouvel an des Sorcières, quand j'étais adolescente.

— Bah... Je vous ai croisés et... et vous étiez si beaux à voir. Tu étais si rayonnante... que... j'ai compris. J'ai compris que je n'étais pas celle qu'il te fallait.

Son aveu me serre le cœur.

Pas de tristesse ni de nostalgie, mais de gratitude.

Je ne crois pas au hasard. Et je sais que, même si Artémis ne m'était pas destinée de la manière que je l'aurais voulu, je l'aimerai toujours, d'une certaine manière.

Je la remercierai toujours pour tout ce qu'elle a pu m'apporter, et pour le chemin sur lequel elle m'a emmenée.

— Je veux devenir une meilleure personne ! s'exclame-t-elle en joignant les mains en prière devant son cœur. Et j'espère rencontrer mon soleil à mon tour... Même si je continuerai à admirer la lune, de loin...

À ces mots, je pose les mains sur les siennes.

— Tu n'as pas à devenir une meilleure personne, Artémis. Tu es déjà une bonne personne. Tu dois simplement apprendre à briller selon ce que tu es. Tu n'as pas besoin de soleil, tu es le soleil. Il te suffit d'accepter de voir ta propre lumière et de la répandre autour de toi... Arrête de te cacher.

J'enfile mon énorme sac sur l'épaule et je m'éclipse aussitôt après avoir prononcé ces mots.

Je refuse de laisser à mon ex le loisir de me voir pleurer une fois de plus.

— Tu n'as pas envie de faire preuve de clémence, pour une fois dans ta vie ? s'énerve Freïa, tellement contrariée que des flammes jaillissent de sa crinière rousse. Franchement, Gatsby est fait pour toi ! Vous êtes destinés à être ensemble... Mais tu es trop bornée !

Elle fait les cent pas dans notre salle de séjour, manquant d'enflammer les tentures à chaque fois qu'elle passe un peu trop près. De temps à autre, elle marmonne des trucs en gaélique qui me sont incompréhensibles. Alors qu'elle n'a pas le droit d'être plus en colère que moi.

— Tu n'as pas de leçon à me donner, Frey ! Au moins, moi, je n'ai pas utilisé de potion d'amnésie pour faire oublier mon existence à ce pauvre garçon...

— Tu aurais dû ! Il va avoir le cœur brisé.

— Et moi, alors ? crié-je, les larmes aux yeux.

— Mais il t'a proposé de discuter... Alors, vas-y !

Je me contente de secouer violemment la tête en ravalant mes larmes.

Avoir une conversation ? Pour quoi ? Pour déboucher sur un improbable aveu, et qu'il m'apprenne qu'il est un ange gardien désormais missionné pour protéger une âme qui vit en Allemagne... Que ce genre de déplacements soudains pourra se produire toute sa vie, car c'est la conséquence de son pacte avec Dieu... À moins qu'il ne me confirme qu'il est un abruti qui a cru qu'il allait pouvoir me ballotter de droite à gauche, comme une potiche qui joue le rôle de pom-pom girl dans les gradins.

Dans tous les cas, cela me paraît sans issue.

Je refuse de lier ma vie avec un emplumé autant qu'avec un écervelé.

D'autant qu'il pourrait se révéler être les deux à la fois.

Après tout, personne n'a jamais vu de démone en couple avec un ange, car ces deux espèces sont faites pour se détester, voire se faire la guerre – selon les écrits que j'ai pu lire sur le sujet. Et la dernière sorcière connue pour avoir craqué pour un footballeur, c'est-à-dire ma mère, est sortie de cette relation avec un cœur de pierre.

— Ne me dis pas que tu vas te remettre avec Artémis à cause de cette histoire de lettre… Franchement, je ne crois pas une seule seconde qu'on puisse tirer quoi que ce soit de bon d'elle. Je l'adore, c'est Artie. Mais qu'est-ce qu'elle peut être tordue, quand elle veut…

Argh…

— Je choisis la réponse D.

— Quoi ?

Oups.

— Euh… j'ai pensé tout haut. Je voulais dire qu'aucune des hypothèses que j'ai faites au sujet de Dorian ne me plaît. Et je ne me remettrai pas non plus avec Artémis. Je l'aime énormément, mais c'est du passé.

— Aucune des hypothèses au sujet de Dorian ? s'étonne Freïa, sans comprendre à quoi je fais allusion.

— J'ai besoin de temps pour moi. C'était une mauvaise idée, de sauter à pieds joints dans une nouvelle relation alors que je venais à peine de rompre… Mon cœur a besoin de répit. Et de calme.

Pour faire comprendre à ma meilleure amie que la discussion est close, je pars m'isoler dans ma chambre. Une fois seule dans mon havre de paix, je m'adosse à la porte, me laisse glisser au sol et soupire longuement.

— Dans quel bourbier je me suis fourrée ? marmonné-je en observant l'état déplorable de la pièce, qui est sens dessus dessous.

Moi qui suis d'habitude si maniaque et ordonnée, voilà que j'ai été happée par les mauvaises habitudes des âmes que j'ai un peu trop côtoyées ces dernières semaines.

Et comme si le simple fait de penser à elles les invoquait, voilà que mon téléphone vibre sous un flux de notifications Instagram. Je déverrouille mon écran et observe la photo sur laquelle Sophie m'a taguée. C'est une photo de groupe qui nous montre tous les six : Dorian, Freïa, Adrien, Aline, Sophie et moi. Elle a indiqué en légende :

« La meilleure des équipes »

Puis elle a placé un émoji ballon de football, un autre qui ressemble à une boule de cristal et le dernier qui symbolise les confettis et les rubans d'une fête.

Nous sommes tous incroyablement beaux sur ce cliché, mais je remarque que Dorian ne regarde pas l'objectif, car ses yeux sont braqués sur moi. Il me considère avec tendresse et...

Non, Sedna. Ne te laisse pas avoir par cette vile espèce nommée « homme ».

Pour ne rien arranger, un des contacts communs de Sophie et Dorian commente instantanément :

Félicitations, les amoureux ! Vous êtes beaux à voir.

Puis un autre ajoute :

Waouh ! Ça fait plaisir de te voir heureux, Do. C'est quand que tu nous la présentes ?

Suivi de :

Canon, vous tous ! Merci pour la soirée, c'était incroyable. Digne des Janssens.

J'ignore la pluie d'autres réactions qui s'affiche et mets mon écran en veille avec un grognement de rage. Pour me changer les idées, j'ouvre enfin la lettre qu'Artémis m'a remise hier soir. Je m'allonge sur mon lit aux draps froissés par mes récentes nuits blanches, puis je commence à lire l'écriture maladroite de mon ancienne amoureuse.

Chère Sedna, soleil de mes nuits et étoile de mon Orient,

Je n'ai pas la prétention d'avoir hérité de ton aisance pour l'écriture ni de ton don de médiumnité. Mais je n'ai besoin ni de faire de la poésie, ni de lire dans une boule de cristal pour comprendre que tu as rencontré ton âme sœur. Je pensais l'être. Je pensais que c'était moi, ta seule et unique. Mais j'ai été bien trop présomptueuse… J'étais unique et spéciale à tes yeux, certes. Car je suis et resterai toujours ton grand amour de jeunesse, mais je n'ai pas assez pris soin de notre passion. Je me suis montrée immature, parfois égoïste, et même mesquine à certains moments.

Sache que même si les mots ne sont pas assez forts pour te dire ce que je ressens… du plus profond de mon cœur,

je suis désolée. Je suis navrée que notre amour ait viré au cauchemar. Nous avions tout pour être heureuses, mais j'ai considéré ce bonheur comme acquis. Alors que rien n'est définitivement nôtre, encore moins l'âme d'autrui.
J'espère qu'un jour tu te sentiras capable de me pardonner, et que ce sera dans cette vie. Sinon, j'espère bien me faire pardonner dans la prochaine. Au-delà du pardon, j'ose espérer avoir une place spéciale dans ton existence. Que ce soit en occupant le rôle d'amie, de confidente, de copine d'université ou de simple sœurcière que tu côtoies uniquement au Coven. Il me semble avoir compris que tu déménageras bientôt en Allemagne pour rejoindre l'élu de ton cœur, alors je te souhaite tout le meilleur. Et je le pense sincèrement.
Je ne te promets pas de le penser aussi sincèrement à l'avenir, car te voir dans les bras de quelqu'un d'autre me fera toujours un petit quelque chose… Et je pesterai en me demandant pourquoi je t'ai écrit ces mots, les jours où je n'aurai pas la force de me réjouir de ton bonheur sans moi. Mais je voulais marquer ce moment où je t'envoie uniquement mes sentiments les plus sincères.
J'espère aussi que Dorian sera capable de me pardonner et qu'il ne me détestera

```
pas. Ou du moins pas autant que je peux
le détester certains jours… Oups !
Merci de m'avoir lue. Souhaite-moi
d'aller mieux.
Avec toute ma lumière,
Ton Artie
```

Une larme coule de mes yeux, puis une autre, et une pluie d'émotions refoulées dans mon âme depuis des jours s'exprime brusquement.

Ce chagrin est sûrement le même que celui qu'Artémis a ressenti le jour où elle m'a écrit cette lettre. Les perles d'eau qui ont dilué l'encre, sur certains mots, sont sans équivoque.

À force de courir entre nos obligations de fausses humaines et nos devoirs de sorcières en devenir, nous disposons de très peu d'espace de parole pour révéler ce que nous sommes réellement. Alors, je suis heureuse d'avoir permis à mon ex-amoureuse de trouver l'occasion de partager sa vérité en toute liberté, de prendre sur elle et de faire taire ses nombreuses angoisses pour se remettre, pas à pas, sur le droit chemin. C'est-à-dire sur celui qui lui correspond, et non pas sur celui que nos Aînées aimeraient qu'elle emprunte.

Je plie doucement le papier en quatre et le pose sur mon cœur en fermant les yeux.

— Je te souhaite d'aller mieux et de recevoir tout l'amour du monde, Artémis. Merci pour ton geste.

La fatigue me rattrape aussitôt. Il était temps, après ces quatre nuits blanches, songé-je en me laissant bercer par un doux sentiment de lâcher-prise.

Mon esprit vagabonde et tombe dans les abysses d'un autre monde.

Hélas, cette pause ne dure qu'un court instant.

La sonnerie de mon téléphone me réveille rapidement.

Je tends faiblement le bras vers ma table de chevet et décroche.

— Mmpff ?

— Mémé s'est réveillée ! s'écrie la voix de ma mère à l'autre bout du fil.

L'espace d'un instant, à l'intonation de sa voix, je pourrais croire qu'elle a récupéré un cœur et que la joie fait à nouveau partie des sentiments qui peuvent l'animer.

— M-mémé... q-quoi ? bégayé-je, à moitié endormie.

— Elle va s'en sortir. Elle est consciente. Elle dit qu'elle veut te voir !

— Oh ! merci au ciel ! ne puis-je m'empêcher de soupirer avant de retomber dans les bras de Morphée, une bonne fois pour toutes.

Finalement, quelqu'un veille peut-être sur nous... Là-haut.

Chapitre 25

Silence

Deux semaines plus tard

En équilibre sur la tête, les paumes derrière le sommet du crâne, je ferme les yeux pour me connecter plus profondément aux sensations qui traversent chacun de mes muscles. Mais également pour libérer mon esprit de toute anxiété.

Je bouge doucement les jambes – avec cette impression de flotter dans l'air – puis je ramène les talons l'un contre l'autre et pointe les orteils vers le ciel. Ensuite, je dépose délicatement un pied puis l'autre sur le sol et je m'installe confortablement dans la posture de l'enfant, pour profiter pleinement des effets de ma précédente posture, celle de l'inversion. Avec délicatesse, je me redresse pour m'asseoir. J'allume une branche de sauge que j'ai préparée avant ma séance de yoga, puis je rédige quelques mantras de gratitude dans mon carnet de notes, avant de poser les mains sur le cœur et d'entrer en état méditatif.

Malgré ma petite routine bien-être et l'effet relaxant que celle-ci produit sur mon esprit, une larme roule sur ma joue droite. En pensée, je l'observe, sans jugement, tomber sur le haut de ma poitrine. Je salue le ciel en joignant les mains en prière devant le cœur, puis je rouvre les yeux et cligne vigoureusement des paupières.

— Un cœur meurtri ne guérit ni avec la magie, ni avec des rituels, mon enfant.

Je sursaute et tourne la tête vers le fond de la pièce.

Installée sur un rocking-chair, ma grand-mère m'observe avec douceur.

— Mémé ! Que fais-tu là ? m'exclamé-je en me levant d'un bond.

En guise de réponse, elle fait la moue.

— Tu as pris tes médicaments, au moins ? la grondé-je en jetant un œil à l'horloge qui affiche 15 h 30. Généralement, tu fais ta sieste jusqu'à 16 heures... Pourquoi n'es-tu pas restée au lit ?

Je sais pertinemment qu'elle déteste qu'on la couve de cette manière et qu'elle se sent lasse d'être traitée comme une personne fragile et faible. D'ailleurs, elle soupire avant de reprendre la parole.

— Parce que tu crois vraiment que rester au lit plus longtemps va guérir mon cerveau ? me lance-t-elle en croisant les bras. Il ne me reste quand même plus beaucoup de temps sur cette terre, autant en profiter aux côtés de ma petite-fille adorée !

— Mémé ! crié-je en sentant de nouvelles larmes brouiller ma vision.

Je me précipite vers elle et la serre vivement dans mes bras.

— Ne dis pas ce genre de choses ! Tu es la première à affirmer que tu te sens mieux depuis que tu prends les potions que la mère d'Artémis te livre chaque jour...

— Oui, avoue-t-elle en posant une main sur mon épaule pour la presser.

Je la relâche et constate avec plaisir que ses joues ont repris des couleurs, mais aussi que ses yeux, cernés de pattes-d'oie, ont récupéré leur étincelle de malice.

— De toute manière, tu viendras me retourner dans ma tombe si je n'assiste pas à ton mariage... Et je t'avoue que je crains plus ton courroux que l'éventualité d'un deuxième AVC.

— Oh ! mémé ! Pour cela, encore faudrait-il que je me marie un jour... Ce qui n'est pas près d'arriver ! Je ne pense pas que ce soit pour moi, ce genre de mièvreries !

— Ce n'est pas ce que ton cœur me murmure, pourtant...

Ses mains jettent de petits éclairs, tandis que son regard s'approfondit pour devenir sombre comme la nuit. Une fois de plus, elle utilise ses pouvoirs magiques alors qu'elle a reçu défense de le faire depuis son hospitalisation. Mais il paraît qu'on ne la changera plus, maintenant... Alors l'empêcher de n'en faire qu'à sa tête ?

— Heureusement que maman n'est pas là, elle te crierait dessus...

— Oh ! elle ne sait faire que ça, depuis mon séjour à l'hôpital ! se lamente ma mamie en levant une main vers le ciel. C'est pour ça que je préfère ta présence, même si tu t'obstines à vouloir me dissimuler ce qui te chagrine. Je pensais pourtant qu'on ne se cachait rien, toi et moi.

— Ce n'est pas important, mémé. Le plus important, c'est ta santé.

— Le plus important à mes yeux, c'est ton bonheur, Sedna.

Je souris tristement en posant une main sur son avant-bras.

Puis, je me détourne et quitte le salon pour me rendre dans la cuisine. Je pianote une mélodie silencieuse sur le plan de travail en bois, en attendant que la bouilloire siffle. Mon ventre gargouille, mais je refuse d'écouter ses plaintes, car tout ce que j'avale passe mal – ou pas du tout. Résultat des courses : j'ai perdu trois kilos en peu de temps et je déteste me regarder dans le miroir sans ces courbes qui me rappellent mes racines africaines. La silhouette que j'ai maintenant ressemble trop à celle que j'affichais à l'époque où j'étais obnubilée par mon poids, et où je rêvais de ressembler aux filles des magazines pour cesser d'être harcelée à l'école. Je décide tout de même de me verser un thé, en dehors de celui que je prépare à mémé, et d'ajouter ses petits fours préférés sur le plateau.

Je manque de tout renverser en voyant mon smartphone vibrer, près de l'évier.

> Es-tu sûre que tu ne veux pas te charger de l'interview de Dorian Janssens ? Comme vous êtes proches, je me suis dit que ce serait plus simple pour toi de parler de son transfert à Dortmund... Mais si tu as un autre sujet à présenter au patron à midi, je me chargerai de ce papier avec grand plaisir !

Le message de Joan, mon collègue si détestable, me hérisse les poils.

Je ne peux m'empêcher de déposer la théière avec hargne sur le marbre.

C'est ton *crush*, pas le mien. Il est tout à toi ! ;)

Silence radio.

Ma réponse semble l'avoir scotché, car il ne réplique pas.

Je souffle longuement, soulagée, en me disant que maintenant, c'est sûr et certain, plus aucune coïncidence hasardeuse ne me fera croiser à nouveau le chemin de Dorian.

Entre ma thèse que j'ai rendue juste à temps, étoffée de quelques interviews de sportifs masculins, dont celle d'Adrien, mon boss qui a accepté que j'ouvre une rubrique dédiée aux étincelles féminines dans le sport, sans parler du magazine féminin qui m'a récemment contactée pour que je rédige une chronique dans leur revue ni de toutes les nouvelles recrues du Coven qui réclament une grande énergie, il n'y a définitivement plus rien qui me lie à cet homme.

Malgré tout, Dorian a encore essayé de me contacter pour qu'on se voie, et qu'on discute de tout, de rien… et de nous.

Il m'a appelée et a envoyé de nombreux messages auxquels je n'ai jamais répondu. Avant tout par fierté, car je souhaite le blesser autant que je l'ai été, mais aussi parce que j'ai bien d'autres soucis à régler. Même si mémé est tirée d'affaire cette fois-ci, son état de santé s'est nettement dégradé. Elle a donc été placée sous la responsabilité de ma mère, mais surtout sous la mienne. Ce qui explique qu'elle a emménagé avec nous à Uccle. Le temps qu'elle reprenne du poil de la bête et qu'elle se stabilise.

Hélas, l'éventualité de perdre l'être que j'aime le plus sur cette terre a définitivement brisé mon cœur et tué dans l'œuf toute passion naissante.

— Tu ne regardes pas le match d'aujourd'hui, mon enfant ? s'enquiert justement mémé lorsque je lui apporte sa tisane.

— Pourquoi est-ce que je ferais ça ?

— Je ne sais pas... J'ai comme l'impression que cela pourrait t'intéresser, dit-elle en augmentant le volume du téléviseur.

Je fixe l'écran et remarque que c'est l'équipe de Dorian qui joue.

Il suffit de deux secondes pour qu'on fasse un gros plan sur lui et que son image ravive tout un tas de souvenirs en moi. Et le pire, dans tout ça, c'est que ce sont des souvenirs heureux, que j'ai tenté jusque-là d'enterrer au plus profond de mon être.

— Mémé, qu'est-ce que tu fais ? Il me semble que tu détestes ce sport, non ?

— Pas plus que toi ! me taquine-t-elle en souriant derrière sa tasse de thé. Il y a quelqu'un pour toi.

— Q-quoi ?

— À la porte. Écoute.

La sonnette de la maison retentit alors.

Il est clair que l'AVC de ma grand-mère n'a pas entravé son don d'extralucide.

Je lui lance un regard mécontent, lorsque je la vois rire devant mon expression de surprise.

— Sedna, lance-t-elle avant que je quitte la pièce. Rappelle-toi que ton bonheur doit être ta priorité, toujours.

— Mémé...

— Ta mère et moi avons toujours été dures avec toi. Trop dures, même. On a toujours voulu que tu rattrapes nos erreurs, que tu fasses mieux que nous, que tu réussisses là où nous avions échoué, que tu ouvres des voies qui nous étaient interdites... Mais finalement, qu'est-ce que tout cela signifie, lorsque tu n'as personne auprès de qui vieillir ?

Ma respiration se bloque dans mes poumons.

— Je pense qu'on a été tellement dures avec toi, durant ton enfance, que tu l'es devenue avec toutes les personnes qui t'entourent... à commencer par toi-même.

La sonnette retentit une seconde fois.

— Vas-y, conclut ma mamie en déposant sa tasse sur la table à côté d'elle, et en faisant mine de s'intéresser vaguement à son matériel de tricot.

Il ne m'en faut pas plus pour filer dans le hall d'entrée et m'extirper de cette conversation profonde et inconfortable.

Je prends un instant pour me recoiffer devant le petit miroir suspendu près du portemanteau en chêne, mais je grimace légèrement en sentant l'odeur de mon sweat-shirt ; je l'ai conservé après avoir transpiré dedans lors de ma séance de yoga.

Lorsque j'ouvre la porte, je croise un regard bleu azur constellé de taches de rousseur.

— Sophie ?

— Sedna ! s'écrie-t-elle en me serrant vivement dans ses bras. Ça fait si longtemps !

Spontanément, je fais signe à mon ancienne complice d'entrer. Je l'invite à prendre place dans le salon, près de mémé qui lui offre une rafale de compliments, et je lui propose de prendre le thé avec nous. Sophie reste d'abord très discrète et polie, fort intimidée par la présence et l'aura que ma mamie dégage malgré son récent problème de santé. Elle regarde tout autour d'elle, intriguée par les boules de cristal qui décorent l'ancienne cheminée, mais aussi par les cristaux qui ornent la bibliothèque ou encore les cartes et les vieux grimoires disposés sur la table basse. Pour finir, elle prend une gorgée de thé et pose les yeux sur le grand écran plat qui nous fait face.

— Oh ! tu regardes le match ? s'étonne-t-elle, avant de me lancer un coup d'œil en coin.

— Non... C'est mémé qui a allumé la télévision par erreur.

— N'importe quoi ! se défend l'intéressée en levant les mains au ciel. Je sais que ma tête fait des siennes, mais je me rappelle encore bien ce que je fais, dit-elle en faisant un clin d'œil à Sophie.

Toutes deux rient, déjà sur la même longueur d'ondes.

C'en est trop pour moi : je fais signe à mon amie de me suivre dans ma chambre pour laisser ma grand-mère se reposer et s'essayer au tricot en paix.

— Franchement, Sedna... je suis tellement contente de te voir. Et de découvrir ta caverne d'Ali Baba ! s'extasie mon invitée en saisissant mes tarots et d'autres objets magiques qui ornent ma grande bibliothèque murale en bois.

— Je suis contente de te voir moi aussi, répliqué-je avec douceur.

Et c'est vrai. Autant je n'ai plus donné signe de vie à Dorian, autant j'ai continué à discuter avec sa sœur, même à distance. C'est d'ailleurs ainsi qu'elle a obtenu mon adresse. Je lui avais promis qu'on se reverrait dès que mon travail de fin d'études serait terminé. Mais je ne m'attendais pas à ce qu'elle débarque à l'improviste chez moi.

— On a tellement de points en commun... J'aurais trouvé triste qu'on ne cherche pas à préserver notre amitié naissante ! Bon, OK... Tu as mauvais goût en matière de mecs... Parce que... mon frère ? Vraiment ? Je ne sais pas ce que tu lui trouves ! D'ailleurs, tu dois savoir qu'il se curait le nez avec les orteils, quand on était gosses !

Nous éclatons de rire.

— Tu veux que je te tire les cartes ? demandé-je en m'installant sur mon lit couvert d'un tissu de tulle et de satin beige.

Les yeux de Sophie scintillent, et elle se met à battre des mains en me voyant dégainer mon plus beau tarot, celui dont les cartes sont illustrées dans les tons pastel et ornées de dorures. Mais l'instant d'après, elle se ressaisit et me jauge avec curiosité.

— J'en rêve... tu le sais bien ! Mais... mais je voulais faire autre chose.

— Ah bon ?

— Oui, en fait... J-je voulais savoir si je pouvais te tirer les cartes ?

Je me remets à rire.

Mais je me rends aussitôt compte que mon amie est sérieuse et qu'elle souhaite réellement s'initier à l'art du tirage de cartes. Elle s'installe en face de moi et se met à observer avec minutie le jeu que j'ai étalé sur l'édredon. En moins de temps qu'il n'en faut pour le dire, voilà la demoiselle qui met la main sur le Pendu, carte que j'interprète immédiatement comme une incitation à la patience et au lâcher-prise... Deux choses qui sont incompatibles avec mon tempérament, mais que j'aurais grandement besoin d'intégrer dans mon quotidien. Ne serait-ce que pour mon bien-être.

Pour une mortelle, elle a quand même réussi à me sortir le bon arcane, songé-je en me mordant l'intérieur de la joue. Est-ce que c'est un message de mes guides ou est-ce que la famille Janssens a vraiment des ressources magiques insoupçonnées ? Les humaines qui jouent aux charlatanes sur les réseaux sociaux sont totalement incapables de sortir un message cohérent en parlant aux personnes qui les écoutent. C'est pour cela qu'elles utilisent d'autres stratagèmes de manipulation, et s'en prennent à des victimes qui ont besoin d'entendre des mots réconfortants.

— Tu es sûre que tu ne veux pas de tirage ? lui lancé-je en souriant.

— Hum... non. (Elle baisse les yeux, intimidée.) En fait, j-je...

Aïe. Pas besoin d'utiliser mon don d'extralucide pour comprendre ce qu'elle veut.

— Je sais que je t'ai promis d'être ton amie...

Elle se met à tortiller le bas de sa queue-de-cheval en fuyant mes yeux, puis reste silencieuse un long moment, comme si elle cherchait les bons mots.

— C'est bon. J'ai compris : tu as un message à me faire passer de la part de Do...

— Non, non, non ! On a promis de ne jamais prononcer son nom ! m'interrompt-elle en haussant le ton. Et, en fait... Non. Il ne sait même pas que je suis ici, ni que je te parle encore depuis...

Et là, un déclic s'opère dans mon esprit. Je comprends enfin pourquoi les Janssens font dérailler mes pouvoirs magiques. C'est tout simplement parce que cette famille est née avec le feu de l'impulsivité inscrit dans les gènes.

Un peu comme ma meilleure amie, Freïa, qui est mon amie non seulement parce que nous avons grandi ensemble, au sein du Coven, mais surtout parce que je peux être moi-même à ses côtés, sans recevoir une multitude de visions concernant les décisions à prendre. En effet, elle s'est fait une loi de n'agir que selon ses impulsions, lorsque la passion l'emporte et fait battre son cœur. Or, ce fonctionnement est à l'exact opposé de celui que m'impose ma magie, qui se déploie en se tournant essentiellement vers l'avenir.

Ainsi, je me rassérène auprès des Janssens, dont la spontanéité annule mes pouvoirs de médium. Mais je soupçonne toujours quelque chose de plus chez eux. *Leur lumière angélique m'intrigue*, pensé-je en observant le visage radieux et solaire de Sophie.

— J'ai vraiment envie de te parler en tant que belle-sœur, commence-t-elle justement.

— Écoute, tu penses vraiment que...
— Ne m'interromps pas, s'il te plaît.
La tendresse mêlée de détermination que je décèle dans ses yeux bleus me tétanise.
Comme si une force supérieure avait un message de la plus haute importance à me délivrer par son intermédiaire.
— Donc, je disais que... que je te parle vraiment avec mon cœur. Je me fiche de savoir ce qu'il s'est passé avec mon frère... ou pas. Je ne l'ai simplement jamais vu aussi heureux et épanoui qu'avec toi. Et..., poursuit-elle après un court silence, pendant lequel elle saisit mes mains dans les siennes, je ne l'ai jamais vu aussi malheureux que depuis que tu as décidé de quitter sa vie. Je... je comprends tout à fait tes raisons... Pourquoi tu es en colère contre lui. Mais je devine également pourquoi il a mis si longtemps à te faire savoir sa décision. Il t'a octroyé une place si spéciale dans son cœur que je pense qu'il regrette lui-même son choix et que... et que...
Sophie se tait, les larmes aux yeux, visiblement très affectée par l'évocation du chagrin de son frère. Elle lâche subitement mes mains et retient une larme avant qu'elle ne glisse sur sa joue. Puis elle se met à rire nerveusement et passe une mèche de sa frange derrière son oreille.
— Je suis désolée... Ce ne sont pas mes affaires. Je m'emporte pour un rien... Je comprendrais que tu ne veuilles plus m'adresser la parole, après ça.
Je secoue doucement la tête, comme pour essayer de revenir à moi après cette tirade des plus étranges. Je

ne sais que répondre ni comment réagir à ces mots. Je suis parfaitement consciente de m'être montrée glaciale en refusant à Dorian la chance s'expliquer. Mais je ne m'attendais pas à ce que cela l'affecte autant.

Je ne suis qu'une fille parmi d'autres, après tout.

Je me lève délicatement du lit et jette un regard vers la porte.

— Tu veux que je m'en aille ? demande mon invitée d'une petite voix.

— Q-quoi ? Oh non ! J'espère simplement que ma mémé va bien. Mais elle a une sonnette près d'elle, si jamais... si jamais...

— Désolée.

— Tu n'as pas à t'excuser, So. Ton intention est louable et sincère, et je te remercie pour cela. C'est assez... rafraîchissant. Je ne te promets pas de changer d'avis concernant celui dont on ne peut prononcer le nom. Enfin, ton frère. Mais je vais y réfléchir...

— C'est vrai ?

Sophie se lève d'un bond et me serre affectueusement dans ses bras.

— Et tu sais, Dortmund n'est qu'à deux heures de route de Liège...

— So... n'abuse pas. Tu as déjà eu droit à ton joker ! m'exclamé-je en grimaçant. Pour l'instant, je reste profondément convaincue qu'il est capable de se remettre d'une petite amourette hivernale. Il est talentueux, de belles histoires l'attendent...

Mon amie veut répliquer, mais la cloche de ma grand-mère résonne.

Signe qu'elle a besoin d'aide.

Ou plutôt qu'elle a senti que j'avais besoin d'aide.

Mon âme est à deux doigts de retomber dans le désespoir, et moi de fondre à nouveau en larmes.

Chapitre 26

Coïncidences

La sonnette ne cesse de retentir ! Malheureusement, je suis sous la douche et personne d'autre ne se trouve à la maison.

Maman est au Coven, elle me remplace devant mes petites élèves, aujourd'hui, tandis que mémé est chez le kiné pour ses soins.

— J'arriiiiiiiiiiive ! hurlé-je comme une possédée en coupant l'eau.

J'éponge ma tignasse bouclée et enfile rapidement une culotte de règles ainsi qu'un peignoir beige avant de me ruer dans l'escalier et d'ouvrir la porte.

— C'est pour un colis ? m'emporté-je en croisant les bras. Vous pouviez le laisser devant la porte ! Il n'y a pas de voleur, dans ce quartier !

Hélas, je croise le regard de la dernière personne que j'espérais voir sur mon seuil. Clairement, c'est la dernière âme de l'Univers que j'avais envie de voir en ce premier jour de règles – qui met déjà mes émotions à rude épreuve.

— Désolé, j'ai essayé de t'appeler pour te dire que j'allais passer chez toi, s'excuse Joan, mon affreux collègue de travail. Mais tu ne répondais pas.

— Tu ne t'es pas dit que j'étais occupée ? m'exclamé-je, furieuse, en levant les yeux au ciel. Et d'ailleurs, comment as-tu eu mon adresse ?

— C'est mon métier de trouver des informations confidentielles, se justifie-t-il, un air de défi dans les yeux.

— Super ! Dans ce cas, sache que je suis occupée ! On se verra demain au bureau.

Je ne suis pas d'humeur, mon réflexe est de lui claquer la porte au nez. Mais, contre toute attente, il la retient fermement et cale son pied dans l'embrasure. Ensuite, s'appuyant de toutes ses forces sur le panneau de bois, il s'avance dangereusement vers moi. En une fraction de seconde, il se retrouve dans mon hall d'entrée et referme la porte derrière lui.

Il me lance un regard glacial, tandis qu'un vilain rictus s'affiche sur son visage.

Une profonde angoisse saisit mes entrailles.

— Tu es f...

— Désolé, répète-t-il. Mais je pense que tu regretterais amèrement de me jeter dehors... J'ai des choses croustillantes à raconter sur toi et ton cher Dorian.

Son sourire machiavélique s'étire un peu plus. Il s'approche davantage de moi.

Je me retrouve plaquée contre le mur, le souffle court. Il profite de mon moment de faiblesse pour placer sa main par-dessus mon épaule d'un air conquérant. Puis il se penche vers moi, comme pour être certain d'avoir toute mon attention.

Immédiatement, une dizaine de visions me traverse l'esprit, me faisant envisager autant de scénarios dans lesquels il m'agresse physiquement si je refuse de coopérer. Et étrangement, ma magie ne suffit pas à me sortir de ce triste sort. On dirait que la présence de Joan la rend inefficace, ou que mon confrère est environné d'une barrière spéciale qui filtre mes sortilèges. Il n'y a que l'hypothèse où je décide d'aller dans son sens qui me permet d'éviter une commotion cérébrale – ou pire.

— Tu es prête à écouter ce que j'ai à te dire, cette fois ? reprend-il en me montrant une pile de notes et de coupures d'articles de presse.

— O-oui, cédé-je en me raidissant. Est-ce que je te sers quelque chose à boire ?

— Volontiers ! dit-il en s'écartant enfin de moi. Voilà une bien meilleure manière d'accueillir un invité.

Je reprends doucement mon souffle et lui fais signe d'avancer vers le living pour s'installer sur le canapé. Immédiatement, ses yeux balayent la pièce. Il s'attarde en particulier sur les cristaux, les grimoires et les cartes de tarot, qui font partie intégrante de la décoration de cette maison. Il prend quelques photos avec son téléphone et tape des notes dans son mémo électronique.

— Je peux ? me demande-t-il en faisant mine de prendre en main une boule de cristal posée sur la cheminée.

— Euh... non. C'est à ma grand-mère. En revanche, tu peux allumer la télé si tu veux. Qu'est-ce que tu veux boire ?

— Ce que tu as à me proposer, marmonne-t-il, visiblement contrarié par ma réponse.

— OK. Je file me changer et je reviens avec une boisson.

Je n'ai même pas le temps de franchir le pas de la porte que je l'entends me dire :

— Sorcière, ne t'avise pas de m'empoisonner. Le boss est au courant de ma présence ici. Il sortira l'article demain. Quoi que tu fasses.

Je tressaille et risque un regard par-dessus mon épaule.

Joan sourit de toutes ses dents, plutôt satisfait de la pique qu'il vient de m'envoyer. Il s'installe sur le canapé et pose ses chaussures aux semelles sales sur la table basse. Une vive pulsion de colère s'empare de ma personne, cependant je me rappelle aussitôt que je ne peux ni m'abaisser à faire preuve du même manque d'élégance, ni trahir davantage ma véritable nature.

Et encore moins risquer de mettre ma vie en péril.

Sans un mot, je file donc à l'étage pour me changer.

Je cherche un vêtement à enfiler dans ma penderie, les mains tremblantes. Au même moment, mon téléphone vibre sur mon bureau. Sans même chercher à savoir qui m'appelle, je décroche. D'une manière ou d'une autre, j'ai besoin d'aide. Et vite.

— Sedna ? dit une voix que je n'avais plus entendue depuis trop longtemps.

— Do...

— Chut. Pas un mot de plus. Il est près de toi ?

— Q-quoi, mais...

— Je suis au courant. Pour Joan. Il est passé chez moi ce matin.

Je reste silencieuse.

— Il est en bas, chuchoté-je, au bord des larmes. Qu'est-ce que...

— Tu te rappelles le journaliste qui rassemblait des preuves pour m'accuser de sorcellerie ? C'est lui. Ne réponds surtout pas à ses accusations. Tu es maligne, guide-le sur d'autres pistes...

— M-mais...

— J'arrive. Je te fais confiance pour l'occuper d'ici là. Et n'utilise pas ta magie. Je suis sûr qu'il a son enregistreur sur lui.

Sans me laisser placer un mot de plus, il raccroche.

J'hésite à envoyer un texto à Freïa pour lui demander de rapporter sa potion d'amnésie illico presto. Mais je me rappelle aussitôt qu'elle est partie avec sa mère en Islande, pour l'aider à gérer Artémis. Je jette alors un coup d'œil au réveil posé sur ma table de chevet : 15 h 50. Ma mère ne terminera son cours que dans quarante minutes au plus tôt, ce qui lui laissera juste le temps d'aller chercher mémé après sa séance de kiné. Aucune des deux n'est donc disponible avant un bon moment.

Et j'ai si peur de les mettre en danger.

Je songe soudain à appeler mon père, mon ultime recours.

— Eh, dis donc ! Il me semble que tu traînes, là-haut ? Si tu essayes d'appeler une de tes petites amies, tu ferais mieux d'oublier... Tu ne ferais que les embarquer dans ta galère.

Je jure silencieusement et balance mon téléphone sur mon lit.

Je suis maligne, me répété-je en reprenant les mots de Dorian. L'unique personne en qui je peux avoir confiance en cet instant critique. Si seulement je pouvais compter sur lui... Mais qu'espère-t-il faire, du haut de son mètre septante-cinq[1] ? Alors qu'il ne possède aucun pouvoir magique ? Je secoue violemment la tête en me rendant à l'évidence : je ne peux compter que sur moi.

Mes yeux tombent sur une blouse aussi brune que mes cheveux, avec un décolleté ni trop prude ni trop provocant. Puis je retrouve un de mes jeans taille haute qui me fait des fesses d'enfer.

— Je tâche juste de me rendre présentable. Tu es arrivé au pire moment, répliqué-je en essayant d'adopter une voix plus mielleuse.

Après m'être habillée, je prends cinq minutes pour mettre du blush sur mes pommettes, du mascara sur mes longs cils et un peu de rouge sur les lèvres. Puis je file dans la cuisine pour préparer un thé glacé à mon invité *très* spécial.

— Enfin ! s'exclame ce dernier en me voyant réapparaître dans le salon.

Je lui sers un verre en souriant, sans oublier de me préparer la même boisson pour qu'il ne trouve rien de suspicieux dans mon comportement. Je glisse une paille dans mon verre et sirote silencieusement le nectar aromatisé à la mangue et à la camomille.

1. Soixante-quinze.

— Alors, qu'avais-tu à me dire ? demandé-je en m'installant en face de Joan.

Il me reluque de haut en bas et reste silencieux un long moment.

Je sais pertinemment l'effet que je lui fais. Alors, j'ai décidé d'en jouer. Avec un peu de chance, ça le fera penser à autre chose qu'à mes dons de sorcière... Je m'installe confortablement sur ma chaise, croise les jambes et passe une main dans ma crinière bouclée pour le dérouter davantage.

— Alors ? Je suis tout ouïe ! assuré-je en souriant.

Il s'éclaircit la voix et semble reprendre ses esprits.

— N'essaye pas de me charmer. Je sais ce que tu es, lâche-t-il en jetant ses notes sur la table basse.

— Je ne vois pas de quoi tu parles, m'entêté-je en croisant les bras. Je sais que je t'ai sûrement vexé en refusant tes invitations à boire des verres. Mais franchement, si tu inventes une histoire de sorcière pour te venger, sache que...

— Je n'invente rien, démone ! Je sais ce que j'avance et ce que j'ai vu !

Son regard se remplit de haine. Comme pour appuyer l'accusation qu'il vient de lancer, il sort une photographie de sa pile de documents. Sur ce cliché flou et qui a été pris de nuit, j'aperçois trois silhouettes habillées de robes flambant neuves. On voit aussi que des éclairs sortent des mains de la fille vêtue d'une robe rose.

Je risque un regard vers mon collègue, qui arbore toujours son masque de fierté.

Effectivement, c'est moi sur cette photo. On ne dirait pas, car l'image est de très mauvaise qualité, mais je reconnais le lieu et je retrouve le moment. C'est lorsque je suis partie sauver Artémis dans le bois de la Cambre, après le sabbat d'Ostara.

— Tu sais bien que je suis adepte du footing tardif, n'est-ce pas ?

— Je ne comprends pas ce qu'il y a sur ce cliché... Tout est flou. Il y a eu une tempête, ce soir-là ?

— Ne fais pas l'innocente.

Je me redresse et hausse les épaules.

— Tu ne sais vraiment pas mentir, hein ? C'est pas grave, continue donc à me servir ton bluff.

— J'attends tes autres arguments...

Joan me sourit, plutôt content que je lui demande de m'exposer l'étendue de son travail de recherche. Il étale plusieurs feuilles avec de notes prises à la main, des photos de moi seule, vaquant à mes occupations, et aussi des images sur lesquelles Dorian apparaît.

— Tu sais, je me suis rappelé le jour où tu as rencontré Dorian Janssens. C'était le 11 février, lorsqu'on est allés voir le match ensemble. Tu m'as demandé de l'interviewer, précise-t-il en se renfonçant sur le canapé et en bombant le torse. Je ne sais pas ce que tu lui as fait ce jour-là, mais tu l'as ensorcelé... Car une heure après, tu te pavanais à son bras en plein centre de Bruxelles.

Il me montre une capture d'écran d'une story Instagram datant de ce jour-là. On me voit apparaître sur une vidéo prise par un ami de Dorian.

— Depuis ce jour-là, il ne t'a plus lâchée ! Totalement accro à toi... Il t'a invitée à chacune de ses sorties, a fait exprès de te croiser sur le campus, a liké toutes tes photos... Que des coïncidences, hein ? Je ne pense pas. Mais étonnamment, il cachait votre relation aux yeux de tous jusqu'à ce que je fasse fuiter votre idylle, le 21 mars, continue-t-il en sortant le vieil article qui m'a valu plus d'un problème.

Je soupire de lassitude.

J'aimerais pouvoir me vanter de savoir faire des philtres d'amour et les utiliser. Hélas, en dehors du fait que pareilles pratiques sont hors de mes compétences, elles sont définitivement interdites par le Coven.

— En même temps, c'est un truc qu'on a envie de garder pour soi... Avoir une petite copine qui s'avère être une sorcière capable d'influencer les scores des matchs en lançant des maléfices.

Et là, il me met sous les yeux l'article du 2 avril, où l'on raconte que Dorian a quitté le terrain en civière à la suite de sa blessure.

— Hum... Est-ce que tu insinues que c'est moi qui ai délibérément causé une chute grave et une blessure à Dorian ? J'ai franchement l'air d'être le genre de meuf, commencé-je en me désignant du doigt. Quand bien même j'aurais des pouvoirs magiques, quelle femme est capable de blesser l'homme qu'elle aime ?

— À toi de me le dire.

Le regard de Joan est froid, dénué d'émotion.

Depuis qu'il a fait irruption chez moi, il est d'ailleurs très différent du mec relou qui m'a couru inlassablement après pendant des mois.

— Jo... Qu'est-ce que je t'ai fait pour mériter tout cet acharnement ? demandé-je, effarée.

En guise de réponse, il me rit au nez.

— Tu as été odieuse avec moi ! J'étais là depuis le début et tu m'as juste... tu m'as juste traité comme une vulgaire chaussette !

— Désolée de ne pas partager tes sentiments.

— Ne me fais pas croire que tu en as. Pour qui que ce soit. Tu n'es qu'une sorcière !

Et tu n'es qu'un vieux disque rayé, ai-je envie de lui répondre.

Une fois de plus, l'Univers me rappelle à quel point l'ego des hommes est fragile. Je m'attendais à tout sauf à ce genre de représailles pour avoir repoussé ses avances beaucoup trop insistantes. À en juger par son comportement aujourd'hui, je doute qu'accepter un rendez-vous avec lui ait changé grand-chose. Ce mec est clairement plus tordu que ce que je pensais.

Savourant mon silence, Joan continue à me faire les éloges de son enquête.

Il me dit qu'il a remarqué que je laissais traîner des branches de sauge et du palo santo au bureau. Que je préparais des potions magiques que je laissais infuser dans ma gourde. Ou encore que j'ensorcelais ma communauté sur Instagram avec mes tirages de cartes et mes conseils pour les rituels de Lune. Il finit par revenir sur Dorian, en prétendant que je suis la cause à la fois de sa blessure et de sa guérison. Que son dossier médical n'est pas cohérent. Que j'ai truqué d'autres matchs auxquels il participait pour attirer son attention et que je suis sûrement obsédée par ce joueur depuis des mois. Enfin, il conclut en affirmant que si j'ai jeté mon dévolu sur lui, c'est pour sa fortune.

— Parce que tu crois que vivant dans un manoir comme celui-ci, répliqué-je en écartant les bras pour désigner l'endroit où on se trouve, j'ai vraiment besoin de charmer quelqu'un qui a de l'argent ?

— Il n'y a pas que sa fortune qui t'intéresse… Mais ses pouvoirs magiques aussi. Car lui non plus n'est pas tout blanc.

C'est alors qu'il pose un autre cliché devant moi.

À nouveau, il s'agit d'une photo de mauvaise qualité et prise de très loin. On y voit un jeune homme blond dans sa salle de bains, torse nu. Mais, surtout, ce qui attire mon regard, c'est ce qu'on voit dans son dos. Des espèces d'immenses plumes blanches qui composent, toutes ensemble, ce qu'on pourrait appeler des ailes.

— Tu aimes bien prendre des photos floues, commenté-je, en retournant le cliché sous tous ces angles, l'air de ne pas comprendre ce que j'y vois.

— Rends-moi ça ! crie Joan en m'arrachant le carton des mains.

— OK. OK. Pas besoin de t'énerver. Tu es en train de boire un verre avec moi, c'est ce dont tu as toujours rêvé, non ?

— Plus depuis que je sais que tu es un monstre, que tu n'es qu'une…

— Hop hop hop ! Est-il possible de parler sur un autre ton à cette demoiselle ? fait une voix dans mon dos. Si tu as un problème, c'est avec moi. Laisse-la en dehors de ça.

Une main se pose délicatement sur mon épaule.

Je reconnais immédiatement la douceur de Dorian. Mes yeux se lèvent et je croise son regard émeraude qui me fait comprendre que je peux me rassurer.

— Jésus, Marie, Joseph ! s'exclame Joan en écarquillant les yeux. D'où sors-tu, toi ? J'ai bien vérifié avant de me pointer ici : Sedna était seule !

— Oui, c'est juste. Mais j'ai senti que son cœur était en détresse... Alors, j'ai déployé mes ailes et j'ai volé à son secours, le raille mon ami en lui souriant de toutes ses dents.

Pour toute réponse, mon collègue sort une fiole de la poche de son jean et en lance le contenu dans notre direction. Dorian se retrouve avec de l'eau sur le visage et sur les vêtements, tandis que j'en reçois sur le bras gauche.

— De l'eau bénite ? Vraiment, Joan ? se moque le blondinet en s'épongeant le front avec sa manche.

Je panique à cette idée, et commence à m'agiter dans tous les sens, mais mon compagnon appuie un peu plus la main sur mon épaule, comme pour me dire silencieusement que je suis sous sa protection, que je ne dois pas m'inquiéter. Je ne comprends pas exactement ce que cela signifie, mais effectivement mon bras ne prend pas feu – comme il le devrait au contact de cette substance sacrée. L'eau ruisselle simplement avant de tomber au sol.

— Pourquoi ça ne fonctionne pas ? se plaint mon confrère avec un rictus de rage.

Il bondit du canapé et se met à fouiller dans les notes qu'il a étalées sur la table basse.

Dorian profite de sa réaction de panique pour s'agenouiller près de moi. Je devine à son regard qu'il a un plan en tête.

— Tu connais un vieux sortilège ? Quelque chose d'antique qui s'apparenterait à de la pétrification ? me chuchote-t-il en coulant un regard en coin à mon collègue. Que tu peux utiliser sans prononcer un mot ?

Je hoche la tête.

Sans me faire prier davantage, je tape deux fois du pied sur le sol. Puis je me tourne vers Joan et lève discrètement la main vers lui. Je récite intérieurement mon incantation en me concentrant le plus possible. *Véhicule d'os et de chair, à l'état de pierre tu reviendras, avant de finir poussière*, répété-je en moi-même, le regard fixé sur notre agresseur. Il ne me faut que quelques secondes, pourtant, dans ma tête, j'ai l'impression que cela dure des heures. D'autant que j'ai parfaitement conscience que la moindre erreur de ma part peut nous valoir de la part de mon collègue une agression physique semblable à celles que mes visions m'ont montrées. Heureusement, le jeune homme est victime d'un accès de folie pure : il ne cesse de balancer ses archives sur le sol et de hurler des noms d'oiseau, toujours à la recherche d'un document sur lequel il ne parvient pas à mettre la main.

— Eh ! Joan ? Tout va bien ? demandé-je en cherchant ses yeux.

— Toi, ne me parle p...

Il croise mon regard ensorcelé et se retrouve figé sur place.

Voilà qui est fait, songé-je, plutôt assez fière de l'efficacité de ma magie.

— Incroyable ! ne peut s'empêcher de lancer Dorian en souriant.

Il se poste devant Joan et commence à le fouiller de haut en bas.

— Bingo ! crie-t-il soudain.

Un enregistreur était bel et bien caché dans une des poches du jean de mon collègue. Mon sauveur le fait tomber sur le sol et le piétine pour le briser en morceaux.

— Voilà. Maintenant, on peut parler sans filtre. Bon débarras ! dit-il en faisant mine de se laver les mains.

— Quoi ? paniqué-je en me levant d'un bond. C'est tout ? Parce qu'il a prévenu mon boss et...

— C'est faux, me coupe le beau blond. Je suis passé à ta rédac' avant de venir ici.

Je plisse les yeux, sceptique.

— En réalité, poursuit mon ami, ton chef est au courant des manigances de Joan et de ses recherches... Mais il ne croit pas un mot de tout cela. Il a refusé qu'il sorte l'article. Il me l'a assuré, et m'a même signé une décharge, pour le cas où j'envisagerais d'entamer des poursuites judiciaires contre ton collègue.

— Mais alors...

— Laisse-moi gérer le reste, Sedna. Je t'ai fait une promesse : personne ne mettra en péril ton secret. Encore moins si je suis impliqué dans l'histoire... Je me charge de tout.

À ces mots, il sort un pendule en or de la poche de sa chemise blanche et l'agite sous les yeux de Joan

– l'unique organe de son corps qui peut encore bouger malgré le sort que je lui ai lancé.

— Qu'est-ce que tu...

Ma voix se perd lorsque je comprends que Dorian s'apprête à lancer un sortilège. Je n'aurais jamais cru assister à une chose pareille... Mais alors, cela veut dire que...

— Joan Andrew Chris Van Acker, né le 5 juin 1994 à Etterbeek, commence mon camarade. Fils d'une digne lignée de chasseurs de sorcières.

Je sursaute en entendant ce détail.

Voilà donc pourquoi il était inutile que je cherche à lui lancer un sortilège autre que de la magie antique. Les chasseurs de sorcières sont réputés pour être immunisés contre notre magie. C'est ce qui leur permet d'être en bonne place dans le top cinq de la chaîne alimentaire magique. Ils sont capables de nous repérer grâce à leur sixième sens et de parer chacun de nos maléfices.

— Félicitations pour ton travail de recherche, tes ancêtres doivent être fiers de toi. Hélas, tu devrais savoir que le ciel souhaite la paix entre tous les êtres vivants sur cette terre. Et ce, depuis toujours. Bien que ta lignée ait survécu jusqu'à aujourd'hui sans subir de représailles, sache qu'à partir d'aujourd'hui cette époque est révolue.

Joan émet une protestation, mais le son de sa voix se perd au fond de sa gorge.

Abasourdie par ce que j'apprends, je tente de faire un pas en avant pour voir de plus près mon agresseur, mais Dorian me fait signe de rester derrière lui.

— Que ce pendule te retire toute faculté d'hyper-perception, ainsi que ton sixième sens.

Retrait de pouvoirs immédiat, pensé-je en frissonnant. S'il est vraiment capable d'ôter les facultés spirituelles et extra-sensorielles d'un être vivant, alors cela veut dire que ses pouvoirs sont au même niveau que ceux d'une des Aînées du Coven. Peut-être même plus.

— Et ce n'est pas tout. Ta véritable punition consistera à connaître l'échec professionnel toute ta vie durant. Après cette hypnose, tu iras faire une longue sieste qui effacera de ta mémoire cette entrevue avec Sedna. Tu oublieras d'ailleurs toutes les preuves que tu as conservées contre elle. Tu ne te focaliseras plus que sur moi, avec l'intention de publier un article sur le web, en pleine nuit, comportant des photos truquées et affirmant que je suis un ange vivant sur terre et que ma magie devrait me faire exclure de mon club de foot.

— Do..., murmuré-je, inquiète d'entendre ses propos.

— Demain, tu te feras virer de ton job. Et tu cesseras de harceler Sedna. Tu connaîtras malheur sur malheur, dans le domaine professionnel, en représailles de tes péchés. Jusqu'à ce que tu comprennes la leçon de vie qui se cache derrière tout cela, et que tu reviennes sur le droit chemin. Tel sera ton châtiment divin.

La pierre blanche suspendue au pendule doré rayonne un instant.

Au même moment, les ailes de mon ami se déploient et un symbole lumineux – qui m'est inconnu – apparaît sur le sol. Comme pour conclure l'enchantement qu'il vient de lancer.

Une minute après, mon collègue retrouve l'usage de ses membres.

Ses yeux bruns se voilent, comme s'il ne nous voyait plus.

— Joan… tu sais ce qu'il te reste à faire, n'est-ce pas ? lui demande Dorian en posant une main sur son épaule.

— Oui. Je dois accomplir mon destin. Puisse le ciel me châtier.

Et sur ces mots, il quitte le manoir sans même se retourner.

Chapitre 27

Confidences

Dorian tombe à genoux.

Ses immenses ailes suivent le mouvement en couvrant son dos.

Je suis émerveillée. Je n'ai jamais rien vu de tel.

Ses plumes sont d'un blanc immaculé, vif et pur, mais couvertes d'un fin voile de poussière d'étoiles. On dirait une substance provenant des nuages duveteux qui parcourent le ciel et des ailes si belles des oiseaux les plus robustes.

Il est sublime, pensé-je alors que des larmes me montent aux yeux.

En réalité, je n'ai qu'une envie, c'est de me blottir contre lui et de plonger la main dans ses plumes pour voir si elles sont aussi douces qu'elles en ont l'air.

— Je suis désolé que tu aies à me voir dans cet état.

L'ange relève les yeux vers moi.

Leur couleur a changé. Ils sont passés d'un vert profond à une teinte claire et vive. Ses iris se sont dilatés, mais ses pupilles ont rétréci, ce qui lui donne un air presque félin. Sa peau paraît encore plus pâle que d'habitude, elle a perdu ses taches de rousseur et ses grains de beauté. Elle est d'un blanc laiteux parfait et sans défaut, comme de la porcelaine. Je remarque aussi que de petites plumes se dessinent sur ses phalanges. Et que ses cheveux brillent de mille feux, comme une couronne d'or ou une auréole angélique.

Enfin, je constate que sa chemise est en lambeaux. Sa transformation en a déchiré le tissu.

Instinctivement, je m'accroupis à ses côtés et passe une main sur son visage.

— Est-ce que ça fait… mal ? demandé-je en voyant son aura vaciller un instant.

— Qu'est-ce que tu ressens, quand ton entité magique prend le dessus ?

— Oh ! soupiré-je en me rappelant la douleur lancinante qui avait traversé mon corps lors de ma dernière crise avec Artémis.

— Je te l'ai déjà dit : on se ressemble beaucoup plus qu'il n'y paraît.

Je veux répliquer, mais j'entends ma mère discuter avec mémé sur le pas de la porte.

Oh ! non… Elles sont déjà là ! pensé-je en me mordant l'intérieur de la joue.

— Ma famille est là ! Il ne faut pas qu'on te voie comme ça !

J'empoigne rapidement les papiers du dossier de presse de Joan et les fais disparaître sous le canapé, cache toute trace suspecte de notre altercation grâce à un rapide sortilège, puis je prends délicatement la main de Dorian pour l'aider à se relever. Je lui fais signe de garder le silence et le tire doucement vers l'escalier pour l'inviter à me suivre à l'étage.

Nous nous engouffrons dans ma chambre juste avant que ma mère n'ouvre la porte d'entrée.

— Pfiou... C'était moins une ! soufflé-je en haletant.

— Tu n'étais pas obligée de faire ça, me dit Dorian en m'adressant un demi-sourire.

— Bien sûr que si ! Tu as gardé mon secret tout ce temps, je te dois la pareille.

Il pose un regard tendre et affectueux sur moi. Ce genre de regard qui ne trahit pas.

Et qui me rappelle pourquoi sa sœur est venue jusque chez moi pour plaider sa cause.

Il m'entoure de ses ailes d'un geste protecteur et je ne peux m'empêcher de rougir en le voyant se pencher sur moi. Ses yeux étincelants s'arrêtent un instant sur mes lèvres avant de venir se planter dans mes iris.

— Il me semblait t'avoir fait comprendre que j'assurerais tes arrières. Toujours.

Je veux répliquer, mais je reçois une vision qui m'alerte instantanément.

— Ma mère va monter d'une minute à l'autre ! paniqué-je en écarquillant les yeux.

Mon compagnon défait sa douce étreinte et regarde tout autour de lui à la recherche d'une échappatoire.

Je me creuse la tête pour trouver une solution moi aussi et, l'instant d'après, je sautille sur place en me rappelant que je suis une véritable fashion victime. Ce qui fait que j'ai une énorme penderie encastrée dans le mur de ma chambre. À vue d'œil, elle devrait pouvoir contenir les ailes de Dorian.

— OK. Ça fera l'affaire.

— De quoi ? s'enquiert mon compagnon en plissant les yeux.

— File dans cette armoire ! chuchoté-je en désignant le fond de ma chambre. Je vais faire semblant de dormir. Comme ça, ma mère n'insistera pas. Dès que la voie est libre, je te préviens que tu peux sortir. Et... et on s'occupera de toi, conclus-je en désignant le pitoyable état de ses vêtements.

Sans plus hésiter, nous nous séparons pour exécuter mon plan. Une minute après, maman ouvre délicatement la porte de ma chambre. Mémé est sur ses talons, je sens son énergie.

— Oh... Elle dort, la petite ! dit-elle. Laissons-la. Elle a besoin de répit.

— Mais...

— Kali ! De quoi avons-nous parlé tout à l'heure ?

— Oui... Moins de pression sur ses épaules. Il faut qu'elle profite de sa jeunesse.

Elles referment la porte et je les entends discuter tandis qu'elles descendent l'escalier.

Finalement, leurs voix s'éteignent au fur et à mesure qu'elles s'éloignent, pour laisser s'installer le silence. Je me redresse d'un coup et soupire de soulagement.

— Do, tu peux sortir.

Aucune réponse.

— Do ?

Toujours rien.

Je me lève d'un bond et cours jusqu'à ma penderie en imaginant le pire.

Plus de peur que de mal : je retrouve simplement l'ange assis par terre, en train de batailler avec mes vêtements.

— Je suis désolé, j'en ai mis partout, s'excuse-t-il en essayant d'enlever les plumes qui se sont accrochées à mes tuniques et à mes robes.

— Ce n'est pas grave ! Un petit sortilège et ce sera oublié !

— Vraiment ?

— Bah... Tu fais ton linge comment, toi ?

— Rappelle-toi l'état de ma chambre la première fois que tu es venue chez moi...

Je hausse les sourcils avant d'éclater de rire.

— Oh là là ! Ça explique tellement de choses !

— OK. Là, ça va faire trente minutes que Joan est parti. Donc tu vas récupérer ton apparence humaine ?

— Oui... Sauf si mes pouvoirs déraillent. Une fois n'est pas coutume.

Je fronce les sourcils sous le coup de l'inquiétude en dévisageant mon ami assis sur mon lit. Je ne suis pas certaine que ma mère me laisse faire une sieste tout l'après-midi sans appeler un médecin d'urgence. Elle sait pertinemment que c'est mon premier jour de règles et que je ne vis pas toujours cela de la meilleure des manières. Elle est capable de s'alarmer si je ne donne pas signe de vie dans l'heure qui vient.

Je vérifie le compte à rebours que j'ai mis sur mon téléphone.

Mais, avant même que le temps soit écoulé, un halo lumineux encercle la silhouette de Dorian et m'aveugle pendant une fraction de seconde. Lorsque mes yeux y voient à nouveau, je retrouve le jeune homme que j'ai rencontré l'hiver dernier. Ses yeux ont récupéré leur couleur originelle, sa peau est parsemée de taches de rousseur et ses ailes ont disparu.

Spontanément, je le serre dans mes bras et l'étouffe d'affection.

— Ta magie n'est pas si défaillante ! lui dis-je en souriant. Bon, que puis-je faire pour toi ? Oh ! te trouver des vêtements de rechange ! Je sais...

J'ouvre l'armoire dans laquelle sont rangés mes vêtements de sport. Je farfouille et plonge dans le linge propre pour sortir un haut et un bas de survêtement unisexe gris.

— Ce sera parfait ! m'enthousiasmé-je, fière de mes trouvailles.

— Tu es sûre que..., commence Dorian en jaugeant mes vêtements d'un air sceptique.

— On fait quasi le même poids et la même taille. Tes vêtements me vont, donc les miens t'iront... De toute façon, tu ne peux pas rester ainsi, et il n'y a pas d'homme qui vive sous ce toit, alors...

Mon camarade accepte les vêtements à contrecœur et se lève pour se changer.

Je me tourne pour lui laisser son intimité. J'en profite pour essayer de remettre de l'ordre dans ma penderie jonchée de plumes.

— Sed, soupire mon ami après quelques minutes. J'ai besoin de ton aide.

Lorsque mon regard se pose à nouveau sur lui, je constate qu'il a enlevé sa chemise, mais n'a toujours pas tenté d'enfiler ses vêtements de rechange.

— J-je... je n'ai plus de force.

Je le soupçonne de vouloir user de ma bonté pour sentir ma peau sur la sienne, mais je range rapidement ces mauvaises pensées en observant les grandes coupures suintantes qui ornent ses omoplates. Il n'y a pas que sa chemise qui est en lambeaux, son dos aussi.

— Oh...

— Ce n'est pas beau à voir, je sais.

— Mais je ne comprends pas... Je t'ai vu plein de fois torse nu...

— Oui, ça ne dure que quelques heures. Le temps que je récupère mon énergie. Et puis, j'suis pas l'ange le plus actif du terrain. Donc je ne me transforme que très peu. La dernière fois que c'est arrivé, c'était le lendemain de notre rencontre. J'ai dû aider mon père pour une mission...

Dorian m'explique alors son rôle : comme tous les anges gardiens, il doit protéger les humains. Lui a commencé sa carrière avec Adrien, et c'est ainsi qu'est née leur indéfectible amitié. Mais il a décidé de renoncer à ses responsabilités à la mort de son grand-père, décédé trop tôt, ce qui l'a révolté. Sa famille aurait pu en effet intercepter ce malheureux événement. Hélas, les anges possèdent une charte remplie de règles (très) strictes – qui ne peuvent être enfreintes. C'est la raison pour laquelle il est en conflit depuis des années avec ses parents. Mon ami me raconte aussi que, depuis tout petit, il a du mal à accepter ses pouvoirs. Tout simplement parce qu'il s'est pris d'affection pour la vie d'humain qu'il menait sur terre – et notamment pour le foot. À tel point que, parfois, il en oublie qu'il n'est pas un mortel, mais qu'il est un ange au service de la Providence.

Aujourd'hui, il n'y a plus que sa sœur qui le soutient dans ses choix.

Plus je l'écoute parler de ses conflits intérieurs, plus il me fait penser à Freïa. Il est une autre âme qui a décidé de refuser le titre qui lui revient de plein droit.

— Mais tu m'as fait changer d'avis, déclare-t-il subitement. J'ai vu à quel point tu te dévouais avec passion dans tout ce que tu faisais. Que ce soit ton implication dans les tâches que tu aimes ou les responsabilités qui t'incombent… Ça m'a fait réfléchir et j'ai accepté de reprendre du service. D'où mon départ pour l'Allemagne. Tu as un grand cœur, Sedna, ajoute-t-il après un long silence. Ta force fera bouger les choses dans ce monde.

— Un grand cœur ? demandé-je en riant. N'oublie pas que je suis une sorcière ! Tu vas voir ce qui t'attend ! Montre-moi ton dos, exigé-je en imbibant la lingette de la potion que j'ai préparée tout en l'écoutant se confier à moi.

Le jeune homme s'exécute sans rechigner.

— Je te préviens, ça risque de piquer.

— Te tracasse pas, j'ai connu pi… Aouch !

Je souris en continuant d'appliquer l'élixir de guérison sur ses plaies encore ouvertes. Je ne suis pas une grande sorcière guérisseuse, comme ma mère, mais je sais que ça fera l'affaire. La douleur ne s'estompera peut-être pas immédiatement, en revanche ses coupures cesseront de saigner et se refermeront. C'est déjà une bonne chose.

— Merci, chère enchanteresse, dit Dorian en me lançant un regard plein de gratitude.

Il ne peut s'empêcher de profiter de notre proximité physique pour faire passer une de mes boucles derrière mon oreille. Ses yeux s'attardent, une fois de plus, sur mes lèvres. Puis il approche doucement les mains des miennes, mais je m'écarte rapidement.

— Allez, habille-toi maintenant ! lancé-je pour le repousser en me levant d'un coup. Ma mère ne va pas tarder à revenir pour voir si je vis encore...

Je lis la déception dans son regard, mais il n'insiste pas.

Ce qui m'arrange, car je ne suis pas sûre de pouvoir conserver ma carapace indéfiniment.

— Au fait, quel âge as-tu ? demandé-je en observant Dorian qui enfile mes vêtements du mieux qu'il peut. Je veux parler de ton vrai âge...

— Franchement, j'en sais rien ! Comme toi, je suis une vieille âme. Mais dans cette vie-ci, je te rassure, je n'ai que vingt-cinq ans.

— Est-ce que tu te rappelles tes anciennes vies ?

— Et toi, tu te rappelles les tiennes ?

Je secoue la tête en signe de négation.

Dorian se lève et se plante devant moi.

— Mais ne crois pas que tu vas t'en tirer comme ça ! Je suis journaliste, j'ai une liste de questions à te poser, et nous allons commencer dès maintenant cette interview, si tu veux bien...

Après tout, c'est pas tous les jours qu'on peut parler à un messager de Dieu.

— Tout à l'heure, tu as cité des infos sur la famille de Joan... Est-ce vrai que c'était un chasseur de sorcières ? Ils existeraient donc encore... ?

— Oui, j'ai vérifié grâce aux archives du ciel. Je t'avoue que j'ai un peu galéré à trouver les infos de Joan, précise-t-il en passant sa main dans sa chevelure. Mais c'est bel et bien un descendant de chasseurs de sorcières. Et c'est loin d'être le seul, il y en a d'autres... Je pense qu'il ne le savait pas lui-même... Il a agi inconsciemment comme ses vieux.

J'encaisse silencieusement cette réponse qui dépasse tout ce que je pouvais imaginer.

— D'ailleurs, ne t'inquiète plus pour la presse... Vu le *bad buzz* que ton confrère va faire demain, cela refroidira ceux qui sont dans le même délire que lui. Ils brûleront vite leur papier avant de s'attirer des ennuis.

Un soupir de soulagement s'échappe de ma bouche.

— E-et... et pourquoi l'eau bénite ne m'a pas brûlée ?

— Oh ! j'ai fraudé ! explique-t-il en riant. J'ai interchangé ton dossier avec celui d'une personne censée être sous ma protection en ce moment. Seulement pour quelques heures. Ni vu ni connu. Grâce à ça, j'ai obtenu ton adresse et j'ai pu me téléporter jusqu'ici. Surtout, il ne peut rien t'arriver de mal lorsque tu es en ma présence. Peu importe le maléfice qu'on essaye de te lancer.

Mes yeux s'écarquillent, mais je reste fidèle à ma curiosité de journaliste, qui est loin d'être rassasiée.

— Ma magie et celles d'autres sorcières peuvent quand même avoir un effet sur toi ? Comment ça se fait ? Tu n'es pas sous la protection du ciel ?

— Je ne suis sous aucune protection, sauf la mienne ! explique-t-il en riant une fois de plus. C'est pareil pour tous les anges qu'on a envoyés en mission sur terre. Je me retrouve coincé dans cette enveloppe charnelle, comme tout autre être vivant ! Malheureusement, je ne suis pas Superman ! Je peux me blesser, je peux être ensorcelé, je peux éprouver des sentiments...

Il se tait un instant, tandis que ses yeux me regardent avec intensité et désir.

— Le fait de voyager dans ce véhicule fait d'os et de chair... ça me rend un peu humain. Plus que prévu. Tu sais de quoi je parle.

En effet, pensé-je en me rappelant le nombre de fois où je me suis plus conduite comme une mortelle qu'une sorcière.

— Et est-ce que...

— Sedna. Stop avec tes questions. Tu as toute une vie devant toi pour que j'y réponde... Tu ne penses pas qu'on devrait plutôt parler de ce qui est vraiment important ?

Il prend mes mains dans les siennes.

Je sais pertinemment où il veut en venir, mais à mes yeux, notre relation n'est même plus un sujet. Je ne comprends franchement pas qu'il veuille revenir dessus. L'impossibilité de la laisser s'épanouir quand tout nous oppose et nous sépare me paraît relever d'une évidence indiscutable. Parce que, quoi que nous tentions, à long terme cela ne pourra jamais fonctionner.

Nous ne finirions que par réveiller d'anciens conflits entre nos deux clans.

Des conflits censés être oubliés depuis des siècles.

— Pourquoi est-ce que tu me fais ça ? murmuré-je, en sentant mes yeux se remplir de larmes. Depuis le début, tu sais ce que je suis et...

— Pour être honnête, quand je t'ai rencontrée, j'ai cru qu'on appartenait au même camp. Ta magie est très différente de celles des autres sorcières que j'ai pu croiser...

Mais pas assez puissante pour m'avoir fait comprendre plus tôt ta véritable nature, pensé-je avec amertume. Alors que j'avais tous les indices sous les yeux.

— Je te promets de garder ton secret. D'ailleurs, je ne te poserai aucune question sur ta consœurie, si tu fais bel et bien partie d'un Coven. Je ne m'immiscerai dans rien. Je respecterai tes limites et je ne t'imposerai rien. Je te demanderai simplement de garder mon secret en retour. Je veux juste que...

— Notre amour n'a pas de sens, hoqueté-je en reculant d'un pas.

— Qu'est-ce que...

— Notre amour n'a pas de sens, répété-je plus fort. On devrait se détester ! Se faire la guerre ! Tu devrais me fuir comme la peste et moi, je... Et moi, je...

— Regarde-moi dans les yeux et dis-moi que tu ne m'aimes pas.

Mon cœur cesse de battre un instant.

Je suis une piètre menteuse, et ce, depuis toujours. Alors comment le repousser avec hargne, cependant que mon âme brûle de passion pour lui ? J'ai délibérément enfreint mon code de valeurs, ainsi que des règles du Coven. Je suis allée jusqu'à mettre fin à mon ancienne relation et j'ai fait courir un risque à ma lignée entière... Pour lui.

Autant de bêtises que j'ai commises par amour.

Si, jusqu'à il y a peu, je ne connaissais pas la vraie définition de ce mot... Aujourd'hui, je sais ce qu'il signifie réellement. Je sais que ce que j'éprouve pour cet être, c'est de l'amour pur. Et je sais aussi que je ne peux pas mentir face à ces puissants sentiments.

— Do, je..., commencé-je la voix tremblante. Je... je...

Mais je me trouve incapable d'aller au bout de ma phrase.

Alors, j'entoure ses épaules de mes bras et pose mes lèvres sur les siennes. Pour lui confirmer que, oui, je l'aime ardemment - malgré moi. Mon partenaire profite de cette vague d'amour pour passer les mains autour de ma taille. Il me serre à m'en étouffer et me rend mon baiser au centuple. Si je le pouvais, je figerais le temps pour rester éternellement dans ses bras.

Malheureusement, toutes les bonnes choses ont une fin.

Et quand bien même cela me fend le cœur, celle-ci doit se terminer.

Il faut mettre un terme à cette romance qui n'a pas lieu d'être.

Je finis par réussir à m'écarter de lui, les yeux pleins de larmes.

— Ça aurait été tellement plus facile, si tu avais été un simple humain, soufflé-je, la voix brisée par l'émotion.

Je lis de la stupéfaction dans son regard.

— Sedna, tu...
— J'ai besoin de temps, d'espace, de réflexion...
— Tu veux que je parte ?
Je hoche doucement la tête, bien que je sois dans un état second.
Lui aussi est profondément bouleversé par ce qui nous arrive, pourtant il respecte mes besoins et me lâche sans tergiverser. Il veut tout de même ajouter un mot de plus, mais ses yeux se brouillent de larmes à leur tour. Alors, il se tait et pose simplement les lèvres sur mon front avant de me serrer tendrement dans ses bras. Puis, sans rien dire, il se dirige vers la fenêtre la plus proche et libère à nouveau ses ailes.
L'ange s'envole et s'éclipse dans le ciel, baigné d'un halo lumineux.
Au même moment, la porte de ma chambre s'ouvre.
— Tout va bien, Sedna ? J'ai cru entendre des voix...
Il me faut quelques secondes avant de récupérer mes esprits et d'essuyer mes larmes du revers de la main.
— J'adressais simplement une prière au ciel, maman. Rien de plus.

Chapitre 28

Évidence

Deux mois plus tard
Le 24 août 2017

— Je n'en reviens pas : tu as réussi à m'inscrire à cette course ! ronchonne Freïa, le visage rougi et en sueur, tandis que ses boucles rousses se collent sur son joli front.

— Tais-toi et économise ton souffle pour le dernier kilomètre ! répliqué-je en souriant.

— Je n'en reviens pas… C'est la première journée que je passe en Belgique depuis mon retour… Et je suis contrainte de participer à un marathon ! râle Artémis, qui s'époumone à plus d'un mètre derrière nous.

— Roh, mais où est passée Sophie ? demandé-je en levant les mains vers le ciel. Au moins, elle, elle ne se plaint pas !

— C'est une vraie fusée… Je ne serais pas étonnée qu'elle soit dans les dix premières.

— Elle a pas compris que c'était pas un sprint, mais un marathon ? ajoute Artie.

— Ça reste une course ! rétorqué-je en la snobant.

Je poursuis Freïa et Artémis, m'amuse à dépasser les dames qui se trouvent devant moi et portent des T-shirts aux couleurs flashy, roses, bleus ou jaunes, selon la cause qu'elles sont venues soutenir aujourd'hui. L'événement sportif auquel nous participons n'est en effet pas une compétition. C'est une course caritative destinée à sensibiliser le grand public aux questions qui concernent la santé féminine. Chaque participante est inscrite pour lutter contre l'invisibilisation des maladies et des pathologies féminines telles que l'endométriose, le SOK. l'adénomyose, mais aussi pour gagner des fonds à reverser afin de soutenir la recherche contre le cancer du sein. Une noble cause que j'ai décidé de mettre en lumière via un article de presse, mais aussi en invitant mes abonnées sur les réseaux sociaux à venir se joindre à moi pour cet événement qui se tient au beau milieu de la région liégeoise.

Je franchis la ligne d'arrivée en toute splendeur, en scandant le slogan du jour : « Touche pas à mes ovaires », puis je me rue vers Sophie, que j'aperçois, vêtue de bleu, assise sur les marches du musée de la Boverie. Je fends la foule sans même m'inquiéter de savoir si Freïa et Artémis ont réussi à me suivre, et je tombe dans les bras de mon amie, qui m'offre une bouteille d'eau. Je la vide à moitié, puis j'éponge mon front avec une serviette. Une fois que j'ai un peu retrouvé mon souffle, nous nous mettons à parler de tout et de rien au beau milieu du jardin en fleurs où arrivent au compte-gouttes les coureuses.

— C'était génial ! nous interrompt une petite dame blonde, habillée tout en jaune avec un brassard « #EndoGirl ». Les chiffres d'audience de notre direct ont explosé ! C'est grâce à toi, Sedna ! Je ne sais pas par quelle magie tu as fait cela, mais...

Mon cerveau se détourne de la discussion.

En effet, mes yeux se sont perdus de l'autre côté des marches du musée, près des grandes roseraies du parc. J'aperçois un jeune homme blond. Il est au téléphone, porte une chemise en lin rose clair, un jean classique et des chaussures brunes cirées. Je remarque tout de suite que sa chevelure est parfaitement laquée, que pas un cheveu n'en dépasse, comme toujours. Lorsqu'il se tourne dans ma direction, son regard émeraude croise le mien. Il raccroche aussitôt et fait le geste de s'avancer vers moi. Je crois rêver un instant, mais lorsque je m'aperçois que c'est bien vrai, je manque de m'étouffer.

— Sed ? Qu'est-ce qu'il y a ? s'inquiète Sophie en passant une main devant mes yeux.

— Attends, il vaut mieux ne pas la déranger dans ce genre de moment, intervient Freïa qui a débarqué de nulle part, rouge d'avoir couru plus rapidement pour nous rejoindre. Elle a une... Bref, ça lui arrive de temps en temps.

Ma meilleure amie pose une main sur mon avant-bras. Mais Sophie suit mon regard et comprend tout de suite ce qui m'a figée sur place.

— Oh... Mais qu'est-ce que..., s'étonne-t-elle. Je te jure que je ne lui ai rien dit !

Dorian s'approche de nous d'un pas assuré.

Prise de panique, je me défais de l'étreinte de Freïa qui n'a pas le temps de comprendre ce qu'il se passe, et je décampe aussi vite dans la direction opposée.

Je croise Artémis qui me fait un signe de main, ravie d'avoir enfin terminé sa course, mais je l'ignore complètement et me précipite à la recherche d'un endroit où me réfugier… Si seulement je pouvais disparaître ! Je maudis le parc de la Boverie de n'être pas plus grand. Entre le monde fou qui s'y trouve – et qui m'empêche de courir aussi vite que je le voudrais – et le manque de cachettes « anti-moments gênants », c'est clairement le pire endroit sur terre pour éviter de croiser la route de quelqu'un que l'on n'a pas envie de voir. Je finis par me terrer dans l'ombre, sous la passerelle « La Belle Liégeoise », en essayant de me faire aussi petite que possible.

— Tout ça, c'est ta faute, Sedna, grommelé-je en sentant mon cœur battre à tout rompre.

Des étincelles se mettent à crépiter dans mes mains.

Mes amies ignorent une chose : j'ai envoyé un message à Dorian la semaine dernière. Pour être tout à fait exacte, c'était plutôt une déclaration d'amour. Une déclaration hyper impulsive et pas du tout calculée, dans laquelle je lui ai avoué que je pensais toujours à lui, que notre dernière conversation me hantait. Je me suis exposée dans toute ma vulnérabilité, en lui disant que je suivais de près sa carrière, que je le félicitais pour tout ce qu'il accomplissait, autant devant la caméra qu'en dehors…

Je me suis également mise à lire les faits divers pour voir si des « miracles » se produisaient bel et bien à

Dortmund, depuis son arrivée. Et je le soupçonne d'être l'ange gardien d'une dame qui a retrouvé son chat égaré après être restée six ans sans le voir, ou encore d'être le protecteur de ce vieux monsieur qui a fait un arrêt cardiaque au volant mais a été sauvé in extremis, d'une manière que les journalistes et les secours ne s'expliquent pas. C'est le genre d'événements heureux qui se produisent de plus en plus dans la région… Finalement, j'ai conclu mes propos en lui disant qu'il resterait toujours dans mon cœur, où qu'il se trouve sur terre. Malgré nos différences insurmontables.

Je n'ai jamais reçu de réponse à ce message passionné.

Chose tout à fait prévisible. Cela fait près de trois mois que, rongée par le doute, je garde avec lui un silence radio pesant : je me suis refusée à le contacter, alors que les prétextes ne manquaient pas. Pourtant, lui s'est mis à nu devant moi, dans tous les sens du terme, et pour le récompenser de son courage je lui ai mis un vent monumental.

Il me paraîtrait donc parfaitement légitime qu'il me déteste, maintenant.

Même Sophie, qui a essayé d'endosser le rôle de Cupidon lors des premières semaines, après notre séparation, a vite laissé tomber en comprenant que c'était peine perdue. La pauvre pense que son frère s'est manifesté à cause d'elle, mais elle est loin de savoir que c'est moi qui l'ai invoqué, malgré la dureté que j'affichais…

Je continue à me perdre dans mes pensées en essayant d'apaiser les éclairs qui crépitent au creux de mes paumes. Lassée, je finis par planquer les mains dans mon dos en soufflant bruyamment.

Malgré la chaleur de cette journée d'été, le ciel commence à se couvrir. Les nuages s'épaississent et noircissent jusqu'à cacher le soleil. La température chute brusquement, puis le tonnerre se met à gronder. Je sursaute, tandis qu'une averse éclate. Je dois reculer davantage sous le pont pour ne pas me retrouver trempée.

Voilà qui n'était pas prévu.

— La vie reprend le dessus d'une drôle de manière, marmonné-je, seule et avec le sentiment d'être oubliée sous mon abri de fortune.

Des filles crient au-dessus de ma tête. Les dernières coureuses du marathon se ruent vers la ligne d'arrivée pour se réfugier sous les énormes chapiteaux roses, jaunes et bleus où se tient le staff d'encadrement.

— Mademoiselle Sika Claes, fait une voix à ma droite.

Je tressaille et me tourne vers mon interlocuteur.

— J'ai ouï dire que vous souteniez une noble cause, aujourd'hui. Alors, je suis venu vous apporter ceci, continue-t-il en me tendant un bouquet de fleurs séchées, décoré de pompons et parsemé de sachets de thé de toutes sortes.

Il me connaît plutôt bien, m'avoué-je intérieurement.

Je croise son regard vert étincelant et me perds un instant dedans. Puis je reprends mes esprits et remarque aussitôt que le jeune homme est trempé de la tête aux pieds. Cela veut dire que cela fait quelques minutes qu'il tourne en rond dans le parc, à me chercher.

— Qu'est-ce que tu fais là ? demandé-je à mi-voix, les yeux dans le vague.

— N'êtes-vous pas la femme qui m'a envoyé cette belle déclaration d'amour ? rétorque-t-il en haussant les sourcils. Si je fais erreur, je reprends ceci ! ajoute-t-il en resserrant le bouquet contre lui.

Je ne peux m'empêcher de sourire.

— Il n'est pas convenable pour une jeune dame de se laisser embraser par ses passions... Monsieur Janssens, veuillez pardonner mon manque de retenue.

Dorian plisse les yeux, l'air perplexe, puis il s'installe à mes côtés et s'adosse au mur de pierres. Aussitôt je sens le crépitement s'intensifier au creux de mes paumes. Je m'écarte donc du jeune homme en veillant à garder les mains plaquées dans le dos.

— Pourquoi...

— Pourquoi...

Nous nous taisons tous deux.

Mais c'est pour reprendre bientôt la parole, en bredouillant maladroitement en même temps. C'est Dorian qui coupe court à ce moment gênant en me faisant signe qu'il arrête de parler et me laisse exprimer ce que j'ai sur le cœur.

— Je t'ai envoyé ce message sur un coup de tête... Il était sincère. Trop sincère, même. Je n'ai aucune excuse pour t'avoir laissé sans nouvelle aussi longtemps, expliqué-je après une pause. C'est juste que je suis nulle et un peu, beaucoup ou trop rancunière. Et puis les derniers événements qui se sont produits entre nous m'ont fait flipper. D'ailleurs, je ne comprends pas pourquoi tu es là...

— J'en avais envie, répond simplement Dorian en haussant les épaules, tout sourire.

La lumière qui se dégage de lui m'aveugle un moment et souligne à quel point sa présence m'a manqué. Je n'ai qu'une envie : effacer toutes ces incompréhensions entre nous, ainsi que ces deux mois de silence. J'ai envie de fondre dans ses bras et que nous soyons heureux pour toujours. Mais c'est impossible, il n'y a que dans les films et dans les romans à l'eau de rose que cela se passe ainsi.

— Et j'attendais ton invitation, reprend-il en se rapprochant de moi. Enfin, que tu me fasses signe... Tu dis que tu n'as pas d'excuse, mais entre ce qu'il s'est passé avec ta grand-mère, tout ce que tu as à gérer au quotidien, et le fait que tu te sois retrouvée face à mes plumes du jour au lendemain, j'ai compris que tu avais besoin de temps pour toi...

— Je suis désolée, murmuré-je, les larmes aux yeux. J'ai eu si peur de ce que je ressens... que j'ai préféré fuir. Tu m'as rappelé qu'à force d'être trop proche du soleil, on finit par se brûler... Je fais toujours la forte, mais la vérité c'est que je suis une peureuse. Une vraie trouillarde ! L'intimité émotionnelle m'a toujours fascinée... mais toujours effrayée aussi. Alors, si on doit rajouter des données magiques et nos dilemmes à l'équation, je préfère m'enfuir. Même si au fond je souhaite tout autre chose...

En guise de réponse, Dorian passe son bras autour de mes épaules et m'attire à lui. Ce simple contact réveille tous les sentiments que je m'efforçais d'enterrer dans les abysses de mon cœur depuis des semaines. De sa main libre, il fait tomber le bouquet qu'il tenait pour prendre mon menton et m'inviter à rencontrer ses yeux.

Mon cœur redouble sa course, mais contre toute attente, cela stoppe net les éclairs qui jaillissaient de mes mains jusque-là. Et voilà que je redeviens une simple humaine… songé-je en sentant les doigts de mon ami effleurer ma joue pour rattraper une larme qui y coule. Il me fixe un moment, puis finit par passer une de mes boucles folles derrière mon oreille.

— Je suis désolé moi aussi, me confie-t-il alors qu'une nouvelle étincelle passe dans son regard. Je dois t'avouer que j'ai été le premier à flipper. J'ai accepté cette mission à l'étranger pour ça. Pour fuir, moi aussi.

Il prend doucement ma main dans la sienne pour la placer sur son cœur.

— Et je me suis dit que dans le meilleur des cas, je ferais tout foirer… Ce qui est arrivé, mais…

— Do…

— Sedna, je ne veux plus vivre dans un monde dans lequel tu ne fais pas partie de mon quotidien. Peu importe que nous appartenions à des clans ennemis ou que sais-je… Je suis convaincu que tu es née pour me rendre heureux.

Ses mots me figent.

Moi ? La ténébreuse descendante de Lilith, je suis née pour faire le bonheur d'une âme sainte ? Je n'aurais jamais cru entendre cela un jour.

Et pourtant, l'Univers semble avoir secrètement conspiré pour notre rencontre.

Pour qu'on se retrouve, à maintes et maintes reprises, sur le chemin de l'autre.

— Tu n'es pas une enchanteresse pour rien. Tu as enchanté mon cœur.

— Je... je ne suis pas une enchanteresse, réussis-je à marmonner.

— Appelle cela comme tu veux... C'est comme ça que je te vois.

Et là, je reçois une vision, celle d'un futur proche où je le convie à un étrange repas, quelques jours avant mon anniversaire, en novembre. Un dîner au cours duquel je m'amuse à ensorceler la table, à utiliser ma magie librement, devant lui, et à dévoiler en toute simplicité cette part de moi la plus mystique. Sans crainte, pour le plaisir. Et Dorian me regarde avec amour et un calme incroyable, car il sait depuis le premier jour. C'était une évidence.

Il attendait simplement que le bon moment se présente pour les aveux.

Comme depuis le début de notre relation.

Il attend toujours le bon moment avant d'enclencher la deuxième vitesse. Il respecte mon rythme et ma cadence, avec patience et amour.

— Oh ! regarde, il y a un arc-en-ciel...

— Waouh !

— On prend une photo ?

Ce sont des voix au-dessus de nous, sur le pont, qui ont prononcé ces paroles.

Et, effectivement, levant à notre tour les yeux, nous voyons un bel arc-en-ciel se dessiner au-dessus de la Meuse. Le soleil a réussi à percer à travers les nuages, il se reflète sur le fleuve, tandis qu'une fine pluie continue à tomber. C'est un spectacle magnifique et, surtout, inespéré.

— Tu sais que chez moi, on dit que ça porte bonheur, me murmure mon compagnon au creux de l'oreille. Il faut que tu fasses un vœu.

— Embrasse-moi.

Je me tourne vers lui avec une ferme détermination.

— Tu es sûre que...

Je lève les yeux au ciel un instant, exaspérée par ses bons principes, puis je me hisse sur la pointe des pieds pour l'embrasser. Je passe les bras autour de ses épaules et l'attire davantage vers moi en plaquant les mains sur sa nuque. Mon partenaire ne se fait pas prier davantage, il enlace ma taille et me rend mon baiser avec passion.

Lorsque je rouvre les yeux, il me porte et me fait tournoyer dans les airs.

Je prends conscience alors seulement que je suis dans ma pire tenue vestimentaire : vêtue d'un cycliste beige, ainsi que d'un T-shirt jaune – pour soutenir la cause des femmes qui souffrent d'endométriose – que j'ai retroussé jusqu'au nombril. Et mes cheveux sont relevés en une immense queue-de-cheval, pour dégager mes yeux pendant la course.

Sans parler du fait que j'ai bien besoin de prendre une douche.

— Par toutes les saintes ! Do, repose-moi par terre !

Il éclate de rire en s'exécutant, mais il ne me lâche pas pour autant.

Ses mains dansent entre ma taille et le bas de mes reins, ses yeux émeraude brillent d'amour et un sourire de joie illumine son visage.

— Donc, commence-t-il en posant son front sur le mien.

Je l'interromps en posant un index sur sa bouche.

— On promet de ne plus jamais se quitter ! Et même dans les situations où la distance nous éloigne, on trouvera toujours des solutions, magiques ou pas, pour se retrouver.

— Tu vas venir me voir grâce à ton balai volant ?

— Hum... peut-être bien, répliqué-je en souriant.

— Dans tous les cas, ça ne durera pas trop longtemps... J'ai déjà annoncé que je ne renouvellerai pas mon année en Allemagne. Un autre contrat m'attend à Bruxelles.

— Il n'y a plus qu'à négocier les termes du nôtre, rétorqué-je avant de l'embrasser à nouveau.

Je pourrais rester là, dans ses bras, pour l'éternité. À savourer cet amour naissant et cette complicité qui nous unit depuis des mois, même dans les situations qui auraient dû nous séparer. Malgré tout, il reste une chose que j'aimerais clarifier. Même mon état d'euphorie actuelle ne pourrait me détourner de la question qui me brûle les lèvres. Je m'écarte doucement de mon partenaire et plonge les yeux dans les siens, bien résolue à obtenir une réponse.

— Do, tu es sûr que le ciel approuvera notre union ?

Il hausse les sourcils lors d'une fraction de seconde avant de redevenir impassible.

— Si ma famille en est capable, je ne vois pas pourquoi les autres se mettraient en travers de notre chemin. Surtout que Cupidon t'adore au point qu'elle est devenue ton amie...

— Quoi ? m'écrié-je, l'air ahuri. Cupidon, c'est...

— Chut ! Ne lui dis pas que j'ai vendu la mèche.

— Son secret sera aussi bien gardé que le tien. Même Freïa n'en saura rien.

Une étincelle passe à nouveau dans son regard, tandis qu'il se penche pour m'embrasser.

— Je te protégerai. Toujours, me murmure-t-il.

— Il me semble que ce n'est pas toi qui es chargé de mon dossier, pourtant...

— On en reparlera plus tard... Mais pas maintenant, laisse-nous profiter de ce moment. Comme s'il n'y avait rien de plus important.

— Il n'y a rien de plus important, affirmé-je en souriant.

Et pour confirmer cela, je l'embrasse à nouveau.

Car il a raison. Peu importe ce qu'il se passe sur terre ou dans le ciel, que ce soit mortel ou magique, je sais que je déciderai de rester à ses côtés. Peu importent les épreuves que nous aurons à traverser à cause des responsabilités qui nous incombent à tous deux...

— Eh, les tourtereaux ! Il y a des chambres d'hôtel, pour ça ! braille soudain Freïa dans mon dos.

— Mais... Quoi ? On a raté un épisode ! Dites-nous tout ! s'écrie Sophie, qui arrive sur ses talons.

— Quelle cachottière ! Je la déteste ! ajoute Artémis, un mètre plus loin.

Naturellement, je lâche Dorian et me défais de notre étreinte. Bien que ce soit à contrecœur. Mes joues virent au cramoisi, tandis que mon amoureux me dit d'un regard de ne pas m'en faire et d'ignorer les commérages amusés des filles.

— Vite ! s'exclame soudainement Freïa en dégainant son smartphone. Il faut prendre une photo avant que l'arc-en-ciel ne disparaisse ! Après, on partira à la recherche du chaudron d'or qui se trouve à son pied !

Elle nous invite à prendre la pose pour un superbe selfie « post-course », avec l'arc-en-ciel en fond. Et à ce moment-là, je comprends que, peu importent les moments sombres que je vivrai encore au cours de ma vie, je les surmonterai tous. Car je suis accompagnée des meilleures personnes au monde.

Mes âmes sœurs.

Finalement, il faut croire que mes anges gardiens ont bel et bien répondu à l'appel de mon âme.

— Merci, soupiré-je en direction du ciel.

— Merci à toi, me répond Dorian qui ne m'a visiblement pas quittée des yeux.

Il pose les lèvres sur mon front et m'enveloppe de cet amour doux et pur qui est désormais le ciment de nos plus belles aventures à venir.

Pas besoin de tirer les cartes pour le savoir.

Nous avons décidé de coécrire cette romance unique.

Chapitre 29

Chance

DORIAN
Trois ans plus tard
Jeudi 6 février 2020

Ma future femme.

Ses yeux sont clos, ses traits détendus et ses longues boucles de jais sont dispersées sur l'oreiller en soie dorée.

Si je fais abstraction deux minutes de mon ego et de ma fierté pour n'écouter que mon cœur, je peux affirmer que je l'ai su dès l'instant où mes yeux se sont posés sur elle.

Que ce serait elle – et pas une autre.

Mais si j'enfile ma modestie pendant cinq minutes, elle me rappellera que même si j'étais sûr et certain de mon choix, j'ai bien cru que mon rêve ne resterait que pure chimère. Cette femme sauvage et insaisissable ne cessait de me filer entre les doigts. Je faisais deux pas en avant et elle en faisait trois en arrière. Tout simplement parce qu'elle était plus préoccupée par le fait d'exceller dans ses études et de devenir la fierté de sa communauté, que par l'envie de flirter avec un ange qui se faisait passer pour un mortel. Et sûrement parce qu'elle savait d'avance que notre amour ne nous apporterait que des problèmes - malgré la puissance de nos sentiments l'un envers l'autre.

Mais je n'ai pas baissé les bras. J'ai fait preuve de patience. L'amour est le sentiment le plus précieux qu'il m'ait été permis de voir entre ciel et terre. Et je sais pertinemment que lorsqu'on l'éprouve pour de vrai, on ne peut rebrousser chemin. On ne peut que plier le genou face à ce cadeau unique et éternel qui crée plus de miracles que la magie elle-même.

Cependant, cette longue bataille pour conquérir son cœur n'a pas été vaine.

Car j'ai maintenant l'honneur de la voir s'endormir à mes côtés, pensé-je en passant une main dans sa chevelure. J'aimerais pouvoir ajouter que ce bonheur m'est accordé tous les soirs. Hélas, il ne m'est octroyé que deux nuits par semaine. Et encore. Tant qu'elle n'a pas d'imprévu nommé « Freïa », ni de devoir à remplir au sein de son Coven.

Mais tout ça sera bientôt de l'histoire ancienne : dans trois jours, on se marie.

Lorsqu'elle a accepté de m'épouser, elle a également consenti à venir vivre avec moi. Cette promesse a failli faire exploser mon cœur de joie, jusqu'à ce qu'elle me fasse connaître la condition qu'elle mettait toutefois à cette concession : que nous emménagions en colocation avec sa meilleure amie et le nouveau petit copain de celle-ci. Deux personnes que j'aime énormément, mais que j'apprécierais davantage si la première était moins bruyante et si le deuxième n'était pas le descendant d'une lignée de chasseurs de sorcières.

Mais bon, que ne ferait-on pas par amour, n'est-ce pas ?

Elle le sait, d'ailleurs, puisqu'elle-même consent à faire des sacrifices : nous quittons la Belgique pour nous installer en Irlande, où vivent ceux dont on m'a récemment confié la protection. À ce propos, il faudra que je lui révèle leurs noms...

Lorsque Sedna sera dans la confidence et que je pourrai enfin lui faire part de ce que je prépare pour notre famille élargie, je sais qu'elle nagera dans le bonheur.

Car de grandes choses vont se produire prochainement.

Ce mariage n'est que le début de changements dont je mesure moi-même mal l'envergure.

— On va révolutionner le monde, murmuré-je en passant les doigts sur ses lèvres.

— Do... arrête de me parler. Je dors ! râle ma fiancée en se retournant.

Elle soupire avant de replonger instantanément dans le sommeil.

Je sais très bien qu'elle déteste que nous ne nous endormions pas en même temps, car alors j'essaye de lui parler pour la faire émerger de ses rêves. Tout simplement parce que j'aimerais profiter davantage de sa lumière et de nos discussions. Avec le plus de douceur possible, je dépose un baiser sur son épaule nue en m'assurant qu'elle n'a pas froid, en cette période hivernale qu'elle n'aime guère. Elle émet une plainte supplémentaire et gigote doucement. La voir râler de la sorte réchauffe mon cœur. C'est le signe qu'elle va bien.

Mieux qu'en octobre dernier, lorsque nous nous sommes retrouvés aux urgences de l'hôpital et que les médecins nous ont annoncé qu'elle allait devoir prendre du repos après avoir fait une fausse couche[1].

Une fausse couche, songé-je, les larmes aux yeux, en me lovant contre ma fiancée.

Chose complètement improbable.

Et pourtant, depuis ce jour, le mot « impossible » ne fait plus partie de mon vocabulaire. Les anges gardiens, qui ne sont que l'incarnation d'âmes missionnées pour protéger les humains, ne peuvent pas se reproduire... C'est ainsi depuis la nuit des temps.

Et voilà que je suis l'exception qui confirme la règle.

Je suis né ange et il m'a été miraculeusement donné la chance que ma fiancée, une sorcière qui plus est, tombe enceinte. Une chose qu'elle-même n'aurait jamais pu imaginer non plus, au point de faire un déni de grossesse. Car, bien évidemment, au cours de la préparation de notre mariage, nous avons abordé la question des enfants. J'avais donc fait part à Sedna du fait qu'en avoir un ne ferait pas partie de nos plans d'avenir. Et cela lui convenait très bien. Elle n'a jamais vraiment éprouvé l'envie ni le besoin de fonder une famille. Selon elle, notre famille est celle que nous créons, jour après jour, au fil des rencontres et des liens

1. Voir *Witch Games*, « Liaison interdite ».

que nous tissons avec autrui. Ce qui explique qu'elle ait autant à cœur de vivre avec nos meilleurs amis.

Cependant, je sais que cet événement est venu réveiller en elle quelque chose dont elle ne soupçonnait pas l'existence. Surtout lorsqu'elle a appris que sa fausse couche était due à un maléfice. Une malédiction lancée à sa famille par un chasseur de sorcières. Elle en a été profondément attristée. Certes, elle n'en a rien avoué à Freïa, sa petite sœur spirituelle, pour qui elle a décidé de se montrer forte quoi qu'il arrive, mais elle a sangloté pendant des jours dans mes bras.

Et moi qui suis généralement du genre à transformer la tristesse en joie, pour la première fois de ma vie, j'en ai été incapable. J'étais moi-même sous le choc d'un deuil qu'on nous imposait de vivre de la manière la plus brutale possible.

Parce que inconsciemment, on le sentait...

Cet enfant aurait été un véritable don de la vie, s'il avait survécu.

Le fruit de l'amour, qui aurait définitivement permis de tirer un trait sur les vieilles querelles entre nos deux clans. Anges et démons auraient pu accueillir ce petit être à la nature unique, symbole de la paix universelle.

Et puis, plus égoïstement, cela aurait fait de moi un père. Un vrai.

Un créateur, doté du même pouvoir que celui qui m'a conçu.

Et tout ça, aux côtés de Sedna. Qui aurait été la meilleure mère du monde, malgré toutes ses angoisses concernant le rôle qu'elle a failli endosser, elle qui est capable d'un amour inconditionnel et d'une bonté sans limites. J'ai d'ailleurs la certitude qu'elle fait de moi un être meilleur, à chaque fois qu'elle pose le regard sur moi. C'est pour cela que je me réjouis tant à l'idée que nous échangions nos vœux à la fin de cette semaine.

— Je suis l'ange le plus chanceux du monde, murmuré-je avant de tomber dans un sommeil profond.

De tendres baisers sur mes omoplates me tirent de mes rêves.

Je recule pour me blottir davantage contre le corps bouillant de ma partenaire, tandis qu'une de ses mains pianote sur mon torse, que l'autre se glisse derrière ma nuque et que ses jambes s'enroulent autour des miennes. Je pourrais rester là des heures, à savourer cette tendresse et cette affection qui nous unissent, mais je me ressaisis aussitôt lorsque je sens les doigts de mon amoureuse partir à la recherche de mon entrejambe.

— Je sais très bien à quoi tu joues, grogné-je en attrapant fermement ses mains.

— Ah bon ? fait-elle d'un ton innocent.

Je me tourne vers elle et la dévisage.

— Sed, j'suis sérieux quand...

Mais sans me laisser le temps de terminer, elle m'embrasse avec passion et me grimpe dessus. Je me retrouve sans défense – ou presque – et elle éclate de rire en voyant l'effet qu'elle me fait dès le réveil. Elle continue son petit jeu en se redressant, uniquement vêtue d'une lingerie blanche en dentelle, et prend une de mes mains dans les siennes.

— Sedna...

Mais elle m'ignore royalement et entrouvre les lèvres pour passer sa langue sur mon index. Je ferme les yeux un instant pour me concentrer sur mon souffle et essayer de contenir mes pulsions et toutes les images les plus lubriques qui défilent dans ma tête.

— Allez, Do... Cesse donc de me résister... Je sais que tu en as autant envie que moi, murmure-t-elle en frottant son bassin contre mes cuisses.

— Ce n'est pas la question. On a fait un pacte, lui rappelé-je en la toisant.

— Il est nul, ce pacte ! boude-t-elle en croisant les bras sur la poitrine.

— Peut-être, mais il est important à mes yeux. Donc si tu pouvais arrêter de jouer à la tentatrice avec moi, ce serait super.

Ma fiancée soupire bruyamment et s'écarte de moi.

— Arrête de râler, il ne nous reste que trois jours à tenir... la consolé-je en la prenant dans mes bras.

— Je savais que j'aurais dû y réfléchir à deux fois avant de dire « oui » à un emplumé, me lance-t-elle en me repoussant. À part vous, qui serait assez tordu pour imaginer qu'il faille faire la grève du sexe avant le mariage ? Une grève de quarante jours, qui plus est ?

Je ris en m'asseyant.

Ce que Sedna appelle « la grève du sexe » est en réalité une tradition angélique qui invite les futurs mariés à ne pas avoir de rapports sexuels lors des quarante jours qui précèdent l'union sacrée. Cela ressemble, en quelque sorte, au carême. Mais au lieu de jeûner, on se refuse le plaisir de la chair.

— Ma beauté, commencé-je en posant la main sur la sienne. C'est important à mes yeux. Même si tu n'as pas les mêmes mœurs que moi à ce sujet, ça me tient à cœur de t'initier à ces rituels avant notre mariage. En plus, il paraît que ça permet de renforcer les liens du couple... Notamment sur le plan spirituel. Et j'y crois.

— Mouais.

— Tu sais, on a de la chance. Si on avait vécu au siècle dernier, on n'aurait absolument pas fait l'amour... On aurait dû s'abstenir jusqu'au mariage, un point c'est tout.

— Par toutes les saintes ! s'exclame Sedna d'un air théâtral. Quelle horreur ! Vous êtes franchement des sadiques ! Qui va payer l'intervention médicale que devront subir mes ovaires, quand ils auront explosé à cause de cette abstinence à rallonge ?

Nos regards se croisent et nous éclatons de rire.

Il n'y a qu'elle pour lâcher de telles absurdités. C'est une des nombreuses choses qui m'ont fait craquer pour elle. Bien que sa beauté naturelle ait capté mon regard immédiatement, ce qui a définitivement conquis mon cœur, c'est son humour piquant, sa passion vibrante et sa franche détermination qui m'ont séduit. Sans parler de la fascination que j'éprouve pour cette étrange capacité qu'elle a de transformer tout ce qu'elle touche en or. Sans rire, elle fait d'un vieux morceau de tissu une pièce vintage branchée, et elle transforme les histoires rebattues et inintéressantes en récits pleins de péripéties et d'émotions. Et je ne mentionnerai pas ses compétences de sorcière ni ses puissants pouvoirs magiques. Les enfants dont elle est l'enseignante ne sont pas fans d'elle pour rien.

Elle finit par cesser de ronchonner et m'offre un doux baiser.

— Tu as de la chance que je t'aime, finit-elle par dire avant de plonger son regard ténébreux dans le mien.

— Je t'aime aussi, ma petite enchanteresse.

Son aura se met à rayonner davantage, presque au point de m'aveugler.

— Tu es radieuse, la complimenté-je en la prenant dans mes bras.

— Tu dis ça parce que j'ai pris une douche, que je me suis épilée et que j'ai mis du parfum avant que tu ne te réveilles... J'avais d'autres intentions en faisant tout ça, mais c'est un cuisant échec.

Nous repartons dans un fou rire, sans que je cesse d'observer ce halo lumineux qui enveloppe la silhouette de ma future femme. Je l'ai toujours trouvée incroyablement brillante, mais la dernière fois que je l'ai vue rayonner autant, c'était lorsque...

Serait-ce possible... à nouveau ? pensé-je avec une immense bouffée d'espoir.

Mais je chasse aussi vite l'idée de ma tête, car je refuse de tomber une seconde fois de mon nuage pour m'écraser lourdement sur terre sous le coup de la déception et du chagrin. Et puis, si Sedna avait quelque chose à me dire, elle le ferait.

Elle et moi, on ne se cache rien. Jamais.

— Pourquoi tu me fixes comme ça ? demande-t-elle en me tirant de mes pensées.

— Parce que je me demande si c'est vraiment moi, l'homme qui a la chance de t'épouser... ou s'il ne s'agit que d'un long rêve dont je vais m'éveiller d'ici samedi.

— Arrête de me flatter ainsi, je vais rougir !

Puis, sans un mot de plus, elle quitte le lit pour me fuir – je retrouve là sa pudeur habituelle lorsque je la complimente un peu trop. Elle se dirige vers la salle de bains pour continuer à se préparer en vue de la longue journée qui l'attend. Aujourd'hui, elle fête son enterrement de vie de jeune fille avec ses demoiselles d'honneur. Un événement sacré à ses yeux.

J'observe sa démarche légère, son énergie solaire et son âme qui chante de joie.

Do, qu'est-ce que tu fous ? On t'attend depuis plus d'une heure dans la salle de cérémonie, avec papa et maman ! Ne me dis pas que vous avez brisé votre pacte de bonne conduite, hein ? Les anges ne te le pardonneraient pas !
PS : Tu as plutôt intérêt à me répondre, sinon je viens moi-même vérifier que vous n'êtes pas tout nus dans ton lit. J'ai déjà vu des choses bien plus salaces que ça, tu sais ? Ose donc défier Cupidon !

Je me frappe le front de la paume de la main, sors immédiatement du lit, enfile maladroitement un survêtement, une doudoune, d'énormes moufles en laine et un bonnet, puis je me rue vers la porte de ma chambre.

— Sed, on se voit dans trois jours ! crié-je en direction de la salle de bains. Je serai le gars en costume devant l'autel, OK ?

Et sans un mot de plus, je file rejoindre ma famille pour continuer ce marathon de traditions de prémariage.

Chapitre 30

Abondance

Ce week-end est une grande occasion, aussi je n'ai pas lésiné.

J'ai loué le sublime château de La Hulpe, un immense domaine classé au patrimoine exceptionnel de Wallonie. Il a été construit en 1833 au beau milieu de la forêt de Soignes – une forêt considérée comme modeste alors, mais qui s'étend tout de même sur plus de trois cents hectares. Son architecture est dans le style néo-Renaissance flamand : des briques naturelles, quatre tours et quelques tourelles, ainsi que des vitraux aux fenêtres… Et puis, surtout, un grand salon qui peut accueillir une centaine d'invités. Mais ce qui m'a définitivement fait choisir cet endroit, c'est le majestueux jardin français qui entoure le bâtiment, certes couvert de neige en cette période glaciale de l'année, mais sublime malgré tout.

— Je n'arrive pas à croire que tu as réussi à convaincre Sedna d'organiser son mariage en plein hiver, par moins cinq degrés ! s'exclame Freïa, la témoin de ma fiancée, en observant avec un regard émerveillé les flocons de neige qui s'accumulent sur l'appui de fenêtre. Elle qui prétendait rêver d'un mariage sur une plage...

— Et que t'en dit-elle ? Elle ne regrette pas, j'espère ? m'inquiété-je en rejoignant mon amie.

— *Oh ! no, no ! She is so happy... I'm so happy*[1]...

Sa voix s'éteint, et des larmes viennent brouiller ses yeux. Mais la rouquine se reprend aussitôt en secouant vivement la tête.

— Non, je ne pleurerai pas aujourd'hui ! Je garde mes larmes pour après-demain !

Elle rit et m'envoie une violente tape dans l'épaule.

— Quand je pense à tout ce qu'on a dû faire pour vous caser ensemble ! Je n'en reviens pas... Et qu'on se rapproche, heure après heure, de ce fameux moment que Sedna a vu le jour même de votre rencontre.

— Tu ne t'opposeras pas à notre union, hein ? la taquiné-je en lui assenant un coup de coude tout aussi brusque. Je sais que tu détestes savoir que je te vole ta meilleure copine.

— Elle est mon âme sœur, avant d'être la tienne ! Et ce mariage n'y changera rien.

Freïa me lance un regard plein de défi avant de finir par rire. Je la rejoins dans sa bonne humeur, mais sans crier gare, elle me serre dans ses bras.

— Merci de prendre tant soin d'elle. Tu es un beau-frère incroyable. Je suis réellement heureuse de t'accueillir officiellement dans notre famille.

Ému d'entendre ces mots, je la serre à mon tour dans mes bras et la remercie chaleureusement pour tous

1. En anglais : « Oh ! non, non ! Elle est si heureuse... Je suis si heureuse ».

les efforts qu'elle déploie, depuis des semaines, pour nous aider à organiser le mariage – dont la date a été avancée à la dernière minute. En effet, ma dulcinée rêvait bien d'un mariage sur une plage. On avait prévu de le célébrer à Knokke, au mois d'août, pour profiter du plein été et de la canicule belge avec nos familles respectives. Mais comme nous déménageons pour l'Irlande à la fin du mois, il nous a fallu revoir nos plans et proposer un mariage hivernal.

Hors de question d'emmener ma reine loin de ses proches sans avoir rempli ma part du marché.

— En parlant de famille, reprend Freïa, qui s'est mise à chuchoter. Je te préviens, les parents de Sedna ne vont pas te lâcher si facilement… Tu touches à leur Saint-Graal, mon cher ! Mais inutile d'en faire trop : sois toi, tout simplement. Et n'oublie pas que sa grand-mère t'adore déjà : compte sur elle, quand tes futurs beaux-parents essayeront de te piéger avec leurs questions.

Malgré tout, la pression monte d'un cran.

Mon amie vient de me rappeler la véritable raison de la présence de ma famille dans ce lieu – et celle de l'arrivée imminente de ma belle-famille.

Aujourd'hui, c'est le jour de la dot.

Une étape incontournable du mariage, selon les traditions africaines. Encore très importante dans le pays d'origine de ma fiancée, elle sera décisive pour sceller l'union de nos deux familles. Mes parents, ma sœur et moi avons pris soin de réunir une certaine somme d'argent à offrir à la famille de ma promise – qui se retrouve symboliquement arrachée à ses proches – ainsi que de préparer différents cadeaux, à leur remettre pour prouver la sincérité de mes vœux et mon souhait ardent de conclure cette alliance.

Mais ce qui me stresse le plus dans cette histoire, c'est le fameux interrogatoire qui m'attend, et au cours duquel je vais devoir prouver l'authenticité de mes sentiments envers ma future femme.

— Quand tu paniqueras, rappelle-toi que Sedna et toi êtes faits l'un pour l'autre.

Je remercie Freïa et la laisse partir lorsque Sophie fait son apparition.

— Frère, ça va ? me demande-t-elle sur le pas de la porte, visiblement prête à rejoindre ses copines pour ce fameux enterrement de vie de jeune fille.

— Oui, pourquoi ?

— Tu es plus tendu que les cordes de mon arc.

— Cupidon aurait-elle un conseil à me donner ? soupiré-je en croisant les yeux perçants de ma cadette.

— Non. Depuis trois ans, je t'aide beaucoup trop ! raille-t-elle en haussant les sourcils. J'ai largement fait ma part du boulot, pour ce mariage ! D'ailleurs, ne me remercie pas pour la décoration de la salle : tout le plaisir est pour moi ! J'ai scrupuleusement respecté votre thème : les années 1920 ! Maintenant, je m'en vais m'amuser avec ma future belle-sœur, si tu n'y vois pas d'inconvénient… OK ?

— Merci, So.

Sans me répondre, elle s'enfuit en me tirant la langue et en faisant mine de me tirer une flèche invisible de loin.

Je la salue en riant.

Je sais pertinemment qu'elle fait tout ce cinéma parce qu'elle-même n'avait pas prédit cette romance dans son planning déjà bien chargé. Tout est parti d'une dispute entre frère et sœur, chose rare entre nous. Elle me blâmait de ne pas prendre mes responsabilités d'ange gardien au sérieux. Et surtout, de manquer cruellement de respect vis-à-vis de nos parents, qui ont tout fait pour que nous nous sentions bien dans cette vie. Sur un accès de colère, elle m'a lancé un châtiment divin, me condamnant à tomber follement amoureux d'une âme qui me ferait travailler sur mes pires défauts et qui me remettrait sur le droit chemin. Sept jours plus tard, j'ai croisé la route de Sedna… Et tout s'est enchaîné.

Pendant que nous nous tournions autour puis que nous nous mettions en couple, Sophie s'est amusée à ajouter régulièrement son grain de sel, notamment en remarquant à quel point j'avais cette fille dans la peau. Dès le premier jour, elle a plaidé sa cause, persuadée que Sedna est l'âme qui complète la mienne. Selon elle, le fait qu'elle soit une sorcière n'est qu'un châtiment divin supplémentaire, destiné à me punir d'avoir été bien trop humain pendant le premier quart de mon existence sur terre.

Mais il est vrai que Sedna m'a changé. En tellement mieux.

D'ailleurs, c'est depuis qu'elle est présente dans ma vie que mes parents m'adressent à nouveau la parole. Ils ont vu tous les efforts que j'ai mis en place pour revenir sur le droit chemin et accepter le destin qui m'a été confié.

— Donc elle sait ce que nous sommes, mais sa famille n'est pas au courant ? demande ma mère qui me rejoint près de la table d'honneur dont je termine la décoration.

Je lève les yeux vers elle et mon regard est, un instant, subjugué par la beauté de cette femme qui a endossé le rôle de maman dans ma vie.

Elle a conservé sa silhouette élancée et athlétique. Ses longs cheveux blond platine, devenus presque gris avec l'âge, tombent en cascade sur ses épaules délicates. Elle n'est que très peu maquillée car sa peau rosée est sans défaut, hormis un grain de beauté logé sous son œil gauche. Un voile carmin rehausse à peine ses lèvres fines. Ses yeux bleus perçants - les mêmes que ceux de Sophie - sont cernés de pattes-d'oie, et de longs cils dorés décorent ses paupières. Tandis que je l'observe, ses fines pupilles noires semblent tout deviner des pensées qui m'habitent, sans que je dise un mot. D'ailleurs, elle a su que j'étais amoureux avant que je ne le comprenne moi-même...

— Oui. C'est bien ça, Gabrielle, affirmé-je en hochant la tête et en saluant mon père qui vient de faire son entrée dans le salon.

Eh oui, ma mère est la réincarnation de l'illustre archange. L'ange de l'annonciation, protectrice des rêves, du bonheur et des femmes enceintes. Un des trois piliers célestes faisant partie de la garde rapprochée de notre créateur. Elle fait partie de ce trio avec Raphaël, mon parrain que je connais à peine, et Michel, celui qui porte à mes yeux le rôle de papa dans cette vie, le grand défenseur de la foi ou encore « le prince des anges », le grand chef de la milice céleste.

Je le vois me faire signe de loin, tandis que ses yeux verts s'illuminent en observant l'incroyable travail fourni par Sophie pour décorer la salle de la manière la plus élégante possible. Il passe une main dans ses cheveux striés de mèches poivre et sel, et se secoue doucement pour faire tomber les flocons accrochés à son manteau.

— Est-ce qu'il y a moyen de mettre un peu plus de plumes sur le siège de la future mariée ? fait ma mère à l'intention d'une des serveuses qui s'affairent autour de nous.

— Gabi, es-tu sûre que...

— S'il te plaît, appelle-moi maman, m'interrompt-elle en posant la main sur mon épaule. Il va falloir que tu t'y habitues, si tu veux qu'on ait vraiment l'air d'une famille de mortels. Et oui, je suis sûre de moi. Sedna a décidé de s'unir à une famille d'anges, alors honorons-la comme il se doit ! Puis, tu sais bien à quel point ta sœur l'adore... C'est une véritable déesse vivante à ses yeux.

— Et je ne peux que la rejoindre sur ce point, intervient mon père avant de déposer un baiser sur la joue de son épouse. Son aura fait penser à la nôtre. Peut-être que le ciel ne nous lancera aucun châtiment si elle parvient à les duper aussi.

— Chéri, ne parle pas de malheur à quelques heures du mariage de ton fils !

— De toute façon, personne ne s'intéresse à la vie de Dorian, là-haut. Il n'est ni un archange ni une âme importante, à leurs yeux... C'est à peine s'ils se rappellent son existence.

À ces mots, ma mère lui lance un regard lourd de reproches. Nous avons beau être des anges et non des mortels, elle m'aime avec une profonde tendresse.

— Quoi ? lâche Michel en croisant les bras sur son torse.

— Rien. On ne te changera pas, soupire-t-elle. Arrêtons de parler de nos histoires célestes. Les sorcières devraient débarquer d'une minute à l'autre pour réclamer leur dû. Je n'arrive pas à croire que tu nous fasses jouer le jeu des traditions semi-mortelles pour épouser une descendante de Lilith ! chuchote-t-elle en se tournant vers moi. Ose encore me dire que je ne t'aime pas, après ça ! Je t'assure que je t'attraperai par les plumes et te renverrai illico presto au ciel !

— Je sais, *maman*, dis-je en souriant de toutes mes dents.

— Si tu étais seulement conscient de tout ce qu'on a mis en place, ton père et moi, pour que l'affaire ne s'ébruite pas, là-haut... Je ne suis pas sûre que les autres anges te laisseraient agir de la sorte sans déclencher l'apocalypse !

— Oui, *maman*. Merci. Je suis si chanceux de vous avoir comme parents adoptifs.

Gabrielle veut rétorquer, mais elle se tait en entendant la porte du château s'ouvrir. Ma belle-mère, dame Kali, sa propre mère, Sekhmet Sika, et mon beau-père, Charles Claes, mon ex-entraîneur de football, entrent dans le grand salon de cérémonie. Ils sont tous les trois tirés à quatre épingles : la première porte une longue robe bleu nuit d'une élégance sans nom et de longues tresses ornées de bijoux, la deuxième une robe de cocktail aux motifs africains et le dernier un costume trois-pièces dont le tissu est un discret tartan écossais.

Les yeux de Michel étincellent un bref instant lorsqu'ils se posent sur ce petit groupe qui incarne la mixité culturelle. Je sais que c'est une des choses qu'il apprécie par-dessus tout sur terre : la manière dont les mortels et les créatures mystiques expriment le fond de leur âme à travers leurs traditions, par-delà les frontières.

Avant même de me laisser les accueillir en bonne et due forme, mémé se rue sur moi et me serre vigoureusement dans ses bras.

— Mon petit Dorian, cet endroit est magnifique ! Quel fabuleux choix ! Je savais déjà que tu avais bon goût puisque tu épouses ma petite-fille... Mais là, tu m'impressionnes.

— Il peut bien sortir le grand jeu ! Il se permet quand même de courtiser ma fille, remarque Charles en me toisant.

Il me tend froidement la main et son ex-femme me salue avec autant de retenue.

Ma mère comprend tout de suite ma détresse. Elle affiche son sourire le plus angélique et leur propose de s'installer dans le petit salon qui jouxte la salle principale, où nous avons dressé des couverts et de quoi prendre le goûter tous ensemble.

— Tu es sûr que tu n'as rien oublié ? soufflé-je à l'intention de Michel.

— Pour qui me prends-tu, mon petit ? Je te lisais ton histoire favorite tous les soirs, quand tu étais gosse, malgré mes nombreuses responsabilités. Aie un peu confiance en ton père !

Je me tais : une fois de plus, j'ai mis en question la fiabilité de mes parents d'adoption, et cela les blesse terriblement. D'autant que, tout en aidant mémé à s'installer à table, je pose les yeux sur les énormes paniers en osier qu'ils ont soigneusement préparés pour ma belle-famille, et qui sont pleins d'alcools, de friandises, de vêtements et de bijoux.

— J'ai demandé à ma sœur et à ses filles de nous rejoindre, annonce la mère de Sedna. Elles devraient arriver d'ici un quart d'heure... Cela ne pose pas de problème, n'est-ce pas ? Elles seront présentes au mariage et comme chez nous, au Togo, on considère les cousins et cousines au même titre que les frères et sœurs, je me suis dit qu'elles se feraient un plaisir de juger si Dorian est apte ou non à faire le bonheur de notre Sedna.

Mon visage vire au cramoisi, et Charles ne peut s'empêcher de sourire en remarquant mon embarras.

— Pas de souci, nous avons des paniers cadeaux supplémentaires si elles en désirent également ! s'empresse de dire ma mère en souriant largement. Garçon, s'il vous plaît ? lance-t-elle en s'adressant à un serveur. Est-il possible d'ajouter...

— Trois chaises et trois couverts supplémentaires, termine Kali avec impatience. Et faites-moi goûter le meilleur vin que la famille Janssens a apporté.

Cependant, mon téléphone vibre dans ma poche...

Bae, je t'aime. Ne te laisse pas intimider par mes vieux... Ils peuvent être démoniaques par moments, mais tu es le meilleur. Ils ne pourront pas le nier. Hâte de te retrouver devant l'autel.

Le message de Sedna me fait l'effet d'un doux baiser. Une fois encore, elle sait trouver les mots pour apaiser mes doutes.

Quelques minutes après, les serveurs terminent de dresser la table pour accueillir le reste de la famille Sika, qui nous rejoint justement. La tante et les cousines de ma fiancée se montrent d'emblée chaleureuses avec moi. Elles complimentent mes parents sur leurs tenues et me remercient de les accueillir dans un si bel endroit. Sans me laisser dérouter par toutes ces émotions, je demande qu'on serve l'apéritif, afin que nous puissions trinquer ensemble.

— À l'abondance ! Et à l'amour que se portent nos futurs mariés ! scande mémé en brandissant son verre au-dessus de la table.

Ma tête bourdonne.

Je ne sais pas si c'est à cause de l'alcool – que je n'ai pas l'habitude de boire – ou de la ribambelle de questions auxquelles j'ai dû répondre. Mais c'est à peine si je sais encore comment je m'appelle, lorsque le silence retombe enfin autour de la table. Il faut dire que j'ai eu à expliquer pourquoi j'ai choisi Sedna comme épouse, comment je l'ai rencontrée, la première impression qu'elle m'a laissée, le métier que j'exerce et comment je vois mon avenir professionnel, mais aussi mon avenir avec elle… J'ai dû indiquer ce qui, selon moi, est sa plus grande qualité et son plus gros défaut, ou encore la date exacte à laquelle j'ai prévu de visiter le Togo puis l'Écosse, pour honorer les origines de ma future femme… Je ne sais plus qui je suis et ce que je suis venu chercher dans ce lieu.

Alors que cet interrogatoire dure depuis plus de deux heures, mémé déclare qu'elle doit filer au petit coin. Mes belles-cousines suivent le mouvement, annonçant avoir besoin de faire une pause. Ce qui me laisse dix bonnes minutes de répit.

Je décide donc de m'aérer l'esprit en flânant dans le jardin du château.

— Je n'y connais rien, mais je pense que tu t'en sors très bien, me dit ma mère.

Elle me lance un regard plein de fierté et prend mes mains dans les siennes.

— Je sais qu'on ne se voit pas souvent, Dorian. Et je ne te l'ai sûrement pas dit assez souvent, mais tu es une belle âme. Tu mérites tout le bonheur du monde, malgré tes petits défauts. Ils font ton charme… Et ta sorcière, elle te bonifie, jour après jour.

Elle passe une main dans mes cheveux d'un air protecteur et une étincelle fait briller ses yeux.

— Dans mon cœur, tu resteras toujours mon petit garçon. Je ne remercierai jamais assez le ciel d'avoir pu être ta mère dans cette vie. Quoi qu'il ait pu se passer entre nous, ajoute-t-elle avec un sourire, tandis que son aura s'illumine. Je suis heureuse de te voir heureux. Ton père pense la même chose, même s'il est incapable de te le dire sans se cacher derrière une taquinerie.

Brusquement, Gabrielle m'enlace et me serre contre elle d'une manière inattendue.

— Peu importe où te mènera ton avenir… Je te retrouverai toujours, mon fils.

Sans me laisser le temps de réagir, elle s'éloigne pour se diriger vers la salle de cérémonie.

Cette étrange discussion me laisse un goût amer. J'ai l'intuition qu'il y avait un message caché derrière ces mots. Même s'il me semble impossible qu'elle ait pu sous-entendre ce que j'ai pu comprendre.

— Félicitations, mon petit Dorian !

Mémé s'assied sur un banc à quelques mètres de moi.

— Pourquoi donc ? demandé-je en m'installant à côté d'elle. Vous avez eu des échos de la dot ? C'est bon, votre famille me laisse le champ libre pour prononcer mes vœux ?

— Ah, ça, ce n'est pas à moi d'en décider ! Mais à Navi Amalia ! La sœur de ta belle-mère prendra la décision finale, avec ses filles. Comme elles n'ont pas la même implication émotionnelle que tes beaux-parents, ce sont elles qui en sont chargées…

Je baisse les yeux et replonge dans mes pensées.

Si j'avais su que ce n'était pas mes beaux-parents qui auraient le dernier mot, j'aurais accordé plus de temps à mes belles-cousines et à leur mère. Je me serais davantage adressé à elles et j'aurais tout fait pour les séduire avec mon charisme angélique.

— Eh, mon enfant ! Ne te fais pas de mouron ! s'écrie la vieille dame en posant la main sur mon épaule. Tu es parfait pour ma petite Sedna. Et si j'en suis persuadée, qui ne le serait pas ?!

Un petit éclair jaillit de sa paume, qu'elle retire aussitôt pour éviter de me blesser.

— Oh ! pardon ! Je me doute que tu as l'habitude, avec ma petite-fille... Mais tout de même, ce ne sont pas des manières.

Elle rit et tapote ses doigts les uns contre les autres.

— Vous savez... que je sais ? m'étonné-je en écarquillant les yeux.

— Tout le monde sait que tu sais, chuchote-t-elle avec un air malicieux. Mais ce que nous ignorons, c'est ce que toi tu es. Même si je pense avoir deviné, maintenant que j'ai rencontré tes parents.

— Mémé, je...

Hélas, je ne peux terminer : mon beau-père nous hèle de loin pour nous inviter à terminer ce que nous avons commencé. Et à sa voix, je n'ai clairement pas intérêt à traîner une minute de plus, si je ne veux pas me retrouver au menu du prochain sabbat du Coven.

Je tends donc mon bras à la grand-mère de Sedna pour l'aider à revenir au château.

— En revanche, je suis la seule à savoir qu'elle est enceinte, me souffle-t-elle lorsque je me penche vers elle. Votre union est définitivement bénie par le ciel.

Chapitre 31

Renaissance

Ce que j'avais soupçonné le matin même s'avère donc exact.

J'avais trouvé étonnant que Sedna se soit levée aux aurores, avant moi, et qu'elle ait squatté la salle de bains pendant tout ce temps. Étrange, le fait que son aura soit aussi radieuse – et ses hormones en furie. Et, par-dessus tout, je prévoyais d'avoir droit à cette question, au cours de l'interrogatoire auquel j'étais soumis par sa famille...

— Vous envisagez d'avoir des enfants, dans les années à venir ? me demande en effet Amalia avant de reprendre une gorgée de vin blanc.

Ma mère pose la main sur la mienne en me lançant un regard de soutien.

Car elle sait. Elle sait tout.

Puisque c'est elle qui s'est personnellement occupée de la convalescence de Sedna, après l'incident d'octobre. Certes, c'est son devoir d'ange. Pourtant cette mission a sûrement été une des plus difficiles – et l'une des plus inconcevables – de son incarnation présente. Quoi qu'il en soit, elle a relevé le défi avec brio. D'ailleurs, c'est son savoir-faire qui a assuré à ma fiancée de pouvoir retomber enceinte un jour, malgré les séquelles qu'elle avait gardées de sa fausse couche. Elle n'était pas sûre de l'avoir totalement guérie, mais voilà qu'une réponse nous est donnée.

— On est tous les deux très investis dans notre carrière professionnelle, actuellement, mais si un enfant arrivait demain, ce serait un véritable miracle.

— Oh ! je rêve d'être tata ! chuchote une des cousines.

— Moi aussi ! répond l'autre. Imagine leur enfant, il serait trop beau, en plus !

Charles, de son côté, me lance un regard assassin.

Je ne peux lui en vouloir d'être hostile à l'idée que je partage une chambre nuptiale avec sa fille. Alors je noie mon embarras dans mon verre de vin.

— Plus sérieusement, intervient ma belle-mère en nous jaugeant chacun notre tour, mes parents et moi. Que répondriez-vous à quelqu'un qui, devant vous, accuserait Sedna de sorcellerie ?

Michel se tourne vers moi d'un coup, tandis que Gabrielle serre davantage ma main.

Je veux répondre, mais ma mère prend la parole avant moi :

— Nous lui répondrions que nous ne sommes plus à l'époque de la Renaissance et que la chasse aux sorcières est terminée depuis des siècles. Qu'il est temps de cesser de persécuter les femmes, encore aujourd'hui, au XXIe siècle, à cause de leur finesse d'esprit et de leur potentiel illimité. Que c'est de la misogynie, tout simplement, conclut-elle en fermant les yeux un instant. Et si cette personne se montre trop insistante, voire dangereuse pour notre belle-fille, nous emploierons les grands moyens. Comme nous avons déjà pu le faire auparavant. N'est-ce pas ?

Gabrielle rouvre les yeux et affiche un air déterminé, puis elle sourit à ma belle-famille.

— Je les aime déjà ! s'exclame mémé en applaudissant. Servez-moi un autre verre, je veux trinquer à cette réponse.

Un serveur satisfait immédiatement sa demande et la vieille dame lève son verre vers le ciel en souriant.

— Comme vous avez déjà pu le faire ? répètent Charles et Kali en chœur.

— Oui, dites-nous en plus ! opine Amalia en tendant la main vers nous.

Ma mère sourit davantage et se lève d'un coup.

— Chérie, qu'est-ce que tu fais ? chuchote mon père en blêmissant.

— Je mets un terme à cette mascarade, lui répond-elle du tac au tac. Sans offense aucune à la tradition de la dot, précise-t-elle en se tournant vers Kali. Parce que c'était une idée fabuleuse ! J'ai adoré passer ce moment avec vous et j'espère sincèrement qu'on remettra cela plus souvent, après le mariage de nos enfants... Toutes ces discussions étaient rafraîchissantes ! Et, grâce à vous, j'en ai moi-même appris beaucoup plus sur mon fils, en l'espace d'une journée, qu'en vingt-huit ans d'existence à ses côtés...

Mémé dépose son verre de vin et applaudit à nouveau l'audace de Gabrielle.

— Je suis face à une famille de médiums, donc ne me faites pas croire que vous n'avez pas saisi que nous n'étions pas si mortels que ça...

— Maman, qu'est-ce que...

— Ah, non ! Cesse donc de réagir comme ton père ! Vous avez l'habitude de m'interrompre quand je dis quelque chose d'important ! me rembarre-t-elle en levant la main vers moi.

Michel et moi nous lançons un regard plein d'inquiétude.

— Nous sommes des anges ! lâche ma mère, d'un air le plus théâtral possible.

Mon père et moi nous levons comme un seul homme pour saisir les épaules de ma mère et lui demander – gentiment – de se taire avant de semer la zizanie à table.

Mais pas assez tôt pour éviter ce que nous pressentions.

Une lumière céleste, tel un gigantesque soleil, nous aveugle tous.

L'instant d'après, d'immenses plumes dorées nous séparent de nos convives.

— Il va me falloir une nouvelle robe de soirée, lâche ma mère en observant l'étendue des dégâts, alors que le haut déchiré de sa robe en tulle bleu laisse entrevoir une partie de sa lingerie.

Instinctivement, je saisis le châle qui traînait sur sa chaise et y enroule son buste.

— Tu es trop bon, mon garçon, me dit-elle en passant la main sur ma joue.

Puis, se tournant vers ma belle-famille, dont chaque membre la considère bouche bée, elle poursuit :

— À cette preuve bien réelle que ce que je dis est vrai, je voudrais ajouter quelques faits qui devraient vous convaincre, je l'espère. Il me semble qu'au vu des événements des derniers mois, je vous ai montré que je considérais votre fille comme ma propre fille. Je l'ai accueillie, logée, nourrie et soignée comme s'il n'y avait aucune différence entre elle et nous. Car pour moi, il n'y en a aucune. Sa présence dans notre famille...

La voix de Gabrielle s'éteint, étouffée par l'émotion.

Ses yeux me cherchent et lorsqu'ils s'arrêtent sur mon visage, ils s'emplissent de larmes de joie. Mais elle se retourne à nouveau vers ma belle-famille et sourit largement.

— Sa présence a permis à notre famille de se reconstruire, elle nous a permis de resserrer nos liens. Et de nous aimer encore plus qu'avant. Le fait qu'elle soit le secret du bonheur de Dorian et qu'elle ait le pouvoir de faire de moi une grand-mère, un jour... Cela me rappelle que tout ce que j'ai pu endurer pour mettre mon fils au monde n'était pas vain.

À ces mots, elle pose la main sur son ventre et me regarde fixement.

— Michel, soufflé-je en me tournant vers lui. Qu'est-ce que Gabrielle ra...

Mon père pose la main sur mon épaule, ses yeux pleins de larmes rivés sur la beauté angélique de ma mère. Et là, je comprends que j'avais bien saisi le sens caché de ma dernière conversation avec celle que je pensais être seulement ma maman par convention.

Cette révélation me fait l'effet d'une bombe.

Même si cela explique tellement de choses.

Pourquoi je partage avec mon père et ma mère, pourtant « adoptifs », tant de traits physiques et de caractère en commun. Pourquoi je ne garde aucun souvenir de mes vies antérieures. Ou encore pourquoi le ciel se désintéresse complètement de ma personne, lui qui sans doute ignore même que je suis le fils caché de Michel et Gabrielle.

Et, bien évidemment, cela explique pourquoi je suis un ange fertile.

Ma migraine revient, intensément forte.

Je manque de chanceler et prends appui sur la table.

— Bon, mes chers, commence mémé en nous considérant tous, et en terminant son tour de l'assistance par un sourire à mon adresse. Je vous aime beaucoup, mais cette cérémonie de la dot s'éternise... Même si, comme Gabrielle, j'ai trouvé ces conversations passionnantes, il me tarde d'y mettre fin ! De toute manière, nous rediscuterons ensemble prochainement... puisque nous nous revoyons après-demain pour le grand jour ! Je pense que personne ne souhaite s'opposer à cette union magique ?

Elle jette un regard circulaire pour recevoir l'approbation de chacun.

Personne ne cille, tout le monde garde les yeux braqués sur la lumière qui émane de Gabrielle.

Tous, sauf mémé qui me fixe avec tendresse. Sûrement parce qu'elle a compris, grâce à l'une de ses visions, ma détresse profonde. J'aimerais la remercier comme il se doit pour son attention, mais rien ne sort de ma bouche. Mon corps reste figé, prêt à s'effondrer à la moindre émotion supplémentaire.

— Bien, conclut-elle en se levant. Rendez-vous à 10 heures tapantes, ce samedi, pour assister à l'échange des vœux de nos futurs mariés.

Chapitre 32

Insouciance

— Do, c'est à ton tour. Tu mises ou tu te couches ?

Adrien m'envoie une légère tape dans le bras.

Je sursaute et scrute à nouveau mes cartes. Cinq de pique et deux de cœur.

La chance n'est vraisemblablement pas de mon côté, aujourd'hui.

— Je me couche, soupiré-je en jetant mon jeu devant moi.

Je quitte la table de poker en m'excusant auprès de mes amis.

— Oh ! c'est pas grave ! me rassure Adri en souriant. Tu sais ce qu'on dit : « Malheureux au jeu, heureux en amour » !

Je lui adresse un petit sourire avant de filer en direction du comptoir du bar.

J'ai un mal fou à profiter de mon enterrement de vie de jeune homme, après la journée d'hier et tout ce que j'ai appris sur mon véritable héritage angélique. Je suis dans un état second.

— Merci, dis-je à l'intention du serveur qui me tend un verre de soda.

— Pas d'alcool, monsieur ? Vous êtes sûr ? Vos amis m'ont dit que...

— Non, ça ira, répliqué-je froidement avant de noyer mes tourments dans ma boisson aussi noire que mon âme en ce moment.

Après la cérémonie de la dot, Gabrielle et Michel m'ont pris à part. Comme pour se dédouaner de m'avoir menti pendant près de trois décennies, ils m'ont dit mille fois qu'ils m'aimaient, avant de se mettre à bavarder pendant des heures. Ils avaient bien anticipé le fait que j'aurais des tas de questions à leur poser pour essayer de comprendre leurs agissements - mais aussi le sens de ma naissance. C'est ainsi que, deux jours avant mon mariage, ils m'ont isolé à l'abri des regards pour m'expliquer comment ils ont réussi, à la fin du siècle dernier, à contrecarrer les plans de Dieu pour parvenir à me faire naître.

Si j'en crois leurs dires, cela fait des siècles que ma mère a trouvé un remède à l'infertilité des anges. Elle le gardait scellé, tel un secret. Mais après avoir pris soin de femmes en couches durant des années, elle a elle-même cédé à une pulsion instinctive, et convaincu mon père de me concevoir.

Pour que je naisse en n'étant que le « fruit de leur amour éternel ».

Bien évidemment, ils ont tout fait pour que cela ne se sache pas.

Au point de me mentir dès ma naissance et de tenir ma sœur à l'écart du secret.

Pour qu'on n'essaye pas de porter atteinte à ma vie ni à la leur.

Malheureusement, leur mensonge a pris des proportions qui les ont dépassés.

Ce tabou de la conception hors intervention divine les a poussés à falsifier des documents célestes pour laisser une trace de moi à des époques antérieures au XXIe siècle. Mais aussi à bricoler des histoires saintes dans lesquelles un ange nommé Doriel faisait quelques miracles et apportait de bonnes nouvelles sur terre. Ou encore à me déposer dans le berceau céleste, avec tous les bébés des réincarnations d'autres anges, quelques jours après ma naissance.

Malheureusement, en ce moment même, ce n'est pas leur amour pour moi qui reste gravé dans ma mémoire. Mais bel et bien les mots qu'ils m'ont adressés, alors que je n'étais encore qu'un enfant, lorsqu'ils ont tenté de me faire croire que le manque de sens que je ressentais, concernant mon « destin d'ange », était dû au fait que je n'étais qu'un enfant qui s'est pris trop d'affection pour la vie humaine. Alors que la réalité est qu'on ne m'a attribué aucune réelle mission dans ce monde, hormis celle d'être l'heureux enfant de Michel et Gabrielle. Tous les anges naissent avec une vraie mission, un but à atteindre et une réelle plus-value à apporter à ce monde. Mais moi, je suis le seul à errer au quotidien en essayant de prouver ma valeur et de trouver un sens à mon existence.

Finalement, oui, je l'avoue : je suis le plus humain de tous ces emplumés.

Au sens littéral. Car je suis le seul né sur terre avec des ailes dans le dos.

Je les écoutais en silence parler tour à tour, en repensant à mes doutes et à mon mal-être face au sentiment que je suis inutile... Et je me sentais traversé par mille émotions que je serais incapable de débrouiller et de nommer.

Ma mère a fondu en larmes en constatant que je restais muet devant toutes leurs explications, et ses pleurs ont redoublé à chaque fois que j'ai refusé qu'elle me prenne dans ses bras. Mais comment réagir quand j'apprends que ma vie entière repose sur un tas de mensonges, tous plus gros les uns que les autres ? Je n'en sais strictement rien.

— Do, tu fais flipper. Tu es sûr que ça va ?

Je lève les yeux vers un jeune homme aux cheveux bruns bouclés, aux yeux sombres et à l'allure de rockeur des années 1970. Il frôle le mètre quatre-vingts et porte un pull noir à col roulé dont il a retroussé les manches pour exhiber ses tatouages. Il avale une gorgée de bière, puis dépose sa bouteille vide sur le comptoir.

— Oui, Lionel. Je vais bien.

En guise de réponse, l'amoureux de Freïa me rit au nez.

— Mec, arrête de me prendre pour un idiot ! OK, c'est ton enterrement de vie de jeune homme, mais à voir ta tronche, on dirait que tu t'apprêtes à aller à un vrai enterrement...

Je le toise en croisant les bras.

Il veut ajouter quelque chose, mais je l'interromps en faisant mine de me lever pour sortir.

— J'ai besoin de prendre l'air, décidé-je en chopant mon manteau.

Je me dirige vers la porte sans un regard vers Lionel.

— Do ! me hèle-t-il en me suivant d'un pas rapide. C'est parce qu'on t'a déguisé en Ken que tu tires cette tronche-là ? Tu nous as dit que ton déguisement était cool ! Tu ne le pensais pas ? demande-t-il avec une mine soudain triste. On s'est décarcassés comme des fous, avec Adrien, pour t'organiser une journée de folie et...

— Tout est top ! le coupé-je en souriant. Vraiment. La partie de karting, le laser game et maintenant le jeu de poker... Vous n'auriez pas pu faire mieux. Merci, les gars.

J'essaye de le rassurer en posant la main sur son épaule, mais je vois qu'il n'est pas convaincu. Il sort un paquet de cigarettes de la poche de son pantalon de velours noir, ainsi qu'un briquet. Je remarque qu'il a de nouveaux tatouages sur les doigts, sûrement un détail qui n'aurait pas dû m'échapper, mais depuis quelques heures je suis à mille lieues de l'instant présent.

— OK. Donc, tu as le mal de Sedna ! conclut mon ami en allumant une clope.

— Q-quoi ?

— Oh ! c'est une blague entre Freïa et moi, m'explique-t-il en soufflant sa fumée. On sait que tu ne peux pas te priver de ta dulcinée plus de vingt-quatre heures... Tous les soirs, tu lui passes un coup de fil, habituellement. Enfin, uniquement quand tu n'as pas pu la kidnapper, comme tu le fais au moins trois soirs par semaine... Et là, on est presque à quarante-huit heures sans aucun contact physique ni téléphonique. Ça doit être dur.

Je reste silencieux, trop fier pour admettre qu'il a raison.

Dès que mes pensées dévient de mes histoires angéliques, c'est pour se reporter sur Sedna. Je ne cesse de me demander quelle serait sa réaction si je lui confiais tout ce que j'ai appris hier après-midi, mais aussi ce qu'elle me conseillerait... De faire la paix avec mes parents ? D'en apprendre davantage sur mes pouvoirs et ma place sur terre ? De discuter avec Sophie pour la mettre au courant de la situation ? Ou de me pointer directement au ciel pour expliquer le péché de mes vieux – quitte à mettre ma vie en péril ? C'est toujours elle qui sait quoi me dire et quoi faire, dans les bonnes comme dans les pires situations.

— Bon, Dorian... Si tu continues à faire la gueule, je te jure que je l'appelle maintenant.

— Non ! m'exclamé-je, paniqué. Elle profite de sa soirée avec ses demoiselles d'honneur et... et on ne doit pas se voir avant demain. Ça porte malheur de voir sa fiancée la veille du mariage.

Lionel manque de s'étouffer avec sa cigarette.

— C'est dingue ! Dès qu'on parle de traditions, tu deviens encore plus rabat-joie que mes parents !

Je toise mon ami pour lui faire comprendre que la discussion est close.

Oui, je sais pertinemment qu'à ses yeux j'ai l'air d'un vieux papy qui ne s'amuse pas assez, qui prononce toujours le « non » qui casse l'ambiance, qui a un régime et un style de vie si sages qu'il mourrait si je les lui imposais, sans parler de cette routine quotidienne bien trop exigeante à laquelle je m'astreins et qui l'ébahit. Mais c'est comme ça que j'aime vivre. Et j'aime me dire que nos différences, entre lui et moi, sont le ciment de notre amitié. Lionel est là pour m'aider à faire ressortir mon côté fougueux, et moi je suis là pour lui rappeler de tempérer ses ardeurs. *Et puis il va falloir qu'il s'y fasse, puisque nous allons vivre en colocation*, pensé-je en m'adossant à la façade du bar.

Je prends une profonde inspiration pour me décharger de mes ondes négatives. En vain. Mon témoin, complètement ivre, sort de l'établissement et beugle à qui mieux mieux.

— Doooo ! J'ai gagnéééééé ! Et tu as encore perdu ton pari ! Tu nous dois une tournée ! On t'attend tous dans le bar et...

Mais en observant ma mine renfrognée, il se tait immédiatement, puis se tourne vers Lionel et lui chuchote :

— Qu'est-ce qu'il a ?

— Il est déjà en manque de sa future femme.

— Bah ouaip ! Normal, après trente-neuf jours d'abstinence... Quelle idée aussi, de se lancer ce défi, sans raison aucune... T'es sûr qu'on devrait pas lui commander une stripteaseuse ? Je crois que ça pourrait vraiment être...

Je m'éclaircis la voix et lance un regard assassin dans leur direction.

— Tu fais flipper, Do, gémit Adrien en me lançant un regard apeuré.

— C'est ce que je lui ai dit, affirme Lionel avant d'éteindre sa cigarette.

— OK. Super Témoin prend le relais ! lâche mon meilleur pote en posant son poing gauche sur son cœur, avec le même geste qu'un super héros de bande dessinée. Ensuite, il me saisit le bras et me traîne de force à l'intérieur du bar.

— Pas de stripteaseuse pour mon cher Dorian... Alors, on va faire un karaoké, puis on va au gîte pour terminer par un « cap' ou pas cap' » ! Décollage imminent dans trois..., commence-t-il en faisant signe à un de nos potes attablés, qui se lève immédiatement en nous voyant. Deux..., compte-t-il tandis qu'un autre se lève à son tour. Un..., annonce-t-il alors que le dernier se redresse. *Go* !

Tous mes amis exécutent le salut militaire avant de se ruer sur moi et de me porter au beau milieu de la salle de bar. Je commence à hurler pour les arrêter, mais ma troupe de damoiseaux d'honneur parvient à me hisser jusqu'à une petite scène sur laquelle se trouvent un micro, une guitare et un vieux piano.

— Mesdames et messieurs, je vous présente Dorian Janssens ! s'écrie Adrien en s'emparant du micro. Certains d'entre vous le connaissent peut-être déjà, car ce jeune homme est joueur de foot et fait notre fierté nationale... Eh bien, sachez qu'il se marie demain et que nous, indique-t-il en se désignant lui-même puis le reste de notre troupe, sommes chargés de lui faire passer une nuit de folie avant qu'il prononce ses vœux demain matin !

— Eh ! Félicitations ! crie quelqu'un attablé juste devant la scène.

— Mais il est mignon, le futur marié ! Il est sûr qu'il ne changera pas d'avis ? Parce que je suis intéressée...

— Ouf ! Impossible qu'il change d'avis, il n'y a pas plus borné que celui-là ! réplique mon pote, qui m'arrache presque le bras puis passe la main dans mes cheveux pour me décoiffer.

— Adri, grogné-je entre les dents.

— Pssst ! Do ! Tiens, bois ça !

Je me retourne vers Lionel. Depuis l'autre côté de la scène, il me fait signe avec en main un verre dont le contenu me paraît plus que douteux.

— Je sais que t'as une belle voix... Mais si tu veux te détendre avant de prendre le micro, bois ça !

Dès qu'il fait référence à ma voix, je ne peux m'empêcher de penser que c'est encore un trait de ressemblance avec ma mère. *Il faut vraiment que je me sorte toute cette histoire de la tête*, pensé-je en serrant les dents. Alors, sans rechigner, je prends le verre et le vide d'une traite. Je grimace quand la vodka pure brûle mon œsophage.

— Tiens, poursuit Lionel. J'en ai prévu un deuxième, au cas où... Je pense que tu en as bien besoin.

— Merci.

— De rien, tu me remercieras plus tard.

Cependant l'ambiance monte de plusieurs crans dans le bar, et mes amis, qui ont lancé l'idée de ce karaoké improvisé, n'y sont pas pour rien.

Entre Lionel qui charme toutes les filles avec ses dons de guitariste, Cédric, son meilleur pote et rappeur de talent, Adrien qui fait le show entre chaque chanson en s'amusant à chauffer la salle, et moi qui m'amuse à pousser la chansonnette dès que je le peux pour oublier les dernières heures de mon existence, autant dire que le spectacle est assuré. Pendant ce temps, le reste de la bande circule de table en table, vantant nos qualités comme le feraient des producteurs, et demandant aux gens de voter pour leur chanteur favori.

Il faut dire qu'on ressemble à un vrai boys band nouvelle génération. Et que je ne suis pas le dernier à donner de moi pour que la fête soit folle.

L'insouciance de la vie humaine m'avait vachement manqué, je l'avoue.

Les garçons ont clairement su comment me détendre et me faire oublier mes soucis du moment en un temps record. Je leur dois une fière chandelle.

— La prochaine et dernière chanson de la soirée sera..., commence Adrien en demandant à l'assistance, par des gestes un peu hésitants, de taper sur les tables pour produire l'équivalent de roulements de tambour. La dernière chanson sera : *Paradis* !

Je me retourne vers lui, incrédule.

— Allez, vas-y, Do ! C'est pour toi ! Je m'installe au piano, c'est toi qui chantes et...

— Je ne peux pas, chuchoté-je, tétanisé par le stress.

— Pourquoi ? Parce que tu as peur de massacrer la chanson que tu as choisie comme slow pour la fête de demain ? lâche-t-il en riant. À d'autres ! C'est ton moment. *Go go go* !

Je maudis mon témoin avant de m'en vouloir à moi-même de l'avoir choisi pour organiser cette journée. Mais bon, opter pour Lionel n'aurait pas été plus judicieux...

— Mesdames et messieurs, encouragez une dernière fois notre Ken favori, avant qu'il aille retrouver sa Barbie demain matin...

Lionel, toujours tout sourire, me tend un nouveau verre.

— Y a quoi, dedans ?

— Ne pose pas de question et bois ! Tu es trop sobre, mon poulet...

Je m'exécute sans me faire prier, puis je m'installe sur un tabouret en prenant maladroitement le micro en main. Adrien fait deux tours sur lui-même, un petit pas de danse efficace, puis il s'assied au piano et commence à jouer. *Il m'épatera toujours, même après autant d'années*, pensé-je en souriant, car j'avais complètement oublié qu'il s'y connaissait vraiment en musique.

Je commence à entonner maladroitement les paroles qui vont avec la mélodie que mon ami exécute, lorsque mes yeux croisent les prunelles noires de Sedna. D'un coup, je me tais.

Je me demande un instant si je rêve ou si je l'ai désirée si fort qu'elle est apparue. Mais avant même de pouvoir avancer dans mon questionnement, et sans un mot de plus, je lâche le micro, qui tombe par terre, et quitte rapidement la scène.

Derrière moi, j'entends Adrien s'excuser pour ce regrettable contretemps. Il propose de me faire pardonner en interprétant lui-même une dernière chanson. Mes amis m'interceptent pour s'enquérir de ce qui m'arrive, puis ils comprennent ce qui se passe lorsqu'ils croisent le visage de Sedna, à l'entrée du bar, près de l'énorme machine d'arcade.

— On va laisser Dorian avec sa chérie, n'est-ce pas, intervient Lionel en faisant signe aux autres de prendre un dernier verre.

Et même si je sais que certains fulminent à l'idée que cette soirée « entre mecs » prenne une tournure bien différente de ce qu'ils avaient imaginé, je ne peux que m'empresser de rejoindre ma fiancée.

— *Bae*, qu'est-ce que tu f...

Sedna m'attrape par l'oreille et me tire hors du bistrot sans me permettre de terminer ma phrase. Elle finit par me lâcher lorsqu'on se retrouve près d'un buisson, sur le parking. Elle rajuste sa doudoune et vérifie que nous sommes seuls. Ensuite, elle me donne un violent coup de pied dans le tibia, avant de me pousser sur le côté et de terminer en me frappant lourdement le dos.

Il ne m'en faut pas plus pour vomir tout l'alcool que j'ai ingurgité durant la soirée – et même le hot-dog que j'ai avalé entre deux chansons.

— Dorian Christian Raphaël Janssens, si vous ne me dites pas « oui » demain, je vous hanterai jusqu'à la fin de vos jours ! me lâche ma fiancée en retenant mes cheveux d'une main et en massant ma nuque de l'autre.

Lorsque j'ai fini de rendre mes tripes, mon amoureuse me fait signe de m'installer sur un énorme rocher perdu entre deux voitures. Un lampadaire illumine ses boucles sombres et elle m'apparaît, un instant, comme l'ange qui me sauve de mes pires démons. Je lui suis tellement reconnaissant – pour tout – que je pourrais la redemander en mariage une seconde fois.

— Ah, non ! Ne me regarde pas comme ça ! lance-t-elle en levant les yeux au ciel. Tu me feras les yeux doux demain, si tu veux... Mais pas maintenant. Allez, tourne-toi !

Je m'exécute à contrecœur, mais mon âme se réchauffe directement au contact des mains de Sedna. Comme à son habitude, elle se préoccupe davantage de mes soucis que des siens. Elle pose d'ailleurs la tête sur mon front, puis passe les mains derrière ma nuque pour prendre ma température, m'accorde un bref massage des épaules, avant de déposer un baiser sur mes cheveux. Ensuite, je sens qu'elle entoure mon torse de ses bras en posant le menton sur le haut de mon crâne. Nous restons silencieux ainsi, un long moment, dans le froid, à savourer ce simple contact physique. Je me blottis davantage contre elle et ferme les yeux pour apaiser toutes les inquiétudes qui me torturent depuis hier.

— Tiens, enfile ça, sinon tu vas mourir de froid ! finit-elle par dire en passant son écharpe en laine autour de mon cou. Et ne me dis pas que tu n'as jamais froid... Il fait moins sept degrés ! Tu es habillé comme si...

Elle désigne ma tenue sans savoir visiblement comment la nommer. Jusqu'à ce que, faisant le lien entre la chemise hawaïenne et le short bleu foncé, remarquant surtout l'inscription sur mes chaussettes hautes, elle comprenne la référence.

— Ils t'ont déguisé en Ken ! s'exclame-t-elle avant d'éclater de rire. Ils sont fous !

— Comment est-ce que tu es arrivée jusqu'ici ? lui demandé-je, lorsque, calmée, elle s'installe sur mes genoux.

— Je suis médium, non ? répond-elle en me caressant la joue de sa main gantée. Bon, OK, concède-t-elle après un silence. C'est Lionel qui m'a appelée. Puis, j'ai eu une vision. J'étais trop occupée à faire des bêtises avec les filles pour penser à utiliser ma magie...

— Il n'aurait pas dû t'appeler. Je lui ai dit de ne pas le faire.

— Mmm... Vu ta tête, je pense au contraire qu'il a très bien fait.

Elle se lève et me tend la main, puis m'invite à la suivre pour marcher dans le parc qui environne le bar. C'est alors que je m'aperçois que je ne sais même pas où nous sommes. Je me suis laissé porter par les garçons sans jamais poser de question, parce que j'étais trop perdu dans mes pensées pour m'intéresser à ce qu'il se passait en dehors de mon monde intérieur. On pourrait même avoir quitté la Belgique ou être sur une autre planète, que je n'aurais rien remarqué.

— *Bae*, tu vas me dire ce qui te préoccupe comme ça ? Je n'ai pas envie d'utiliser un sort pour te faire parler, râle Sedna, les sourcils froncés.

Il me faut un instant supplémentaire pour reprendre totalement mes esprits. Mais lorsque je croise le regard de ma fiancée, je ne peux retenir davantage ce qui m'obsède depuis hier. Alors, je lui fais part de ce que j'ai sur le cœur, et lui raconte tout en détail.

Le déroulé de la cérémonie de la dot.

L'arrivée surprise de sa tante et de ses cousines.

La froideur de son père.

Les questions pièges de sa mère.

Le soutien de sa mamie.

Et, cerise sur le gâteau : la métamorphose de Gabrielle.

Ainsi que ses aveux à mon sujet.

Il n'y a qu'un seul détail que j'omets de raconter, volontairement. J'attends que ce soit elle qui accepte de m'en faire part pour confirmer le secret que sa grand-mère m'a confié.

Sedna reste silencieuse un moment. Elle se gratte la tête, l'air ennuyé, mais son expression ne reflète pas la sidération. On dirait plutôt qu'elle se doutait de quelque chose depuis le début et ne fait que voir se confirmer ses hypothèses.

Finalement, elle prend doucement mes mains dans les siennes et se tourne vers moi.

— C'est... c'est ce que Sophie craignait. Elle m'en a parlé rapidement, ce matin... Elle se doutait que vos parents n'allaient pas tenir leur langue bien longtemps au sujet de leur nature céleste. Et elle avait aussi deviné qu'ils cachaient un secret concernant votre famille... Quelque chose de lourd, précise-t-elle, tandis que, les yeux écarquillés, elle plonge son regard dans le vide. Mais je doute qu'elle-même soupçonne qu'il s'agit de cela...

Je reste muet, avec cette désagréable impression d'être vidé ou presque d'émotions à force d'en avoir ressenti, ces dernières heures.

— Comment te sens-tu ? me demande ma compagne en encadrant mon visage de ses mains.

Mes yeux se mettent à briller, aussi elle n'ajoute rien et me serre dans ses bras.

À son contact, je ne peux empêcher mes larmes de couler.

Leur flot semble ne jamais vouloir s'arrêter. Nous restons tous deux enlacés, au beau milieu du parc, pendant de longues minutes – qui me paraissent même être des heures.

Finalement, ce n'était ni de conseils ni d'une stratégie que j'avais besoin. Il me fallait simplement une oreille attentive, pour vider mon sac une bonne fois. C'est si lourd, de porter tous ces secrets et de ne pas pouvoir en parler à mon entourage, ni même à mes meilleurs amis. Cela me fait comprendre, une fois de plus, la chance que j'ai d'avoir cette femme dans ma vie.

— Je suis désolé, tu me vois dans le pire état, murmuré-je, la voix rauque. Entre mon dîner et tout l'alcool que j'ai rendu, et ça…

— On s'est promis que ce serait pour le meilleur et pour le pire ! rétorque-t-elle en riant. Enfin, techniquement, nous ne nous le sommes pas encore promis… Mais tu m'as comprise.

Elle dépose un baiser sur ma joue avant de sortir un paquet de mouchoirs de son manteau. Puis, remarquant à quel point mes mains sont gelées, elle m'offre ses gants.

— Il faut qu'on y retourne, dit-elle ensuite en faisant un signe de menton vers le bar. Tu vas attraper la crève ! Et puis, tes copains vont vraiment me détester : je vous ai interrompus en plein milieu de votre graaaande soirée et t'ai monopolisé beaucoup trop longtemps.

— Il est bientôt 2 heures du matin, je veux juste rentrer et me reposer… Je tiens à être présentable pour toi, tout à l'heure, et…

— Tu le seras. Tu l'es toujours.

— Rentre avec moi ! la supplié-je soudain en la saisissant par la taille.

— Adri ne t'a pas dit ? s'étonne-t-elle en haussant les sourcils.

Je la regarde sans comprendre.

— On dort dans le même gîte. Vous êtes au premier étage, nous au troisième. Entre les deux, il y a les salles de bains et la salle à manger.

— Oh… Bien sûr qu'il ne me l'a pas dit ! fais-je en riant. Il sait que j'aurais direct demandé à rentrer.

— Dois-je te rappeler que c'est toi qui ne voulais pas me voir la veille du mariage ? me taquine-t-elle en penchant la tête sur le côté.

— C'est pour la tradition ! me justifié-je, levant les mains en signe de reddition.

— Mouais… Eh bien, je te rassure : nous ne dormirons pas ensemble ! D'abord, parce que je partage ma chambre avec Freïa. Ensuite parce que je n'ai pas envie de devoir encore t'aider en tenant tes cheveux devant la cuvette des WC ! m'assure-t-elle en me faisant un clin d'œil. Allez, viens. On y va !

Elle s'apprête à faire demi-tour, mais je la retiens fermement dans mes bras.

— Quoi ? s'enquiert-elle en rajustant son bonnet.

— Tu n'as pas quelque chose d'autre à me dire ?

Elle plisse les yeux, tandis que son aura s'agite et rayonne dans tous les sens.

— Je ne vois pas de quoi tu parles.

— Tu es sûre ? insisté-je en me penchant vers elle.

Pour lui faire comprendre où je veux en venir, je passe la main sous sa doudoune et la dépose sur son ventre. Ses yeux fuient instantanément les miens, et je vois ses joues virer au rouge. Je la connais trop bien, je sais pertinemment qu'elle cherche une réplique à me servir pour m'attirer sur la mauvaise piste. Mais après quelques secondes à se creuser la tête, elle déclare forfait :

— Ça devait être la surprise de demain, bougonne-t-elle, les yeux de nouveau tournés vers moi. Je comptais te le dire après la cérémonie. Il n'y a vraiment rien qui se passe comme pré...

Sans la laisser finir sa phrase, je l'enlace à l'étouffer.

— Il n'y a jamais rien qui se passe comme prévu entre toi et moi ! lancé-je en enfouissant mon visage dans ses longues boucles. C'est notre marque de fabrique.

Après tout ce que je viens de vivre, cette bonne nouvelle vient balayer toutes les mauvaises pensées qui ont pu traverser mon esprit ces dernières vingt-quatre heures...

Pour ne laisser place qu'au bonheur pur et simple.

Chapitre 33

Alliance

Voilà déjà une bonne heure que je suis debout, alors que le soleil ne s'est pas encore levé. J'ai retourné toute la chambre, fouillé dans la valise de mon coloc, vidé mes sacs, regardé dans l'étui de mon costume, vérifié deux fois dans la salle de bains, cherché sous le lit, mais rien…

— Mec, t'as pas envie de faire moins de bruit ? se plaint Adrien, qui cesse enfin de ronfler.

Il ouvre un œil et le pointe dans ma direction avant de souffler bruyamment.

— Où sont les alliances ?

— Quoi ?

— Les alliances.

— Euh… dans ma valise ?

— J'ai regardé trois fois.

— Euh, alors… Elles sont… euh.

— C'était ton rôle ! m'emporté-je en tirant sauvagement sur le drap de lit pour le faire tomber.

— Do, t'abuses ! s'emballe Adrien, qui peine toujours à reprendre ses esprits.

— Le mariage est dans deux heures et tu oses me dire que j'abuse ? C'est qui qui a abusé, en perdant les alliances ?

Mon ami laisse échapper un profond soupir, puis il se redresse enfin pour m'aider dans mes recherches. Il enfile un pull et un bas de jogging par-dessus son caleçon, et commence à explorer sa valise. Il cherche de longues minutes sans rien trouver. Son aura devient grise, puis vire au rouge pendant une fraction de seconde, avant de passer au bleu, puis de se ternir. Je comprends immédiatement qu'il y a un truc qui cloche. Et mon ami a bien trop peur de subir mon courroux pour me l'avouer.

— OK. Ne dis rien, j'ai compris, commencé-je en croisant les bras. Tu n'as vraiment aucune idée de l'endroit où tu aurais pu les perdre ?

— Euh... euh...

Adri risque un œil par-dessus son épaule, mais il se retourne aussi vite en croisant mon regard noir et rempli de colère.

— Promis, je ne me fâcherai pas si tu fais fonctionner deux secondes tes neurones...

Hélas, deux secondes, c'est le temps qu'il lui faut pour se précipiter aux toilettes et vomir le peu d'alcool qui lui reste dans le corps.

Et là, je me rappelle amèrement pourquoi mon père m'avait déconseillé de célébrer mon enterrement de vie de garçon la veille du mariage. C'est une des pires traditions : comment être présentable pour sa promise ? Et comment avoir la garantie qu'on sera entouré de personnes dignes de confiance le jour J, si on a encore tous quatre grammes dans le sang ? Une fois de plus, les filles ont été plus malignes. Elles ont organisé leur fête deux jours avant, ce qui leur a laissé une nuit de répit...

Sauf à Sedna, qui a dû venir me chercher en catastrophe. Je murmure son prénom en levant les yeux au plafond.

Grâce à ses pouvoirs, elle pourrait visualiser l'endroit où Adrien a égaré les alliances.

Mais elle me tuera à l'instant où je lui dirai qu'on a perdu nos bagues faites sur mesure... Sans parler de sa mère qui profitera de ce moment de faiblesse pour m'assener le coup de grâce : me retirer le droit d'épouser sa fille, malgré tous les efforts que j'ai fournis durant ces trois dernières années et le fait que sa sœur ait approuvé notre union le jour de la cérémonie de la dot. Enfin, dernière chose, la tradition veut que je ne voie pas la future mariée avant son arrivée à l'autel. Et je respecte trop les traditions pour en enfreindre une à nouveau.

— Et merde, grogné-je en shootant dans un de mes sacs.

— Ne te fâche pas, Do ! fait Adrien qui se brosse les dents, visiblement déjà remis de sa gueule de bois. Je pense savoir où...

Il continue son brossage intensif.

— ... elles sont ! Soit je les ai oubliées au karting, soit je les ai laissées dans la limousine qu'on a louée avec Lio pour nous conduire au bar...

— Comment...

— Tu m'as promis de ne pas te fâcher ! se défend-il en écarquillant les yeux. Je les ai juste sorties, à un moment donné, pour les montrer aux mecs, puis...

Quelqu'un frappe à notre porte.

Je fais signe à mon ami de se taire et de ne faire aucun bruit.

— On fait comme si on dormait toujours, OK ? chuchoté-je en marchant à pas de loup.

— Dorian, Adrien, je vous ai entendus. Je sais que vous êtes éveillés.

Cette voix était sûrement la dernière que je souhaitais entendre en ce début de matinée catastrophique.

— Si vous ne m'ouvrez pas, je lance un sortilège pour entrer. Je m'en fiche de vous voir tout nus, j'ai vu pire dans ma vie.

Instinctivement, Adrien porte une main devant son entrejambe, bien qu'il soit habillé, et ses yeux s'écarquillent. Finalement, il doit lui rester encore pas mal d'alcool dans le sang, pour qu'il se croie nu comme un ver.

— C'est bon, je m'en occupe. Termine de te préparer et téléphone dès que tu peux au service de location de voitures.

Mon meilleur pote acquiesce et file aussi sec.

De mon côté, je rajuste ma chemise blanche et passe une main dans mes cheveux encore en désordre. J'ouvre la porte de la chambre et croise le regard maussade d'une Artémis déjà sur son trente et un. Elle est vêtue d'un tailleur-pantalon doré sur un corset blanc en mousseline ; son voile en satin est assorti à l'ensemble, truffé d'étoiles dorées et de décorations astrales ; enfin, de petites topazes pendent à ses oreilles. Sa bouche soulignée de rouge se pince, tandis que ses yeux noirs me scrutent de haut en bas.

— Tu es déjà prête ? m'étonné-je en croisant les bras. Pourquoi tu n'es pas en haut, avec les filles ?

— Parce que tu le sais bien, les trucs de filles, c'est pas ma came, soupire-t-elle en levant les yeux au ciel. Et j'ai ouï dire que tu avais besoin d'un coup de main. D'un sérieux coup de main.

Elle pointe l'index sur mon annulaire gauche pour faire référence aux alliances.

Cette petite vipère écoute même aux portes, songé-je en me mordant l'intérieur de la joue. Il ne manquait plus que ça.

— Artémis, sans vouloir te vexer, toi et moi, on n'est pas vraiment amis… C'est à peine si on se salue et…

— Roh, Dorian, me coupe-t-elle en croisant les bras à mon instar. Tu me déçois ! Sérieux ? Je sais que tu crèves d'amour pour Sedna, mais si tu pouvais enlever deux secondes ta cape de « super mec jaloux », tu verrais l'honnêteté de ma proposition.

Je soupire et ferme les yeux. Si je l'appréciais un peu plus et que je ne doutais pas de ses intentions, j'aurais sûrement esquissé un sourire en entendant sa blague, mais je ne peux pas baisser la garde si facilement. Même s'il est clair que l'ex-amoureuse de Sedna a fait d'énormes efforts, ces derniers mois, pour tolérer notre union. Elle a enfin cessé de semer des embûches sur mon chemin, mais je ne lui fais toujours qu'à moitié confiance.

— Je peux me débrouiller seul.

— Mouais... Tu n'es qu'un simple mortel. Comment veux-tu retrouver tes alliances en une heure quarante top chrono, sans balai volant ni poudre de fée noire ?

En utilisant mes super ailes d'ange. Mais tu n'es pas au courant de ce détail, pensé-je en la foudroyant du regard.

— Elle n'a pas tort, intervient Lionel, qui, à deux pas de nous, a visiblement entendu toute la conversation. Tu devrais filer avant qu'elle ne change d'avis... ou que Sedna n'entende ce que vous racontez... Même si je serais curieux de voir sa tête quand elle apprendra que les alliances ont disparu.

J'écarquille les yeux dans sa direction, me sentant trahi par un fidèle allié.

— C'est booooon ! beugle Adrien, dans mon dos. Le service des objets trouvés a bien vos bagues ! On les a oubliées dans la limousine, tout va bien maintenant... Il faut juste que tu présentes ta carte d'identité et...

Le visage d'Adrien se décompose lorsque ses yeux se posent sur Artémis.

— Oh ! put... euh... merde. C'est pas ce que tu crois, Artie ! Pas besoin d'alerter les filles, c'est juste que...

— Garde ta salive, Adrien ! siffle-t-elle méchamment. Et toi, tu viens avec moi ! dit-elle à mon intention en m'attrapant par le bras. Si tu déçois Sedna, je te jetterai un maléfice pour que tu ailles en enfer !

Je me dégage de son emprise avant de filer chercher mes chaussures et de quoi me couvrir chaudement.

Devant l'armoire à glace, je m'arrête et considère, dépité, mes cheveux en bataille.

— C'est pas le moment de mater ton reflet !

Je sursaute, tandis qu'Artémis me toise toujours avec ses yeux sombres qui semblent juger le moindre de mes gestes. Je me sens presque plus traqué que les jours de match, lorsque les journalistes et les photographes me poursuivent jusqu'à la sortie du terrain de foot.

Je soupire avant de la laisser m'entraîner dans son sortilège qui nous téléporte de l'autre côté de la petite province.

Pris de vertiges à cause de la poudre de fée noire, il me faut un moment avant de remarquer que nous sommes face à la devanture de la société de « location de luxe ». Puis je profite de mon reflet dans la vitre pour rajuster mon manteau, ainsi que mon écharpe.

— Eh bien, je ne m'attendais pas à ce que ton principal défaut soit le narcissisme... Même si je me doute qu'être adulé par des milliers de personnes, ça aide.

Je ne relève pas. Mais je peste intérieurement contre moi-même, qui ai réussi à être dans ce pitoyable état à seulement une heure de la cérémonie. Je suis à des lieues de posséder mon charisme habituel. Et, non, je ne dirais pas que je suis narcissique, mais j'aime avoir fière allure et prendre soin de mon apparence. Me trouver dans mon pire accoutrement le jour de mon mariage me rend dingue, mais cela ne fait pas de moi une mauvaise personne... Si ? Mes lèvres me brûlent. Hélas, je sais pertinemment que si je réplique et que je me prends la tête avec cette fille, je vais définitivement arriver en retard à l'autel.

Et mes beaux-parents en profiteront pour me crucifier. Pour de vrai.

Je ne pourrais d'ailleurs pas les blâmer, car c'est moi qui ai remis les alliances, ces bijoux si sacrés, à l'âme la plus drôle, mais aussi la plus inconsciente que je connaisse.

Tout cela est ma faute, je le sais.

— Ne me remercie pas pour le trajet express grâce à ma magie, hein, grogne Artémis en faisant la moue.

Je lui adresse un sourire pincé en ouvrant la porte de l'établissement, et lui fais signe de passer devant moi. Il ne faut pas moins de deux minutes pour qu'elle se fasse remarquer par le personnel. Comme une enfant, elle ne peut s'empêcher de s'extasier devant chaque voiture de luxe qu'elle aperçoit. Je dois à plusieurs reprises la retenir par le bras avant qu'elle ne colle ses mains sur la carrosserie rutilante d'une limousine. Elle me traite de rabat-joie et part en courant vers une porte en bois au-dessus de laquelle il est indiqué, sur un écriteau lumineux : « Objets trouvés ».

Je m'excuse auprès des employés et des clients, qui nous lancent des regards offusqués et confus, puis je file rejoindre mon éternelle rivale.

— Oh ! mer...

— J'te le fais pas dire ! affirme-t-elle en hochant la tête. Il n'y a pas que vous qui étiez ivres morts au point d'oublier l'objet le plus important du mariage.

Devant nous s'étend une file d'une dizaine de personnes qui se plaignent d'avoir oublié ou perdu un smartphone, un collier de perles, des boucles d'oreilles en saphir, des chaussures Louboutin ou même un sac Chanel... Tous ont la même dégaine que moi ; on voit qu'ils ont passé la veille leur pire nuit et trop festoyé dans les alentours de Bruxelles.

— On n'a pas le temps pour ça, chuchoté-je à Artémis.

— T'as qu'à lancer un sortilège pour disperser la foule ! me raille-t-elle avant de pouffer dans son coude.

— Tu peux faire ça ? lui demandé-je, l'air sérieux.

— Bien sûr... Qu'est-ce qu'une sorcière ne peut pas faire ? Mais je ne le ferai pas gratuitement, mon cher...

Je ne sais pas ce qu'elle insinue, mais il est clair qu'elle va se servir de cet instant de faiblesse de ma part pour me demander une chose que je risque de regretter plus tard. Artémis a toujours une arrière-pensée lorsqu'elle offre spontanément son aide à quelqu'un. Comme le jour où elle a aidé Freïa à sauver la vie de Lionel au beau milieu des festivités d'Halloween, puis qu'elle lui a demandé, en contrepartie, de tout faire pour la rabibocher avec Sedna. Chose que ma petite sœur spirituelle a refusée, dans un premier temps... Mais, finalement, l'autre harpie a tout de même réussi à se faire inviter à mon mariage et à faire partie du rang des demoiselles d'honneur. À mon grand regret.

Artémis sort un paquet de chewing-gums de son sac à sequins dorés. Elle en mâche longuement un avant de faire éclater une énorme bulle rose – qui attire à nouveau l'attention sur elle, et sur moi, par conséquent.

Devant nous, dans la file d'attente, un gars me reconnaît alors, et me fait signe comme si j'étais son meilleur pote en me disant :

— Eh ! Salut, Dorian !

Un autre s'empresse de tourner le regard dans la même direction et fait de même. J'essaye de répondre avec le plus de politesse et de distance possible, pour leur faire comprendre gentiment que je ne suis pas d'humeur à taper la discute.

Puis, je me tourne vers ma bruyante compagne et lui lance un regard assassin.

Bien que je sois censé incarner la bonté sur terre, je n'ai qu'une envie : l'étriper. Déjà, elle m'a toujours insupporté, et cela bien avant que je sache qu'elle était l'ex-amoureuse de Sedna. Il faut dire que notre rencontre ne s'est pas franchement bien passée... Je me demande ce que ma fiancée a pu lui trouver de charmant, pendant des années, en dehors de sa beauté ténébreuse et de ses puissants pouvoirs magiques. À mes yeux, Artémis est l'incarnation de ce qu'il y a de pire chez les sorcières : elle est manipulatrice, exploite la détresse émotionnelle d'autrui, fait preuve de mesquinerie et de noirceur d'âme.

Mais bon, je ne suis sûrement pas objectif...

— Je sais que tu es jaloux de mes pouvoirs magiques, me lâche soudain Artémis en souriant. Pourtant ce n'est pas une raison pour arriver en retard... le jour de ton mariage. Sedna m'a toujours vanté ta ponctualité, en plus ! Mais si ton ego est plus fort que tes valeurs, je n'y peux rien.

— Qu'est-ce que tu veux ?

— Que tu dises à Sedna que tu ne peux pas l'épouser.

Je me mets à rire en secouant doucement la tête.

— Parce que tu espères toujours qu'elle reviendra vers toi, après tout ce temps ? dis-je en croisant les bras.

— Non ! souffle-t-elle en levant les yeux au ciel. Je sais mettre ma fierté de côté, contrairement aux hommes, répond-elle en me lançant un regard dédaigneux. Ce n'est pas de moi qu'il s'agit ici, mais de l'avenir de Sedna. Tu n'es qu'une entrave à ses projets. Si tu savais tout ce qu'elle sacrifie en t'épousant... Si ses parents sont si froids avec toi, poursuit-elle après une pause dramatique, ce n'est pas parce qu'ils ont quelque chose contre toi. Ils savent bien que tu es le gendre idéal, et le mec plus que parfait pour leur fille.

Étonnamment, ce qui aurait dû sonner comme un compliment me fait l'effet d'une insulte, venant de la bouche de cette fille. Mais je lui fais signe de poursuivre, car je devine qu'elle est sincère. Pour une fois. Et que ce qu'elle souhaite me confier, concernant les vœux que je dois prononcer dans une heure, pèse plus lourd que ce que je pensais.

Je sentais bien, depuis le début de ma relation avec Sedna, que quelque chose coinçait. Pourtant, elle s'est toujours refusée à me dire les risques qu'elle courait en s'unissant à moi, un ange. Or, si ce mariage doit avoir un impact néfaste sur l'avenir de ma femme...

Alors cela change complètement la donne.

— À voir ta tête, je déduis qu'elle ne t'a vraiment rien dit... Apparemment, elle craint plus de te perdre que de trahir sa lignée.

À ces mots, je saisis Artémis par le poignet et me dirige vers une porte-fenêtre qui donne sur une petite cour, à l'arrière du bâtiment de location, pour nous mettre à l'abri des regards trop curieux et loin des oreilles indiscrètes. La jeune fille resserre sa doudoune dorée contre elle en frissonnant. Ensuite, elle sort un paquet de cigarettes de sa poche et en allume une.

— Crache le morceau, Artémis.

— Je ne sais pas... Sedna risque de m'en vouloir, après, couine-t-elle avant d'aspirer une bouffée.

— Ne joue pas à ça avec moi ! m'emporté-je en perdant patience. Tu en as déjà trop dit ! Tu le sais très bien. Fallait pas jouer à la super amie qui veut m'aider dans un moment critique, alors que tu me détestes et que tu ne souhaites qu'une chose : ruiner ce mariage ! Alors, maintenant que je te donne l'opportunité de le faire : fais-le !

— Oh ! ça va, ça va ! fait Artémis en roulant des yeux. Baisse d'un ton, cher ami ! Les gens vont finir par croire qu'on fait une scène de ménage...

Elle jette le mégot de sa cigarette par terre et l'écrase avec ses talons de dix centimètres. Puis elle prend soin de replacer convenablement son écharpe autour de ses cheveux avant de croiser les bras et de planter ses yeux noirs dans les miens.

— Sedna est notre future Sorcière-Reine. Celle qui reprendra le flambeau, lorsque Dana raccrochera... C'est son rêve de toujours. Enfin, *c'était*... Vu qu'elle a préféré te suivre.

Je la considère, dubitatif. Je ne sais pas ce qu'elle insinue.

— Pourquoi est-ce que le mariage l'empêcherait d'atteindre ce rêve ?

— Roh ! Tu es mortellement long à la détente, Dorian !

Ma compagne jette un coup d'œil par-dessus son épaule pour être certaine que personne ne nous épie ni ne glisse une oreille dans notre direction.

— Épouser un mortel est contraire aux règles du Grimoire Sacré, reprend-elle en parlant moins fort. Aucune Sorcière-Reine ne s'est unie à un humain ! Elles ont toujours été accompagnées d'un autre mage ou, au pire, d'une créature magique. Pour que le sang de leur descendance reste purement magique... Enfin, elles l'ont toutes fait, sauf Dana. Tu le sais, Freïa est une sang-mêlé[1]... D'où le fait que sa magie est défaillante et qu'elle ne peut pas hériter du titre de sa mère. Ce serait contre tous nos principes.

Ma rivale, qui me semble étrangement plus amicale, vérifie l'heure sur sa montre. Sa mine s'attriste lorsqu'elle constate qu'il nous reste bien peu de temps avant la cérémonie.

Finalement, je dois avouer à contrecœur que son intention envers Sedna est pure.

Elle souhaite simplement sauver son premier amour d'un destin qu'elle aurait choisi par défaut - aveuglée par les sentiments qu'elle éprouve pour moi. Et je comprends enfin pourquoi ma fiancée m'a caché toute cette histoire, depuis le début. Sachant à quel point je tiens au respect des traditions et connaissant mon soutien inconditionnel envers ses ambitions - aussi sorcières soient-elles - elle devinait que je n'aurais jamais accepté d'être un frein à son ascension.

— C'est vrai qu'elle est enceinte ?

Je me fige, aphone, ne sachant quoi répondre.

— Il manque des potions au gingembre dans l'étagère du Coven, ainsi que des infusions anti-vertiges... Et son

1. Voir *Witch Games*, « Liaison interdite ».

aura a changé, comme la dernière fois. Il ne m'a pas fallu longtemps avant d'avoir des soupçons. Aucune des sorcières de notre génération n'est sur le point de se faire passer la bague au doigt, sauf elle, donc...

Je m'assieds sur une chaise de la terrasse, muet.

— J'en reviens pas, souffle Artémis, les larmes aux yeux. Qu'est-ce qui te rend si spécial, pour qu'elle décide de foutre sa vie en l'air ?

— Si Sedna épouse un mage ou une créature magique, alors cela résoudrait le problème ?

— Oui ! s'exclame-t-elle en perdant patience. Je te l'ai déjà dit. J'vais pas me répéter !

— Et cela inclut n'importe quel être magique ? demandé-je, tandis qu'elle fixe sur moi son regard glacial. Je veux dire, n'importe quel type de magie ?

— Mouais... Je suppose. Je sais qu'il y a une hiérarchie qui classe tous les types de magie par ordre de puissance. Un peu comme une chaîne alimentaire, d'un point de vue sorcier. Mais pourquoi tu me demandes ça ?

Je souris, tandis que mon cœur se remet à battre.

Il y a une information qu'Artémis ne possède pas et qui met en porte-à-faux tout l'argumentaire qu'elle vient de me sortir. Une donnée que j'avais moi-même presque oubliée, à cause de toutes ces conversations au cours desquelles je suis obligé, depuis toujours, de cacher ma véritable nature. Ce paramètre qui explique pourquoi ma belle-famille a chaudement accepté notre union, lors de l'épisode de la cérémonie de la dot, malgré des réticences à mon égard, au début. Car je sais pertinemment que mes beaux-parents n'auraient pas accepté que je sabote l'avenir – si radieux – de leur fille prodige.

Cette fois, il faudra que je remercie Michel et Gabrielle de m'avoir fait hériter de pouvoirs qui surpassent tout ce que pouvait me faire espérer la « chaîne alimentaire magique ». Et particulièrement ma mère, qui a déployé ses ailes au bon moment et permis de conclure notre alliance.

Sans un mot de plus, je me redresse et m'apprête à retourner à l'intérieur du bâtiment pour réclamer mon dû. Mais Artémis se glisse entre la porte et moi.

— Qu'est-ce que tu fais ? Tu ne m'as pas entendue ? Tu veux vraiment ruiner...

— Artie, cette discussion n'a pas lieu d'être...

— Quoi ? Mais pourquoi ? Tu es inconscient, tu vas juste...

Et là, je pose la main sur la sienne pour lui faire entrevoir une partie de mes dons.

De petites plumes se dessinent sur mes phalanges, et mes taches de rousseur s'effacent pour laisser place à une légère poudre blanche et lumineuse. Je plante mes yeux qui, je le sais, ont changé de couleur pour offrir un vert vif et lumineux, dans les siens. Mais, l'instant d'après, j'annule ma transformation angélique et place un index sur mes lèvres pour faire signe à Artémis de se taire.

Elle reste muette un long moment, la bouche entrouverte, sous le choc.

— Dorian, tu es...

— Le genre de mec que tu ne pourras pas envoyer en enfer. Quel que soit le maléfice que tu tenteras de me lancer.

Et, contre toute attente, ma compagne éclate de rire face à cette mauvaise blague.

Avant de fondre en larmes dans mes bras et de me faire promettre que je prendrai soin de Sedna par-delà les étoiles. Sinon elle ira elle-même me dénoncer au ciel.

ÉPILOGUE

Je ne cesse de lancer de petits sourires au prêtre, qui jette des regards impatients sur le pendule de l'immense horloge d'époque dont le « tic-tac » incessant ne fait qu'accentuer mon angoisse. Artémis m'a promis d'aller chercher Sedna avec une voiture d'époque que nous avons louée – sur le lieu de nos péripéties matinales – et de la ramener ici le plus vite possible. Pourtant, au-delà de mon propre retard, à cause de mon ravalement de façade in extremis, voilà que les filles se font désirer et que le temps passe sans que personne se manifeste.

Nerveux et impatient, je m'apprête à passer la main dans mes cheveux, mais ma sœur m'arrête d'un geste sec car elle sait pertinemment que cela risque de me décoiffer. Elle me réprimande d'un regard sévère, avant de m'aider à rajuster mon nœud papillon vert forêt, comme le reste de mon costume trois-pièces.

— Arrête de te tortiller sur place de la sorte, me chuchote-t-elle discrètement. Elle arrive. J'ai reçu la confirmation de Freïa.

— Et si...

— Et si quoi ? Tu penses franchement qu'elle pourrait changer d'avis ?

— Elle peut toujours, acquiesce Adrien avant de me donner un léger coup de coude.

Sophie lui lance un regard qui en dit long.

Mon témoin retourne aussitôt se ranger dans la haie d'honneur, près des autres damoiseaux, sans se faire prier davantage. Le courroux de ma sœur reste sa plus grande crainte.

— Ne dégaine pas tes plumes en la voyant arriver, me prévient mon père qui fait semblant de vouloir redresser une rose éternelle blanche sur ma boutonnière pour venir me parler. Je te le dis parce que j'ai ruiné mon propre costume le jour où j'ai épousé ta mère !

Il part en fou rire.

— Papa, soupire Sophie en le dévisageant.

Je hausse les épaules pour lui indiquer de ne pas s'en faire. Je suis définitivement vacciné contre les blagues déplacées de mon père. Et même s'il a essayé de me dire cela pour me détendre, ça n'a pas fonctionné.

Pour chasser mes angoisses, j'observe la décoration de la petite chapelle où doit se dérouler la cérémonie. Cette bâtisse de style néo-Renaissance est très lumineuse avec des vitraux colorés qui laissent librement infuser les rayons du soleil ; les murs ont été fraîchement repeints en blanc et les moulures en doré, tandis que les meubles d'époque, en ébène, ont été à peine restaurés. Ce qui m'impressionne le plus, c'est l'immense orgue installé dans une tribune au-dessus de l'entrée du bâtiment. Enfin, j'adresse un regard aux statues de Marie, Joseph et du petit Jésus. Je ne peux m'empêcher de me dire qu'on est observés, depuis là-haut, bien qu'aucune manifestation particulière n'ait signifié le châtiment du ciel, depuis les révélations de mes parents. Et je ne peux réussir à m'enlever cette désagréable impression que tout cela n'est qu'une courte période de calme avant un déferlement céleste.

Alors, autant profiter pleinement de l'instant présent.

Cependant, la porte s'ouvre en laissant entrer à la fois la lumière et le froid glacial de l'hiver.

Mon âme ne souhaite que retrouver celle de ma bien-aimée, mais mon cœur se voit pétrifié sur place. M'en veut-elle d'être arrivé en retard et de lui avoir envoyé Artémis comme représentante ? Est-ce qu'elle va vraiment dire « oui » ? Est-ce que sa famille peut toujours intervenir et s'opposer à notre union ? Suis-je présentable et digne d'elle ? Et est-ce que...

Je n'ai pas le temps de continuer à débattre mentalement, car nous avons organisé une cérémonie en petit comité, aussi la chapelle est petite, tout comme l'allée qui nous sépare est courte. Mon beau-père Charles, qui a opté pour un costume noir avec un kilt dans les tons verts pour faire écho à mon costume, est déjà à ma hauteur, et lâche le bras de sa fille avant de déposer un dernier baiser sur son front. Ils se lancent un regard complice, puis Sedna se tourne enfin vers moi.

J'avance une main tremblante vers elle pour dégager le voile qui couvre pudiquement son visage. Ses yeux marron brillent de mille émotions, mais la joie et l'amour sont les deux qui semblent prendre le dessus. Elle rayonne, littéralement. Je peux apercevoir d'infimes petits éclairs enveloppant discrètement ses bras, tandis que son aura devient dorée et chaleureuse. J'observe rapidement la robe simple et élégante qu'elle porte et qui épouse parfaitement sa silhouette pulpeuse, puis mon regard s'attarde un instant sur la tiare en cristaux qui décore son épaisse chevelure bouclée.

Un son sort de sa bouche, mais je ne l'entends pas, totalement subjugué par l'éclat de Sedna. Alors, comprenant mon désarroi, elle pose une main sur ma joue pour intercepter une larme qui s'est échappée et glisse lentement. Ce faible contact avec sa peau fait jaillir toutes les émotions que j'essayais de garder scellées dans mon cœur. Sans un mot, je la prends dans mes bras, pleurant de joie.

Les invités soupirent tous de surprise en me voyant m'effondrer d'amour.

— Je t'aime aussi, me murmure Sedna qui m'enlace.

Le prêtre s'éclaircit la voix pour attirer notre attention. Ses yeux sont légèrement rougis, à croire que je l'ai ému lui aussi. Il me tend un mouchoir et nous fait signe de nous placer correctement, face à lui. Ensuite, il me donne un micro et je me retrouve abasourdi avant que Sedna ne rie en passant son bras autour de ma taille.

— On doit saluer nos invités, me chuchote-t-elle. Tu te rappelles le petit texte qu'on a préparé ? À quoi ça a servi, toutes ces semaines de répétitions, si tu as tout oublié ?

— Tu m'as ébloui, rétorqué-je en souriant.

Finalement, nous prenons tous deux la parole pour remercier nos familles et nos amis d'être présents à nos côtés en ce jour si spécial. Nous en profitons pour remercier plus personnellement nos parents, demoiselles et garçons d'honneur, et invitons tout le monde à se joindre à nous, au soir, pour le banquet et la soirée dansante.

Le prêtre nous fait réciter nos vœux devant l'assemblée. Après de longues minutes consacrées aux serments et à moult promesses, je réalise que je n'en peux plus de tenir les mains de Sedna, en ne cessant de répéter des « oui », « je le veux » et « nous l'acceptons », et en la regardant droit dans les yeux. Je n'ai qu'une envie :

lui passer cette bague au doigt et la kidnapper pour profiter de notre voyage de noces, loin de tout, dans notre petit paradis à nous.

— Dorian, acceptez-vous de prendre pour épouse Sedna ? De l'aimer fidèlement, dans le bonheur comme dans les épreuves, tout au long de votre vie ?

— Oui, je le veux.

— Sedna, acceptez-vous de prendre pour époux Dorian ? De l'aimer fidèlement dans le bonheur comme dans les épreuves, tout au long de votre vie ?

— Hum... Tout au long de notre vie, non.

Silence dans l'assemblée.

J'écarquille les yeux, prêt à m'écrouler sur le sol, mais ma sœur, au premier rang de la tribune, me fait signe de ne pas m'inquiéter. Elle semble être au courant de ce que ma promise a en tête.

— En revanche, reprend Sedna en m'adressant son plus beau sourire, si vous me dites « tout au long de votre vie et au-delà », je dirai « oui ». Oui. Oui. Et re-oui. Car notre amour ne s'arrêtera pas à cette vie-ci. Bien au contraire.

Le prêtre dévisage ma fiancée, l'air dépité. Mais il se tait et se contente de rajuster ses lunettes sur son nez en nous observant longuement tous les deux. Je sens les mains de mon amoureuse se resserrer autour des miennes, alors que je fantasme toujours sur l'idée de l'embrasser avec fougue – et bien plus...

Mais ce n'est ni l'endroit ni le moment pour avoir des pensées si peu catholiques.

— Alors, il me semble que rien ni personne ne s'oppose à cette union, marmonne le vieil homme dans sa barbe. Dans ce cas, Dorian et Sedna... Je vous déclare, devant Dieu, unis par les liens du mariage !

Tout le monde se lève d'un coup pour nous applaudir.

Mais plus rien ne compte à part les lèvres de ma femme posées sur les miennes.

Je donnerais tout pour suspendre ce moment dans le temps.

— J'ai rêvé de notre fille la nuit dernière, lui avoué-je entre deux baisers.

— De notre fille ? répète Sedna en plissant les yeux. Mais on ne sait même pas encore...

— Je le sais. C'est une fille. Elle rayonnera encore plus que toi et moi ensemble... Une digne héritière de sa mère, qui veillera sur les sorcières du Coven, mais aussi sur les anges, là-haut. Elle vivra plein d'aventures avant de réussir à instaurer la paix entre eux tous. Mais on sera là pour l'aider... Toujours.

— Tu es en train de me dire que c'est toi, le médium, maintenant ?

— Fais-moi confiance !

Et sans lui laisser le temps de répondre, je la soulève et la porte jusqu'à la sortie de la chapelle où nous nous retrouvons bénis par une pluie de fleurs séchées et de confettis lancés par l'assemblée.

— Que la plus magique des aventures commence ! dis-je à mon épouse avant de l'embrasser à nouveau.

Et que l'Univers nous en soit témoin.

Remerciements

Waouh ! Après de looongs mois d'écriture, voilà que je peux enfin crier (ou plutôt taper sur mon clavier) : MERCI !

Mais merci qui ?

Tout d'abord, merci à toi qui tiens ce livre en main et qui, j'espère, viens de passer de merveilleux moments en compagnie des sœurcières de la Noxa. Qui sait, peut-être que tu suivras d'autres de leurs aventures ?

Aussi, je t'adresse un merci tout particulier si tu fais partie de ces âmes qui suivent mes aventures depuis la création de mon premier blog, en 2016. Mais si tu me découvres depuis peu ou grâce à ce livre, sache que tu es la bienvenue dans mon Univers ! En dehors de mes romans et autres ouvrages, tu pourras me retrouver quotidiennement sur Instagram pour papoter librement de « trucs de sorcières » et de ma vie d'autrice !

Merci à la vie.

Tout simplement.

Depuis que j'ai l'âge de tenir un crayon en main, je rêve d'écrire de fabuleuses histoires (surtout que mon cerveau qui réfléchit en trois langues différentes ne manque pas d'imagination), mais je ne savais pas sur quelle thématique j'aurais le plaisir d'écrire... Jusqu'à ce que j'aie l'immense chance de croiser la route de mes meilleurs amis d'enfance qui, encore aujourd'hui, nourrissent chacune de mes intrigues et le caractère de mes personnages. Sans parler des nombreux voyages et des rencontres « fortuites » que j'ai eu le loisir de faire au cours de ma vie...

Et puis, merci (insérer un émoji avec des cœurs dans les yeux) à mes éditrices de chez &H qui me font confiance depuis 2020 et qui me donnent la possibilité, un livre après l'autre, de devenir une meilleure autrice et d'affiner ma plume. Pour *Âmes Sœurs*, c'est Roxane que je tiens à remercier chaleureusement pour ses doux conseils et ses critiques si constructives qui m'ont permis d'approfondir la romance de Sedna et Dorian – et de leur faire honneur comme il se doit.

Merci à Loki, mon fidèle chassistant qui miaule à mes pieds lorsque j'oublie de m'abreuver ou de me nourrir au cours de mes nuits blanches spéciales « rédaction ».

Merci à ma famille, frères et sœurs, cousins et cousines... Et merci à ma belle-famille, particulièrement à mes beaux-parents qui m'ont accueillie comme leur propre fille – et qui m'encouragent à chaque étape de ma carrière.

Bien évidemment, que seraient ces remerciements si je ne citais pas mon mari, Vincent ? Comment aurais-je pu écrire et parler d'amour sans notre folle histoire qui a vu le jour grâce à un sérieux complot de l'Univers – et de nos amis communs ? Après tout, tu as survécu à l'épisode de la dot et tu as accepté de cohabiter avec une artiste qui a une araignée au plafond... Merci à toi d'être cette belle âme qui veille sur moi au quotidien et me fait rayonner davantage, chaque jour qui passe.

Enfin, merci à mon fils, qui s'amuse actuellement à donner des coups de pied à l'intérieur de mon ventre et qui a participé activement aux derniers mois de rédaction de ce roman. Autant j'avais prédit la grossesse de Sedna, autant je n'aurais pas parié sur la mienne...

Pourtant, cette merveilleuse aventure a donné une tout autre tournure à ce livre.

C'est un nouveau chapitre qui s'ouvre pour laisser place à de magnifiques histoires.

Édité par HarperCollins France

Composition et mise en pages
Nord Compo à Villeneuve-d'Ascq

Achevé d'imprimer en mai 2024.

FIRMIN-DIDOT

à Mesnil-sur-l'Estrée (Eure)

Dépôt légal : juin 2024.

Pour limiter l'empreinte environnementale de ses livres, HarperCollins France s'engage à n'utiliser que du papier fabriqué à partir de bois provenant de forêts gérées durablement et de manière responsable.

Imprimé en France